죽음으로부터의 **자유**

나이 듦과 죽음에 대하여 우리가 알아야 할 것들

죽음

으로부터의

자유

메멘토 모리 독서모임 엮음

부키
에닌지

출간을 축하드리며

세상에 듣도 보도 못한 회가 지금으로부터 30년 전 1991년 4월 2일, 저의 집 거실에서 탄생했습니다. 당시 배우자를 앞서 보낸 인사들이 모여 저의 권유로 새로 만든 모임의 이름은 '삶과 죽음을 생각하는 회'입니다.

같은 해인 1991년 6월 13일에 삶과 죽음을 생각하는 회의 창립 기념 강연회가 연세대학교 백주년기념관에서 열렸을 때 주최자의 기우를 깨고 900석 자리가 모자라 보조의자를 놓을 정도로 모름지기 일천여 명의 수강자가 모였습니다.

무슨 뜻인가. 겉으로는 죽음을 터부시하고 대화에 죽음이란 단어조차 꺼리는 듯한 우리나라 분위기에서 죽음에 대한 강연회에 이렇게 여러분이 모이다니 저에게 새로운 눈이 뜨이게 하였습니다. 많은 사람들이 죽음에 대하여 혹은 죽음 준비에 대하여 관심을 가지고 있는 사실을 알게 되었습니다.

삶과 죽음을 생각하는 회는 죽음의 의미와 철학, 죽음 준비의 필요성에 대하여 외국인 강사를 초빙하여 배웠고 저는 국내 종교 지도자들에게 배우며 동시에 해외까지 가서 전문가들에게 배웠습니다.

그즈음 제가 세운 각당복지재단 내에서도 죽음을 공부하는 독서 클럽이 생겼습니다. 이름이 '메멘토 모리'라고 하였습니다. 메멘토 모리에서는 한 달에 한 번 정기적으로 모임을 갖고 자신들이 선택한 죽음에 관계되는 책을 구하여 읽고 토론하고 그들 사이에 우정까지 키워갔습니다. 이따금 메멘토 모리 회의에 참석해 본 저는 이들의 열성적인 연구에 많은 감동을 받았습니다.

스스로 죽음 관련 책을 선별해서 돌아가면서 읽고 내용을 발표하는 일에 열심인 그들의 모습이 아름다웠습니다. 20년을 모이면서도 회장을 뽑거나 조직을 만드는 일 없이 오로지 책 읽는 데만 열성을 다하는 메멘토 모리 회원들이 부러울 정도였습니다. 지금까지 모일 때마다 새로운 책을 읽고 토론한 책만 해도 무려 200여 권이라고 합니다. 모두가 죽음 교육학자가 되셔도 될 것 같습니다.

이제 그동안 메멘토 모리 독서모임에서 읽고 토론한 책들의 내용이 인쇄되어 우리 앞에 펼쳐질 날이 곧 오고 있습니다. 메멘토 모리 독서모임 여러분, 감사합니다. 축하합니다.

김옥라(사회복지법인 각당복지재단 명예이사장)

20여 년을 이어 온 메멘토 모리 독서모임의 발제문을 엮어내며

"네 시작은 미약했으나 네 나중은 심히 창대하리라"(욥기 8:7)라는 성경 말씀대로 우리 독서모임의 시작은 미약하기 이를 데 없었다. 각당복지재단에서 1991년 '삶과 죽음을 생각하는 회'를 창립하고 그다음 해부터 죽음 준비 교육과정을 개설했었다. 나는 이 과정 제1기생이었다.

1990년대, 그때만 해도 우리 사회는 요즘처럼 '죽는다'는 말이 횡행하지 않던 시절이었다. 죽음은 그저 입에 올리는 것만 해도 사위스런 존재였다. 그저 멀리 두고 보자는 그런 시절이었다. 그런 시절에 김옥라 회장(현 명예이사장)께서 "죽음을 공론에 부치자"라는 모토하에 세미나도 열고, 10주간 3학기로 죽음 준비 교육과정을 개설한 것이 오늘날까지 이어져 온 것이다.

지금은 한 학기당 기십 명의 수강생이 있지만, 제1회 수료 때인 내가 다니던 시절에는 열댓명 안팎 정도 - 수강생이라야 수녀님들 몇 분, 젊은 목사들 몇몇 정도였다. 강의실 구석에서 10주간을 수료하고 경희궁 뒤편 각당 언덕길을 내려오는데, 지금은 유명 강사가 된 유경씨가 불러댔다. 그 길로 우리 대여섯 명은 안국동 길가 2층 다방에 모여 앉아 죽음에 관한 책을 읽고 수다(?)를 떨어댔던 게 바로 우리 메멘토 모리 독서회의 시작이다.

이처럼 그 시작은 미약했으나 그 끝은 창대? 아니, 창대하다 할 수는 없다. 아직 끝이 오지 않았으니까. 그 끝이 창대할지 아닐지는 두고 볼 일이지만, 꾸준한 지속성만은 내세울 만하다. 근 20여 년을 이어 오면서 어느 한 달 거른 적이 없었다. 어느 해인가 무섭게 비바람이 치던 날, 메멘토 모임을 향해 나가려는 내게 마침 다니러 와 있던 딸애가 "노친네가 이런 날씨에 어디 외출을⋯누구 속을 썩이려고⋯"하고 말리는 통에 나는 결석을 했었다. 그러나 우리 모임은 사나운 날씨였던 그날에도 여전히 모임을 가졌었다. 중단 없이 꾸준히 20년이 다 되도록 이어 오는 독서모임이다. 마침내 우리 회원들이 매달 모여서 읽은 책들이 2021년 6월 현재, 어언 200권! 그러나 슬프게도 코로나바이러스감염증-19(Covid-19)는 2020년 2월부터 오늘까지 일 년이 훌쩍 넘도록 메멘토 모리 모임을 중단시켜 버렸다.

보통 모임에선 계급? 그러니까 흔히 조직을 이루려면, 책임을 맡는 부서가 있는가 본데, 우리 모임에서는 그런 속된 말로 감투가 없었다. 그저 제일로 오래된 내가 회원님들의 명을 듣고도 2년이나 머무적대다가 원고들을 모으기 시작했다. 200권 책들의 발제문을 모았다. 책을 읽고 토론을 위해 쓴 글이기에 엄격한 형식 없이 자유롭게 쓴 글들이다. 원래 더 많은 분량이었지만 출판사의 조언으로 그중 52권을 선별해서 나이 듦과 죽음에 대한 책을 내게 되었다. 그러니까 우리 독서모임의 그 끝은 아직 오지 않았다.

우리 독서모임의 특징은 회원들이 대개가 젊지 않다. 역시 죽음을 바라보는 시기는 나이가 어느 정도 지긋할 때인가 보다. 우리 모임에서 80대는 보통이고 50대 회원들이 들어오면, 사뭇 꽃띠가 들어왔다고 반가워하고 귀여워한다. 우리 회는 그야말로 자율적인 모임이다. 들고 남이 자유롭다. 아무도 간섭을 하지 않는다. 사람이 모이면 돈도 모이는데, 우리 모임은 회비란 것이 없다. 20여 년 가깝게 지속되는 모임이지만, 가지고 있는 돈은 10원도 없다. 장소는 각당복지재단에서 공짜로 제공해 준다. 언젠가 유명 보험회사에서 종로 1가에 새로 지은 빌딩 어디쯤 넓은 공간을 맘대로 이용하라는 제의를 받았었다. 교통도 편리하고 맛있는 맛집 거리도 있고…. 그러나 우리 회원들은 편리한 종로 복판보다는 한적한 경희궁 언덕길에 있는 각당을 선호했다. 든든한 뒷배경이 되는 듯, 마치 고향 같은 곳이라서 그런가 보다.

때로는 책을 읽는 대신 죽음을 주제로 한 영화도 보고 더러 연극도 본다. 성곡미술관의 아름다운 정원에서 우리는 죽음에 관한 시 낭송회도 갖는다. 요즘 섭섭한 것은 탁월한 봉사자이자 지도자셨고 동시에 회원이셨던 홍양희(전 각당복지재단 '삶과 죽음을 생각하는 회' 회장) 님이 정년퇴임하고 나서는 이런 이벤트가 줄었다.

20여 년을 이어 오자니 홍양희 회장 같은 유능한 분과도 은퇴 시기가 맞닥뜨려서 우리는 헤어져야만 했던 슬픔이 있었다. 보다 더 애통할 일은 수년간 투병 중에도 손수 책을 읽고 이 모임을 이끌어 주던 최명환 님, 호스피스 지원을 수년간 이어 오는 바쁜 중에도 우리와 함께 꾸준히 책을 읽어 오던 조용남 님, 금융회사 출신으로 우리 모임에서 활발한 활동을 해오신 정대진 님을 보내 드려야만 했던 아픈 기억도 있다. 나를 비롯한 몇몇 회원들의 건강도 전 같지 않아서 우리를 슬프게 한다.

바라기는 80대, 70대 회원을 뒤이을 젊은 회원들이 우리 메멘토 모리를 이어받기를 기도하고 있다. 2020년에 우리 모임 최초의 회장으로 뽑힌 강춘근 회장처럼 말이다. 부디 메멘토 모리 독서모임이 그 시작은 미약했으나 그 끝이 언제인지는 모르지만 '심히 창대해지기'를 기도하기보다는 '심히 오래가기'를 기도한다.

책 선정은 처음 의도한 바와는 좀 괴리되었다. 여러 발제자들 각각의 독서 취향을 존중해서 회원들이 발제하기를 원하는 책으로 일부 변경했기 때문이다. 200권 중 52권을 선정할 때, 나는 마치 애기를 떼어 놓고 떠나야 하는 어미의 심정 같았다. 어미를 보고 데려가 달라고 우는 애기 같이 탈락한 책들이 우짖는 거 같아서 망설임을 많이 했다.

선정의 몇 가지 원칙을 세웠다. 첫째 소설을 배제시켰다. 죽음을 다룬 소설들은 허구 많았다. 우리나라 소설가로 구효서, 박민규 같은 분의 죽음을 다룬 소설은 탁월했었다. 이런 사정임에도 불구하고 여기에서는 딱 3권의 소설만을 예외로 하고 포함했다. 레프 톨스토이가 쓴 《이반 일리치의 죽음》과 좀 의외로 생각할 수도 있는 소설인 와카타케 치사코 작품인

《나는 나대로 혼자서 간다》 등이다.

톨스토이의 《이반 일리치의 죽음》은 소설이라기보다 죽음을 논하는 데 있어 필수불가결의 서사라 할 만한 책이다. 살아있는 우리 인류의 죽음서사다. 내 좁은 식견에서 볼 때 죽음을 다루는 어떤 이론서나 철학서나를 막론하고 어디서나 일리치의 죽음을 불러오지 않는 걸 보지 못했다.

그리고 일리치만큼 유명하지는 않지만, 치사코의 《나는 나대로 혼자서 간다》는 일본의 평범한 노년 여성이 가로늦게 글공부를 해서 생애 첫 번째로 쓴 소설이다. 무명의 소설가가 처음 발표한 소설이, 영국의 부커상이나 프랑스의 콩쿠르상 못지않게 유명한 일본의 유명 문학상인 아쿠타가와 상을 받았다. 뭐, 반드시 상을 받았대서만은 아니다. 이 소설은 내보기에 그 유명한 마르셀 프루스트의 《잃어버린 시간을 찾아서》와 비교해도 손색이 없을 만하다고 생각했다. 홀로 사는 노년 여성의 의식의 흐름을 따라가는 이 소설은 자기 죽음을 천착하는 의식의 흐름이라고 보여진다.

둘째, 너무 사적인 죽음 사연은 배제시켰다. 절절한 사연들은 개인적으로 읽어내려가야 한다. 셋째, 죽음이란 주제의 전체적인 윤곽에 들어갈 만한 책을 고르느라 고른 결과다.

매달 이십여 명(드나든 사람은 백여 명이 넘겠지만)의 사람들이 19년 동안 매달 만나서 그간 200권의 나이 듦과 죽음에 대한 책을 읽고 토론했다. 그중 52권을 뽑아서 읽은 이들의 감회와 기억과 마음에 남는 내용들을 간단히 정리했다. 죽음에 대한 막연한 두려움에서 벗어나고 싶어서, 즉 죽음으로부터의 자유를 얻고 싶어서, 언젠가는 마주할 죽음에 대한 공부를 시작했었다. 누군가 죽음은 암호 같다더니, 배우고 읽어도 죽음이란 영 풀리지 않는 암호 같아서 우리는 죽음에 관한 책을 놓을 수가 없었다. 그렇게 보낸 19년, 죽음에 대해 연구(?)하다 보니 삶이 심플해졌다. 하루하루의 삶이 감사하고, 소중해졌다. "메멘토 모리 카르페 디엠", 죽음을 기억하고 현재를 살라는 호라티우스의 말처럼, 이 책이 독자 여러분들의 인생에도 작은 도움이 되기를 바란다.

2021년 6월 21일

고광애(《나이 드는 데도 예의가 필요하다》 저자)

차례

 죽음 전을 살아내는 노년

죽음
전을
살아내는
노년

"노년기의 핵심은 질서정연한 후퇴다."

– 슈미트바우어

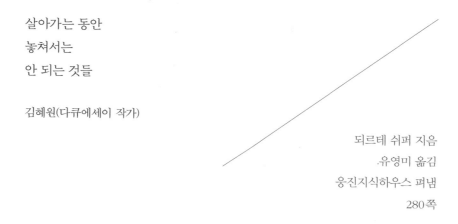

내 생의 마지막 저녁식사

살아가는 동안
놓쳐서는
안 되는 것들

김혜원(다큐에세이 작가)

되르테 쉬퍼 지음
·유영미 옮김
웅진지식하우스 펴냄
280쪽

　　　　　임박한 죽음을 앞에 둔 사람에게 먹는다는 것이 뭐 그리 중요하다는 것인가? 마지막 기도라든가 마지막 만남을 주제로 한다면 심오한 통찰을 얻을 수 있겠지만, 음식에 관한 것이라니 좀 황당하지 않나? 먹거리에 관심을 갖는 상태라면, 호스피스 입주에 해당하지 않는, 생명연장의 가능성이 있는 환자들을 말하는 건 아닐까? 등등 여러 의문들을 전제로 하면서 이 책에 다가갔다. 나의 보다 큰 관심은 죽음이 임박했음을 의식하는 단계에서는 단식을 통해서 고통 가득한 삶을 끝내는 소극적 안락사의 방법에 닿아 있었기 때문이다.

죽음 앞에서 왜 하필 음식 타령인가?

이런 의문은 나만의 것이 아닌 모양이다. 이 책의 주인공 격인 요리사 루프레히트 슈미트 자신도 종종 이런 질문을 받는다고 말한다. "호스피스에 왜 요리사가 필요해?", "호스피스에서 요리하는 게 보람이 있어? 어차피 죽을 사람들 아니냐?"는. 그런데 뜻밖에도 이 책은 나에게 새로운 관점을 열어 보여 주었다. 음식이 비록 영양소적 기능을 할 수는 없다 하더라도 음식과 얽힌 행복했던 순간들을 추억하게 함으로써 지나온 삶을 긍정하고 평온과 감사 가운데서 삶의 마지막을 맞을 수 있도록 돕는 정신적 기능을 한다는 점이다.

'무엇을 먹을 것인가'는 다른 사람의 뜻에 따르지 않고 무엇을 스스로 결정할 수 있는 마지막 위안이다. 스스로 자신을 위해 결정한 즐거운 순간이 모든 것을 내려놓고 편안한 죽음을 맞이하는 계기가 될 수 있다는 것이다.

요리사에게 보람만 있는 건 아니다. 입주민의 주문에 따라 최선을 다해 만든 음식을 입에 대지 못한 채 한 자루 촛불로 타오를 때의 좌절감. 그러한 양가적 기분을 그는 롤러코스터를 타는 것과 같다고 말한다. 그럼에도 그는 이 일에서 물러서지 않는다. 다양한 죽음의 모습을 매일매일 경험함으로써 그는 일상에 안주하려는 나태함을 일깨운다. 또한 어느 순간에 닥칠지 모르는 자신의 죽음에 대비하려는 긴장을 놓지 않는다. 삶에서 진실로 중요한 것이 무엇인지를 끊임없이 묻는 지혜를 얻으려 한다. 이제 이 멋진 요리사와 그가 만든 마지막 요리를 즐긴 사람들 이야기 속으로 들어가 보자.

"마지막 식사, 어떤 것을 먹겠습니까?"

되르테 쉬퍼는 독일의 저널리스트. 독일 ARD 방송국에서 TV 방송 다큐멘터리를 취재, 제작하고 있다. 호스피스 로이히트포이어 입주민들의 이야기를 다룬 '호스피스의 럭셔리 요리사'로 독일 내 가장 유명하고 오래

된 기자상 에리히-클라우데분데를 받았다.

저자는 이 책을 쓴 목적과 독자에게 거는 기대를 프롤로그에서 이렇게 말한다.

"마지막 만찬을 준비하는 요리사와 그가 만난 이곳 사람들의 이야기를 들으면서 먹는다는 게 삶의 증거라는 사실을 새롭게 깨달았다. 열심히 땀흘리고 난 후에 배고픔을 느끼고, 맛있는 음식 냄새를 맡으면 자연스럽게 침이 고이고, 눈앞의 진수성찬을 그냥 넘기지 못하고 맛을 보는 것, 이렇게 먹고 싶다는 생각이 들고, 식욕을 채울 만큼 양껏 먹을 수 있는 것, 이 모든 게 당신이 살아 있다는 증거다."(p.8)

"…살려고 먹는다는 말은 이들에게는 통하지 않는다. 그들이 얻고 싶은 것은 시간이다. 기억 속에 존재하는…놀랍게도 음식을 통해 그 시간은 다시 살아 움직인다. 찌릿한 미각이 희미했던 기억을 또렷하게 재현해낸다. 이곳 사람들은 자신의 인생에서 다양한 시간들을 길어 올렸다. 마지막 음식이 사람들의 남은 생을 풍요롭게 만든 것처럼, 이 책이 당신의 남은 삶을 더 풍요롭게 할 수 있으리라 믿는다."(pp.10~11) 그래서 저자는 우리에게 이렇게 묻는다. "마지막 식사, 어떤 것을 먹겠습니까?"

작가의 눈에 비친 이곳 입주민들의 죽음에 대한 태도나 반응은 아주 다양하다.

"초연한 사람도 있고, 우울해 하는 사람도 있고, 격하게 분노하는 사람도 있다. 냉담한 사람도 있고, 블랙유머로 일관하는 사람도 있고, 냉소적인 사람도 있다. 제삼자가 그들의 감정과 반응에 대해 이러쿵저러쿵 하는 것은 부당한 일일 것이"(p.67)라는 작가의 입장이 간략하게 드러나 있다.

'로이히트포이어'와 요리사 루프레히트 슈미트

독일 함부르크에 있는 호스피스 '로이히트포이어(등대의 불빛)'. '인생의 날을 늘려줄 수는 없지만, 남은 날들에 생기를 불어넣을 수 있다'는 간판 문구가 방문객의 눈길을 끈다. 이곳은 종교계와 문화계 인사, 지역 정치인, 예능인, 기업가 등이 합해 500만 마르크를 모금하여 설립되었다. 자랑 중에 하나는 번듯한 부엌을 갖추고 프로 요리사를 고용한 것이다. 건강보험이 지급하는 금액으로는 어림도 없는 일이다. 대부분의 호스피스는 대형 급식업체에 의존할 수밖에 없다. 이곳은 관대한 후원자들 덕분에 예외다.

이곳에서 11년 동안 요리를 담당하는 요리사 루프레히트. 그의 하루는 현관에 촛불이 켜져 있는가 그렇지 않은가를 확인하는 데서 시작된다. 초가 켜져 있으면 입주자 중 누군가가 세상을 떠났다는 표시다. 간밤에 세상을 떠난 입주자가 원하던 메기요리를 마지막 식사로 제공했던 것을 천만다행으로 여기는 날이 있었다.

누군가의 마지막 식사가 될 수 있을지도 모르기에 그는 오늘도 그 일에 기력과 지식은 물론 혼을 담는다. 삶에 작별을 고해야 할 사람들에게 미식가적인 즐거움을 주는 것이 그의 임무다. 아니 그 이상이다. 몸이 필요로 하는 것뿐만 아니라 마음이 필요로 하는 것도 채워 줄 수 있어야 하기 때문이다.

특급호텔과 고급식당의 전도유망한 요리사였던 루프레히트. 그는 남들이 꿈꾸는 성공의 길에서 하차하고 46세에 이곳에 왔다. 정성을 다한 음식을 통해 입주민들의 잃어버린 식욕을 일깨움과 동시에 잊혀진 삶의 추억과 시간들을 길어 올리는 소중한 역할을 한다.

그는 아침마다 병실을 돌면서 먹고 싶은 음식을 물어본다. 그는 제일

신선한 최고의 재료를 구입한다. 그러나 그가 가장 큰 관심을 기울이는 바는 건강에 좋은 최고의 요리가 아니라 그 환자가 기억하는 추억 속의 미각에 가장 근접한 '보통' 음식을 만드는 일이다. 그래서 일상적인 요리들을 맛있게 하는 법을 추가로 배워야 했다.

그는 한꺼번에 여러 가지 요리를 하지만 요리를 하는 동안 침묵한다. 그 대신 손님들 생각을 많이 한다. 어떤 사람에게 어떻게 기쁨을 선사할 수 있을까? 무엇으로 누구를 놀라게 할 수 있을까? 그 바탕에는 두 개의 기본 관심 단어가 있다. '보호'와 '품위'. 그는 입주민들에게 요리사로서 할 수 있는 범주 내에서 최선의 보호를 받고 있다는 느낌을 주려고 노력한다. 또한 "죽음을 앞둔 사람들은 가치 없는 사람들인가요?"라고 되물으며, 미각적인 즐거움으로 그들을 '신체적으로나 정신적으로' 북돋아 주려고 노력한다.

죽음을 배우다

아르스 모리엔디(죽음의 기술),
죽음에는 준비가 필요하다

기윤덕(웃음치료사, 미술치료사)

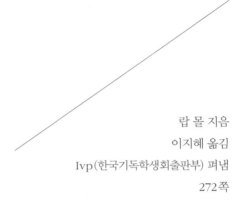

랍 몰 지음
이지혜 옮김
Ivp(한국기독학생회출판부) 펴냄
272쪽

　　　　　　나는 각당복지재단 메멘토 모리 독서모임을 통해서
2014년 9월 24일에 《죽음을 배우다》를 읽게 되었다. 당시는 남편이 사망
하고 6년째 되는 해였다. 《죽음을 배우다》는 남편을 떠나보내고 죽음에
대해 궁금해 하던 나에게는 호기심을 유발하는 책이었다. 저자인 랍 몰
은 자유 기고자이자 작가이다. 〈크리스채너티 투데이〉, 〈리더십 저널〉 등
다수의 잡지에 글을 기고하며 호스피스 자원봉사 활동도 했다. 가족과
함께 시카고에 살고 있다고 한다. 이 책을 읽으면서 나는 그동안 잊어버렸
던 기억을 되살릴 수 있었다.

책 속으로
"죽음은 하나님과 함께하는 삶으로 들어가는 문이다. 생의 마지막은 하
나님이 주신 아름다운 선물이 될 수 있다."(p.36)

20세기 의료 기술의 발달로 이전에 비해 죽음의 과정이 더 길어졌다. 만성질환이 임종 과정을 길게 만들고 그 과정에서 자신의 죽음을 예상할 수 있게 되었다. 서서히 찾아오는 죽음이 많은 사람에게 공포감을 준다. 하지만 현대 그리스도인들에게 신실하게 죽는 것이 무엇을 뜻하는지 다시 배울 기회를 제공하기도 한다. "그리스도인들은 전통적으로 죽음을 통해 신앙을 표현했다. 우리가 하나님의 형상대로 지음받았고, 예수님이 이 땅에 와서 죽으셨으며, 무덤에서 일어나셨고, 그분께 소망을 둔 모든 사람이 다시 일어나리라는 확신을 말이다."(p.44) "좋은 죽음이란 영생을 바라는 소망을 신실하게 표현하려 애쓰는 것이다."(p.59)

이 세상에서 저세상으로 옮겨 가는 누군가의 모습을 곁에서 지켜보면서 우리는 우리를 기다리고 있는 아름다운 운명을 살짝 엿본다. 그리고 우리에게도 하나님이 필요하다는 사실을 새삼 깨닫는다. "인생을 잘 살아야 좋은 죽음도 맞을 수 있다는 사실을 알고 우리도 영원한 관점에서 살아갈 원동력을 얻는다."(p.249) "죽음이 기술인 까닭은 하나님이 죽음 통해 일하시기 때문이다."(p.250)

난 가장 사랑하는 남편과 가장 친했던 친구 두 사람의 죽음을 곁에서 지켜봤다. 남편은 만성신부전이라는 병으로 죽음을 맞이했고 친구는 말기 대장암으로 삶을 마감했다. 남편은 젊은 시절부터 믿음생활을 했고, 친구는 세상을 떠나기 5개월 전부터 믿기 시작했다.

남편은 44세 젊은 나이에 만성신부전이라는 진단을 받았다. 그리고 58세에 신장이식 수술을 한 후 3일 만에 이식한 신장이 망가져 다시 혈액투석을 시작해야만 했다. 남편은 64세 되는 겨울에 쓰러져 무의식상태가 되었고, 의사의 반대에도 뇌수술을 강행하였다. 수술 후 중환자실에서 연명치료를 시작했다. 중환자실에서 21일간 병마와 싸운 후 사망에 이르렀다. 난 그의 곁에서 〈시편〉과 그가 좋아했던 복음성가를 불러주며 편안한 죽음을 맞도록 도와주었다.

난 남편과 죽음에 대해 이야기한 적이 없었다. 그는 삶에 대한 애착이 강하였다. 그래서 신장이식을 원했고 실패 후 절망하며 하나님과 자신을 원망하고 모든 일에 짜증을 냈다. 몇 달이 지난 후 하나님께 기도하고 말씀을 묵상하며 다시 안정을 찾았다.

남편은 자신이 죽고 난 후 가족들이 어떻게 살아야 하는지에 대한 고민을 많이 했었다. 자신이 떠나간 후에 아내인 내가 홀로 설 수 있도록 공인중개사 자격증 따기를 권유하고, 막내아들의 외국어 학원비 1년치를 완납해 주기도 했다. 남편은 자신의 힘들었던 삶을 일기장에 쓰고, 자신의 죽음을 생각하며 장례식 절차를 적어 놓는 등 삶의 마무리를 일기장에 써 놓았었다.

책을 읽고 나서

이 책은 호스피스 종사자, 의사, 간호사, 생명윤리학자, 유가족, 간병인, 영성 지도자들의 이야기를 통해 죽음 문제의 구체적 사례를 제시하고 있다. 서서히 찾아오는 죽음 앞에서 임종과 돌봄 그리고 죽어가는 자와 남은 자에게 어떻게 이야기해야 하는지, 기독교 안에서 좋은 죽음이란 어떤 것인지, 기독교의 장례식 및 애도는 어떻게 진행하는지, 어떻게 죽음을 생각하고 바라봐야 하는지 등을 기독교인의 눈으로 보며 사례를 통해 이야기하고 있다.

이 책에서 기독교를 믿는 많은 사람들은 영적인 문제가 가장 중요하며, 우리의 믿음을 드러내야 할 중요한 영역이 죽음을 실천하는 방식이라고 말한다. 그리스도의 죽음과 부활을 통해서 하나님을 바라보게 하며 이 모든 일이 하나님이 하시는 일이라고 이야기한다.

그렇다면 내 남편의 죽음과 친구의 죽음은 좋은 죽음이었을까?

토론을 위하여

당신은 개인적으로 죽음을 어떻게 생각하는가? 죽음을 앞둔 사람과 지속해서 만난 적이 있는가?

난 죽음은 하나님과 만나는 것이라고 생각한다. 남편의 죽음과 친구의 죽음을 옆에서 지켜봤다. 남편은 뇌출혈로 쓰러져 중환자실에서 생을 마감했다. 면회시간에 성경과 찬송을 들려줄 수 있었다. 남편이 죽음을 맞이하고 3년이 지났을 때 대장암 말기라는 선고를 받은 친구는 자신의 병간호를 부탁했고 난 두말없이 해주겠노라고 했다.

남편이 죽은 후 난 죽음 공부를 시작하여 5개월의 시한부 삶을 살고 있는 친구의 병간호를 하며 친구의 마지막을 준비해 줄 수 있었다. 친구에게 하나님을 알려주었고 친구는 하나님을 영접하고 고통이 찾아올 때 기도실에 가서 기도와 찬송을 부르며 다른 환자들에게 전도하기도 했다. 친구가 마지막 가는 길, 고맙고 미안하다는 인사를 내게 남기고 편안한 얼굴로 하나님 품으로 돌아갔다.

예수님은 어떻게 죽음에서도 우리의 모범이 되시는가?

예수님은 사람의 형상으로 오셔서 많은 고통을 받으셨다. 돌아가시기 전 죽음을 앞두고 감람산에서 죽음을 준비했다. 십자가에 못박혀 돌아가시는 순간에도 자기 뜻대로 마시옵고 하나님의 뜻대로 하시기를 바랐다. 그분은 자기 영혼을 포기하고 기꺼이 죽음으로 완벽한 희생을 드러내셨다.

그 후 삼일 만에 부활하셔서 죽음의 권세를 이겨내시므로 많은 그리스도인에게 희망의 빛을 비추었다. 그러므로 많은 그리스도인은 죽음을 두려워하지 않게 되었다.

너무너무 힘들었지만 결국엔 좋은 결과로 이어진 사건이나 상황이 있었는가? 또다시 그런 어려움이 찾아온다 해도 결과가 좋았기 때문에 기꺼이 받아들일 의향이 있는가?

남편의 죽음은 우리 가족의 믿음생활에 커다란 전환점이 되었다. 아이들은 신실한 믿음을 갖고 있는 아버지의 죽음을 이해할 수 없다며 "하나님이 살아계시면 어떻게 이럴 수가 있느냐"는 말로 하나님을 부인하였다. 나는 "병을 앓고 있는 아버지의 고통을 더 이상 볼 수 없었던 하나님께서 편안한 삶을 살아갈 수 있도록 고통 없는 곳으로 데리고 가셨다"는 말로 아이들을 이해시킬 수 있었다. 만약 내가 죽음을 맞이하게 된다면 아이들이 나의 죽음도 하나님과의 영적 문제로 이해해 주었으면 하는 바람이다.

당신의 말년이 어떤 모습이기를 바라는가?

나의 말년은 주님의 말씀을 묵상하며, 자녀들과 함께 주님께 나아가는 삶, 주님이 부르실 때 모든 사람과 감사의 인사를 나누고 내 주변을 정리하고 주님 곁으로 갈 수 있는 편안한 모습이었으면 한다.

죽어가는 사람과 함께 있을 때 거북함을 느끼지 않는가?

지인의 죽음을 함께하면서 평안히 죽음을 맞이하도록 하나님과 동행할 수 있도록 기도하고 찬양하였다.

장례식은 애도 과정에서 꼭 필요한 부분인가 아니면 사람들이 자신의 슬픔을 표현하는 많은 방법 중 한 가지에 불과한가?

남편의 장례식을 통해서 많은 생각을 했다. 많은 사람이 돈 봉투를 내밀며 절하고 슬픔을 표현한다. 그런 행위는 슬픔의 표현 방식이기도 하겠지만, 고인을 잃은 슬픔보다는 고인에 대한 미안함을 표하는 것은 아닌가 생각했다.

사랑하는 사람의 죽음에서 회복하기까지 얼마나 오랜 시간이 필요하다고 생각하는가? 어느 시점에서 애도를 멈춰야 할까?

남편의 죽음이 내겐 대인기피증을 앓게 했다. 사람을 만나는 두려움으로 한동안 집 밖을 나갈 수 없었다. 나의 이런 행동을 본 지인이 웃음치료를 권했고 웃음치료를 통해 6개월 만에 회복될 수 있었다. 10년 동안 봉사, 여행, 강의 등을 하며 바쁘게 일을 하고 다녔다. 돌이켜 생각해 보면 겉으로는 의연한 듯했지만, 완전히 회복되기에는 10년이 걸리지 않았나 한다. 사람들은 많은 말로 애도를 하려 한다. 각자 애도하는 방법이 있겠지만 가만히 안아주는 것이 좋은 방법인 것 같다. 남은 자의 이야기를 들어주는 것이 진정한 애도가 아닐까?

죽음의 기술은 삶의 기술과 어떤 면에서 동일한가?

죽음을 준비한다는 것은 삶을 준비한다는 것과 같다. 어떤 죽음을 맞이하느냐는 어떤 삶을 사느냐에 달려 있다고 생각한다.

나는 나대로 혼자서 간다

63세의 나이로 데뷔한 신인 작가,
삶은 매일이
새로운 시작이다

장상애(전 고등학교 교사)

와카타케 치사코 지음
정수윤 옮김
토마토출판사 펴냄
168쪽

저자 와카타케 치사코(1954 ~)는 일본 이와태현 도오노시에서 태어났다. 결혼 후 지금까지 쭉 주부로 지내다가 55세부터 소설 강좌를 들으며 8년 후 이 소설을 썼다. 이 작품으로 63세의 나이로 2018년에 일본에서 가장 권위 있는 제158회 아쿠타가와상을 받았다. 이 소설의 등장인물은 주인공 모모코 씨로 74세 가정주부다. 남편과 사별 후 낙후된 동네의 낡은 집에서 혼자 산다. 그 밖에 모모코 씨 내부에서 들려오는 여러 목소리들이 있다.

이야기의 배경은 요즘 시대, 장소는 주인공이 1975년부터 살고 있는 낡고 적막한 집, 병원, 남편의 무덤 등이다. 옮긴이의 글에서 보듯 모모코 할머니가 쓰는 말은 도호쿠 사투리. 도호쿠는 혼슈의 최북단, 삼림이 우거진 지역으로 오랜 세월 대도시로 접근하기가 쉽지 않던 지역이다. 번역자는 도호쿠 방언을 강원도 방언으로 옮겼다. 이 책의 제목 '나는 나대로 혼자서 간다(Ora Orade Shitori egumo)'는 '비에도 지지 않고'로 잘 알려진 시인 미야자와 겐지의 '영결의 아침'에 나오는 유명한 시구라고 한다. 소설의 내용은 다음과 같다.

모모코 씨 집

모모코 씨는 남편을 먼저 떠나보내고 혼자서 살고 있다. 아까부터 온몸에서 툭 터진 듯 북받쳐 오르는 도호쿠 사투리를 들으며 혼자 차를 홀짝이고 있다. "우째문 좋아, 인제 나 혼차 우째 살문 좋아, 하는 수 읎지. 벨거 아이야, 갠찮다. 니인텐 내가 있장가. 니하구 나하군 마지막까지 같이 가는 기야. 야야라, 그러는 니는 누기야. 거 무슨 말이 필요해. 나는 니다. 니는 나다."(p.4)

이 뇌리에서 흘러나오는 목소리와는 별개로 등 뒤에서 바스락 소리. 쥐가 봉지를 물어뜯는 소리가 큼직하게 울린다. 불쾌하기 짝이 없지만 모른 척 그 소리에 맞춰 차를 홀짝인다. 사실 모모코 씨는 쥐는 고사하고 벌레만 봐도 비명을 지르고 남편 뒤로 숨으며 남편 앞에 여린 여성의 모습을 드러내는 것을 부부가 즐기곤 했다.

1975년부터 살고 있는 집. 당시는 신흥 주택가였으나 지금은 빈집이 많은 쓸쓸한 동네이다. 방에 쥐가 나오는 곳에 혼자 살며 내면에서 들려오는 도후쿠 사투리의 목소리들을 듣고 그들과 교감한다. 살아온 날들에 대한 정리를 해 가면서 남은 삶의 방향을 결정하는 데 그 목소리들이 무척 중요하다.

중후한 노인의 목소리를 듣는다. "세상엔 암만 해도 어쩔 수 없는, 어떻게도 안 되는 일이 있다는 걸. 오만 가지 노력에 몸부림을 치 봐도, 요맨치두 통용이 안 되는 일두 있다는 걸."(p.24) 인생에서 큰 파도에 한번 잡아먹혀 본 사람은 잔물결 따위는 무섭지 않다고 모모코 씨는 생각한다. 노인은 '쥐도 벌레도 사람도 큰 차이 없다. 이렇게 저렇게 살면서 은연중에 떠날 날을 기다리는 동료'라고 말한다.

자신보다 소중한 자식은 없다

창가에 서서 장마철 거센 빗줄기를 지루한 줄 모르고 바라보고 있다. 딸아이의 부쩍 잦은 전화를 생각해 본다. 가까이 살면서 전화 한 통 안 하던 딸이 "엄마 화장지 있어? 세제는? 우유는? 쌀은 있어요?" 하고 엄마를 살펴준다. 그런데 어느 날 수화기 너머 딸이 "엄마, 저기…나 돈 좀 빌려줄 수 있어?" 하고 묻는데, 졸지에 말문이 막혀 대답을 못하는 사이에 홱 쏘아붙인다. "뭐야, 오빠였으면 당장 빌려줬을 거면서!"

자신과 엄마의 관계가 떠오른다. 고등학교 졸업 후 농협에서 일 잘하고 있었는데, 엄마는 결혼 같은 건 시시한 것이고 집에 있으면서 계속 일하라고 한다. 집의 대를 이을 오빠를 위해 일하란 말인가? 그러던 중에 농협 조합장 아들과 아무 감정도 없이 중매로 약혼까지 했지만 혼례 사흘 전 도쿄 올림픽 팡파르가 울려 퍼질 때 무작정 집을 탈출했다. 고향을 떠나 엄마 없는 곳에서 새로 시작하고 싶었다. 지금까지 애들 엄마로만 살아온 모모코 씨는 딸에게 말하고 싶다. 어느 자식보다 '내'가 더 소중하다고.

병원 대합실

평소와 달리 나름대로 잘 차려입고 병원 대합실에 앉아 있다. 분과 립스틱도 바르고 빛이 바래긴 했지만 꽃무늬 블라우스에 도금이지만 금팔찌도 찼다. 산속에 홀로 사는 짐승이 마을로 내려오는 것처럼, 살아 있어도 괜찮은 것인지, 남들은 어떤지 알아보려고. 딱히 아픈 곳은 없지만 병원에 와서 많은 사람들을 훔쳐본다. 다들 쓸쓸한 가운데 빠져나와 있겠지…. 병원을 나와 늘 가던 카페의 창가에 앉아 소다수를 마시며 내부에서 들려오는 다양한 목소리가 고립된 인간을 꽤 의지하게 만들고 있다고 생각한다.

남편 슈조. 팡파르에 떠밀리듯 도쿄로 향하던 시절. 회상은 늘 여기서 시작한다. 음식점에서 열심히 일하던 시절, 하루는 꿈에 고향 영산 핫카쿠산을 보고 이 산이 묵직하게 마음에 남아 있는데, 점심시간 가게에서 우렁찬 도호쿠 사투리의 남자 손님을 만났다. 핫카쿠산 이야기로 말을 트고 공감대가 생기고 차츰 친해졌다.

결혼 후 슈조가 고독하지 않도록 자나 깨나 그를 기쁘게 해주려고, 힘들어하지 않게, 그의 이상적인 여자가 되려고, 자연스럽게 그를 위해 사는 것이 목적이 되었다. 부모님 뜻대로 살지 않겠다고 집을 떠났는데, 결국 옛날 사람들 방식에 붙들리고만 삶이었다.

내부에서 소리가 들린다. "나 있지 행복했어." 또 다른 소리, "난 반쪽밖에 못 살았다."

슈조를 위해 산다, 내 손으로 만든 껍질이 갑갑하게 느껴졌던 순간, 더는 슈조를 끌어들이지 않고 나를 마주하게 된 바로 그때, 슈조는 떠났다.

남편 무덤을 찾아가는 길

아침에 별일 없이 뒹굴거리는데, "이리와 어서와" 그리운 목소리를 듣는다. 반사적으로 부엌으로 가서 찻물을 끓이고 주섬주섬 도시락을 싸고 남편의 묘소를 향한다. 목적이 생겨 즐겁다. 산기슭 오솔길로 들어서며 올해도 가을까지 무사히 왔음을 감사한다. 젊을 때 못 느끼던 감정이다. 슈조를 만났을 때, 애 둘을 품에 안고 열심히 살 때를 생각하면, 입가에 웃음이 퍼지고 그립고 따뜻하다. 하지만 이제껏 살면서 가장 빛난 건 그 때가 아니다. 가슴이 뛰고 떨리고 두근거리며 모모코 씨를 뿌리부터 바꾸어 놓은 때는 슈조가 죽고 난 지 몇 년 뒤였다. 모모코 씨는 자신이 가장 빛나던 때라고 생각한다.

걷고 있는 길가에 중년 여자가 나타나 말한다. "슈조는 죽었다. 네가 힘들 때, 절망할 때 자유롭게 살라고 진심으로 격려했다." 그때 기뻐하고 있는 나를 발견했다. 그랬다. 나는 슈조의 죽음을 기뻐하고 있었다. 슈조는 내가 반해서 돌아볼 겨를 없이 결혼한 남자였다. 그럼에도 한 점의 기쁨이…난 오직 내 힘으로 혼자 살아보고 싶다. 슈조는 날 혼자 살게 하려고 죽었다. 슈조의 배려다.

무덤가에서 빨갛게 익은 쥐참외 열매를 발견하고 감탄하며 웃고 또 웃는다. 이 터져 나오는 웃음은? 붉은 것에 감탄할 줄 아는 내가 아닌가. 모모코 씨는 이 터져 나오는 웃음은 나의 의욕이며 나의 생은 지금부터라고 생각한다. 아직 끝나지 않았다.

지켜준다는 건

초가을 남편의 무덤에 다녀온 뒤 식욕도 좋고 정체 모를 고양감에 들떠 있는데, 허리에서 우두둑 소리가 계속 나서 늙음에 대해 생각한다. 늙음도 하나의 문화가 아닌가. 나이 먹으면 응당 이렇게 처신해야지, 하는 암묵적 합의가 인간을 늙게 만든다. 이런 압박에도 나는 나대로 가는 데까지 간다. 남편이 죽은 뒤로 인생은 잃어야 얻는 인생이구나 생각했다. 슈조와의 만남, 감사하다. 슈조와의 이별 감사하다. 자세를 바로하고 손을 모은다. 왼손에 전해지는 오른손의 따스함. 저세상에서 보내온 격려 같아서 모모코 씨는 너무 송구스럽다.

책을 읽고 나서

이 소설을 다 읽고 나서 첫 페이지를 다시 본다. 소설에서 작가는 무엇을 이야기하려는 것일까? 외롭지만 늘 외로운 건 아니어서 삶을 받혀주고 용기를 주는 누군가나 무엇이 늘 있다는 것, 이것이 이 소설의 주제가 아닌가 싶다.

빛바랜 꽃무늬 블라우스, 번쩍거리는 금도금 팔찌, 낡은 노트. 외출하는 모모코 씨가 한껏 멋을 부린 모습이다. 그녀는 어디서나 아무 때나 마주칠 수 있는 평범해 보이는 여성. 그러나 스쳐가는 사람들은 그의 속에 그렇게 남다르게 꽉 찬 세계가 있는지 짐작할 수 있을까. 내부에서 들려오는 목소리들이 그의 삶에 중요하고 이 들을 통해 자신의 약한 모습을 정리한다. 이웃에게 말수가 적은 그녀이지만 우울하지 않고 따뜻함이 배어나는 모습이다.

그녀는 젊은 날, 자신의 길을 찾고 싶은 마음이 폭발한 순간, 뒤도 돌아보지 않고 집을 떠났다. 도시로 접근이 어려운 산골 도호쿠에 태어나서 대도시 도쿄로. 보수적인 시절 더구나 결혼을 며칠 앞둔 시점에서 어떻게 탈출을 감행할 수 있었을까? 놀라움을 금치 못했다. 바라던 삶이 그렇게 간절했던 것이다! 그 시절 사회가 여성에게 바라는 가치를 던져버렸다. 가끔 꿈에 보이는 핫쿠카산이 고향 생각을 하게 만들지만 그녀는 돌아가지 않았다.

결혼, 남편에게 푹 빠졌었고 두 아이를 매달고 정신없이 달려 온 소중한 삶이었다. 그러나 내가 바라던 삶이 이런 것인가? 그 무렵 남편이 떠났다. 남편은 그녀를 너무도 잘 이해하고 있었던 것 아닌가. 그래서 그녀는 남편이 남겨 주고 간 시간이 너무 감사하고 혼자 남은 삶 역시 매우 소중하게 느낀다. 늙는 것과 죽는 것을 그리 걱정하지 않고 죽은 후에도 세계가 있다고 생각한다. 꿈에 보는 고향의 영산 핫쿠카산이 점점 작고 초라하게 여위어 가는 것이 바로 자신의 모습임을 받아들인다.

자식과의 관계가 인상적이다. 딸이 왜 갑자기 나타나서 엄마를 자상하게 돌보나? 내 예상대로 돈을 요구하는 장면이 나와서 참으로 씁쓸했다. 나는 왜 그런 예상을 했을까? 나는 딸과 어떻게 지내고 있는가? 모모코 씨는 자식은 더 이상 나와 한 몸이 아니라고 한다. 새겨 둘 말이다. 강원도 사투리는 리듬이 있고 간결하여 번역이 원작의 뜻과 감정을 잘 살렸다.

{ 2015년 10월 16일 }

노인은 늙지 않는다

두려움 없이
행복하게
나이드는 법

한정수(터닝포인트 대표)

마티아스 이를레 지음
김태희 옮김
민음사 펴냄
308쪽

       저자는 독일 뮌스터 대학교와 스페인 바르셀로나 대학교에서 심리학을 전공한 저널리스트로 정신병원 노인병동에 근무한 적도 있다. "나이가 들면 성격은 어떻게 변할까.", "몸과 마음은 어떻게 달라지며 부부 관계와 인간관계는 어떻게 변할까.", "죽음은 어떻게 받아들일 것인가.", "나이 든다는 것은 두려워할 일일까 아니면 좋은 면도 있을까." 우리는 나이를 먹으며 이런 질문을 마주하게 된다. 이 책은 적응, 성격, 기억, 성, 관계, 질병, 타인의 도움, 죽음, 자유로 구분하여, 두려움 없이 행복하게 나이드는 법을 알려준다. 그 내용을 간단히 소개한다.

적응

노년은 노화와 같은 말이 아니라고 한다. 노년은 사람마다 다르고 언제 시작하는지도 분명하지 않다. 노화는 인간이 세상에 태어나면서 시작되고 세상을 떠나면 끝나는 일련의 과정이다. 놀라운 일은 오늘날 우리는 너무 오래 산다는 사실이다. 오래 산다고 병에서 해방된 것은 물론 아니다. "일흔 살 이상의 노인 96%가 적어도 한 가지 질병에 시달리고 있으며, 30%는 5가지 이상의 질병에 시달리고 있다.… 몸이 나이 들어감에 따라 여러 가지 단점들이 뒤따른다. 신체적 노화 과정을 드러내는 징후들인 눈꺼풀이 늘어지고 피부에 주름살이 늘고 걸음걸이가 불안정해지는 등 노인에게 갖는 상투적 편견들을 떠오르게 하기 때문에, 사람들은 노화에 대해 더욱 두려움을 갖게 된다."(p. 25)

저자는 이렇게 노년기의 변화와 그에 대한 반응을 소개하면서, 예순살 넘어 암 투병을 이겨내고 계속 활동을 하는 여성 모델의 이야기를 해준다. 겉모습은 이전보다 나이 들어 보여도 '눈에 어른거리는 활기찬 광채는 더욱 빛나야 한다'는 것이다. "건강할수록, 소득이 높을수록, 사회적 계층이 높을수록, 만족감과 행복감이 크다. 하지만 이런 '객관적' 기준들은 우리 자신이 스스로 내리는 평가들보다는 덜 중요하다."(p. 38)

"노년기 핵심은 질서정연한 후퇴다"라고 정신분석가 슈미트바우어는 말한다. 나이듦에 우리는 어떻게 적응해야 할까. "한편으로 우리의 목표는 대개 여생이 얼마나 남았다고 가정하는지와 관계가 있다. 여생이 얼마 남지 않았다고 느끼면, 자아실현이라는 목표는 중요도가 낮아진다. 그 대신 안전을 꾀하고 다른 사람과의 관계를 깊게 하고, 전체적으로 최대한 좋은 느낌을 갖게 하는 활동들에 점점 더 에너지를 투여한다."(p. 39)

성격

나이 들면서 인간의 뇌는 줄어든다. 하지만 우리는 죽는 순간까지 변화하여 적응하고 학습할 수 있다. 몸을 움직이지 않던 노인들도 규칙적으로 운동하면 얼마 후 인지 능력이 훨씬 좋아진다. 그러나 훈련은 그 분야에만 효과가 있다. 노년기 정신적 능력을 향상하려면 자신의 시간과 에너지를 어떤 특수한 능력을 키우는 데 투자할 것인지 아주 면밀하게 고민해 봐야 한다. 나이 들수록 인지 능력은 감퇴하지만 감정도 그렇다고 단정할 수는 없다. 노년기에 여러 가지 손실이 나타나지만, 삶에 대한 만족도는 젊은 시절만큼 높게 유지될 수 있다. 성격은 점점 더 안정되고 강화된다. 변화하는 현실을 인식하는 것이 중요하다.

기억

우리는 나아가 들면 더 자주 그리고 더 강렬하게 회상하기 시작한다. 나이가 들수록 젊은 시절에 대한 기억이 더 좋아지고 이미지들이 더 정확해진다. 그에 비해 마흔 살이나 쉰 살 때의 경험들은 거의 의미를 갖지 않는다. 우리는 기억이 매우 선택적이고 방해받기 쉽다는 사실을 인정해야 할 것이다. 노년기에는 미래 전망이 가치를 잃는다. 그리고 과거를 생각하는 일이 늘어난다. 인생의 끝이 비교적 가까워졌기 때문이다.

성(性)

노년기의 성은 어떻게 변하는가. 70~75세 남성 94.7% 여성 77%는 여전히 성욕을 느낀다. 물론 그 이상의 노인들도 절반 이상이 욕망을 느낀다고 밝힌다. 노인의 삶에서 성은 여전히 큰 역할을 한다. 그러나 성적 관심과 성적 활동 사이에는 격차가 있다. 노년에는 신체적 쾌적함이나 애무 정도가 정열적 섹스를 충분히 대체할 수 있다. 그러므로 나이 들어도 부부간에 최대한 신체 접촉을 유지하라.

관계

나이 들수록 대인 관계는 줄어든다. 가장 중요한 것은 경청해 주는 사람이 있는 것, 즉 커피 한잔을 앞에 두고 수다 떨 수 있는 것이다. 노년엔 점점 더 자신에게 알맞은 일만 하게 된다. 그리 좋아하지 않거나 더는 필요 없는 정보와 자극만 주는 관계에 소홀해 자발적으로 끝내게 된다. 그리고 고독감과 무력감이 생겨 위기에 취약해진다. 외로움은 어떻게 막을 수 있을까? 우선 자신을 인정하고 편안한 제2의 거실을 만들어라. 내 돈으로 만드는 게 아니라 복지관이나 마을 학교에서 내 자신이 편하도록 봉사도 하며 내가 즐기는 일을 하는 것이다. 노인에 대한 편견이 없는 곳이다. 대인 관계를 사전에 준비하는 곳이다. 다른 사람을 어떻게 대해야 하는지 익히는 훈련장이다.

질병

사실 노년에 건강하긴 힘들지만 고통받지 않도록 기도해야 한다. 노년기에 병에 걸릴 확률은 훨씬 높지만, 노년에만 나타나는 질병이란 없다. 노년기에 생기기 쉬운 병은 동맥경화, 관절증, 골다공증, 제2형 당뇨, 녹내장, 암이다. 예방이 최선이지만 실천은 많지 않다. 당연히 독립성을 잃는 것을 두려워하지만 병에 걸려도 비교적 건강하다고 느낀다. 건강 상태가 더 나쁜 동년배 노인과 비교해 아직은 괜찮다고 느끼는 것이다. 치매와 우울증은 노화 과정의 통상적인 결과가 아니니 적극적으로 치료해야 한다.

타인의 도움

노인이 자기 결함을 알고 미래를 내다보며 계획하고 적절한 때 도움을 청하기는 매우 어렵다. 수십 년 동안 살아오면서 구체적인 도움 요청 방법

자체를 잊었다. 도움을 청하는 적절한 말도 모르고 알맞은 시기도 몰라 친한 사람에게 청하는 경향이 있다. 자녀의 도움은 당연하게 여기고 기대한다. 그리고 누구한테도 부담이 되고 싶지 않다고 한다. 그래서 자녀가 자주 전화하지 않으면 서운해한다. 그렇다면 어떤 도움이 가능한가? 몸이 아플 때처럼 도움이 필요하던 상황에서 어떻게 행동하고 느꼈는지 돌이켜 보는 것이 좋다.

죽음

기본적으로 노인은 어떤 병 때문에 죽는다기보다는 노화로 인한 신체 구성 물질 및 생명력 감퇴로 죽는다. 좋은 죽음이란 죽음에 임박해서도 대체로 의연하며 그 상황에서도 최선의 것을 올바르게 끌어내는 힘을 가지는 것이다. 죽음의 진행은 부정, 분노, 협상, 우울, 수용 단계를 거친다. 죽음은 이제까지 살아온 방식대로 맞이하게 마련이다. 인생에 당연한 일은 없다. 삶을 그대로 받아들여라.

자유

직장과 가정에서 의무가 사라지는 노후에는 새로운 자유가 생긴다. 사업에 대한 계획도 부담도 없다. 인생 최고의 행복을 누리고 자유로움을 느끼는 일, 그리고 이런 행복을 다시 그만두는 것도 내 자유다. 시간을 어떻게 설계할까? 노인의 70%가 뭔가 뚝딱거리며 만드는 일을 한다. 결과물이 나오기 때문이다. 산책, 정원 가꾸기, 신문 읽기, 카드놀이, 텔레비전 시청 하루 5시간, 부업, 간병, 강연 듣기, 자원봉사, 여행, 취미, 독서 등등 뒤늦은 자유로 무엇이든 다시 시작하려 한다.

모든 것의 가장자리에서

나이듦에 관한
일곱 가지
프리즘

장상애(전 고등학교 교사)

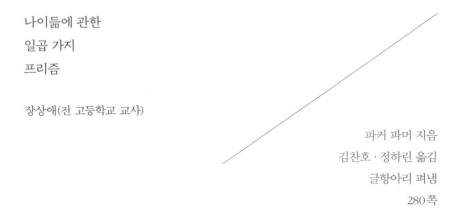

파커 파머 지음
김찬호 · 정하린 옮김
글항아리 펴냄
280쪽

　　　　　파커 파머(Parker J. Palmer, 1939 ~)는 미국을 대표하는 교육 지도자, 저술가, 커뮤니티 조직가로 미국 사회 각층의 지지를 받으며 멘토로 추앙받는 사회운동가. 사람들의 삶을 위한 사회의 노력과 교육의 중요성을 역설함. 특히 인종차별과 싸우고 있다. 원래는 감리교도이나 토마스 머튼(Thomas Merton, 1915~1968)의 영향을 받고 퀘이커 교도가 되어 활동. 그는 거의 50년 동안 토마스 머튼의 글을 읽고 삶의 방향을 바꾸고 사회운동에 전념했다. 그는 요즘도 머튼의 글을 읽고 대화한다고 한다. 머튼은 수도사로 평생 관상(contemplation)을 위해 침묵기도를 한 가톨릭의 존경받는 영성가이다.

　이 책의 원제는 'On the Brink of Everything'으로 7장으로 나누어지며 파머가 79세 되던 해에 나이듦에 대하여 그동안 써 둔 수필과 시를 편집한 것이다.

가장자리의 시선

나이 들면서 좋은 것은, 끝자락에서 바라보는 시선에 자신의 생애가 완전한 파노라마로 들어오며 과거와 현재, 미래에 대한 새로운 시야가 생긴다는 점이다.

돌아보면 오랜 세월 강박적으로 글을 쓰느라 주변의 아름다움에 눈을 돌리지 못한 것을 마음속으로 후회한다. 이제는 단순한 것들, 친구와의 대화, 숲속의 산책, 일출과 일몰, 달콤한 잠 같은 것을 즐기게 되고, 남겨진 시간은 줄어가는데 그냥 앉아 지낼 것이 아니다. 나이가 들어 더 이상 잃을 것이 없으므로 인생에서 공공선을 위하여 위험부담도 감수한다.

노년에 가장 절실한 물음은 "내 삶에 의미가 있는가?"이다. 인생이 특별히 의미가 있어야 한다면 절망할 것이다. "만물의 하나일 뿐"인 자신이 새와 나무보다 더도 덜도 중요하지 않다고 이해할 때 평화가 찾아온다.

나이 듦을 적극적으로 끌어안으며 예이츠의 시를 읽는다. "거짓으로 보낸 젊은 시절 햇빛 아래서 잎과 꽃들을 흔들어 댔지. 이제 진실을 향해 시들어가네."

젊은이와 노인

멘토링에 대한 생각. 멘토링은 길을 안내해 주는 일방통행이 아니고 서로의 잠재력을 일깨워 주는 상호작용이다. 멘토가 주는 만큼, 종종 멘티와 주고받는 선물이다. 젊은이가 우리와 같은 실수를 할까봐 걱정할 필요가 없다. 성공만큼이나 실패에도 가치를 두어야 한다. 자신의 그늘진 면, 이기주의, 탐욕을 만나고 "나의 그림자(shadow)도 나"라고 말할 때 나의 약점을 선한 일에 쓸 수 있다. 젊은이들에게 "매일 죽음을 눈앞에 두라"라고 말하고 싶다. 죽음을 건강하게 의식한다면 삶의 위대함에 눈이 열릴 것이다.

리얼해진다는 것 – 환상에서 실재로

재앙에 대한 명상: 서른 살에 토마스 머튼의 글에 영감을 받고 명상을 시작했고 실패는 명상적 삶이 취할 수 있는 한 방법임을 깨달았다. 실패를 직시하면 현실을 보지 못하게 하는 환상을 날려 보내고 나 자신과 세상과의 관계에 대한 진실 앞에 설 수 있다.

우정, 사랑, 그리고 구원: 토마스 머튼이 죽은 이듬해에서야 책을 통해 그를 만났다. 1969년 12월. 나는 그의 글과 말을 넘어 교감으로 만났다. 그와의 우정, 그가 내게 준 희망이 없었다면 내 일을 유지하지 못했을 것이다. 학위를 받은 후 교수직 제의를 거절하고 커뮤니티 조직가로 일을 시작할 때 아무도 나를 이해하지 못했다. 머튼이 말하는 '사회주변부'에서 성공 가능성이 낮아도 '하지 않을 수 없는 일'을 내 직업의 여정으로 결정했다. 머튼은 나보다 나를 더 잘 아는 것 같다.

참자아 탐구: 머튼은 '참자아(true self)'와 '거짓자아(false self)'를 구별한다. 그는 누구나 하나님이 만드신 참자아가 있다고 생각한다. 참자아를 탐구하는 것은 하나님에 대해 알고자 함이고 이는 영적 생활로 인도한다. 내가 교수직을 버리고 아무도 응원하지 않는 길을 택했을 때 머튼은 그것을 내가 참자아의 명령에 응답하려는 평생에 걸친 노력의 시작으로 봤을 것이다. 머튼이 명석하게 통찰했듯이 신에게 부여받은 자아를 이 땅에서 한 번도 드러내 보이지 못했다는 느낌으로 죽는 것보다 더 슬픈 일은 없을 것이다. 매년 일주일씩 숲속으로 피정을 가서 그곳에서 머튼을 만난다.

일과 소명- 삶에 대해 쓴다는 것

1978년 토마스 머튼에 대한 강의를 시작하면서 강의 내용과 그에 관한 에세이를 묶어 첫 출판된 책이 《역설에서 배우는 삶의 지혜》이다. 쓰는 과정에서 엉뚱한 생각이나 혼란에 빠지는 것을 그냥 두면 터무니없게도 더 좋은 글이 되기도 한다. 곤혹스러움, 좌절 등이 나의 무지의 층을 벗겨준다. 사람들의 내면과 주변의 모순들, 특히 신앙의 전통 안에서 발견되는 모순에 대해 쓴다. 기독교는 하나님의 이미지로 창조된 인간에게 차별을 감행한다.

바깥으로 손을 뻗기- 세상에 관여하며 살아가기

나는 퀘이커 교도로서 커뮤니티, 평등, 단순성 그리고 비폭력 같은 것에 가치를 두고 살아가는 종교적 전통 속에 있다. 그러나 정치와 관련해 조절에 문제가 있다.

비폭력을 열망하는 삶에서 분노의 역할은 무엇인가? 도덕적으로 잘못된 것을 선한 마음으로 피한다면 잘못이다. 잔인함을 보고도 분노가 없다면 나 역시 그들과 같다. 용서는 높은 권능에 맡겨야 한다. 분노를 억압하면 자신과 다른 사람들을 해치는 무기가 될 수 있다.

분노를 새로운 삶을 위한 사회적 행동에 쓴다면 구원을 향한 에너지로 전환될 수 있다.

내가 사랑하는 미국은 2017년 트럼프를 45대 대통령으로 취임시켰다. 그는 미국문화를 가장 삭막하게 만들고 있다. 그는 충동적이고 부와 권력에 대한 탐욕과 폭력적이며 자기애에 빠져 있다. 그는 여성, 멕시코인, 아프리카계 미국인, 이민자, LGBTQ(성소수자) 커뮤니티 멤버, 장애인 등을 해치는 자유 세계의 리더가 되었다.

나는 영혼이 담긴 사랑으로 조국을 위해 싸움을 시작하고 시민 담론
에 적극 참여한다.

안쪽으로 손을 뻗기 – 당신의 영혼에 관여하며 살아가기

인간의 연약함 끌어안기: 마울라나 제랄랏딘 루미의 시 '여인숙'으로 끌
어안기에 대한 마음을 연다. "기쁨·절망·하찮음·깨달음이 예기치 않은
방문객처럼 찾아온다. 설령 그들이 슬픔의 군중이어서 그대의 집을 난폭
하게 쓸어가버리고 가구를 몽땅 내가더라도… 그렇다 해도 찾아오는 손
님을 모두 존중하라. 그들은 어떤 새로운 기쁨의 자리를 마련하기 위해
그대의 내면을 깨끗이 청소하는 것인지도 모르니까.…누가 들어오던 감
사히 여겨라".

그러나 고백하면 나 자신을 세밀하고 정직하게 들여다볼 때 나에게 묘
하고 치명적인 모습의 백인 우월주의가 있음을 발견한다. 미국 역사만큼
이나 긴 이 현상에 나도 공모자이다.

가장자리를 넘어 – 죽으면 어디로 가는가

우리가 자신의 모든 존재와 행동을 수용할 수 없다면 진실성에서 벗어나
절망을 향해 나이 들지 않겠는가. 진지하고 정직한 자기 성찰을 통해 나
의 빛뿐 아니고 나의 그림자도 기꺼이 받아들일 때 보상이 주어진다. 자
기 모습 전체를 수용하려면 다음 세 가지가 중요하다.

첫째, 두려워하는 것을 회피하지 말고 그것을 향해 가라. 둘째, 젊은 세
대와 자주 접촉하고 그들로부터 배우고, 에너지를 얻고 그들이 그들의 길
을 가도록 지원하되 충고는 하지 말라. 셋째, 가능한 한 자연에서 시간을
보내라. 황무지를 치유의 장소로 여기는 이유는 황무지가 황폐함을 극복

하는 것을 보며 고통이 재생의 온상이 됨을 깨닫는다. 산불이나 허리케인으로 완전히 파괴되었던 숲이, 어떻게 죽음의 공허가 새로운 생명으로 채워지는지. 우리가 죽을 때 우리의 육체는 대지로 돌아가며 새로운 생명으로 대지가 바꾸어 줄 것을 안다. 인생과 결별이 즐겁지만은 않겠지만 다른 사람들의 새로운 삶을 시작하는 데 작은 몫이라도 보탤 수 있다면 기쁠 것이며 이런 기대는 삶을 죽을 만한 가치가 있는 것으로 만들어 준다.

책을 읽고 나서

파커 파머는 1969년 버클리 대학에서 학위를 마치고 대학 교수직 제의가 많았지만 거절하고 아직 젊은 나이에 가족을 이끌고 '사회주변부'의 일을 위해 떠났다. 아무에게도 이해받지 못하는 이런 선택은 토마스 머튼을 만나고 나서 일어난 일이다. 그의 수필 7편을 읽으며 그의 삶에 경외심이 느껴졌다. 자신이 준비했던 높고 명예로운 길을 과감하게 떨쳐내고 누구도 원하지 않는 외롭고 험한 좁은 길을 걸으면서 강한 의지로 모든 약한 곳을 위해서 어떻게 일하고 싸워 왔을까? 사람이 사는 곳은 어디나 그의 일이 있는 곳이다.

파머에게는 모든 사람은 그와 친구로서 우정을 나눌 수 있는 대상이다. 그는 조건 없는 사랑과 또 사회 구원에 대해 끊임없는 관심을 가지고 평생을 살아왔다. 인종 문제, 사회적 평등, 정치, 자연 등에 지속적으로, 새롭게 참여 운동을 해 오고 있다. 그는 80세 노인이지만 그의 사고는 나날이 새로워지며 젊어지는 것이 아닌가!

그의 이런 뛰어난 남다름이 어떻게 시작되고 어떻게 평생을 통해 지속 발전하게 되었을까? 이 모든 삶의 변화는 토마스 머튼을 만나고, 50년 동안 관상을 통해 자신의 참자아를 계속 찾아가기 때문인 것 같다. 이 두 사람은 실제로 만난 적은 없으나 평생 대화한다.

이 책을 읽고 토마스 머튼의 관상에 대한 강의를 들었다. 관상의 의미는 나와 하나님과 얼굴을 맞댐, 하나님과의 일치로 가는 작업이다. 관상을 통해 거짓자아에서 참자아로 간다. 거짓자아는 수시로 변하는 자기 욕망의 수준에서만 겉도는 외형 중시 자아이다. 이 관상 작업을 통해 하나님과 일치하고 세상과 나, 이웃과의 관계가 새롭게 발전한다(한석현 목사 강의 중에서). 토마스 머튼을 만난 것은 내게도 큰 수확이었다. 머튼의 고백록으로 알려진 자서전적 소설, '칠층산'(정진석 역/바오로딸 간행)을 추천한다. 고뇌하는 젊은이들을 하나님이 어떻게 구원해 주시는가를 감동적으로 아름답게 쓴 소설이라 평가받는 책이다.

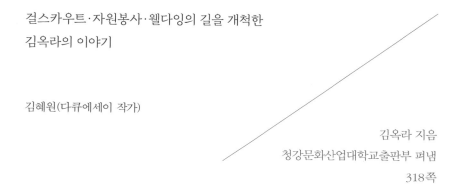

{ 2016년 12월 21일 }

날마다 아름다운 죽음을 살고 싶다

걸스카우트·자원봉사·웰다잉의 길을 개척한
김옥라의 이야기

김혜원(다큐에세이 작가)

김옥라 지음
청강문화산업대학교출판부 펴냄
318쪽

　　　　　백수를 맞으신 김옥라 선생님께서 쓴 책,《날마다 아름다운 죽음을 살고 싶다》의 출판기념회에 외람되이 자리를 차지했던 나는 그저 송구하고 부끄러웠다. 그리고 의아스러웠다. 비 내리는 늦은 밤에 이 많은 축하객들의 발길을 잡아끈 것은 도대체 어디에서 비롯된 흡인력이었을까? 이 물음은 책을 읽는 내내 계속되었다. 나이의 무게에 짓눌려 지레 늙어가는 나와 달리 그(이하 존칭 생략)는 여전히 삶을 사랑하기에 배우고 꿈꾸며 메마른 땅에 희망의 씨앗을 뿌리고 있는 진정한 청춘이라는 강렬한 느낌을 받았다.

　"살아온 인생을 곰곰이 생각하고 죽음을 떠올려 배울 때에야 비로소 미래로 나아갈 수 있다"고 믿는 그의 하루하루는 여전히 아름답고 열정에 차 있다. 언젠가는 죽을 수밖에 없는 유한한 삶을 받아들이고 날마다 아름답게 살면 그 아름다움이 축적되어 죽음도 아름다울 것이라는 간절한 그분의 소망이 녹아 있는 책이다.

그의 삶에서 걸스카우트(Girls Scout, 이하 G.S)와의 만남은 큰 의미를 갖는다. 그로 하여금 최초로 사회활동의 씨앗을 틔우게 했으며 이후 화려하게 꽃피운 국제 활동의 모판이 되었기 때문이다. 그 국제 활동을 통해 서구의 여러 나라들이 전문 지식인들의 자원봉사 활동을 사회 발전을 위해 얼마나 잘 활용하는지 배우게 되었다. 이는 우리나라 최초의 자원봉사 전문기관인 각당복지재단 설립으로 이어졌다.

영국에서 시작된 G.S.의 로고인 삼엽(세 잎)은 소녀들로 하여금 첫째 하나님과 나라를 위해 나의 힘을 다하겠고, 둘째 항상 남을 도우며, 셋째 G.S.의 규율을 잘 지키겠다는 다짐과 목적을 나타낸다. 그가 6·25 한국전쟁 중 부산 피난 시절, 젖먹이 아이를 안고 미국 G.S.에 트레이너를 보내 달라고 부탁하는 편지를 보내 본격적으로 시작된 우리나라 G.S. 활동은 전쟁 후 어린 시절을 지나며 자라나는 소녀들을 훌륭한 시민으로 키워내는 데 큰 역할을 했다. 수복 뒤 서울에서 G.S. 재건사업으로 이어져 전국적인 조직으로 키워내는 데 기여했다. 태평로 사무실 시대를 거쳐 현재의 안국동 시대를 열기까지 그는 중앙간사장을 거쳐 봉사하는 이사직으로서 15년간 눈부신 활약을 했다.

그는 신학 공부의 토대 위에서 교회장로로, 교회 여성 지도자로 발돋움했다. 한국감리교여선교회장, 에큐메니칼 단체인 한국교회여성연합회와 한국여신학자협의회의 회장을 역임하였다. 이 바탕 위에서 5년 임기의 세계감리교 여선교회장에 선출된 그는 64개국의 회원국 중 50여 개국 100여 도시를 찾아다녔다. 아시아를 비롯한 여러 나라 교회 여성들의 어려움을 알게 되면서 여성의 발전과 평등, 참여 등의 문제를 해결하려면 세계 여성들이 연대해서 국제기구에 호소해야 할 필요성을 깨닫기에 이르렀다. 마침 1975년에 U.N. 총회가 선포한 '여성 10개년'과 맞물려 있던 때라 이 지난한 N.G.O.가입이라는 과업을 성취하게 되었다. 이는 그의 오랜 교회 여성운동 경험과 지도력, 그리고 더 나은 미래를 향한 꿈의 결과라 볼 수 있다.

그가 오랫동안 힘을 쏟은 G.S. 활동이나 교회 여성 활동은 모두 자원봉사였다. 이러한 경험을 통해서 그가 절실히 느낀 점이 있었다. 이러한 자원봉사 활동을 조직화해서 체계적인 교육을 통해 전문화하고 적재적소에 봉사자를 파견하고 홍보하는 일이 필요하다는 깨우침이었다. 그는 봉사했던 교회나 기관을 찾아다니면서 자원봉사의 필요성을 역설하여 뜻있는 지인들을 모았다. 공개강좌를 열어 자원봉사자들을 교육했다. 자원봉사능력개발연구회를 창립하고 고아원, 양로원, 장애우 시설을 찾아 봉사하였으며 비행청소년 상담. 호스피스 봉사로 활동 범위를 넓혀 갔다. 이 연구회는 후에 남편의 아호를 딴 '각당복지재단'으로 발전하였다.

김옥라 부부는 자원봉사의 큰 틀을 차차 세워 가던 중 큰 슬픔을 당하게 된다. 갑작스럽게 맞은 남편의 죽음. 평생 그의 사회적 활동의 지지자이며 재정적 후원자였던 사업가 남편을 잃은 김옥라가 어둠의 동굴 안에서 1년여를 헤매다 계시처럼 깨달은 것은 '죽음을 공론에 부치자'였다. 그는 뜻을 같이하는 지인들을 모아 논의하였다. "죽음이라는 것을 어떻게 준비할 것인가"와 "슬픔을 치유하는 방법"으로 취지를 정리하여 만들어진 것이 '삶과 죽음을 생각하는 회'다.

1991년에 연 첫 공개강좌는 1000여 명의 청중을 끌어모으며 죽음을 말하기조차 꺼리던 우리 사회에 죽음 문제에 관심과 고민을 촉발하는 계기가 되었다. 이후 '죽음 준비 지도자 과정'이 시작되었으며 이 교육을 마친 인원이 현재 전국에 수천 명 포진해 있다. 또한 '메멘토 모리' 독서모임을 만들어 죽음을 주제로 한 책을 읽고 토론하는 장을 마련하고 있다.

"그는 의학자, 철학자. 심리상담 전문가, 종교인 들을 만나면서 다양한 시선으로 죽음과 삶에 접근해 갔다. 사랑하는 사람을 잃은 상실감을 극복한 것을 시작으로 자신의 삶을 객관적으로 돌아보고, 마지막 순간에 어떤 모습으로 죽음을 맞이할 것인지를 정하도록 했다"(p.50)

책을 읽고 나서

미국의 발달심리학자 에이브러햄 매슬로(Abraham Maslow, 1908~1970년)의 인간의 동기유발단계설(Maslow's Need's Hierarchy)에 의하면 인간의 행동을 유발하는 욕구는 5단계를 거친다. 가장 밑바닥에는 기본적인 욕구가 자리한다. 여기에는 생존에 대한 음식, 물, 공기에 대한 욕구와 안전을 보장받기 위한 욕구가 포함된다. 그다음 단계로 올라가면 애정과 소속감에 대한 욕구가 있다. 그 위에는 성장에 대한 욕구, 즉 개인적인 목표를 이루고 지식과 기술을 연마하고, 성취에 대한 인정과 보상을 받고자 하는 욕구가 자리한다.

마지막으로 맨 위에는 자아실현(self-actualization)의 욕구가 있다. 도덕적 이상이나 창조적 행위를 그것 자체를 위해 추구함으로써 자기실현을 하려는 욕구다. 이 욕구가 충족될 때 인간은 희열과 삶의 보람을 느끼게 된다는 것이다(아툴 가완디의 책《어떻게 죽을 것인가》p.249 참조). 이 이론에 입각해 김옥라의 생애를 살펴본다면, 그는 끊임없이 성장을 추구하여 가장 높은 단계인 자아실현 욕구를 충족시킨 삶을 이룩했다 할 것이다.

그러나 나는 그의 삶이 5단계를 넘어선다는 강한 느낌을 받게 된다. 그의 자아실현은 사회적 봉사, 즉 이타적 삶을 지향하고 있다. 그런 이타심은 다른 사람들의 아픔에 공감하는 최고 수준의 '공감' 능력에서 비롯되기 때문에 5단계설만으로 설명되지 않는다. 어려움을 당하는 사람들에게서 인간의 근원적 고귀함이나 존엄을 발견할 때 그의 고귀함이나 존엄도 더욱 커가는 것이다. 그의 내면에는 이 고양된 영혼이 숨 쉬고 있는 듯하다.

1세기에 걸쳐 이룩한 이 모든 빛나는 업적 못지않게 그의 노후 또한 아름답다. 자신의 죽음과 가장 가까이 대면한 고령. 그는 무언가를 달성하고, 소유하고, 경험하는 삶의 양태를 넘어선다. 일상의 기쁨과 인간관계를 더 중요하게 여기는 쪽으로 변하여 그런 것에서 더 큰 만족과 기쁨을 느끼는 잔잔한 노후가 보인다. 앞에서 인용한 가완디의 말처럼 "산다는 것은 일종의 숙련 과정이며 노인들의 침착함과 지혜는 오랜 세월에 걸쳐 획득"(p.52)되는 것이기에 늙음이 아름다움이 될 수 있음을 그의 삶은 잘 보여주고 있다.

죽는 게 두렵지 않다면 거짓말이겠지만

통계와 역사에
문학과 과학이 버무려진
생의 마지막 풍경

손현준(충북대학교 의과대학 교수)

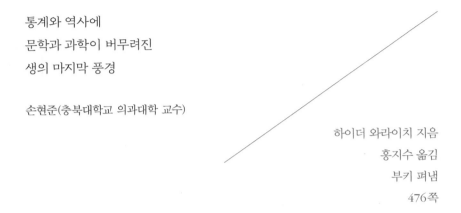

하이더 와라이치 지음
홍지수 옮김
부키 펴냄
476쪽

       심장학을 전공한 미국의 내과 의사이자 작가인 하이더 와라이치가 쓴 《죽는 게 두렵지 않다면 거짓말이겠지만》(원제 Modern death – How medicine changed the end of life)은 역사적 사실, 통계, 의료윤리, 문학, 과학의 저술 등에서 얻은 지식과 자신이 돌본 환자들의 이야기와 의사로서의 경험을 제시하며 우리에게 과거와 현재의 죽음의 얼굴을 다각도로 보여준다. 방대한 참고문헌과 탄탄한 근거를 제시하고 있기에, 이 발제문에서는 가급적 원문을 그대로 요약해서 전달하는 방식으로 이 책을 소개하려고 한다.

죽음은 어디서 오는가

죽음에 대해 이야기할 때마다 식욕이 떨어지고 날씨가 우중충하게 느껴지고 기분이 울적해진다.(p.30) 우리 몸은 새로 태어나는 세포들과 죽어가는 세포들로 구성되어 있고 우리 몸 안에서 세포의 탄생과 죽음은 늘 동시에 끊임없이 일어난다.(p.40) 사는 방법을 망각하는 세포보다 더 해로운 것은 단 하나, 바로 죽지 않으려고 발버둥치는 세포다.…인간은 자신이 존재하는 목적이 무엇인지 지겹도록 갑론을박하지만, 생물체 대부분이 추구하는 목적은 단 하나, 생존이다. 인간은 질병 퇴치를 위한 전쟁을 끊임없이 수행하는데, 사실 질병 퇴치는 삶을 연장하려는 노력에서 제일 성취하기 쉬운 목표이다. 삶 못지않게 본질적인 뭔가가 끊임없이 인간을 따라붙는다. 노화다.(p.43)

이제 사람들은 쉽게 죽지 않는다

교적부가 도입된 지 120년이 지나 1661년에야 존 그론트가 이를 분석해서 통계표를 만들었다. 그로부터 또 100년이 흘러서야 마침내 지식이 의학으로 체계화되기 시작했고 이제 사람들은 증상이 아니라 질병으로 사망했다.(p.59) 세균이론이 등장하고, 위생을 관리하는 제도가 확립되는 한편 마취의학과 예방접종이 발달하면서 대대적인 변화가 일어났다.(p.60) 만성질환은 대부분 의학이 죽음을 모면하는 방법을 찾는 데 실패해서라기보다 오히려 성공했기 때문에 존재한다. 만성질환에 걸릴 만큼 인간이 오래 살게 되었다는 뜻이다. 대부분의 죽음은 더 이상 갑자기 닥치는 재앙이 아니라 오랜 시간에 걸쳐 질질 끌면서 서서히 소진해 가는 과정이 되었다. 다윈 이후의 시대에는 새로운 생물학적 현상이 생겨났다. 바로 '적자생존'이 아니라 '가장 부적격한 자의 생존'이다.(p.67)

당신이 죽는 곳이 당신을 말한다

여러 연구 결과를 보면 대다수 환자가 집에서 임종하고 싶다고 답했다.

압도적 다수가 임종 장소로 집을 선호하기는 하지만 간호에 점점 손이 많이 가게 되면 환자들이 마음을 고쳐먹는다. 그렇더라도 환자들이 선택하는 장소는 병원이 아니라 호스피스 시설이다. 실제로는 집에서 임종할 수 있는 환자가 거의 없다.(p.88)

죽음보다 끔찍한 목숨이 나타나다

우리는 어쩌다가 죽어가는 사람을 소생시키는 방법을 터득했을까?《심폐소생술의 역사》에서 1960년 피터 사파는 자원한 80명의 젊은이들에게 마취로 수면을 유도한 다음, 어떤 자세로 누워 있을 때 기도가 가장 덜 막히는지 분석했고 엎드려 누운 자세가 기도를 확보하는 가장 좋은 방법이라는 기존의 생각을 완전히 바꾸어 놓았다.(p.113) 1899년 스위스 학자들이 개의 심장에 경미한 전기충격을 가했더니 심실세동이 일어났는데, 더 강력한 전기충격을 가했더니 심장이 부정맥 상태에서 벗어난다는 사실을 발견했다. 그리고 1947년, 최초로 인체에 전기충격을 가해 되살리는 데 성공했다.(p.115)

인공호흡기 개발과 의료-산업복합체의 등장.(p.119) 예전에 의사들은 대부분의 의사가 끼치는 가장 큰 해는 실수로 환자의 생명을 빼앗는 일이라고 생각했다. 이제는 오히려 환자를 계속 살려주는 게 의사가 끼치는 가장 큰 해가 된 것은 아닐까?(p.123)

내 생명이 깃든 곳은 어디인가

아주 오래전부터 인간은 죽어왔지만 누군가의 죽음이 이처럼 생명의 원천이 된 적은 없었다. 사망한 후 장기를 기증하면 죽음을 눈앞에 두고 절망에 빠진 누군가에게 희망과 생명을 선물할 수 있었다. 의사들이 죽어가는 환자들이 해를 입지 않도록 보호하는 한편 새로운 장기로 새 삶을 얻을 수 있게 환자들을 도우려는 두 가지 본능 사이에서 씨름하게 되면서 사망의 순간을 정확히 규정할 필요성은 과거 그 어느 때보다도 절실해졌다.(p. 206) 환자를 인공호흡기에서 떼어낸 후 2분 동안 호흡과 맥박이 멈춘 상태가 지속되면 합법적인 장기기증자가 된다.(p. 208) 우리는 사망을 재정의하는 대신 생명을 재정의했다. 흔히 활발한 활동, 넘치는 활력을 묘사하는 데 쓰이는 단어인 생명은 이제 삽관한 채로 뇌전도의 평행선을 단 한 번도 꺾지 못하는 몸뚱이를 일컫는 데도 쓰이고 있다.(p. 222)

죽음 그 너머에 존재하는 것

엘리자베스 퀴블러 로스(1969년)는 "사람들이 죽음을 차분하게 받아들이지 않고 자꾸 달아나려는 데는 여러 이유가 있다. 요즘은 죽는 과정이 여러 면에서 너무 처참하고 외롭고 기계적이고 비인간적이라는 점도 중요한 이유다"라고 했다. 의학이 대중의 시선으로부터 죽음을 가리고 현세적으로 변한 것도 죽음에 대한 두려움이 더욱 강해진 이유다. 나이가 들고 죽음에 가까워질수록 신앙심이 더 깊어진다.(p. 241)

비신앙인들은 그 기원을 계몽주의와 르네상스 전통, 그리고 데이비드 흄, 프리드리히 니체, 이마누엘 칸트, 버트런드 러셀과 같은 철학자들의 저술에서 찾는다. 성직자를 소개하면 매우 불쾌해하는 환자도 있다. 초자연적 믿음으로 공백을 채우기보다는 아무 말도 하지 않는 편이 낫다고 생각하는 비신앙인들도 있다. 현재의 삶에 모든 가치를 부여하고 자신의 고통을 최소화하고 사랑하는 이들에게 마지막 의무를 다하는 데 집중한다. 무신론자의 95%가 안락사와 의사 조력 자살을 찬성하는데, 그 어떤 집단보다도 높은 수치이다. (종교가 없는 의사들이) 종교가 있는 의사보다 안

락사를 찬성할 가능성이 크다.(p. 256)

무신론자들도 자기 주변과 자신의 깊숙한 내면을 들여다보고 삶과 세상에서 의미를 찾으려고 애쓴다. "벅차고 힘들 때 가족이나 친구가 도움이 되는 사람도 있지만, 숲속을 거닐거나 자연과 교감하면서 위안을 느끼는 사람도 있어요."(p. 260)

눈에 보이지 않는 환자 옆 환자

환자가 원치 않는 치료는 환자에게 입히지 않아도 될 해를 입히는 조치임을 잊지 않는 게 말기치료 전문가의 사명이다. 죽음에 대해 말하기를 꺼려하는 문화를 바꾸고 '어떻게 죽고 싶은지'를 스스럼없이 말할 수 있도록 해야 한다. 생전 유서, 사전의료의향서는 루이스 커트너가 만든 용어이다. 1960년대 말 환자는 치료를 거부할 수 있었지만, 환자가 자신의 의사를 표시할 능력을 잃으면 의사는 끝까지 치료해야 할 의무가 있었다. 생전 유서가 안고 있는 문제는 매우 역동적으로 변하는 복잡한 상황을 다루기에 역부족이다. 한 연구에 따르면, 자기 자신이 내린 결정에 반해도 좋으니 자기의 가족이나 간호하는 사람이 연명치료를 할지 말지에 대한 결정을 내려주면 좋겠다고 응답한 사람이 78%에 이르렀다.

그 사람이라면 어떻게 했을까

미국 의료계의 독특한 문화인 의사가 참석하는 '환자 가족 미팅'에 대한 이야기가 나온다. "차마 내 손으로 플러그를 뽑지는 못하겠어요"라고 환자의 남편이 말했다. 의료대리인 역할은 그 어떤 일보다 어렵다. 자신이 대리하는 사랑하는 사람이 편안하게 죽음을 맞이하도록 만전을 기하는 일뿐이며, 환자가 세상을 떠난 후에야 비로소 대리인 역할에서 해방된다.(p.299) 의료진은 어떤 결정을 하든지 대리인의 동의를 거쳐야 하고, 모든 검사 결과를 대리인에게 우선 보고해야 하며, 결정을 내리기 전에 대리인의 승낙을 받아야 한다.(p.302) 대리인은 두 가지 역할을 한다. 첫째 환자가 남은 시간을 어떻게 보내고 싶은지 밝힌 대로 환자의 요청에 따른다. 둘째, 환자의 의사를 확인할 증거가 없을 때는 허락된 의학적 기준을 바탕으로 무엇이 환자에게 가장 이득이 되는지 생각해서 결정한다.

죽음 앞에서 마음은 온통 지뢰밭

외로움(loneliness)은 고독(solitude)의 사악한 쌍둥이 형제다. 외로움은 사망률을 자그마치 50%나 증가시키는 것으로 나타났다. 흡연, 운동 부족, 비만, 음주 등 이미 사망 위험을 높이는 것으로 알려져 있는 요인보다 더 큰 수치다.(p.335) 환자가 판단 능력을 상실하면 의료대리인이 자동적으로 지정된다. 대리인은 가족에 국한되고 대개 배우자부터 시작해서 자녀, 부모, 형제자매 순으로 우선순위가 정해진다. 건강할 때 대리인을 지정하는 사람은 거의 없으므로 자동 지정되는 대리인이 가장 흔하다. 가족이 없거나 가족 간에 불화가 있고 급히 결정을 내려야 할 사유가 없을 때는 법원이 대리인을 지정한다.(p.337) 의료계는 죽음을 예방하고 모면하고 지연시키고 죽음에 따른 고통을 경감하려고 집요하게 애를 쓰면서도, 사랑하는 이를 여읜 가족에게 어떻게 해주어야 하는지에 대해서는 마땅한 대책이 없다.(p.344)

당신은 나를 죽일 권리가 있다

시한부 선고를 받은 알렉스 하디라는 사람은 의사들이 주로 늘어놓는 변명은 자신은 '신 흉내(play God)'를 내면서 연명치료를 중단할 수는 없다는 것이다. 그럼 연명치료를 지시할 때는 '신 흉내'를 내는 게 아닌가?(p.355) 우리는 자신이 의식이 없을 때 나는 원하지도 않는데, 나를 계속 살려놓으면 어쩌나 하고 제일 걱정한다.

히포크라테스 선서의 내용은 표면상으로 '해를 입히지 마라(Do no harm)'라는 한마디로 요약된다. 그러나 히포크라테스가 썼을지도 불분명하고 쓰인 시기도 기원전 5세기에서 기원전 1세기 사이로 추정 범위가 지나치게 넓다. 여기서 해결되지 않은 핵심 문제는 '해로움'을 어떻게 정의하느냐이다. 금언 '해를 끼치지 마라' 그런데 무엇이 해인가?(p.409) 기독교에서는 인간의 생명을 신의 소유물로 여겨왔다. 르네상스 시대는 사회를 지배한 모든 관습과 관행을 불구덩이 속에 넣어 태워버렸듯이 인간의 죽을 권리에 대한 종교의 태도에도 맞섰다. 1516년 토머스 모어의 《유토피아(Utopoia)》에서 시한부 환자들이 고통스러워하면 사제와 판사는 주저하지 않고 안락사를 처방했다. 그러나 유토피아인들은 당사자의 허락 없이는 누구도 제거하지 않았고 병든 사람에 대한 의무를 게을리하지도 않았다. 르네상스 시대에는 안락사에 대한 내용도 정교해졌다. 1605년 프랜시스 베이컨은 고통을 덜어주는 수동적인 안락사를 이야기했다.(p.362) 경험주의를 주장한 계몽 철학자 데이비드 흄은 '1775년 자살에 관하여(On suicide)'와 '영혼의 불멸에 관하여(On the Immortalitiy of the Soul)'란 에세이를 저술했는데, 흄 말고도 자살을 용인하지는 않지만 자살을 불법화하는 법 제정에는 강력히 반대한 이들은 많다.(p.363)

벨기에와 룩셈부르크 같은 나라도 안락사를 합법화했고 독일, 스위스, 일본을 비롯한 여러 나라도 의사 조력 자살을 합법화했지만 미국의 상황은 전혀 다르다. 미국인은 훨씬 보수적인 성향이 강하다는 점 외에 또 다른 차이가 있는데 다른 모든 나라는 보편적인 건강보험을 실시

한다. 예컨대 네덜란드에서는 환자들의 주머니에서 나가는 돈은 전혀 없다.(p.381)

무엇이 바람직한 죽음일까

말기 환자에게 진정제 투여는 안락사와 비슷하다는 느낌이 있지만 의료 관행이고 안락사와의 큰 차이는 합법적이라는 점이다. 미국 대법원은 말기 진정제 투여를 수용함으로써 안락사에 훨씬 가까운 의료관행을 인정하게 되었다.(p.396) 말기 환자에게 진정제를 투여하는 조치의 핵심이 되는 윤리 원칙은 이중 결과(double effect)-중세 기독교 전통에서 비롯한 선한 의도로 한 행동이라면 부정적 결과가 나와도 수용할 수 있다는-이다.(p.394) 의사는 이중 결과라는 윤리 원칙 덕분에 환자를 편안하게 해줄 수 있었다.(p.397) 안락사, 의사 조력 자살, 말기 진정제 투여에 대한 논쟁은 오로지 끔찍한 고통 속에서 죽음을 맞아야 하는 1%의 환자를 둘러싸고 벌어진다. 그러나 대부분의 환자는 진통제나 진정제 투여가 아니라 연명치료를 중단하여 사망에 이른다. 인공호흡기를 떼거나 강력한 약물 투여를 중단하는 방법도 있지만 음식과 수분처럼 생명을 지탱하는 데 가장 기본적인 요소의 공급을 중단하는 방법도 있다. 오늘날 병원에서 사망하는 환자 가운데 연명치료를 중단하지 않고 사망하는 환자는 드물다.(p.398)

죽음은 침묵에서 힘을 얻는다

말기 암환자인 파워블로거 케이트는 이렇게 말했다. "우리 사회에서 죽음에 대해 서로 대화하는 분위기가 조성되고 가족 내에서 임종에 대해 서로 터놓고 얘기하는 문화가 조성되기를 바랍니다"(p.425) 불치병 진단을 받은 후 세상을 떠나기 한 달 전인 2015년 7월 24일 올리버 색스는 이런 글을 〈뉴욕타임스매거진〉에 기고했다. "찬란한 하늘의 아름다움, 영원함이 삶의 유한함 그리고 죽음과 뒤섞여 분간하기 어렵다"(p. 426)

많은 의사가 삶의 길이보다 삶의 질을 훨씬 소중하게 여긴다. 본인이 위중한 상태에 빠질 경우 심폐소생술을 원하는 의사는 거의 없다. 의사들은 본인이 환자라면 죽는 과정을 질질 끌기보다는 깔끔하게 사망하는 쪽을 택한다. 의사도 이제 환자들처럼 죽음에 대해 좀 더 솔직하게 터놓고 얘기할 때가 되었다.(p. 430)

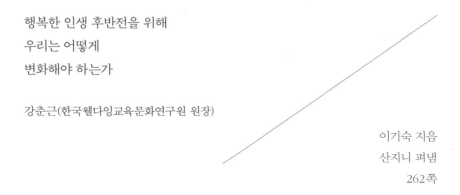

당당한 안녕, 죽음을 배우다

행복한 인생 후반전을 위해
우리는 어떻게
변화해야 하는가

강춘근(한국웰다잉교육문화연구원 원장)

이기숙 지음
산지니 펴냄
262쪽

저자 이기숙은 신라대학교 가족노인복지학과 교수를 정년퇴직하고, 현재는 '한국다잉매터스' 대표를 맡고 있다. 죽음 관련 교육과 상담을 공부하여 '미국 죽음교육 및 상담학회(ADEC)'의 국제죽음전문가 자격을 취득하고 죽음교육과 애도상담 등 강의와 연구 그리고 엔딩노트와 사전연명의료의향서 보급 사업을 수행하고 있다. 부산여성사회교육원, 여성인권지원센터 살림 등 시민·여성 운동단체에서 활동하고 있다.《성인발달과 노화》,《죽음: 인생의 마지막 춤》,《모녀 5세대》 등의 저서가 있다.

이 책은 '죽음을 생각하면서 삽시다'라는 웰다잉 홍보 캠페인 같은 도서로, 죽음을 어떻게든 공부하고 또 준비하여 생의 마지막 발달 과제인 '나의 죽음'을 희망할 줄 아는 그런 노인으로 살아야만 하는 시대에 당당한 안녕을 위한 죽음 배우기를 말한다. 그리고 이제는 우리 사회가 죽음을 자연스럽게 드러내고 말하는 시대가 되기를 바라며, 죽음을 일상 속에서 우리 모두의 친숙한 주제로 접하며 '당당한 안녕'을 위해 죽음 배우기를 제안하고 있다. 총 4부로 구성되어 있는 이 책의 내용을 간략히 소개한다.

가는 자들의 준비

1부에서는 나이가 들어 가족들에게 짐으로 존재하지 않기 위해서는 죽음을 준비해야 한다고 말한다. 죽음이 우리의 일상 속에 존재하며 가족의 다양한 죽음 현상이 나의 일상적 삶에 놓여 있고, 다양한 사회적 죽음 속에 함께 살고 있다는 이 진리 속에서 나의 죽음을 생각하지 않을 수가 없다. 그리고 성장 과정과 나이듦의 과정에서 경험하는 죽음을 눈앞에 두고 화해의 손길을 내밀며, 사랑하는 사람의 돌봄을 받으며, 그들의 친절과 사랑에 고맙다는 말을 하라고 말한다. 그리고 엔딩노트에서는 자신이 살아온 세월을 회상하며 남은 삶을 준비하고 감사와 반성, 용서와 화해 그리고 헌신을 이야기하며 이제 나도 죽을 차례가 되었고, 어떻게 죽음을 맞이해야 할 것인가에 대해 이야기한다.

최소의 치료

2부에서는 좋은 죽음은 선택할 수 있다. 어디에서 어떤 모습으로 죽을 것인가를 생각하다 보면 결국 마지막으로 내가 원하는 것은 무엇이며, 나는 이렇게 내 인생을 마무리해야 할 것인가라는 숙제를 가지게 된다. 좋은 죽음을 선택하기 위해 2018년 1월부터 시행되는 연명의료결정법(웰다잉법)의 실제적인 내용인 사전연명의료의향서를 소개한다. 무의미한 연명치료가 무엇이며, 왜 이런 의료처치를 거절해야 하는지를 알아야 한다며 죽은 것과 다름 없는 상태에서는 사는 것은 의미가 없다는 이야기를 한다. 향후에는 치료를 거부할 수 있는 권리, 즉 자기결정권을 인정하도록 해야 한다고 주장한다. 스스로 마무리할 수 있는 준비를 하지 못할 경우에는 가족들이 도와주어야 하며 신체적 편안함, 정신적 안정, 돌봄을 받는다는 지지감(사회적 지원), 그리고 영적 수준에 속하는 총체적 욕구를 잘 알아야 할 것이다.

또 말기 질환 환자와 그 가족에게 '좋은 치료'란 신체적, 정신적, 사회적, 영적 측면이 다 포함된 것으로, 이 시기에 주목해야 할 것을 제언한다. 첫째, 환자가 질병에서 오는 괴로움과 통증으로부터 해방되었는가 둘째. 환자와 가족은 그들의 관심사를 이야기하고 처리할 적절한 시간을 가지고 있는가. 환자는 자신의 삶에서 마무리해야 할 어떤 것들을 충분히 마무리하고 있는가를 물으며 용서와 화해의 중요성을 이야기하고 있다. 마지막으로 환자가 자신의 삶을 되돌아보고 자신의 삶에서 '긍정적 의미' 찾기와 함께 이런 임종을 가능케 하는 돌봄인 '호스피스 완화의료'를 이야기한다.

마지막 파티

3부에서는 정형화된 장례 절차에 의한 장례가 아니라 나만을 위한 장례 절차, 혹은 가족 장례식을 만들어 보는 것도 좋을 것 같다는 생각을 제안한다. 저자는 실제 엄마를 떠나보내면서 가장 아쉬운 것이 이러한 장례 절차였다고 고백한다. 그리고 마지막으로 죽음을 겪는 가족들의 마음을 헤아리고 함께 슬퍼할 수 있고, 위로할 수 있는 그러한 사회가 되기를 희망하고 있다. 호상의 주인공들은 대체로 연령이 높다. 이들은 평균수명 이상으로 아주 건강하게 자신을 관리한 것이다. 그리고 이들 주변에는 늘 함께한 자식이 있다. 저자가 만난 호상의 주인공은 한결같이 마음이 넉넉한 분이었지만, 대부분의 사람들은 죽음에 대한 두려움 혹은 불안을 가지고 있다. 죽은 뒤 가는 세상에서는 지금 사는 세상에서 잘 살아야 죽은 뒤에 좋은 곳으로 갈 수 있다는 것을 알려주는 삶의 방향타가 바로 '사랑'과 '자비'다. 가상세계이든 실제 존재하는 곳이든 사후 세상 역시 지금의 사랑과 연결된 곳이라는 것은 확실하다.

보내는 자들의 마음

4부에서는 갑작스런 가족의 죽음이 남은 유족들에게 극복하기 어려운 시련과 상실감을 주기에 진심으로 이들을 애도하는 마음과 위기를 이겨낼 수 있도록 사회 시스템으로 지원하는 피해자 지원이나 애도문화의 필요성을 강조한다. 저자는 개인적 죽음뿐만 아니라 사회적 죽음에도 관심을 가지며, 무엇보다 사회적 죽음에는 진실 규명이 가장 우선되어야 하고, 그다음 피해자와 유가족에 안겨준 상처를 치유하는 일이 사회적 책무로 남기에 이를 외면하는 사회는 위험한 사회라고 규정한다.

그리고 어떤 사회적 죽음 앞에서는 집단적 애도 작업이 필요하기에 직접 그 장소를 찾아가서 함께 기도하고 상징적인 물건을 공유하는 방법에 대해서도 제안한다. 하지만 보다 중요한 것은 그 죽음이 던져주는 '의미'를 찾고 되새기면서, 그런 죽음의 피해가 더 이상 확장되지 않도록 대처하는 것이다. 그런 애도 과정을 통해야만 슬픔에서 다소 벗어날 수 있는 것은 물론이고 더 중요한 것은, 집단적 애도 작업을 통해 그런 슬픈 사건과 고인을 가슴 깊이 간직하게 되는 것이다.

좋은 죽음과 나쁜 죽음의 기준은 인간으로서의 존엄성을 얼마나 유지하면서 임종을 맞는가로 설명된다. 좋은 죽음은 때로 '존엄한 죽음', '품위 있는 죽음'이라는 용어로 사용되기도 한다. 인간의 존엄성은 무엇인가 라고 할 때 우리가 죽음과 존엄성을 연관시켜 생각해 보게 된다.

인간은 죽을 권리를 갖고 있다. 그 권리는 스스로가 지키고, 스스로가 발현해야 하는 것이다. 내가 존엄하지 않은 어떤 상태에 처했을 때, 자연스럽게 가족들에게 둘러싸여 있을 때, 비로소 좋은 죽음을 선택할 지점에 서게 된다. 좋은 죽음의 선택에는 원하지 않는 죽음을 거부할 수 있는 의지가 필요하다. 어떤 임종을 바라는가? 죽음에 관한 나의 의지를 글로 적어 보고, 가족들에게 일러주어야 비로소 좋은 죽음을 선택할 기회는 많아진다.

책을 읽고 나서

생애의 가장 마지막 과제가 '잘 죽는 것'이라 한다면, '어떻게 하면 오래 살되 많이 아프지 않고 주위 사람들에게 수고를 끼치지 않은 채 잘 죽을까? 이것은 노년기에 들어선 모든 이들의 소망일 것이다. 본서는 저자의 학문적인 배경이 가족학이다 보니 가족학적 관점에서 죽음을 바라보고 분석하고 연구한 것을 쓴 것으로 '가는 자'와 '보내는 자'의 입장에서 죽음을 바라보면서 떠오른 단상들과 또 죽으러 갈 수밖에 없는 자와 그들을 보내드릴 준비를 할 수밖에 없는 자들의 상호작용 중간에 위치한 '돌봄의례'를 정리한 글이다.

특히 신문칼럼으로 쓰여진 글이기에 비교적 읽기 쉬운 글이고, 웰다잉과 관련해 좀 더 알고 싶은 독자들을 위해서 각주와 참고도서를 제공하며 소개해 준 것은 저자가 독자를 위한 꼼꼼한 학문적 수고와 친절한 배려라고 여겨진다.

저자는 자신의 인생을 변화시킨 큰 변곡점인 퇴직준비를 통해, 40여

년간의 삶을 되돌아 보며 향후의 삶을 계획한다. 그러면서 당당하게 안녕을 외치며 미련없이 대학의 강단을 떠났다. '남은 일들은 당신들이 알아서 하세요! 저는 다른 삶을 찾아갑니다!'라는 마음으로 정년을 맞이했다. 이후 3년의 시간을 흘려보내며 자신의 남은 삶을 바라보면서 아직도 긴 시간이 남아있는데 무엇부터 하면서 지내야 할 것인가에 대한 또 하나의 계획에 대한 필요성을 자각하게 된다. 앞으로 평균 20여 년이나 남은 자신의 인생에 대한 마지막 안녕을 생각하며 후회도 없고 두려움 없이 죽음을 맞이해야 한다고 늘 다짐하며 사는 인생고백을 통해 학자로서의 삶에 대한 성찰과 지혜를 엿볼 수 있다.

보내는 자와 떠나는 자에게 용서와 화해는 단절된 인간관계를 연결하는 과정이고, 신뢰를 회복하는 과정이기도 하다. 개별 가족환경에 따라 신뢰가 깨진 환경은 다르겠지만 부모가 연로하여 나보다 먼저 세상에서 사라질 거라는 객관적인 조건은 자녀의 이해와 용서를 촉진시킨다.

그런데 용서를 완성하기 위해 화해의 마음을 먹지만 그 용서란 대체로 '상대에 공감하여 용서를 베풀기보다는 나를 위한, 즉 용서하고 편하게 살고 싶다는 나의 유익을 위한 용서인 경우가 많다. 용서와 화해란 자기 유익의 관점에서도 필요하고 이기적인 관점에서도 용서받는 대화와 손길을 나누는 것이 필요하지만 부모와의 화해, 주변 사람들과의 화해는 반드시 돌아가기 전에 하는 것이 좋을 것이다.

저자 자신이 노년기의 당당한 안녕을 준비하기 위해서 그동안 신문에 쓴 칼럼이 기반이 된 이 책은 스스로를 다독거리기 위한 글들이지만, 또래의 친구들도 자신의 마지막 안녕을 처절하고 불쌍하게 맞이하기보다는 당당하게 먼저 손 내밀면서 잡아당기는 그런 모습을 만들면 좋겠다 싶어 쓴 글이다.

《당당한 안녕, 죽음을 배우다》는 행복한 인생을 위해서 죽음을 계기로 자신을 바로 보고, 좋은 죽음을 맞을 수 있도록 준비할 수 있도록 친절하게 안내해 준다. 기존 도서들과 마찬가지로 죽음을 스스로 준비해서 마지막 마무리도 나답게, 행복하게 좋은 죽음을 맞을 수 있도록 방법을 제시해 준다. 무엇보다 발제자는 저자가 개인적 죽음에 대한 이해를 넘어 시대정신과 사회적 의미가 담겨 있는 사회적 죽음을 언급하는 데 주목한다. 사회적 죽음에는 반드시 진실 규명이 우선이고, 그다음 피해자와 유가족의 상처를 치유하는 일, 나아가 더 좋은 세상을 만들기 위해 함께 분노하고 애도하자는 말에 깊이 공감하게 된다.

생의 수레바퀴

엘리자베스 퀴블러 로스가
죽기 전 남긴
유일한 자서전

홍양희(사전의료의향서 실천모임 공동대표)

엘리자베스 퀴블러 로스 지음
강대은 옮김
황금부엉이 펴냄
390쪽

　　　　　　　나는 1990년 이래 삶과 죽음을 연구하는 분야에서
일하면서 엘리자베스 퀴블러 로스를 책으로 만났다. 20년도 넘게 함께
해오고 있는 메멘토 모리 독서모임에서 지금까지 읽은 그녀의 책만 해도,
《죽음과 죽어감》,《안녕이라 말하기 전까지 살아있으라》,《어린이와 죽음》,
《사후생》,《인생수업》 등이 있다. 그리고 이 책 《생의 수레바퀴》를 읽으면
서 죽음을 배우기 위한 노력과 치열한 열정이 그녀의 삶 전체(1926~2004)
에 얼마나 광범위하고 깊이 있게 담겨 있는지, 진솔한 자전적 기록에 뜨
거운 감동을 받았다.

　"죽음과 임종의 여의사 엘리자베스 퀴블러 로스", 이렇게만 부르기에는
그녀의 생애가 인류에 공헌한 업적에 비하면 너무 평범하다. 평생 수많은
죽어가는 환자들을 직접 만나면서 죽음과 죽음 후의 삶에 대한 연구로
죽음학의 기초를 세웠고, 정신의학자로 죽어가는 이들에게 가장 중요한

것이 무엇인지를 연구했으며, 죽어가는 사람이 겪는 심리적 5단계(부정, 분노, 타협, 우울, 수용)를 학문적으로 체계화하여 관련 학문에까지 영향력을 끼쳤다. 그뿐이랴! 전 세계 곳곳에서 요청을 받아 2만 명도 넘는 사람들에게 '삶과 죽음 그리고 이행' 워크숍을 진행한 강연자였으며, 영성가였다. 호스피스 운동을 선도적으로 실천하고, 삶과 죽음에 관한 책을 저술하고 논문을 발표하고, 강단에서 학생들을 가르쳤으며, 〈타임〉지는 그녀를 '20세기 100대 사상가' 중 한 명으로 선정하였다.

그녀는 말년에 잦은 뇌졸중으로 마비증세가 오고 끊임없는 고통 속에서 분노하며 부르짖는다. "하나님 내가 얼마나 열심히 살아왔는데 이렇게 힘들게 하시나요." 자신이 가르친 그대로 죽음의 심리 단계에 따라 죽음을 맞는 순간까지도 그녀는 기나긴 고난의 죽음의 여정을 겪어내며 진정한 죽음의 모습을 우리에게 보여주었다.

엘리자베스는 《생의 수레바퀴》에서 우리 인간의 생애를 동물의 특성을 상징하여 네 단계로 나누었다. 유년기-생쥐를 닮은 시기, 청년기-곰을 닮은 시기, 장년기-들소를 닮은 시기, 노년기- 독수리를 닮은 시기가 바로 그것이다. 다음과 같이 요약해 보았다.

유년기-생쥐를 닮은 시기

엘리자베스 퀴블러 로스는 1926년 스위스 알프스 자락의 아름다운 마을에서 세쌍둥이의 맏이로 태어났다. 900그램의 미숙아로 새끼 생쥐처럼 보였다. 그리고 자라면서 잠시도 가만히 있지 않는 엘리자베스를 아버지는 생쥐라는 애칭으로 불렀다. 강인하고 엄격하면서도 가족을 사랑하고 자연의 신성함을 소중히 여기고 노래를 즐겨 부르는 아버지와 헌신적인 사랑과 봉사로 가족을 돌보는 자애로운 어머니 슬하에서 행복한 유년 시절을 보냈다.

전란 후, 황폐한 폴란드에서 국제평화봉사단 일원으로 참여하면서 엘리자베스는 의미 있는 일에는 항상 길이 열리게 됨을 확신한다. 다양한 경험을 하며 절망 중에도 희망은 찾는 이에게만 온다는 교훈을 얻는다. 어린 나이에 사랑으로 치료하는 의사가 되기로 결심한 엘리자베스는 그 길을 가기 위한 노력에 집중하며 맡은 일에 최선을 다한다. 옳다고 여기는 일에는 굽히지 않는 용기와 결단력과 인내심이 길러진다. 지극히 인간적인 품성과 인격이 자라는 시기이다.

청년기-곰을 닮은 시기

[1951년] 의과대학 합격. 남편 임마누엘 로스(매니)를 만나다. 미국인으로 부모는 농아. 체격 좋고 미남형이다. 1957년 국가고시에 합격하고 시골 병원 의사로 배치됨. 평생 꿈을 이루다. 동생 에바의 남편이 위암으로 방문을 청했으나 너무 바빠 바로 응하지 못했는데, 다음날 사망했다. 죽어가는 환자의 청을 미뤄서는 안 된다는 것을 배운다.

[1958년] 6월에 결혼, 미국으로 와서 몬테피오레병원 정신약리학 클리닉에서 근무하게 되고, 첫아이 케네스가 태어난다. 의사로 첫발을 내디디면서 엘리자베스가 배운 것은 '의사는 환자에게 너그럽고 진실하고 섬세하고 애정어린 인간이어야 한다'이다. 환자를 보는 그녀의 직관력, 판단력은 뛰어났다.

임종환자를 냉대하고, 죽음을 피하고 감추고 속이고 가볍게 다루는 의료 현실을 접한다. 침대 곁에 앉아서 그들의 손을 잡고 이야기한다. 임종환자는 사람과의 접촉과 대화를 그리워한다는 것을 느낀다. 이들은 이미 자신이 죽어간다는 사실을 알고 있다. 그들은 모두 엘리자베스의 스승이다.

[1962년] 죽음학 첫 강의. 정신의학자 마골린 교수로부터 강의 부탁을 받는다. (처음이라 부담과 영광을 느꼈지만) 의사들이 솔직하게 죽음에 직면하도록 하자고 생각하고 의학의 비밀, 터부인 '죽음'을 주제로 택했다. 상담 환자인 백혈병 16세 소녀 린다와 함께 강단에 섰다. 린다는 16세인 내가 며칠밖에 못산다면 기분이 어떨까. 더 이상 학교에서 꿈을 키울 수 없고 데이트도 못 하고 어른이 될 수 없다면. 왜 내게 진실을 숨기는가라고 호소한다. 린다는 의대생들에게 인생의 마지막에서 무엇이 의미를 가지고 귀중한 것인지를 확실하게 알려주었다.

　린다와의 만남으로 학생들은 죽음의 불가피성과 나약함을 깨닫는다. 죽음에 임박한 환자들의 심리, 환자를 인간으로 대한다는 소중한 마음과 죽어가는 이들에게 귀를 기울이면 삶을 배울 수 있다는 진리에 대해 의대생들은 깊이 인식하게 된다. 이때까지 엘리자베스는 두 번의 출산과 네 번의 유산을 경험하게 되고 가족의 소중함을 느끼며 네 식구(마니, 케네스, 바바라)는 행복한 시간을 보낸다.

[1965년] 시카고 대학, 빌링스병원 정신과 근무. 네 명의 신학대학교 학생들이 찾아와서 죽음과 임종에 대해 자세하게 물었다. 죽음 연구의 발단, 동기가 되었다.

[1967년] 죽음과 임종에 관한 세미나를 시작한다. 세미나실은 진지하고 깊이 있는 솔직한 토론의 장(간호사, 성직자, 학생들, 사회사업가들이 참석)이 되었다. 세미나에서 대부분의 환자는 죽음에 대한 것뿐 아니라 자신이 너무 늦어서, 너무 아파서, 너무 약해서 하지 못한 것들, 삶에서 할 수 있어야 했던, 하지 못한 것들을 알려준다. 삶을 되돌아보며 죽음에 있어서가 아니라 삶에서 정말 중요한 것이 무엇인지를 가르쳐 주었다.

　암환자를 만나기 위해 가정 방문을 시작한 그때 만난 시각장애 아기를 낳은 산모의 충격적인 이야기. 주위 사람들은 아이를 복지시설로 보내라고 권유했다고 한다. 엘리자베스는 "하나님의 선물로 알고 아이를 사랑하고 하나님께서 지키고 인도하시리라"라고 말하며 아기를 포기하지 말라고 격려했다. 훗날 아기는 재능있는 피아니스트로 성장했다.

[1969년] 죽음과 임종에 관한 세미나를 담은 책《On Death and Dying》출판. 이제 엘리자베스는 세계적인 죽음학자로 명성을 얻기 시작한다. 삶에서 투쟁 없이는 아무 것도 얻을 수 없다. 우리는 이렇게 배우면서 성장한다. 엘리자베스는 죽음을 부정하는 사회에 맞설 것을 다짐한다.

장년기 – 들소를 닮은 시기

[1972년] 새롭고 흥분된 프로젝트 시작. '삶과 죽음 그리고 이행' 워크숍 요청으로 전 세계 여행. 사후 삶에 대한 연구. 이 시기에 엘리자베스는 들소처럼 달리면서 폭풍노도의 질주 속에서 성장과 시련, 이혼의 아픔을 겪는다. 산티닐라야(마지막 평화의 집)를 세우다.

워크숍 목적: 삶을 살아가면서 만나는 눈물과 두려움을 극복할 수 있는 길을 사람들에게 가르쳐 주고자 함. 아픔과 두려움에 솔직히 직면, 인정하는 과정을 통해 치유가 시작된다. 다시 정직한 삶으로 돌아오며 편안한 죽음도 맞이할 수 있다.

안녕이라고 말하는 그날까지 진정으로 살아있으라. 진정한 삶을 산다는 것은 삶의 폭풍우를 두려워하지 않는 것, 거센 비바람이 없으면 협곡의 절경도 없다.

슬픔, 못다 한 일, 두려움, 죄책감 등 억눌렸던 감정을 밖으로 표출하게 하고, 감정을 억누르는 데 소요된 에너지를 되찾아 참 평화를 얻을 수 있다. 죽음은 인생에서 가장 멋진 경험이 될 수 있다. 그것은 지금 자신의 인생을 어떻게 살아가느냐에 달려 있다. 지금이라는 이 순간 소중한 것은 오직 사랑뿐이다. 죽는 날까지 어떻게 살아야 할지를 배우는 워크숍. 산티닐라야에서 워크숍 진행. 전 세계에서 워크숍 요청 쇄도로 가정에 소원해짐. 남편과의 관계도 힘들어짐. 사후생에 대한 연구에 집중. 수만 건의 인터뷰로 자료 수집. 천 번의 죽음과 환생에 대한 체험(유체이탈). 엘리자베스는 신비한 체험을 하였으나, 남편, 자녀들과 공유할 수 없었다. 딸은 어머니를 빼앗겼다고 원망하고 남편은 이혼을 결심.

많은 것을 얻고 이루기도 했으나, 배신의 상처 등 잃은 것도 많았다. 엘리자베스는 그 위기를 극복한다. 삶의 속도를 늦추고 딸과 이혼한 남편과 화해하고 관계를 회복한다. 그리고 에이즈에 대한 사회의 무지를 향해 에이즈 환자를 돕는 새로운 과제에 도전한다.

노년기-독수리를 닮은 시기

[1983년] 힐링 워터스 센터를 세울 농장 부지를 매입하다. 자급자족할 농장과 힐링 워터스 워크숍 건물, 에이즈센터 건립 계획을 세우다.

[1988년] 에이즈 호스피스센터 건립이 전 주민들의 거센 저항과 분노로 힘겨워짐. 뇌졸중의 첫 발작이 옴. 건강 이상 암시와 경고.

[1990년] 버지니아 힐링 워터스 농장에 엘리자베스 퀴블러 로스 센터 개원식. 그러나 에이즈센터 운영은 주민들의 반대로 결국 포기. 좌절되면 다른 길을 찾는 엘리자베스의 용기와 도전. 교도소 교육, 에이즈 어린이 입양 계획을 산티닐라야 소식지에 실어 전 세계 2만 5천명 구독자에게 알림. 후원과 물품 답지, 놀라운 성과. 에이즈 어린이 입양 가족, 후원자가 늘어남. 에이즈에 대한 차별, 냉대, 무지에서 사랑과 봉사정신으로 새로운 이해를 넓혀감. 자비와 이해와 사랑을 요구하는 전염병에 엘리자베스는

자신의 방식으로 헤쳐나감.

[1990년] 10월, 힐링 워터스에 불이 나서 수만 건의 사례와 자료들, 일기장, 앨범 등 전재산이 불타 사라짐. 부정, 분노, 타협, 우울, 수용의 단계를 설파하던 상실 전문가에게 닥친 충격과 분노.

인생에서 모든 일이 순조롭게 이뤄진다면 성장은 없다. 고통은 특별한 의미의 은총이다. 이것은 성장의 기회이다. 그러나 아들 케네스로 인해 아리조나로 이사.

[1995년] 치명적인 뇌졸중으로 왼쪽 몸 전체가 마비. 엘리자베스는 뇌졸중으로 쓰러진다. 가만히 앉아 있는 것 외에 할 수 있는 일은 아무것도 없었다. 화가 나기 시작. 주위의 모든 것에, 심지어 신에게도 화가 났다. 지난 수십 년 동안, 죽음에 대한 그녀의 연구와 이론에 경의를 표한 사람들. 그러나 정작 그녀가 화를 내자 많은 사람이 그 곁을 떠나고, 비난함. 언론들은 그녀가 화를 내느라고 좋은 죽음을 맞이하지 못한다며 혹평.

그들은 엘리자베스의 이론을 존중하고 경의를 표하면서도 정작 그 이론에 충실하게 죽어가는 그녀를 좋아하지 않음. 그러나 곁을 지켜준 이들은 분노를 비난하지 않고 그대로 인정하고 기다려주었다. 덕분에 화를 가라앉힐 수 있었다.

환자들에게 죽기 전에 화를 풀어야 하며 그것을 감추어서는 안 된다고 가르침. 상처를 치유하고 다음 단계로 나아가야 함. 솔직하게 화를 내야 한다. 그런 다음 그 화는 우리 삶에서 스쳐 지나가는 감정이지 존재 자체가 되어서는 안 된다.

[1997년] 자서전《생의 수레바퀴(The wheel of life)》집필

[2004년] 엘리자베스 퀴블러 로스의 장례식. 그녀의 장례식은 여느 엄숙한 장례식과 달리 친구 동료들이 자유로운 복장으로 참석했다. 생전의 그

녀를 기억하며 흑인 성가대의 영가를 따라 부르며, 그녀가 즐겨한 유머를 나누며 관에 누인 평화로운 모습의 그녀에게 안녕을 고한다. 케네스와 바바라가 관 위에 놓인 작은 상자의 뚜껑을 열자 호랑나비 한 마리가 날아올랐다. 동시에 조문객들의 작은 봉투에서도 나비들이 날아올랐다.

묘비명에는 이렇게 적혀 있다. "사랑하는 어머니, 할머니이며 우리의 친구이며 스승이고 동료인 엘리자베스 퀴블러 로스가 인생수업을 마치고 은하수에 춤추러 가다."

나이 들수록 인생이 점점 재밌어지네요

여든이 넘은 나이에도
인생을 즐기며
사 는 법

송계순(부천웰다잉문화연구원장)

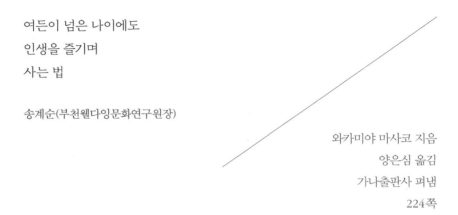

와카미야 마사코 지음
양은심 옮김
가나출판사 펴냄
224쪽

　　　　　　와카미야 마사코의 이력은 다음과 같다. 1935년 4월 19일 도쿄의 스기나무 구에서 출생. 도쿄 교육대 부속 고등학교 졸업. 미쓰비시 은행 60세 퇴직. 인터넷 커뮤니티 '멜로우' 클럽 활동. 2014년 테드엑스(TEDx) 도쿄 강연, 2017년 아이폰용 게임 앱 개발. 같은 해 애플 세계 개발자 회의에 초빙받아 팀쿡 CEO와 만남(세계 최고령 앱 개발자로), 노인들의 스티브 잡스란 별명을 얻음. 일본의 '인생100세 시대 롤모델상' 수상.

　'호기심(好奇心)'이 이끄는 인생을 바꾸어 사는 삶이 있을 줄은 미처 몰랐다. 물론 우리네 인생살이는 모두가 다르겠지만 어떤 이는 '목적'이 이끄는 삶을 산다. 나의 경우는 '말씀(성경)'이 이끄는 삶을 살려고 애를 쓴다. 그런데 이 마사코의 호기심은 '100세 컴퓨터 시대에 시니어를 위한 새롭고 신기한 게임은 없을까?'를 상상하게 만들었다. 고민 끝에 노령에 컴퓨터 코딩을 배워서 '아이폰 게임 앱 히나단(Hinadan; 여자아이의 행복과 건강을 기원하는 일본 전통축제)'을 개발했다. 82세의 나이에 애플의 '세계개발자회의(WWDC, Worldwide Developers Conference) 2017'에 특별 초대를 받는 영광을 안게 되었다.

그는 또한 아베 내각의 '인생 100세 시대 구상회의'의 최연장 멤버가 되었는데 인터넷에서 '멜로우 전승관' 활동 등을 하면서다. 60세에 고등학교 졸업 후 줄곧 다니던 미쓰비시 은행을 정년퇴직 한 후, 그때까지 만져본 적도 없는 컴퓨터를 구입하여 혼자 힘으로 석 달에 걸쳐서 설치했다. 처음 화면에 뜬 "마짱(멜로우 클럽에서의 애칭) 환영합니다"란 문장을 봤을 때의 감격을 잊지 못한다.

"인생은 역시 60세부터가 재미있습니다. 그리고 점점 더 재미있어진답니다!"라고 외치는 그녀의 이야기를 들어보자. 1장에서는 마음 가는 대로 산다'란 주제에 이어 2장에서는 '나이 드는 게 뭐라고', 3장에서는 '82년의 인생이 나에게 알려준 것', 4장에서는 '역시, 인생은 재미있어!'라고 쓰고 있다. 이 책을 썼을 때 마사코의 나이가 82세였다고 하는데, 이 발제문을 쓰고 있는 나도 82세이다. '나이가 들수록 재미가 있는 삶'이 어떠한 것인가를 살펴보며 나의 삶도 돌아보고자 한다.

마음 가는 대로 산다

마사코는 싫은 일은 굳이 하지 않는다는 생각이 건강 유지에 바탕이 됨을 말하고 있다. 그러므로 자신의 기분이 어떠한가가 매우 중요하고 이같은 사실은 자신의 어머니를 봉양하면서 체험을 했다. 그러니까 '내 기분이 나의 건강을 판단하는 데 기준이 된다'란 말이다. 좋은 기분이 최상의 건강이니 쓸데없는 일은 생각조차 할 필요가 없다. 그리고 규칙적 생활의 잠자리도, 즐거운 내일을 계획하는 것이 수면(睡眠)에 더욱 좋고. 먹고 싶은 것 먹는 것, 또한 만민이 다 공통으로 쓰는 시간이지만 한정된 시간에 하고 싶은 일을 미리 계획하여 메모를 해서 이행하는 것이 매우 좋다고 한다. 그리고 잘되지 않을 일은 아야 빨리 잊어버리란다.

마사코는 환갑이 지나 컴퓨터를 구입 81세부터 프로그램을 시작하였기에 나는 못 해도 다른 사람한테 피해는 주지 말아야 한다는 생각으로 컴퓨터, 스마트 폰, 프로그래밍 등 모두를 호기심에 이끌려 하게 되었고, 자신은 사실 영어를 잘 못한다고 한다.

그런데 구글(Google) 번역기를 자신의 통역사로 활용하였다며 밑져야 본전이란 생각으로 구글 번역기를 활용해 보란다. 특별히 노년에 건망증은 복이라고 하며 당연한 것으로되 컴퓨터의 검색창에서 해결할 수가 있다고 한다. 그러기에 까먹은 단어를 검색하는 습관이 중요하다고 한다. 또한 자신을 누구와 비교도 말고 비교거리를 만들지도 말란다. 이 세상에서 누구든 '나'는 '나'만의 오리지널 정신이 중요하되 잘하고 못하는 것은 상관이 없다고.

나이 드는 게 뭐라고

그는 '취미'는 거창한 것이 아닌 '하고 싶은 일'이라고 말한다. 취미는 만드는 것이 아니라 '어느새 계속하고 있는 것'이란다. 마치 그 어떤 '싹'을 발견하여 그 싹을 키워가는 과정을 좋아하는 것이 취미다. 이 '싹'은 소소한 순간의 감정을 놓치지 않는 것으로 이를 매우 중요시하란다. 그래서 마사코는 '고토(한국의 가야금)앱'을 활용하여 연주 활동을 하는 즐거움을 누리라고 권한다. 아이패드로 피아노, 드럼, 템 버린, 북 등의 연주가 가능하므로 자신이 좋아하는, 하고 싶은 게 있다면 일단 시작을 하란다.

무슨 일이든 '첫 허들은 낮게 잡자'라고 하는 것이 그의 철칙이다. 나도 마찬가지다. 내 삶 가운데 철칙으로 강조해왔던 하나가 바로 '동기(motivation)'를 부여하여 놓치지 않는 것이었다. 여기에 꼭 필요한 것은 '본격적으로!'라거나 '우선 기본부터'가 아니라 일단 시작을 해 보는 것이 중요하다.

이렇게 할 때 새로운 세계를 알아가는, 새로운 만남으로 즐거움이 연속된다는 것이다. 그렇게 마사코가 만난 이가 '고이즈미 가쓰시'로서 '하이쿠(서정시)'에 눈을 뜨는 계기가 되었다. 이처럼 컴퓨터만 있으면 시간과 장소를 초월해서 나와 취미가 같은 사람들을 만날 수가 있음을 최대한 활용하는 것이다.

그리고 나이가 드는 데 따라 할 수가 있는 가능한 봉사활동(나의 경우는 '사랑으로 피는 꽃'/자원봉사 코칭활동)은 사회공헌 활동이 되면서 상대방으로부터 듣는 "감사합니다", "수고하셨습니다"란 인사로 새로운 친구를 사귈 수 있어 또 다른 즐거움을 맛볼 수 있다고 한다. 특별히 친구, 무형자산의 친구가 되는 데 나이는 상관이 없게 된다. 그래서 페이스북으로 만나는 친구는 마음의 씨앗으로 표현을 하고 있고. 오늘날에 우리 사회에 또한 중요시 되는 것은 특별히 인간관계의 다양성이란다. 각양각색의 사람들을 만나면서 인생이 풍요로워짐을 맛보게 된다.

여기에서 중요한 것은 '같이 있으면 마음이 풍요로워지는가?' 하는 것이다. 그래서 특별히 해외여행에서 자유여행의 매력은 그 지역을 한층 더 가까이 체험할 수 있는 아주 좋은 방법이란다. 그러니 두려워 말고 모험을 해보란다. 그러면 나이가 들수록 인생이 점점 더 재미있어질 것이라고.

82년의 인생이 나에게 알려준 것

이 3장의 주제는 나의 가슴을 콩콩 뛰게 한다. 나와 같은 나이에 그녀에게 펼쳐진 삶이기 때문이다. 마사코는 "'호기심'은 자신의 최대의 에너지"라고 하며 제3장을 시작한다. 그렇다면 '나의 에너지는 과연 무엇일까?' 한번 생각해 보았다. 나의 82년 생애 중에 현재(나의 4부 인생)의 나의 에너지는 '말씀(성경)이 이끄는 삶'이라 할 수가 있겠다. 그래서 요즘 나의 삶은, 곧 정해진 시간(새벽기도 시간)마다의 찬송에 가사와 말씀이 그날의 나의 삶에 에너지(원동력)가 되고 있다.

마사코 그의 82년 인생살이 중에 여남은 살 때는 나가노 현의 가케유 온천에서 학동 피난 생활을 하기도 했다. 학창시절에 많은 책을 읽었으니 진 웹스터의 "키다리 아저씨", 에리히 케스트너의 "로테와 루이제", 루시 모드 몽고메리의 "빨간 머리 앤", 로라 잉걸스 와일더의 "초원의 집" 등을 읽었다. 이러한 책들을 읽으면서 외국에 대한 호기심과 힘든 일이 있어도 내가 어떻게 하느냐에 따라 즐거운 인생이 될 수 있다는 것을 깨닫게 되었다. 1976년이다. 그의 나이 41세 때는 프랑스 파리에 7일간의 자유여행의 시간을 갖게 됨으로써 그 이후 자유여행을 즐기게 되었다.

그는 일생에 단 한 번 사랑을 경험했을 뿐이란다. 그가 패닉(극심한 공포, 공황) 상태로 어려움을 겪을 때 사귀던 남자친구는 불운에 빠져 해외로 나가 연락이 두절되었다. 그는 비혼(非婚)의 삶으로 넘겨졌을 때 일어서는 법을 익혔단다.

미쓰비시 은행 생활은 요령이 없는 충신으로 일을 했다. 입사 10년이 되던 해 컴퓨터에 의한 기술혁신으로 변화의 바람이 일게 되어, 기획개발부의 일을 통한 40대 후반의 생활은 점점 재미가 있어졌단다. 그래서 특별히 복사하는 일에서 발견한 재미로 1986년 남녀 고용기회 균등법이 시행되면서 그는 여성 최초 관리직으로 발령을 받게 되었단다.

그리고 자신의 은행 퇴직 이후 70세까지, 어머니의 나이 100세까지 봉양을 했던 생활 속에서, 어머니의 장례식에 왔던 사람들을 통해 어머니의 삶 그 이면을 알게 되었다. 어머니가 노인회 부회장으로 섬김의 생활과 난치병으로 고생하던 청년을 도왔던 일 등이다. 또한 어머니를 간병하면서 컴퓨터에 눈을 뜨게 된 것은 신기한 인연이 되기도 했다. 그는 말한다. 스스로 배울 줄 아는 사람은 어떤 시대가 와도 살아갈 수 있다. 그는 말한다. 세상은 모순덩어리다. 그래서 누구도 그 정답은 알 수 없다. 그러기에 '자립'의 비결은 어디까지나 '판단을 그 누군가에게 맡기지 않는 것'이란다.

최근의 AI 인공지능이 아무리 발전해 나아간다 할지라도 판단의 기준을 만드는 것은 어디까지나 역시 인간만이다. 그러므로 두려운 것은 인공지능 AI가 아니라 인간지능을 악용하는 인간이 나타나는 것이다. 그래서 인간력이 중요하고 이를 갖추기 위해 노력을 하라는 말에 공감이 간다. 마사코의 '82년의 인생이 나에게 알려준 것'이다.

그래서 나도 나의 경우를 생각해 보았다. 나는 나의 인생 80년을 "뒤돌아본 생애"를 출판 정리한 바 있다. 그래서 그 내용을 간단히 소개를 한다면 '제1부: 태동의 때와 응아! & 성장기'로서 강원도 원주에서 가난 속에 출생 일제(日帝) 강점기와 동족상쟁의 6·25사변을 겪는 수난기였고. '제2부: 나라에 간성(干城)으로서의 나'로서 가난을 벗기 위한 몸부림 속에 OCS(육군보병학교)로 입대, 육군항공 조종사로서의 25년이다. '제3부: 주님의 부르심과 나'로서 불치의 병마(PMD)와의 싸움에서 두 아들을 잃는 중에 나의 인생 대전환의 생애이고. '제4부: 실버 삶으로의 흔적을'로서 말씀(성경)이 이끄는 삶이다.

역시, 인생은 재미있어

일흔이 넘은 나이에 뭘 해, 이 나이에 영어를 배워, 새로운 일을 배우는 건 힘들어라고 하는 것은 아니란다. 이것은 어디까지나 자신의 생각일 뿐이다. '나이'가 무슨 일을 하느냐 못하느냐 대의명분상으로는 맞는 말일지 몰라도 나이가 들었다고 할 수 없는 일은 없다. 마사코는 일단 해보자는 긍정적인 사고로 내 기분에 맞춰서 시작해 보잔다. 해보면 새로운 길이 열린다는 것이다.

누가 비웃으면 나도 같이 웃어주면 된다는 것이다. 늙고 죽는 것은 어쩔 수 없는 일이나 "아직 경험해 보지 않은 일이라 무서운 거야. 하지만 생각해 보렴. 세계는 계속 변하고 있어. 변하지 않는 것은 하나도 없지" (p.165)란 이 말에서 그 답을 찾아보아야 하겠다. 레오 버스카글리아가 쓴 《나뭇잎 프레디》에서 자신의 죽음을 무서워하는 단풍나무 잎사귀 프레디에게 절친한 친구 다니엘이 한 말이라고 한다.

필연적인 것은 필연적인 것으로 수용함이 최선의 삶이다. 아니 최근에는 연명치료를 법으로까지 거부하도록 제정을 하고 있는 현실이 아닌가? 마사코는 인생을 코스 요리로 비유를 하고 있다. 그래서 메인은 메인대로 디저트는 디저트대로 인생도 마찬가지란다. 유년기, 소년기, 청년기, 장년기, 노년기 나름대로 만끽하는 게 산다는 묘미라고 한다. 다만 바뀌는 노년기도 새로운 환경일 뿐이란 이야기다. 그래서 '역시, 인생은 재미있어'라고 한다. 분명한 것은 '나이에 따라 느낄 수 있는 맛이 다르다'란 것이다. 그럼으로 사람은 요즘의 보이스 피싱과 같은 외에 것들을 평생 배워야 한단다.

IOT/사물인터넷 그러니까 모든 것이 인터넷으로 통해서 상호 연결되는 시스템도 배워야 한다. 그러므로 노인대학이니 하는 것보다는 실학(實

學)이 더 중요함을 강조한다. 지금 현재의 잣대만으로는 안 되며 모든 것은 길게 보는 것이 중요하고 다양한 기준을 가질 것을 권고한다. 차라리 한번 선머슴이 되면 편한데 주위의 눈을 의식할 필요는 없다. 아무리 애를 써도 일어날 일은 일어나기 때문이란다.

책을 읽고 나서

마사코 그는 호기심을 가지고 '지금'을 가장 소중히 여기면서 현역으로 살고 싶어 한다. 언제든지 스타트라인의 삶을 살기를 원한다. 그래서 나이가 들수록 인생이 점점 재미있어진다고 쓰고 있다. 그렇다면 나는? 이 책을 읽고서…. 나는 호기심이 아닌 삶으로 육신의 마지막에 이를 때까지 '말씀(성경)'에 이끌리는 인생 최상의 감사와 감격의 기쁨을 얻어 살아가려 한다. 감사합니다.

Chapter
02

죽음
앞에 선
노년

"신은 생명을 조금씩 빼앗아 감으로써 인간에게 은총을 베푼다.
이것이 노화의 유일한 미덕이다."
  - 몽테뉴

죽음 앞에 선 인간

서구 종교·미술 속의
죽음의 이미지 탐구

박점분(국립중앙박물관 도슨트)

필리프 아리에스 지음
유선자 옮김
동문선 펴냄
274쪽

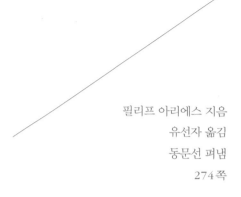

이 책의 원제목은 'Images De L'homme Devant La Mort'이다. 우리말로 번역되는 과정에서 '죽음 앞에 선 인간'으로 바뀌었다. 우리말의 번역된 제목만을 보면 책을 읽기 전에 여러 가지 다양한 상상을 하게 된다. 죽음이라는 대명제 앞에서 인간이 어떠한 모습으로 표현되는가 하는 쪽으로 다시 이해를 한다면 이미지를 말함인가, 죽은 인간이 주제인가 하며 헷갈릴 필요는 없겠다.

책에 대하여

이 책을 읽을 마음의 준비를 하기 위해서는 책을 저술한 필리프 아리에스라는 작가에 대하여 살펴볼 필요가 있다. 필자는 작가를 이해함으로써 그가 저술한 책의 내용을 좀 더 잘 이해할 수 있는 지름길에 들어선다고 생각하기 때문이다.

처음에 작가에 대한 이해 없이 책을 읽었을 때에는 마치 미술사학자의 입장에서 유럽의 묘지를 살펴본 것이 아닐까라는 단순한 생각이 들었다. 두 번째로 책을 읽을 때는 훨씬 쉽게 책의 내용을 받아들이게 되었다.

아리에스는 이 책을 1983년에 출간하고 몇 달 뒤 1984년 2월에 이 세상을 하직하였다. 1997년에 역자(유선자)는 그의 후기에서 분명히 잘라 말한다. " 본서는 미술사학적인 전문서적이 아니다. 일반 독자들에게 서술하는 형식을 취함으로써 죽음이라는 한 가지 문제를 둘러싼 다양한 이미지의 변천과 그 해석을 통해서 역사를 이야기하려는 학자의 관점에서 보면 대담하고 선구적인 태도를 보여주고 있다."

우리는 필리프 아리에스가 프랑스 역사학자로서 아날학파의 제3세대에 속한 사람인 점을 주목할 필요가 있다. 이러한 아리에스의 입장을 공부하고 나면 훨씬 그의 저술에 대하여 심도 있게 이해함과 더불어 깊은 공감을 나눌 수 있다.

아날학파에 대하여 간략한 설명을 첨가하고자 한다. 1929년 아날학파를 창시한 프랑스의 뤼시엥 페브르, 마르크 블로크는 사람들의 일상적 생각, 사회심리학적 부분들을 밝혀 역사를 기술하는 학문 조류를 만들었고 이것이 아날학파의 시작이다. 사회경제역사연보(Annales d'histoire Conomique et Sociale)에서 그 이름이 유래되었다. 기존 역사학에서 정치적인 사건 중심의 영웅 중심적인 역사 사실의 집성으로 엮어진 정치외교사적 견해보다 사회사를 중심으로 다양한 시간 개념과 대상의 확충을 가져와 기존의 역사연구 방식을 근본적으로 수정하였다.

아날 1세대와 아날 3세대는 심성사(l'histoire des mentalites, 이스트와 데망탈리테)를, 아날 2세대는 경제사를 중시한다. 아날 4세대는 심성사(心性史)보다는 문화적 전회와 언어적 전회를 다룬다. 심성사(망텔리테사)는

1960년대에 활발해져서 가족, 교육, 건강과 성생활, 죽음, 식생활, 범죄, 질병, 민간신앙, 민중문화, 노동생활 등을 연구 주제로 삼는다. (위키 백과에서 간략히 참조)

아날의 각 세대별 역사학자들을 일일이 여기서 나열할 필요성은 느끼지 않으며 다만 필리프 아리에스는 제3세대에 속하는 아날학파로서 의식적인 흐름을 역사에서 추구하였으며 특히 죽음을 주제로 하여 서구 기독교 문화 사회에서 죽음에 관한 도상들(images)을 찾아 나서서 여기에서 인간들의 의식이 어떻게 역사적으로 표현되어 왔는가를 살펴보려 하였음을 알게 된다.

책 속으로

이 책에는 죽음으로 영원한 이별을 맞이한 죽은 자와 살아서 남아 있는 자들 사이에서 이루어지는 마음의 교류 흔적을 찾아 헤맨 필리프 아리에스(1914~1984)의 행로가 많은 도상들과 함께 고스란히 담겨 있다. 책의 첫머리에 작가는 아래와 같이 인사말을 적고 있다.

"도상을 좋아하도록 이끌어 주신 분에게 그리고 도상을 보지 않고 지나치던 곳에서 도상을 발견하도록 도와주신 분에게 이 책을 바칩니다. 이 책은 각 페이지에서 우리의 삶에 대한 추억을 상기시켜 줄 것입니다."

다시 말하면 살아남은 자들이 죽은 자를 기억하기 위하여 남겨 놓은 이미지들에 접근한 새로운 역사연구 방법이라고 볼 수 있다. 그렇다고 해도 마르크스 역사학의 계급분류에는 반대하는 입장이다.

아리에스는 이 책에서 그 자신이 죽음을 어떻게 생각한다는 개인적인 의견을 제시하지 않는다. 다만 죽음을 통하여 삶에서 겪은 근심과 고통으로부터의 해방, 또는 사랑하는 모든 것들과 영원히 이별해야 하는 슬품, 죽음을 맞이하고 죽음 뒤에 어떤 세상이 기다리고 있는 것인가에 대한 두려움 등 모든 복잡한 심경들이 죽은 자를 기리는 무덤의 묘비와 조상들에 어떻게 표현되었으며 역사적으로 지역적, 문화적으로 어떻게 변화되어 왔는가를 살펴보고자 한다.

묘지들은 어디에 자리 잡았는가? 사회와 도시의 발전에 따라 묘지는 어떻게 이동하여 왔는가? 또한 해부학이 발달함에 따라 죽음은 어떻게 인식되었는가 등을 탐구했다.

아리에스가 속한 사회는 유럽의 기독교와 이교도들이 섞여서 생활하는 문화적, 종교적인 환경을 배제하고는 죽음을 가려 볼 수가 없다. 또한 시대가 변천함에 따라 바로크시대와 18세기를 거치면서 인간의 삶에 도사리고 있는 죽음의 그림자를 결코 떨쳐버릴 수 없다는 인식이 사회적으로 드러나면서 허무주의와 함께 항상 죽음을 기억하라는(memento mori) 의식이 예술 작품 등에 적극적으로 표현되기에 이른다. 따라서 일반인들의 묘비명과 묘지 그 밖의 일상생활에도 많은 영향을 주었다.

생명이 있는 모든 것은 죽음을 비켜갈 수 없다는 대전제를 제시하면서 시간적인 차이와 문화적인 차이, 역사와 사회적인 배경의 차이에 따라 그 달리하는 모습을 상세한 도상과 함께 종합적으로 자세히 우리들에게 소개하고 있다. 때론 너무도 적나라하여 그러한 도면과 조상을 외면하고 싶은 충동을 유발하기도 한다. 죽음이란 삶과 되도록 멀리 있도록 기피하는 문화에 익숙한 사람들에게는 특히 더 강렬한 충격이기 때문이다.

죽은 자들을 만나기 위해서 아리에스가 찾아 나선 곳은 건축적인 아름다움이라거나 특별히 어떤 기념비적인 조형물로 치장되어 있거나, 아니면 후세의 사람들이 꼭 기억해 주어야 하는 의미가 부여된 곳이 아니었다. 흔히 말하는 공동묘지에 묻혀 있는 잠깐 이 세상에 와서 살다간 사람들의 흔적들을 찾아서 시간의 흐름에 따라 그 시대의 사람들의 의식의 변천에 따라 어떻게 변화되었고 그러한 의식의 흐름에 영향을 끼친 요소는 무엇이었던가를 살펴보고 있다.

종교에서 말하는 죽음관에 따라 그들이 믿는 신의 가르침이라든가 내세에 대한 믿음이라든지 아니면 뜻하지 않은 불행, 말하자면 전쟁, 천재지변, 기후변화에 의한 급격한 환경의 이변 또는 갑자기 창궐하게 되는 급성 전염병에 의해 맞이한 죽음, 이러한 죽음 앞에서 인간들은 어떠한 구원에 매달렸고 어떻게 죽어 갔는지를 파악하고자 했다.

사랑하는 가족들의 의미는 무엇인가? 또한 교회의 의미는 무엇인가? 왜 교회의 지하 창고에는 그렇게 많은 죽은 자들의 해골과 뼈조각들이 쌓여 있을까? 도시가 발전하고 인구가 늘어 감에 따라 마을의 외곽으로 밀려난 죽은 자들의 공간은 산 자들에 의해 어떻게 활용되었을까? 죽은 자들의 공간은 망각되고 찾지 않는 버려진 공간이었을까? 아니면 살아서 남겨진 자들이 다시 찾아가서 추모하고 사랑을 되살리는 추억의 공간으로 산 자들의 삶의 공간과 공존하는 곳일까?…여러 관점을 생각해 보게 된다.

죽음이 다가오는 순간에 인간은 어떤 모습을 하며 어떻게 죽어 갔을까. 남겨진 가족들은 그 순간들을 기억하기 위하여 여러 가지 도상이나 조형물들을 남겨 놓았다. 운명하던 순간의 고통스러운 모습, 또는 평온하게 죽음을 맞이하며 기도서를 읽는 모습과 같이 다양한 죽은 자들의 표정을 영원히 기억하도록 남겨 놓은 곳도 있다.

이러한 것들을 염두에 두고 찾아 나선 아리에스의 눈에 띈 여러 이미지는 죽음 앞에서 모두 살아 있는 생명체는 언젠가 죽는다는 같은 운명이고 누구나 피할 수 없는 과정이라는 것을 겪으면서 죽음을 맞이하는 몸부림들을 살펴보았다. 그림에는 죽은 자의 가족들과 그의 애완견 (p.493)까지도 표현된다. 아리에스가 이러한 자취를 찾아 나섬에 있어서 그는 자신만의 특별한 죽음에 대한 철학, 죽음을 피하기 위한 실존적 방법 등을 모색하지는 않았다. 다만 죽음이 남기고 간 자취만을 더듬어 갔다고 할까?

제3장 '집에서 무덤까지'에서는 세상을 떠난 사람의 시신을 남겨진 가족들이 어떻게 처리하여 묘지까지 가지고 가는지, 그 과정들을 소상하게 밝혀 주고 있다. 죽음에 임박한 생명들을 깨끗한 거적 위에 눕히고 그들의 생명이 끝이 난 뒤에는 그 거적을 둘둘 말아서 흰 헝겊으로 얼굴만을 남겨둔 채로 몸 전체를 싸고 묘지로 운구하여 매장지에 묻는다. 이렇게 과거의 시신처리 과정을 알 수 있게 한 자료들도 찾아내었다.

죽은 자의 영혼이 있다면 신체를 벗어나 다른 세상으로 가기까지의 과정에서 과연 중간의 휴식 장소인 연옥에 머무는가? 아니면 연옥이 있는가? 천국과 지옥으로 가는 영혼은 어떤 대접을 받는가 하는 인간들의 저세상에 대한 믿음을 벽화들로 남겨 두어 인간의 신체와 영혼의 구원 문제 등에 대하여도 살펴보고 있다.

그리스 로마 시대에서부터 12세기, 15세기, 16~18세기, 19세기 등을 거쳐 역사적으로 변하여 온 죽음들의 자취들을 살펴본 아리에스는 20세기에 들어서서는 죽음을 표현한 도상들을 움직이는 이미지, 즉 영화를 통하여 찾고자 노력한 흔적을 그의 글 말미에 적어두고 있다. 예를 들면 스웨덴의 앙리마르 베르만 감독의 '고함과 속삭임'(1972)이라든가 클로드 소테 감독의 '일상적인 일들'(1970)이라는 영화를 통하여 죽음이 부르는 허무, 시간과 공간의 개념을 피력함으로써 그의 글을 끝맺는다. "이 허무는 거의 기하학적 허무가 아니다. 의식의 발전 과정에서 두터운 지속성과 징후로서 그 위력을 획득하였다. 비록 짧은 기간이라 하여도…" 마지막에 그가 남겨 놓은 '허무'라는 단어, 아리에스가 이 한 권의 책을 통하여 우리에게 전하고자 한 메시지를 읽어 낼 수 있다.

책을 읽고 나서

인간들의 죽음의 흔적이 지나온 자취를 더듬어 본 결과 다시 살아온 죽음은 아무 데도 찾아볼 수 없고, 살아남았던 자들도 시간을 달리하여 언젠가는 필연코 죽음을 맞이하였음을 알았을 때 역사가 주는 교훈이란 '죽음은 바로 허무'라는 공식에 도달하였을지도 모른다.

그렇다고 아리에스를 허무주의자라고 말할 수도 없을 것이다. 그가 이 책을 끝내고 난 뒤에 불과 4개월 후에 툴루즈에서 사망하였고 그의 죽음은 어떤 도상으로 남겨져 기억되었는지도 알 수 없다. 다만 이 한 권의 책이 그를 기억하는 하나의 표지석이 되었다고 말할 수도 있으리라. 인간의 죽음을 기억하는 수단은 십자가가 새겨진 하나의 묘지석에서만이 아니다. 그의 의식과 아이디어를 기록한 그의 저술에서도 그의 숨소리를 들을 수 있지 않을까.

다시 말하면 이 한 권의 책을 읽을 때 우리는 그의 영혼이 되살아나서 우리와 함께 대화를 나누고 있다는 느낌이 들기도 한다. 그의 영혼은 불멸하다고 말해야 하는가? 사람의 육체가 죽고 사라진 뒤에 과연 영혼은 어딘가에 살아 있는가?…새로운 의문을 만나게 된다.

{ 2012년 9월 25일 }

죽음의 수용소에서

당신이 가진 최고의,
그리고 최후의 자유는
바로 선택할 수 있는 자유이다

이승용(전 (사)KH정보교육원 이사장)

빅터 프랭클 지음
이시형 옮김
청아출판사 펴냄
246쪽

이 책의 원제는 'Man's Search for Meaning: An Introduction to Logotherapy'이다. 번역서의 제목은 아마도 아우슈비츠의 수용소 생활에 기반을 둔 책이라는 데 방점을 찍고 싶어서일 것이다. 내용은 로고테라피에 대한 소개로서 삶의 의미 찾기가 더 적합하지 않을까 하는 생각이 들었다.

이 책은 3부 구성이다. 1부는 아우슈비츠를 중심으로 한 수용소 생활의 기록이고, 2부와 3부는 로고테라피에 대한 설명이다. 2부와 3부를 먼저 읽고 나서 1부를 읽으면 더 이해하기 쉬울 것 같다. 수용소에서의 기록의 배열들이 사실은 로고테라피의 핵심 이론들에 대한 사례와 가깝기 때문에 2부와 3부의 개념을 염두에 두고 읽으면 전체의 흐름을 잡아내는 데 더 용이하지 않을까.

저자는 책의 앞부분에서 아우슈비츠에서 일어난 일들에 대한 묘사를 중심되게 기술하지 않겠다고 했다. 실제 일어난 일에 대한 기록들이 수없이 많기 때문이라고 한다. 그 일이 일어난 일의 본질이 무엇인지 밝혀내는 일과 그런 극심한 고통을 아직도 겪고 있는 사람들에게 도움을 주기 위해서 이 책을 썼다고 한다. 그래서 사실 묘사보다는 체험을 해석하는 심리적 과정이 많이 기술되어 있다.

책 속으로

1부에서는 주로 아우슈비츠에서의 경험이 기술되어 있는데, 저자는 이를 세 부분으로 나눈다. 첫 번째 단계는 수용소에 들어온 직후이며, 두 번째 단계는 틀에 박힌 수용소의 일과에 적응했을 무렵, 그리고 세 번째 단계는 석방되어 자유를 얻은 후이다. 첫 번째 단계에서 나타나는 심리적 반응은 '집행유예 망상'에 사로잡히지만 이내 엄혹한 현실에 환상이 무너지고 강렬한 충격을 받게 된다고 한다. 수용소에 적응 하는 두 번째 단계에서는 언제 죽을지 모르는 공포와 두려움, 가스실에서만이 아니라 수용소 안에서 질병과 자살 등으로 죽어가는 동료들을 보면서 혐오감, 무감각, 모멸감과 같은 심리가 나타난다. 그러나 이 극도로 고통받는 상황에서도 인간은 그 나름대로 적응할 수 있다고 한다. 저자는 이를 수용소 안에서 벌어졌던 소박한 예술 행위와 수용소 동료들 안에서의 웃음거리 만들기, 사소한 것에 느끼는 상대적 행복들의 체험을 열거한다. 이러한 체험의 열거들은 후에 2, 3부의 로고테라피와 시련에 대한 의미의 심리학적 해석 과정에서 더 자세하게 기술된다. 마지막으로 세 번째 단계인 석방된 후의 실제 상황은 극심한 고통에서 해방된 사람들의 문제는 풀려난 것으로 끝이 난 것이 아니라 계속 치유되어야 한다는 사실을 알려준다.

"이런 심리적 단계에서 원색적인 기질을 지닌 사람들이 수용소에서 자신을 둘러싸고 있던 야만성의 영향에서 쉽게 빠져나오지 못하는 것을 관찰할 수 있다. 그들은 이제 자유의 몸이 되었으니 이 자유를 마치 특허를 받은 것처럼 잔인하게 사용할 수 있다고 생각한다. 변한 것이 있다면 그것은 그들이 이제는 억압을 받는 쪽이 아니라 억압을 하는 쪽이 되었을 뿐이다. 그들은 이제 폭력과 불의의 대상이 아니라 그것을 자행하는 가해자가 된다."(p.141)

로고테라피는 '쾌락'을 중점에 둔 프로이트 학파나 '권력의 추구'에 중점을 둔 아드리안 학파와 달리 '의미를 찾고자 하는 의지'에 중점을 둔다고 한다. 즉 "자신의 삶에서 어떤 의미를 찾고자 하는 노력을 인간의 원초적 동력으로"으로 인식함으로써 "환자 스스로의 삶의 의미를 찾도록 도와주는 것을 그 과제"로 삼고 있다고 한다. 이 의미 찾기를 로고테라피에서는 세 가지 방식으로 제안한다. ①무엇인가를 창조하거나 어떤 일을 함으로써 ②어떤 일을 경험하거나 어떤 사람을 만남으로써 ③피할 수 없는 시련에 대해 어떤 태도를 취하기로 결정함으로써 삶의 의미에 다가갈 수 있다는 것이다. 첫 번째 방식은 너무 자명해서 책의 본문은 설명을 하지 않으나 두 번째와 세 번째는 다음과 같이 설명한다. "두 번째 방법은 어떤 것 – 선이나 진리, 아름다움 – 을 체험하는 것, 자연과 문화를 체험하거나 (마지막이지만 무엇보다도 중요한 것은) 다른 사람을 유일한 존재로 체험하는 것, 즉 그 사람을 사랑하는 것을 말한다"고 설명한다. 이것은 이 책의 1부인 아우슈비츠에서의 수감생활을 버텨낸 근거로도 기술되어 있다.

"그러나 우리는 알고 있었다. 모두가 지금 아내 생각을 하고 있다는 것을.…내 머릿속은 온통 아내 모습뿐이었다.…그녀의 진술하면서도 용기를 주는 듯한 시선을 느꼈다.…실제든 아니든 그때 그녀의 모습은 이제 막 떠오르기 시작한 태양보다도 더 밝게 빛났다.…내 영혼은 수감자 신세에서 또 다른 세계로 가는 길을 찾아 되돌아갔다.…그때서야 내가 깨달은 것이었는데, 사랑은 사랑하는 사람의 육신을 초월해서 더 먼 곳까지 간다는 것이었다. 사랑은 영적인 존재, 내적인 자아 안에서 더욱 깊은 의미를 갖게 된다. 사랑하는 사람이 실제로 존재하든 존재하지 않았든, 아직 살았든 죽었든 그런 것은 하나도 중요하지 않았다."(p.71)

"어느 날 저녁이었다.죽도록 피곤한 몸으로 막사 바닥에 앉아서 수프 그릇을 들고…우리는 서쪽에 빛나고 있는 구름과,짙은 청색에서 핏빛으로 끊임없이 색과 모양이 변하는 구름으로 살아 숨쉬는 하늘을 보았다.…세상이 이렇게도 아름다울 수 있다니!"(p.73)

세 번째는 시련이 주는 의미이다.

"어떤 의미에서 시련은 그것의 의미 - 희생의 의미 같은 - 를 알게 되는 순간 시련이기를 멈춘다고 할 수 있다.…인간의 주된 관심이 쾌락을 얻거나 고통을 피하는 데에 있는 것이 아니라 삶에서 어떤 의미를 찾는 데에 있다는 것은 로고테라피의 기본 신조 중의 하나이다."(p.169)

이 책의 3부 '비극 속에서의 낙관'은 이 시련의 의미를 더 확장한다.

"비극 속에서의 낙관이란 간단하게 말해서 로고테라피에서 말하는 세 개의 비극적 요소에도 불구하고 인간은 현재는 물론 앞으로도 계속 낙관적일 것이라는 의미를 지닌 말이다. 세 개의 비극적인 요소는 인간의 삶을 제한하는 ① 고통과 ② 죄와 그리고 ③ 죽음을 말한다.…낙관이란 비극에 직면했을 때 인간의 잠재력이 ① 고통을 인간적인 성취와 실현으로 바꾸어 놓고 ② 죄로부터 자기 자신을 발전적으로 변화시킬 수 있는 계기를 마련하며 ③ 일회적인 삶에서 책임감을 가질 수 있는 동기를 끌어낸다는 의미를 갖고 있다.(p.199) "비극의 세 가지 요소 중 세 번째 것은 죽음에 관한 것이다."(p.214) "삶의 순간들을 구성하고 있는 각각의 시간이 끊임없이 죽어가고 있으며, 지나간 순간은 다시는 돌아오지 않기 때문이다. 이런 삶의 일회성이야말로 우리에게 삶의 각 순간을 최대한 활용해서 살아야 한다는 사실을 일깨워 주는 것이 아닐까?"(p. 215)

저자는 이러한 내용을 다음과 같은 수용소의 경험으로 기술한다.

"내가 친구에게 함께 탈출하겠다고 말하는 순간 나를 엄습했던 그 불편했던 감정이 점점 더 심해졌다.…나는 막사 밖으로 뛰어나가 친구에게 그와 함께 탈출할 수 없다고 말했다. 결연한 태도로 환자 곁에 그대로 남기로 했다고 친구에게 말하자마자 그 불편했던 감정이 사라졌다. 앞으로 어떤 일이 벌어질지 알 수 없었지만 나는 그전까지 경험해보지 못했던 내적인 평화를 얻을 수 있었다. 나는 막사로 돌아가 고향 친구의 발끝에 앉아서 그를 안심시키려고 애썼다. 그리고 고열에 시달리고 있는 환자들을 편안하게 해주려고 노력하면서 다른 사람들과 잡담을 나누었다."(p. 99)

"인간에게 모든 것을 빼앗아갈 수 있어도 단 한 가지, 마지막 남은 인간의 자유, 주어진 환경에서 자신의 태도를 결정하고, 자기 자신의 길을 선택할 수 있는 자유만은 빼앗아갈 수 없다는 것이다."(p. 108) "그 수감자가 어떤 종류의 사람이 되는가 하는 것은 그 개인의 내적인 선택의 결과이지 수용소 환경의 영향이 아니라는 사실이 명백히 드러난다."(p. 109) "삶의 의미가 있다면 그것은 시련이 주는 의미일 것이다. 시련은 운명과 죽음처럼 우리 삶의 빼놓을 수 없는 한 부분이다. 시련과 죽음 없이 인간의 삶은 완성될 수 없다."(p. 110)

책을 읽고 나서

로고테라피는 다분히 미래 지향적이며 사람들이 고통스러워하는 이유를 현재 겪고 있는 시련의 의미를 찾지 못하기 때문이라고 본다. 그리고 시련을 통해서 의미를 찾게 되면 그는 새로운 세계로 진입하게 된다. 그는 과거보다 훨씬 더 성숙하게 되고 품위를 갖춘 인간으로 성장하게 된다. 로고테라피는 궁극적으로 고통을 인간적인 성취와 실현으로 바꾸어 놓고 죄로부터 자기 자신을 발전적으로 변화시킬 수 있는 계기를 마련하며 일회적인 삶, 즉 피할 수 없는 죽음이라는 사건 앞에서 책임감을 가질 수 있는 동기를 끌어내어 한 인격의 완성을 추구함을 목적으로 한다.

그런 의미에서 로고테라피는 현대의 연금술과 같은 것인지 모른다. 납으로 황금을 만들려고 노력했던 연금술사들의 숙명은 우리 모든 인간들의 숙명인지 모른다. 인간 앞에 놓여진 비극적 요소들, 고통, 슬픔, 죄, 질병, 노년, 죽음 들을 인생과 역사라는 그릇에 담아 시련을 회피하지 않는 선택의 자유와 책임감이라는 용기와 사랑을 가지고 궁극적 인간의 완성, 사랑으로 충만한 황금의 인간을 조제해 내는 것이 로고테라피가 말하는 인간의 숙명이고 의미의 완성인지 모른다. 빅터 프랭클 박사는 죽음의 수용소에서 한 경험을 단순히 극도의 고통 속에 있는 사람의 무너진 심리를 분석하고 분열된 자아의 회복만 추구했던 것이 아니라 그것을 통해서 한 걸음 더 나아가 온전한 인격의 완성을 추구하여 인류의 평화와 역사의 궁극적 완성을 소망하지 않았을까 한다. 그는 다음과 같은 예언자적 메시지로 이 책을 마무리 한다.

"이 세상은 지금 아주 좋지 않은 상태에 있고, 우리 각자가 최선을 다하지 않으면 모든 것이 나빠질 것이기 때문이다. 그러니 이제 경계심을 갖자. 두 가지 측면에서의 경계심을:아우슈비츠 이후로 우리는 인간이 무엇을 할 수 있는지 알게 되었다. 그리고 히로시마 이후로 우리는 무엇이 위험한지를 알게 되었다."(p. 220)

죽어가는 자의 고독

문명화 과정과
현대인의
고독한 죽음

고광애(《나이 드는 데도 예의가 필요하다》 저자)

노베르트 엘리아스 지음
김수정 옮김
문학동네 펴냄
128쪽

노베르트 엘리아스(1897~1990). 독일 출신 유대인 사회학자. 브레슬라우 대학에서 철학과 의학 전공. 나치를 피해 1933년 프랑스로, 1935년 영국으로 망명. 1954년 레스터 대학 전임 강사, 1977년 아도르노상 수상. 1987년 사회학 및 사회과학 부문 유럽 아말피상 수상.

망명한 영국에서 국외자의 삶을 살았으며 60살까지도 아카데미계에서 아웃사이더의 삶을 살았었다. 1990년 8월 1일 암스테르담 자택에서 사망. 저서로《궁정사회》,《문명화 과정》,《개인의 사회》가 있다.

이 책은 세계적인 사회학계의 거장인 저자가 1982년 자신의 삶을 근간으로 한 죽음 성찰록이다. 죽음을 성찰하는 담론이나 저서들은 대부분 죽음의 철학이나 죽음을 관찰, 혹은 처리에 관한 것이 대분분이다. 그러나 이 책은 죽어가는 당사자의 관점으로 쓰여진 책이다. 죽음을 직접 겪는 죽어가는 당사자 중심의 몇 안되는 책 중의 하나라서 귀중한 책이라고 생각한다. 저자는 물경 19세기에 태어나서 85세에 이 책을 집필했다. 85세쯤이면, 나의 죽음을 실감하는 때일 것이다. 그 나이 때쯤이면 내가 주인공이 된 죽음을 얘기할 수 있는 나이일 거다. 이 글을 쓰는 나 자신도 죽음이란 걸 담론 속의 그냥 죽음이 아니라 내 앞에 닥친 내 죽음으로 성찰하고 얘기해 보고저《나의 아름다운 죽음을 위하여》(서해문집 간)란 책을 출간했다. 함량미달이라는 생각이 들어서 이 책목록에서는 빼버렸다. 죽어가는 당사자 중심으로 된 책 가운데는 죽음을 얘기할 때 빠지지 않고 등장하는 책이 톨스토이작《이반 일리치의 죽음》이 있다.

책 속으로

책은 3장으로 되어 있으며 1장은 죽어가는 자의 고독, 2장은 1983년 바트 살주플렌에서 열린 의학대회에서 행한 강연문인 '노화와 죽음: 몇 가지 사회학적 문제들'이다. 3장은 역자 김수정이 '현대인들의 죽음에 대한 태도와 문명화 과정'이란 제하로 해설을 한 것이다. 1장 '죽어가는 자의 고독'에서는 16단락에 걸쳐서 죽음에 관한 모든 것이 다루어지고 있다.

1_ 사람은 피할 수 없는 자기 죽음에 대처하는 몇 가지 방법이 있다. 지옥이나 천국과 같은 내생의 관념을 통해 신화화하는 것이 있다. 저자는 주장한다. "지금까지 죽음의 관념보다 훨씬 더 광범위할 정도로 죽음의 탈신비화가 있어야 하고, 인간은 필멸의 존재이며 어차피 다른 사람의 도움에 기댈 수밖에 없다는 사실을 보다 분명하게 인식해야 한다."(p.10)

2_ "죽음의 본질은 사회가 발전하면서 변화한다. 죽음의 관념과 장례의례 자체는 사회화의 한 측면이다."(p.13) "오늘날, 삶은 점차 길어지고 죽음은 훨씬 연기되었다. 죽음의 장면이나 시체는 이제 흔하게 볼 수 없는 것이 되었다. 죽음을 망각하고 살기 딱 좋은 환경이 되었다. 문명이 죽음

을 배제시켰다."(p. 16) 죽음은 살아있는 자와 죽어가는 자의 관계에서 발생하는 사회학적인 문제임을 환기시켜 주고 있다.

3_ "어린 시절의 경험과 환상은 한 인간이 죽음에 근접하고 있을 때, 상당한 영향을 미친다. 어떤 사람들은 죽음을 평온하게 기다린다. 다른 이들은 죽음에 대한 강하고도 지속적인 공포를 가지고 살아가며…"(p. 17)

"우리 시대가 안고 있는 일반적인 문제 하나 – 우리가 죽어가는 이들에게, 그들이 인간존재로부터 떠나갈 때 절실히 필요로 하는 도움과 사랑을 줄 수 없다는 점이다. 죽어가는 사람의 모습을 보는 것은 나의 죽음이라는 관념에 대해 방벽처럼 막아 놓았던 방어적 환상을 흔들어 놓는다. 자기애(selbstliebe)를 철통처럼 보호하기 위해서다."(p. 18)

4_ 저자는 그 유명한 필리프 아리에스가 주장하는 중세의 평온하고 고요한 죽음과 현대의 난폭하고 금지된 죽음이라는 주장을 대비시켜서 이의를 제기한다. 중세사회에서 죽음은 결코 평온한 죽음이 아니었다. 교회가 조장한 지옥의 공포 탓에 환상과 두려움에 둘러싸여서 고통스러운 죽음을 죽어갔었다. 한 가지 긍정적인 점은 한 개인이 죽어갈 때 "다른 사람들이 곁에 있었다"(p. 24)는 것은 도움이 되었었다. "현대의학은 옛날이라면 끔찍한 고통 속에서 괴로운 죽음을 맞이해야 했을 수많은 사람들에게 덜 고통스러운 죽음을 맞이할 정도로 발전돼"(p. 23) 가고 있다.

5_ "옛날에는 오늘날보다 상당할 정도로 죽음의 현장이 공개되어 있었다.…오늘날 죽음의 태도에서 가장 특징적인 것은 아이들에게 죽음에 관한 사실들을 알려 주기 꺼려한다는 점이다. 예전에는 죽음의 현장에 아이들이 있었다. 아이들에게 당연한 과정으로써 죽음이라는 단순한 사실, 그리고 다른 사람들과 자신의 삶의 유한성에 대해 익숙할 수 있도록"(p. 28) 해주었었다.

6_ '미의 덧없음' 17세기 시실리의 시인 호프만스왈도작

"창백한 죽음은 차가운 손길로/결국 그 시간이 오면 그대 가슴을 어루만지리/그대 사랑스러운 산호빛 입술은 창백해지고/눈처럼 빛나는 그대의 따스한 어깨도/차가운 모래로 변하리라/…그대의 머리카락/지금은 금빛으로 너울거리지만/세월이 흘러가면 엉클어진 실타래가 되겠지/…지금 찬란히 빛나는 그대 그때는 아무도 숭배하지 않으리/지금의 아름다움 아니 그보다 더한 것이라도/결국은 스러지고 말지니/그러나 그대의 마음만은 영원히 변치 않겠지/신이 부서지지 않는 다이아몬드로 만드셨기에'(pp. 30~40)

"이 시 속에서 죽음이라는 문제에 대해 심오한 사고가 들어 있다. 문명화 과정 중, 각기 상이한 단계에 존재했던 죽음에 대한 태도의 증거로써, 이 시의 주제가 한 개인의 창작품과는 다른 그 이상의 것이라는 점에서 정확히 이 시의 중요성을 찾을 수 있다. 이 시의 주제는 넓은 의미에서 유럽 바로크 시의 공통주제이며, 이 시는 17세기 궁정귀족 사회에서 벌어졌던 연애유희의 방식에 대해 무엇인가 시사하고 있다."(p. 33)

"이 주제로 가장 아름답고 유명한 시는 마르벨(Marvell)의 '그의 수줍어하는 정부에게'다. 그 시의 일부 – '무덤, 그 아름답고 은밀한 장소/그러나 그곳엔 아무도 그대를 포옹하지 않으리'"(p. 34) "오늘날은 사정이 다르다. 역사상 그 어느 때보다 죽음은 사회생활의 배후로 밀려났고, 위생적으로 제거되었다. 시체는 악취 없이 신속하게 죽음의 병상에서 무덤으로 너무나 완벽하게 기술적으로 처리되게 되었다."(p. 35)

7_ "우리 시대에 죽어가는 사람들 곁에서 살아있는 사람들이 느끼는 당혹감은 죽어가는 사람은 일찌감치 사회생활로부터 배제되고 죽어가는 사람들이 다른 이로부터 격리된다는 사실이다. 완전히 살아 숨 쉼에

도 불구하고 그들은 이미 버려진다는 사실이다."(p.35) "살아있는 사람들은 죽음을 위협적이고 전염적인 어떤 것으로 느끼면서 부지불식간에 죽어가는 사람들로부터 물러선다. 그러나 친한 사람과 헤어질 때처럼 마지막 길을 떠나는 사람에게 에누리 없는 애정을 보여주는 것, 그것은 남아있는 사람이 줄 수 있는 어떠한 중요한 것보다 중요한 일일 것이다."(p.42)

8_ "죽어가는 사람들로부터 살아있는 자들의 물러섬, 그리고 그 주위로 점차 번지는 침묵은 임종 이후에도 계속된다. 시신처리와 묘지관리는 가족 친지들의 손을 떠나 돈을 받고 일하는 전문인의 손에 맡겨져 있다."(p.42) "죽은 자를 추모하는 장소가 진정 산 자를 위한 공원이 된다면 그것은 좋은 일일 것이다."(p.45)

9_ "죽은 자는 존재하지 않는다. 그들은 산 자들의 기억 속에서만 존재한다."(p.46) "죽어가는 것에 대한 공포는 죽어가는 자 자신의 입장에서 보면 자신의 의미 있고 중요하다고 생각하는 것이 파괴되고 잃어버리는 것에 대한 공포이기도 하다."(p.47) 기억의 고리가 끊어지면 모든 것들의 의미 역시 사라지게 된다.

10_ "성과 죽음, 터부시하기보다 공개돼 있다. 성적인 터부의 상당 부분 기능을 상실한 곳이 청소년 교육과 청소년들에 대한 성인들의 태도다. 20세기 초 이 문제들을 둘러싸고 성인:아이들을 가로막았던 침묵의 장벽은 난공불락에 가까운 것이었다."(p.57)

11_ "죽음을 특정한 영역에 가두어 놓고 고립시키고 숨기려는 경향은 19세기 이래 크게 바뀌지 않고 어쩌면 더 강화되었다고도 한다."(p.59) "명심해야 할 것은 죽음 그 자체 때문이 아니라 죽음에 대해 미리 가지고 있는 이미지 때문이라는 점이다. 내가 고통없이 죽을 수 있다면, 무서울 건 없다. 더 이상 여기에 존재하지 않고 공포도 느낄 수 없을 것이다."(p.60)

12_ "선진사회에서 종말이 자연스런 과정이라는 점을 알고 있기 때문에 불안을 완화할 수 있다. 거기다 과학지식으로 통제가 가능하고 죽음은 연기될 수 있게 되었다."(p.63) 오늘날처럼 사회 전 영역에서 (요즘 우리 TV프로마다) 과학적으로 생명을 연장하는 방법이 끝없이 토론된 적이 없었다.

13_ "현대사회에서 외부로부터의 죽음, 타인을 죽이는 것이 엄격히 금지되고 엄중한 처벌을 받는 상황에서부터 국가나 당 혹은 기타 집단에 의해 타인의 살상이 사회적으로 용인될 뿐 아니라, 노골적으로 요구되는 쪽으로 상황이 바뀌었을 때가 있어 왔다."(p.67) "이때, 사람들의 심리적 상태의 변화와 사회적인 문제에 전형적인 대답이 바로 '나는 명령에 따랐을 뿐'"(p.68)(뉴른베르그 법정에서 아이히만의 대답. 한나 아렌트《악의 평범성》에서)이라고 했다. "이처럼 개인의 양심구조가 국가의 외적 강제기제에 여전히 의존하고 있음을 여실히 보여주고 있다."(p.68)

14_ "현대사회에서 외로움과 고립감을 향한 경향은 죽어가는 사람 자신의 인성 구조에서도 발견되는 수가 있다. 그 경향은 일반인들보다는 지식인층에서, 노동계급보다는 중간계급에서, 여자보다는 남자에게서 일반적인 현상이라 할 수 있다. 이 가정은 추측이긴 하다."(p.74)

15_ 이 장에서는 죽어가는 사람의 외로움을 논하고 있다.

"오늘날 사람들은 최선의 간호는 산 자들이 죽어가는 사람을 인간존재로 존중하고 있음을 보여주려 한다. 그렇지 못한 경우, 만일 죽어가는 사람이 아직 살아 있는데도 자신이 다른 이들에게 아무런 의미도 가지지 못한다고 느낀다면, 그럴 때 전적으로 외로운 것이다."(p.83) "외로움의 또 다른 형태는 좁은 의미에서 사회적인 것이다."(p.83) 이번 코로나19(covid19) 때 죽어가던 사람들을 떠올려 보면, 사회적이란 것이 자명하다.

16_ "죽음 자체는 위협적이지 않다. 사람들은 기나긴 꿈속으로 떠나가고 세상은 사라진다. 두려운 것은 죽어가는 고통이며 또 사랑하는 사람이 죽었을 때 산 자의 상실감이다."(p.85)

"사람들이 죽음을 더 이상 배제하지 않고 인간 삶의 총체적 구성인자로써 인간의 표상 속에 끌어들일 때 스스로를 외로운 존재로 느끼는 페쇄인(homo clausus)이라는 에토스는 급속히 약화될 것이다. 세상만사 다 부질없는 것이다."(p.86)

2장은 저자의 강연록이며 사회학적 문제들이 결합되어 있기에 죽음을 논하는 메멘토 모리 독서회에서는 배제하기로 했다.

시대의 변천에 따라서 죽음에 관한 산 자와 죽는 자에 관한 전반을 이렇게 전방위적으로 다룬 흔치 않게 보전할 가치가 있는 책이다. 이 책의 특징은 내용이 전혀 피상적이지 않고 바로 죽어가는 현장에 있는 사람이 써내려간 책 같다.

{ 2017년 4월 19일 }

나이 듦과 죽음에 대하여

몽테뉴 수상록에서 선별한
삶과 죽음에 대한
철학적 담론

김일경(사회복지사, 노인상담사)

미셸 에켐 드 몽테뉴 지음
고봉만 엮고 옮김
책세상 펴냄
316쪽

인간 모두는 자신이 원해서 이 땅에 태어난 사람은
없다. 신이 있다면 그가 한번 살아보라고, 즉 명령해서 부모의 몸을 빌어
왔을 뿐이다. 그래서 이 세상에 살아있는 모든 만물을 생물(生物)이라 하
며 살아가야 할 명을 받았기에 한자로 생명(生命)이라고 표기한다. 그러나
결국 살아 있는 모든 생물은 반드시 소멸하게 되어 있다. 유한한 존재다.
소멸하는 것, 이 세상을 살다가 끝내고 돌아가는 것이 바로 죽음이다. 따
라서 삶(태어나 늙어가는 기간)과 죽음은 별개의 사건이 아니다. 생명이 있는
한 계속 죽음과 연결되어 있으며 따로 떼어놓을 수도 없다. 마치 동전의
양면처럼 붙어 있어서 삶을 뒤집으면 그것이 바로 죽음이 된다.

　사람은 누구나 태어난 이상 천재지변이나 남이 강제로 자신의 목숨을
끊지 않는 이상 살아가야 한다. 사실 살아가야 할 세상은 즐겁고 행복하
기만한 세상이 아니다. 그래서 '삶을 고해의 바다'라고도 했다. 우리의 삶

은 마치 파도 한 점 없이 평온하던 바다가 별안간 사나운 풍랑으로 변해 순항하던 배를 괴롭히듯이 인간은 수없이 많은 난관과 질병으로 인해 삶이 항상 평온하지 못하고 고통과 죽음에 대한 공포를 느낀다. 이를 극복해 나가며 살아야만 하는 것이 인간의 숙명적 삶이다.

'인간은 생각하는 갈대다'라는 말처럼 인간은 항상 자신의 삶과 죽음에 대하여 깊게 사유하고 고민을 갖는다. '삶이란 무엇인가?', '어떻게 살아야 잘사는 것인가', '죽음이란 무엇인가?', '어떻게 죽는 것이 잘 죽는 것인가' 이 모든 질문에 대한 해답을 찾고자 고대 그리스부터 현대에 이르기까지 수없이 많은 성인들과 철학자 들은 그들 나름대로 진리를 탐구하고 사유하며 이를 후대에 남기고 자 노력해 왔다.

특히 죽음에 대한 공포에서 벗어나고자 보이지 않는 무언가에 맹목적으로 매달리는 심정에서 세계는 종교라는 분야가 발생하였다. 수없이 많은 성인과 선 지식인들이 삶과 죽음에 대하여 깊이 사유하고 이를 글로 남겼다. 그중에서도 16세기 프랑스 철학자 미셸 에켐 드 몽테뉴가 집필한 《수상록》은 인간의 삶(늙어감)과 죽음에 대하여 사실적이고 진실한 철학적 담론을 담아내고 있다.

몽테뉴는 1533년 프랑스 드로도뉴 지방의 몽테뉴 성에서 태어났다. 공직에 몸담았던 그는 37살에 스스로 법관직에서 물러나 자신이 태어난 몽테뉴 성으로 돌아온다. 그가 보낸 젊은 시기는 유럽이 극도로 혼란한 시기였고 죽음이 일상화되고 있던 때였다. 1562년 발발한 종교전쟁이 1598년까지 지속되면서 수만 명이 죽음을 당하였다. 또 가장 가깝던 친구의 죽음과 신장결석에 의한 아버지의 죽음, 그리고 6명의 자식 중 5명을 먼저 보내는 참담함을 겪었다. 죽음은 그에게 일상의 일이었고 공포가 되었다. 그가 삶과 죽음에 대하여 깊게 사유하게 되는 계기가 되었다.

그의 수상록 집필은 1571년에 시작하여 1592년까지 20년간 지속되었다. 초판은 1580년에 발간되었으며 총 3권 107장으로 구성된 방대한 양이다. 그는 책 제목을 '에세(Les Essais)'라고 붙였는데 이는 자신만의 생각과 사상을 담았다는 의미로서 후에 '에세이'라는 글쓰기 장르의 원조가 되었다. 이 책은 일반 독자들이 완독하기에는 다소 부담스러운 면이 있다. 충북대학교 불어불문학과 고봉만 교수는 몽테뉴의 수상록 중에서 '나이 듦과 죽음'에 대한 주옥 같은 글들만 따로 모아 한 권의 책으로 발간하였다. 이제 책 속으로 들어가 보자.

"신은 생명을 조금씩 빼앗아 감으로써 인간에게 은총을 베푼다. 이것이 노화의 유일한 미덕이다."(p.18) 이 말은 사람은 나이를 먹어감에 따라 특별한 병이 없어도 신체의 세포 수는 점차 줄고 기력이 없는 상태, 즉 몸이 늙어 간 후에는 크게 고통 없이 잠을 자는 듯 죽을 수 있다는 말일 것이다. 그래서 우리 속담에도 늙어 고통 없이 잘 죽는 것을 '고경명'이라 했고 오복 중에 으뜸이라고 했다.

잘 죽는다는 것은 죽는 순간만의 일은 아니다. 노인이 되면 자신이 가진 것들을 내려놓을 줄 알아야 한다. 명예도, 소유욕도, 자식에 대한 애착과 걱정도 내려놓고 비워야 한다. 자식이 성인이 되어 스스로 살아갈 나이가 되었다면 자식의 뜻을 존중하고, 넘겨줄 재산이 있으면 움켜쥐고 있지 말고 그들이 꼭 필요로 한 시기에 미리 넘겨주어야 한다. 집안일도 자식과 공유하여야 한다. 자식 중 본인에게 특별히 부양의 도를 행하였다면 별도로 그 자식에 대한 정신적 물질적인 보답도 잊지 말아야 한다. 공평하지 못한 유산 상속은 사후 자식들 간의 다툼이 된다. "더 견고하고 확실한 권위를 가지기 위해서는 애정보다는 힘에 의지해야 한다고 생각하는 사람이 있다면 그 사람은 대단히 잘못 생각하는 것이다.(티렌티우스)"(p.52)

몽테뉴는 지금까지는 남을 위해 실컷 살아왔으니 노년에는 자기를 위해 살아보자고 권한다. "우리의 생각과 계획을 우리 자신과 우리 자신의 안락 쪽으로 다시 향하게 하자.…하느님께서 이사를 준비할 여유를 우리에게 주셨으니, 우리는 그 채비를 해야 한다. 우리를 옭아매는 강력한 의무에서 벗어나 이제부터는 이것저것 즐겨봐야 한다.…그 무엇과 관계를 맺어도 좋으나, 그것들이 우리에게서 떨어져 나갈 때 우리의 살갗과 살점까지 떼어갈 정도로 그것들에 집착해서는 안 된다. 세상에서 가장 중요한 일은 남에게 예속되지 않고 스스로 설 줄 아는 것이다."(p.67)

노후에는 아무런 꾸밈없이 함께 정을 나누고 자주 만나 대화를 나눌 친구가 있어야 한다고들 말한다. 맞는 얘기이다. 그러나 나이가 들수록 주변에 친구들은 하나둘씩 떠나가고 그나마 만남 자체도 드물어지고 시들해진다. 새로운 친구를 사귀기는 거의 불가능하다. 이때는 눈을 밖이 아니라 내 안으로 돌려야 할 시기이다. 자아를 성찰하고 삶을 다시 조명해 볼 수 있는 시기이다. 시간은 넘쳐나고 밖으로 나가 활동하기 어려워진 노후에 가장 자신과 편하고 쉽게 교제할 수 있는 것이 책과의 교제이다. 책은 젊어서는 바빠서 가보지 못한 세상과 분야로 언제든지 자유롭게 여행할 수 있게 해 준다. 태초의 먼 옛날에서부터 현재를 넘어 다가올 미래까지도 볼 수 있는 최상의 도구이다. 또한 책을 읽음으로써 자신의 삶을 다시 조명해 보는 시간도 갖게 되고 다가올 죽음에 대하여도 깊은 사유를 하게 해준다.

'죽음'이라는 단어를 좋아하는 사람은 이 세상에 없다. 그러나 인간은 누구나 어떻게 살았건, 몇 살까지 살았건 자신의 수명이 다하는 날 만나는 단계가 죽음이다. 자신에게 닥쳐올 죽음이 매양 두렵게만 느껴진다면 현재의 삶은 실종되고 앞으로 나아갈 수도 없다. 지구상에서 가장 존경받는 예수님도 석가모니님도 죽었고 세상을 호령하던 알렉산드로스도 징기스칸 같은 영웅들도 결국 죽음 앞에서 속절없이 무너졌다. 인정해야 한다. 받아들여야 한다. 자신의 죽음을, 이 순간 살아있음에 감사하고 최선을 다하여 살아가야 할 의무와 필요성이 여기에 있는 것이다.

죽음은 언제 어디서 어떻게 불쑥 자신에게 덮쳐올지 예상할 수도 없다. 자신뿐만 아니라 사랑하는 배우자와 자식들에게도 예외가 아니다. 자식을 먼저 보내고 참척의 슬픔에 울부짖는 어버이들도 수없이 많다. 그러므로 우리는 죽음을 배워 깨닫고 미리 죽음에 대비하며 살아가야 한다. 이에 관한 좋은 명구를 하나 소개한다. "매일매일을 마지막 날로 생각하라. 그러면 기대하지 않았던 시간들로 충만해짐을 느낄 것이다.(호라티우스)"(p.125)

죽음에 대해 미리 생각하는 것은 조금씩 죽음을 맞이할 연습을 해보는 것이다. 몽테뉴는 이렇게 말한다. "죽음이 어디서 우리를 기다리는지 알 수 없으니, 어디서든 죽음을 기다리자. 죽음에 대해 미리 생각하는 것은 자유에 대해 미리 생각하는 것이다. 죽는 법을 배운 사람은 노예 상태에서 벗어난 사람이다. 생명의 상실이 나쁜 것만은 아님을 깨달은 사람에게 인생에서 나쁜 것이란 아무것도 없다. 죽는 법을 알면 모든 예속과 속박에서 벗어난다." (p.126)

편안하게 사는 데는 학식이 거의 필요치 않다. 학식은 오히려 혼란을 초래하지 않으면 다행이다. 보잘것없는 농부나 일반인들도 철학자와 똑같이 의연하게 죽을 수 있다. 죽는 법을 모른다고 걱정하지 마라. 자연이 충분히 알아서 잘 가르쳐 줄 것이다. 카이사르는 "가장 덜 예측된 죽음이 가장 행복하고 가벼운 죽음이다"라고 말했다.

이 책의 후반부에 있는 옮긴이의 해설에는 몽테뉴의 죽음에 대한 생각을 정리해 놓았다. "몽테뉴는 '죽음을 어떻게 준비해야 하는가?'라는 물음에 대해 대략 세 가지 태도를 제시한다. 첫째, 죽음을 외면하고 못 본 체하는 것이다.····죽음은 두려운 것이다. 그래서 보지 않으려고 눈을 돌리는 것은 누구나 가질 수 있는 태도이다.

둘째는 자나 깨나 죽음을 생각하며 대비하는 것이다. 널리 알려진 경구인 '메멘토 모리(Memento Mori, 죽음을 기억하라)'에 담겨 있는 지혜이기도 하다. 몽테뉴는 아무도 죽음을 피할 수 없으니 죽음과 친밀해지라고 조언한다. 죽음에 대해 생각하는 훈련을 하고, 죽음에 대해 따져 논함으로써 죽음에 익숙해지라는 것이다. 셋째는 죽음은 대비할 수 없으니 홀로 찾아오도록 내버려두라는 것이다.····그는 자신의 낙마 경험만이 아니라, 페스트와 전쟁의 참화 속에서 과거에는 경멸했던 '일반 대중'이 죽음을 대하는 태도를 접하고 깨달은 바가 있었다. 평범한 백성들의 '무심함(incuriosite)'이야말로 죽음 앞에서 우리가 가져야 할 참된 지혜이다."(p. 290)

몽테뉴는 인생이란 '소중하고 유쾌한 것'이라고 말하며 고대 로마의 시인 호라티우스가 했던 말 '카르페 디엠(Carpe diem, 현재를 즐겨라)'을 강조한다. 지나간 과거도 오지 않은 미래도 아닌 현재에 집중하고 오늘의 시간을 잡으라는 것이다.

삶에서 절대로 바꿀 수 없는 일은 그것 자체를 인정하고 받아들여야 한다. 죽음이야말로 자신의 의지대로 바꿀 수 없는, 반드시 닥쳐올 필연적 사건이다. 불안과 공포심을 갖고 애써 못 본 체할 필요도 없다. 죽음이 스스로 알아서 찾아올 것이다. 다만 그때를 맞아 허둥지둥 당황하지 않도록 미리 삶을 정리하고 준비해 둘 필요는 있다. 남은 삶이라도 후회하지 않게 자신과 가족, 이웃을 사랑하며 마지막 순간까지 최선을 다하여 행복하게 살아가는 지혜를 터득해야 한다.

{ 2015년 7월 17일 }

죽음 공부

다석 사상으로 읽는
삶과 죽음의 철학

발제 고 최명환, 글 한정수(터닝포인트 대표)

박영호 지음
교양인 펴냄
472쪽

이 책을 쓴 박영호는 다석(多夕) 류영모(1890~1981) 사상의 권위자로, 1956~1959년에 함석헌 선생과 생활하고. 1959~1981년 다석을 스승으로 모시고 살았다. 스승의 전기 집필 작업은 1971년부터 시작하여 스승이 돌아가신 1981년까지 10년간 자료를 준비하고, 글쓰기를 시작하고 4년 만에 《진리의 사람 다석 류영모》 완성했다. 그 이후에도 다석 류영모에 관한 책을 열 권 넘게 써 스승을 세상에 알렸다. 지금 그는 다석 사상을 연구하는 이들에게 절실한 '다석 류영모 낱말 사전' 작업에 매진하고 있다.

대사상가인 류영모는 다석이란 인상적인 호를 가졌다. 이게 무슨 뜻일까. 저녁 석(夕)이 세 개 들어가는 두 글자. 많은 저녁. 하루는 새벽 아침 대낮 저녁 한밤이다. 새벽 홀로 일어나 하루를 지내며 한밤을 위하여 하늘 올라갈 저녁 시간을 의미하는 게 아닐까. 자신의 머릿속에 죽음을 모셔놓고 죽음의 아름다움을 감상하면서 사는 사람이었지 않았을까.

"나의 말은 죽을 때 필요하고 죽은 뒤에 필요한 말이다. 내 말은 죽음에 관한 말이기 때문이다. 죽음 공부야말로 마지막 공부요 귀중한 공부다. 죽음 공부가 삶 공부다, "죽음 연습은 생명을 기르기 위한 것이다"(다석 류영모)

사람은 반드시 삶과 함께 죽음도 알아야 한다. 삶과 죽음은 각각 나뉘어 있는 것이 아니다. 삶의 뒷면이 죽음이요, 앞면은 죽음의 신비인 삶이다. 삶을 바로 알려면 죽음을 알아야 하고 죽음을 알아야 삶을 바로 알게 된다. 그런데 동전의 양면 같은 삶과 죽음에서 죽음이 안 보인다. 무엇을 말한 것인지 어지럽다. 이 책은 3장 27꼭지로 제1장 죽음 생각, 제2장 죽음 공부, 제3장 죽음 너머로 구성되어 있다.

얼나를 깨달으면 생각이 바뀐다

죽음을 스스로 어떻게 볼 것인가. 죽음에서 도망치는 사람(여느 이 : 일반적인 사람)에서는 사람도 짐승이다. 죽음을 두려워한다. 번뇌와 애착, 마음에 부는 바람. 육체 부활과 영생에 대하여 말한다. 죽음을 똑바로 보는 사람(캐는 이: 생각하는 사람)에서는 철학이란 죽는 법을 배우는 것, 잘 살기와 잘 죽기에 대하여 말한다. 죽음을 넘어서는 사람(깨달은 이: 얼나를 깨달은 사람)에서는 석가와 예수, 노자는 하나다. 얼나를 깨달으면 생각이 바뀐다. 찰나에 영원을 사는 법에 대하여 이야기한다.

사람이란 결국 언젠가는 괴로워하면서 목숨은 끊어지고 심장은 멎는다. 그리고 관 속에 담기고 관 뚜껑은 못질 되어 닫힌다. 이제 남의 손에 옮겨져 무덤 속에 묻힌다. 시간이 흐르면 주검은 썩고 백골만 남는다. 이러한 생각에 두려움과 허무함이 나를 괴롭힌다. 그러나 죽음에 대해서는 어쩔 수 없음을 아는지라 사람은 눈을 감고서 죽음으로 다가가는 현실을 못 본 척, 모르는 척하고서 억지로라도 잊어버리려고만 한다. 그리하여 사람들은 일부러 향락에 중독되고 놀이에 빠진다. 이것이 아니면 재물로 만리장성을 쌓아 죽음을 막아 못 넘어오게 하려는 듯 돈벌이에 몰두한다. 이것으로도 마음이 놓이지 않으면 여러 종교의 곰팡내 나는 교위에 매달리거나 새로운 궤변가들의 마술적인 형태의 구원이나 허무맹랑한 영생의 약속을 맹신하기도 한다. 일시적인 망각을 통한 자기 기만적인 위안이나 초 상식적이고 비합리적인 기적을 바라 구원을 얻고자 한다.

"죽음을 외면한다고 죽음과 맞닥뜨리지 않을 수 있는 것이 아니다. 죽음에서 달아난다고 죽음에 붙잡히지 않을 수 있는 것도 아니다. 이왕 만나야 할 죽음이오, 겪어야 할 죽음이라면 스스로 죽음을 찾아 만나서 죽음의 정체와 의미를 알아야 한다. 우리 삶이란 사형수의 집행유예 기간이기 때문이다. 죽음은 더 없는 은총임을 알아야 한다."(사이먼 크리칠리의《죽은 철학자들의 서》에서)

그러나 최근 들어 건강할 때 죽음을 생각하려는 사람들이 늘고 있다. '잘 먹고 잘사는 법' 즉 '웰빙(well-being)'의 시대를 지나 '웰다잉(well-dying)'의 시대가 온 것이다. '웰다잉' 즉 '잘 죽기'란 '후회 없는 삶을 살고 아름답고 품위 있는 죽음을 맞이하기'라 할 수 있다. 췌장암 선고 후 죽음을 받아들임으로써 오히려 창조적인 삶의 에너지로 삼았던 스티브 잡스, 생명 연장 치료를 거부하고 자연스럽고 존엄한 죽음을 택한 김수환 추기경, 마지막까지 무소유와 나눔의 삶을 실천하다 입적한 법정 스님의 모습을 보면서 많은 사람이 죽음을 자연스런 삶의 한 단계로 받아들이고 준비해야 한다는 생각을 하게 되었다. 잘 죽는 법을 알아야 잘 살 수 있기 때문이다.

캐는 이와 깨달은 이들은 죽음을 어떻게 바라보는가

미셸 몽테뉴는 이렇게 말했다. "죽음이 어디서 우리를 기다리고 있는지는 모른다. 그러니 언제 어디서든지 죽음을 맞이할 수 있게 준비하자. 죽음을 미리 예상하는 것은 자유를 미리 예상하는 것이다. 죽기를 배운 자는 죽음에 얽매인 마음을 씻어버린 자이다. 죽음을 알면 우리는 모든 굴종과 강제에서 해방된다. 생명을 잃는 것이 손해도 악도 아님을 알면 세상에 불행이란 없다." 이어서 블레즈 파스칼, 헨리 데이비드 소로, 바뤼흐 스피노자, 요한 페스탈로치, 조르다노 브루노, 최치원, 소크라테스 등 죽음을 연구한 철학자들의 이야기이다.

예수, 석가, 노자가 죽음 문제에 대해 남긴 말

"몸 살림은 겨우겨우 살면 되지 더 바라지 말아야 한다. 몸을 위해 자꾸 재물을 모을 것 없다. 재물을 모으려고 애쓰지 않으면 마음이 비워진다. 마음을 비워 두면 영생할 하느님의 씨(얼)가 맘속에서 자란다. 하느님이 주시는 얼은 영원한 생명이라 죽음이 없다. 하늘에도 땅에도 죽음이란 없는 것인데 사람들이 얼나를 깨닫지 못하여 죽음의 노예가 되어 있다. 사람의 욕심이란 끝이 없다. 밑 빠진 항아리와 같아 물을 아무리 부어도 소용이 없다. 탐욕을 좇아 사는 것은 손실이요 결국은 죽음이다. 참으로 욕심을 버리면 생사의 제나를 넘어설 수 있다. 살았다고 좋아하지도 않고 죽는데도 싫어하지 않는다."(류영모, 《다석어록》)

"하느님 나라에는 죽음이 없다. 하느님께서는 비롯도 없고 마침도 없는데 죽음이 있을 리가 없다. 빈탕 한데(허공)이신 하느님께서 안고 계시는 상대적 존재들이 변화하면서 나고 죽을 뿐이다. 그런데 그 변화를 보고 죽음이 있는 줄 알고 무서워한다. 죽음을 무서워하는 육체적인 생각을 내던져야 한다. 죽음을 두려워하는 죽음의 종이 되지 말아야 한다. 죽음이 무서워 몸에 매여 종노릇 하는 모든 이를 놓아주려 하는 것이 하느님의 말씀이다."(류영모,《다석어록》)

"하루하루를 지성껏 살면 무상한 인생이 비상한 생명이 된다. 하루하루를 덧없이 내버리면 인생은 허무밖에 아무것도 아니다. 지성을 다하여 쉬면서 쉬지 않는 숨처럼 언제나 깨어 있는 사람은 쉬지 않으면서 쉬는 숨이며, 늘 괴로우면서 제일 기쁜 것이다. 늘 제나를 죽임으로써 참나인 얼나가 사는 것이다. 얼나가 산다는 것은 하느님을 사랑하고 이웃을 사랑하고자 일하는 것이다. 사람은 열심히 일하는 데서 삶의 보람을 느낀다. 그러나 반드시 그 일이 하느님께서 시키는 대로 하며 자기 몫을 다 하는 삶이 되어야 한다. 제 몫의 하여금(使)을 가지고 사는 삶, 언제 죽어도 좋다고 하는 삶, 죽어서 사는 삶, 그것이 참삶이다."

전생과 후생의 참뜻, 자살에 대하여

여기서는 임사체험의 실상과 다석의 죽음 체험, 정신의 자살과 몸의 자살, 죽음에 이르는 환멸, 죽음 직전에 깨닫는 참삶, 자살에 대해 이야기한다. 임사체험의 실상은 참나인 얼나를 깨닫지 못하니까 제나에 미련을 버리지 못하여 내세의 연장을 바라는 마음에서 나온 것이라 한다. 정신의 자살을 하는 그 지경이 복음도 알고 은혜도 알게 되는 것으로 내가 나를 죽이고 내가 나를 낳아 가는 것이다. 잘 사는 것이 잘 죽는 것이다. 얼나를 깨달은 참삶은 생사를 초월한 영원한 생명이라고 했다.

"이 세상에서 많은 사람들이 '나'를 무시하고 산다. 참으로 기막힌 일이다. 이 세상에서 나처럼 귀한 것이 없는데 이 보물을 무시하고 값어치 없는 돌멩이만 들추다니 말도 안 된다. 나라는 것의 무한한 가치를 스스로 깨달아 날아가는 새를 화살로 쏘아 맞히듯이 나의 한복판을 정확히 명중시켜 진리의 얼나를 깨닫는 것이 가온찍기이다. 가온찍기란 나의 마음 속에 하느님의 생명인 얼나의 긋이 나타나는 것이다. 요즘엔 제 얼나의 긋인 제 생명, 제 가치, 제 인격을 소홀히 하는 사람이 많다. 제 얼나의 긋을 자기 것으로 착각하여 제 맘대로 하려는 사람이 참으로 많다. 제 얼나의 긋은 내 것이 아니다. 하느님의 영원한 생명의 한 끄트머리요 한 토막이다. 얼나는 하느님이신 온통(전체)에 속한 나이지 온통에서 떨어져 나온 낱동(개체)의 제나가 아니다. 그런데 어떻게 하느님의 생명인 얼나를 땅의 생명이요 멸망의 생명인 제나 맘대로 할 수 있을 것인가? 하느님의 영원한 생명인 한 끄트머리인 영명의 얼나이다. 얼나는 오직 당신만이 계시는 하느님의 영원한 생명의 한 끄트머리이다."(류영모,《다석어록》)

염세주의 철학자라고 일컬어지는 쇼펜하우어는 자살을 "자살이 나쁜 것은 이 비애에 찬 세계에서 참으로 해탈하는 대신에 단순히 외관적인 해탈만을 하기 때문에 최고의 도덕적인 목적에 도달하는 데 방해가 된다"고 했다.

지천명 나이에 자살하기 일보 직전까지 갔던 톨스토이는 "내가 바라는 유쾌한 일이 생기지 않는다고 자살하는 것은 어리석은 일이다. 참된 삶은 오히려 내가 바라지 않는 불유쾌한 일이 생긴 뒤부터이다"라고 했다. 사람에게는 살고 싶은 본능과 죽고 싶은 심성이 함께 있는 것이다. 짐승에게는 죽고 싶은 심성은 없다. 사람은 자살 충동이 일 때를 대비해서 사전에 죽음 공부를 해 둘 필요가 있다. 예수, 석가, 노자, 공자, 장자, 맹자는 인류 역사에 처음으로 영성 시대를 열었다. 이 책은 우리도 그들을 본보기로 삼아 멸망의 생명인 제나에서 영원한 생명인 얼나로 솟나자는 것이다.

참 괜찮은 죽음

어떻게 받아들이고
준비할 것인가

안덕희(전 서울대학교병원 수간호사)

헨리 마시 지음
김미선 옮김
더퀘스트 펴냄
376쪽

헨리 마시(Henry Marsh)는 영국에서 가장 존경받는 신경외과 의사이자 섬세한 문필가이며 국내외 방송상을 수상한 〈Your Life in Their Hands〉와 〈The English Surgeon〉이라는 다큐멘터리 영화의 주인공으로도 유명하다. 1950년생인 헨리 마시는 옥스퍼드에서 정치와 철학, 경제를 공부하고 20대 초반, 방황 끝에 영국 북부의 탄광촌에서 병원 보조원으로 일하게 된다. 그 경험을 계기로 외과 의사가 되겠다는 결심을 하고, 뒤늦게 의대에 입학하여 의사의 길을 밟게 됐다. 신경외과를 선택한 것은 수련의 시절 우연히 보게 된 신경외과 수술에 매료되었기 때문이다. 신경외과 분야에서 첫손에 꼽히는 명의이다. 외과의사로서의 경험과 마음을 솔직하게 기술한 이 책의 원제는 'Do No Harm: stories of life, death, and brain sugery'이다. 25개의 내용 중, 지면 관계상 절실하게 다가온 몇 개만 요약했다.

모든 외과의사의 마음 한구석엔 공동묘지가 있다

뇌수술은 위험하다. 수술은 의사의 손끝에서 이뤄지기 때문에 의사의 솜씨와 경험이 여전히 중요할 수밖에 없다. 수술을 하지 말아야 하는 경우에 적절한 판단과 결정을 내려야 하는 것도 의사의 역할이다. 병이 있어도 자연스럽게 진행되도록 내버려두고 아예 수술을 하지 않는 편이 나은 경우도 흔하기 때문이다. 이후의 환자 상태는 운에 맡겨야 한다.

경험이 늘어날수록 운이라는 것이 얼마나 중요한지 더욱 크게 느끼게 된다. 경추 6번과 7번 사이 척수 종양의 수술은 무사히 진행됐는데 이유를 알 수 없이 환자가 오른쪽 반신이 마비된 채로 수술에서 깨어났다. 내가 종양을 너무 많이 떼어내려 하다가 신경조직을 건드린 것 같았다. 후회가 아무리 쓰라려도, 수술이 아무리 잘됐어도, 결과로만 보자면 나로 인해 그 젊은 여성의 몸은 망가졌다. 내가 무슨 짓을 해도 절대 이전으로 되돌릴 수가 없다.

수술은 어떻게 결정되는가: 동맥류

수술하지 않으면 환자는 동맥류가 터져 뇌에 출혈이 일어날지도 모른다. 그 결과 뇌졸중이 오거나 죽을 수도 있다. 0.5% 확률로 파열될 위험이 있고, 파열되면 15%는 즉사하고, 30%는 출혈이 진행되어 몇 주 안에 사망한다.

그녀의 동맥류는 매우 작아서 터질 위험이 별로 없었다. 수술 자체가 위험하기 때문에 수술의 위험이나 동맥류가 터질 위험이나 그게 그거일 거라고 차근히 설명했다. 치료를 원한다면 수술 외에는 방법이 없다. 문제는 수술할지 말지를 제대로 판단해야 한다는 것이다.

살아있는 것은 다 행복하라: 멜로드라마

임신 38주차인 멜라니는 3주 전부터 눈이 멀기 시작한 28세 여성이었다. 뇌와 척수를 감싸는 수막에서 자라나는 수막종으로 100% 양성이고 천천히 자라 비교적 덜 위험하다. 종양 중 일부는 에스트로겐 수용체를 가지고 있어 에스트로겐 수준이 올라가는 임신 기간 동안 빠르게 커질 수 있다. 아이는 크게 위험하지 않았지만 제거되지 않으면 며칠 안에 실명될 수 있다. 수술 자체는 간단하지만 수술 전 시력 손실이 심각할 경우 수술을 한다고 시력이 다시 회복된다는 보장은 없다. 수술 후에 보호자로부터 이런 말을 들었다. "아내가 수술에서 깨어나 다시 아기를 보다니 믿기지가 않아요. 시력도 거의 정상으로 돌아왔대요! 저희가 이 은혜를 어떻게 갚을 수 있을까요?" 정말 대단한 하루였다.

앙고르 아니미(Angor Animi): 죽음에 대한 공포나 죽고 싶다는 욕망과는 다른 죽어가고 있다는 느낌

심전도를 측정한 결과 충분히 정상으로 보였으므로 그를 안심시키면서 심장에는 심각한 이상이 없다고 말했다. "뭔가 문제가 있어요. 선생님. 제가 안다니까요." "모든 게 정상입니다. 그냥 불안하신 겁니다." 병동을 나가는 나를 그가 절망적으로 바라보았다. 갑자기 그의 호흡이 뚝 끊기고 병동이 불현듯 조용해지던 게 아직도 생생하다. 그의 심장을 다시 뛰게 하려고 반시간을 허비했다. 그 환자는 영혼의 불안을 뜻하는 앙고르 아니미를 느꼈다. 심장마비가 왔을 때 일부 사람들이 느낀다고 하는 곧 죽을 것이라는 느낌이다. 30년도 더 지난 지금까지도, 나를 바라보던 죽어가는 남자의 절망적인 앙고르 아니미의 표정이 뚜렷하게 기억난다.

목숨만 살리는 수술의 딜레마: 트라우마

"환자는 40세 남자인데, 어젯밤에 자전거에서 떨어진 것으로 보입니다. 경찰이 그를 발견했습니다." "양쪽 전두엽이 저렇게 박살났는데 무슨 소릴 하는 거야. 이 환자는 가망이 없어. 수술해서 출혈을 처리하면 살기는 하겠지만 영영 불구로 살아야 해. 언어 능력이 아예 없어지고 성격도 끔찍하게 변할 수 있어. 수술하지 않으면 오히려 평화롭게 죽을 수 있다고."

온전하고 평범한 일상으로 돌아갈 확률이 거의 없다면 과연 수술로 목숨만 살려놓는 것이 그 환자를 위한 길인지 의문이 점점 커진다. 인간의 존엄성이 사라진 삶을 살 바에는 평화롭게 죽는 게 더 나을 수 있다는 사실을 전보다 더 기꺼이 받아들이기 때문이기도 하다. 의사로서 일을 쉽게 하려면 그냥 모든 환자를 수술해버리면 된다. 이를 통해 많은 환자들에게 끔찍한 뇌 손상이 생길 수 있고 그 환자들의 인생이 망가질 수 있다는 가능성에서 고개를 돌려버리는 것이다.

참 괜찮은 죽음: 암종

어머니는 20년 전에 치료받았던 유방암이 간으로 전이되어 이미 황달이 심해진 상태였다. 한 가지 희망은 어머니에게 앞으로 두세 달의 시간이 남았을지도 모른다는 것이었고 병원에서 어머니에게 불치 판정을 내리고 집으로 돌려보냈다.

어머니는 급속하게 나빠지더니 2주도 안 돼 돌아가셨다. 마지막 순간까지도 어머니는 완전히 또렷한 정신으로 당신을 온전히 지키셨다. 아침저녁마다 간호사인 누이와 내가 돌아가며 어머니를 보살폈다. 이따금 감정이 격해지기는 했지만 그렇다고 불안해하지는 않았다. 우리 셋 모두 어머니의 죽음을 온전히 받아들이고 있었으니까.

어머니는 우리에게 이렇게 말씀하시곤 했다. "사랑에 둘러싸여 있다는 건 아주 특별한 느낌이야. 난 지금 좋았던 일들을 떠올리고 있단다." 우리가 어머니와 맞이한 죽음은 요즘은 거의 보기 힘들 것이다. 많은 노인이 차가운 병원이나 호스피스 시설에서 간호 전문가의 보살핌을 받으며 죽는다. 괜찮은 죽음의 조건은 무엇일까? 물론 고통이 없어야겠지만 죽음에서 고통이 차지하는 비중은 그리 크지 않다. 내가 죽는다면 심장마비나 뇌졸중으로 기왕이면 자는 동안 빨리 끝났으면 좋겠다. 목숨만 간신히 붙어있어 오늘내일하며 얇은 끈처럼 시간을 보낼 가능성도 얼마든지 있다. 어머니는 마지막 순간 의식을 차렸다 잃었다 하는 동안 모국어인 독일말로 이렇게 되뇌셨다. "멋진 삶이었어. 우리는 할 일을 다 했어."

못 한다고 말할 수 있는 용기: 휴브리스(오만한 자신감 또는 주제넘음)

신경외과에 관한 아픈 진실 가운데 하나는, 정말로 어려운 수술을 잘하게 되는 유일한 조건이란 수술을 하면서 실수를 많이 하고 시행착오를 거치는 것이라는 사실이다. 이는 평생의 상처를 입은 환자를 내 뒤에 줄줄이 남긴다는 것을 뜻하기도 한다.

매우 큰 종양을 가진 환자의 수술을 시작한 지 15시간 뒤인 자정 무렵에는 종양도 대부분 제거되고 뇌신경도 다치지 않은 것처럼 보였다. 종양의 마지막 부분을 제거하는 중 기저동맥에서 나오는 작은 혈관을 찢고 말았다. 뇌를 깨어 있게 해주고 뇌간을 지켜주는 것이 바로 기저 동맥이다. 이 혈관을 찢어버리는 바람에 환자는 그 이후로 깨어나지 못했고 지금도 여전히 혼수상태다. 인공호흡기만 간신히 뗀 상태로 지역병원에 보내졌고 어느 시점에 요양원으로 보내져 줄곧 거기에 머무르고 있고, 7년 뒤나는 요양소에서 둥글게 공처럼 웅크리고 있는 그를 우연히 다시 만났다.

병은 의사와 환자를 차별하지 않는다

병이란 환자에게만 일어나는 어떤 사건이다. 의사는 흔히 자신의 병을 진단하는 데 매우 느리다고 한다. 나 역시 내 눈 속에서 빛이 깜박거리는 것을 거의 알아차리지 못했다. 어느 날 저녁 운전하는 동안 갑자기 왼쪽 눈에서 깜박이는 빛이 별똥별처럼 빠르게 쏟아져 내리는 것 같았다. 집에 도착했을 때에는 눈이 먹구름처럼 소용돌이치는 먹물로 가득 찬 느낌이 들었다.

망막외과 의사는 나보다 약간 젊었다. 모든 외과의사가 같은 의사를 치료할 때 격렬한 불안을 느낀다. 세상에 뇌종양보다 더 나쁜 병이 대체 뭐가 있겠는가! 내가 무슨 권리로 불평을 한단 말인가! 게다가 나는 개인 의료보험으로 수술을 해서 대부분의 NHS 환자가 겪는 비인간적인 대우를 피했다는 사실도 한몫했다. 나는 양탄자가 깔리고 화장실이 딸린 개인 병실을 쓸 수 있었다. 환자에게는 매우 중요한 사항이지만 NHS 관리자와 건축가에게는 전혀 중요하지 않은 사항들이다. 자신이 환자가 되어 NHS 병원에서 불편한 밤을 지내보기 전까지 전혀 알 턱이 없지.

이렇게는 살고 싶지 않다는 말

요통이 있어 민간병원에서 두 차례에 걸쳐 허리에 무분별한 수술을 받은 적이 있는 미혼모였다. '척추수술실패증후군'이라는 잘 알려진 증후군인데 이는 척추 수술을 받아도 효과가 없는, 오히려 통증이 더 심해졌다고 호소하는 사람에게 일어나는 징후이다. 외래환자를 오래 봐오면서 나는 '실제적 통증'과 '심리적 통증'을 구별해서는 안 된다는 걸 깨달았다. 모든 통증은 어차피 뇌 안에서 만들어진다. 내 환자들 상당수에게 가장 좋은 치료법은 모종의 심리 치료가 아닐까 생각하지만 분주한 외과의 외래

진료실에서는 해줄 처지가 못 된다. "그 어느 때보다 통증이 심해요. 의사 선생님. 이렇게는 못 살 것 같아요."

책을 읽고 나서

영국에서 가장 존경받는 신경외과 의사가 진료한 환자, 신경외과 수술, 자신의 경험을 솔직하게 적은 글은 신경외과 병동의 수간호사로 근무했던 나에게 아주 특별한 느낌을 주었다. 의사가 자신의 환자에게 갖는 느낌, 수술에 대한 실수든 아니든 수술의 결정, 과정, 일어난 결과에 대해 이렇게 담백하게 말할 수 있을까? 아마도 영국의 의료 시스템 덕분일 거라는 생각을 한다.

우리나라와 같은 의료 환경이라면 이런 책이 나올 수 없을 것이다. 환자의 생존과 완벽한 수술, 완전한 치료에 대한 욕심을 부리다 치명적인 실수나 문제가 생기면 어떤 일이 벌어질지 알 수가 없다. 실제로 병원에서 의사의 실수가 아님에도 환자의 죽음을 이해할 수 없는 보호자들이 벌이는 여러 행위를 많이 보았고, 같은 의료진으로 소송을 당해 경찰서에서 조사를 받은 적도 있었던 나에게는 많은 비난과 욕설을 감수하고 고해성사와 같은 이런 글을 썼다는 자체가 놀랍기만 하다.

우리가 부러워하는 것이 영국의 무료진료와 치료지만 의료시설의 낙후와 서비스의 부재, 공무원의 무감각함 등이 글 여기저기에서 느껴진다. 영국의 모든 의사는 졸업 후 7년을 공공의료기관에서 근무한 후 민간병원에서 근무할 수 있고, 민간 의료기관은 비싼 개인의료보험을 가입한 자만이 치료받을 수 있으니 여기도 부익부 빈익빈은 존재한다.

아들의 종양수술을 통해 보호자가 겪는 고통과 괴로움을 절절히 느끼고, 다른 환자들의 보호자 심정에 동감한 글. 저자 본인이 망막수술과

다리골절 치료 과정에서 느낀 의사로서의 좋은 점, 긍정적인 생각, 현 영국 의료 시스템의 문제점도 정말 실감이 났다. 환자의 입장에서 생각하고 고민하고, 수술을 결정하고, 수술 후 일어난 결과에 대한 통찰, 자기반성, 후회 등이 책 곳곳에서 보여진다. "멋진 삶이었어. 할 일을 다 했어" 모국어인 독일어로 말하고 임종을 맞이한 저자 어머니의 죽음은 참 괜찮은 죽음인 것 같다. 더더욱 요즘 같은 시대에 아들과 딸의 극진한 간호를 받으면서 집에서 임종을 맞았으니….

책의 원제는 'Do no harm'인데 '참 좋은 죽음'이란 제목으로 번역을 한 것은 현시대의 흐름에 동조하려는 의도가 아닐까? 우리나라는 2016년 연명의료결정법이 통과되었고 2018년부터 본인의 의사가 있으면 연명의료를 중단하거나 유보할 수 있고, 의사표시인 사전연명의료의향서와 연명의료계획서를 작성하고 있다.

이 책을 읽으면서 '이상적인 치료의 목적은 완전한 치료가 아니라 치료가 해를 끼치는 것이 아닌, 장애를 최대한으로 줄이면서 일상적인 삶을 살 수 있도록 돕는 것이다'라는 생각을 하게 된다. 히포크라테스의 선서를 제일 첫 장에서 말하고 제목으로 정한 'Do No Harm'은 이 책의 의미를 잘 표현한 것 같다.

만남, 죽음과의 만남

종교학자
정진홍 교수의
죽음에 대한 담론

송향숙(은평마을방송 협동조합 이사)

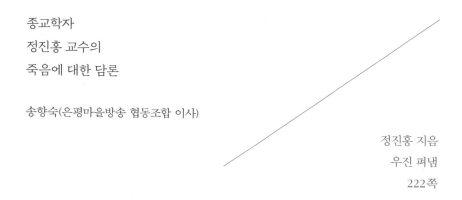

정진홍 지음
우진 펴냄
222쪽

　　　　　살아가면서 우리는 수많은 죽음을 만난다. 수많은 인생살이가 있듯이 수많은 죽음이 있다. 나의 죽음은 어떤 모습일까 생각해 볼 때도 있다. 이 책은 종교학자 정진홍 교수가 1994년 '삶과 죽음을 생각하는 회'에서 한 강연을 근간으로 해서 출판한 책이다. 삶과 죽음에 대해 담담하게 이야기하고 있어, 책을 읽으며 많은 생각과 느낌이 들었다. 그중에서 기억에 남는 부분을 옮겨 본다.

죽음과 죽음 물음

탄생이 비밀스러운 여러 경로를 통해서 이루어지듯이 삶의 과정도 다양하다. 어쩌면 우리는 이미 정해져 있는 선로를 기차여행 하듯 달리고 있는지도 모른다. 다양한 분야가 빠르게 변하고 발전하는 이 시대에 기술혁신의 도움을 받는다면 앞으로 우리의 죽음 과정도 변경할 수 있을지 모른다. 예전에 알고 있던 죽음과는 분명 뭔가 다를 것 같다.

"나는 나의 출생과 더불어 이미 죽음을 잉태하고 있었다'고 말해야 옳을 듯합니다. 삶의 과정은 결국 죽음을 해산하기 위한 죽음 회임의 긴 시간이라고 말할 수도 있습니다."(p.14)

요즘 출생의 문제가 사회적인 이슈이다. 어쩌면 죽음이라는 필연적인 공식 앞에서 죽음이 두려워 잉태를 하지 않을 수도 있을 것 같다. 시대가 너무 복잡하기에 이왕 태어난 존재들은 어찌할 수 없지만 고단한 삶을 새로운 세대에 짊어지고 가게 하고 싶지 않은 생각에서 저출산이라는 숙제가 발생하지 않았나 한다.

"삶은 살아있는 것이어서 죽습니다. 그렇기 때문에 죽음은 삶의 현실입니다. 살아있음과 죽음은 같은 전깃줄 위에 나란히 앉아 있는 참새라고 표현합니다. 포수가 빵하고 방아쇠를 당겼을 때의 찰나에서 낙하를 하느냐 또 다른 곳으로 옮겨서 현실을 연장하느냐의 경우의 수를 둘 수 있습니다."(p.44)

사별, 해후의 영원한 소멸

"삶은 만남입니다. 삶은 무수한 만남으로 이루어져 있습니다."(p.47)

나의 선택이 아닌 부모님의 만남으로 이 세상에 던져져 수많은 인연과 관계를 맺고 때로는 헤어지기도 하고 다시 이어지기도 하며 반복하기를 수차례. 사람과 사물과 환경과 직업까지도 여러 가지 약속을 하며 지내다 결국은 안녕을 고하는 순간들이 주변에 비일비재하다. 아픔을 감내해야 하기도 하고 반가운 얼굴로 다시 환한 웃음으로 맞이할 수도 있지만 만남은 필연적인 헤어짐을 늘 동반하는 것이라 생각한다.

하지만 사별이라는 특별한 관계는 해후하기 어려운 완전연소에 가까운 하나의 느낌, 아련한 추억, 그리움, 후회만이 남겨지는 때로는 죄의식을 느끼게도 하는 받아들이기 매우 어려운 부분이다.

죽어가는 사람의 비탄

"죽음은 그 모든 삶의 현실, 사랑하며 함께 했던 모든 역정을 한꺼번에 단절해 버립니다. 그리고 이제 죽음을 문으로 하여 열릴 미지의 영역에 홀로, 참으로 홀로 들어가야 합니다.…누구도 함께 들어갈 수 없는 시간과 환경에 합당한 사람만이 들어갈 수 있는 좁은 문으로. 그리하여 남은 사람이 할 수 있는 일은 편히 들어갈 수 있도록 인도하고 안내하며 차례가 될 때까지 자신을 돌아보는 것이 아닌가 생각합니다."(p.55)

죽음의 해답 기능

"죽음은 단절입니다."(p.96)

죽음은 단절이기도 하고 끝맺음이기도 하다. 자연사인 경우는 차치하더라도 미궁에 빠져 있는 사건이라든지 수수께끼 같은 수사망에 오른 사건이라든지. 일례로 나랏돈을 먹고 자살을 하여 그에 따른 모든 문제를 덮어버리는 일은, 죽음을 통해서 더 이상 문제를 거론하는 것을 강제적 물리적인 방법으로 차단해버리는 것이다.

죽었다라는 것으로 그간의 모든 연관된 일이나 관계망을 무로 만들어 버리는 일들도 볼 수 있다. 죽은 자는 말이 없으므로. 아까운 우리들의 삶을 진지하게 생각하며 멋지게 마무리할 수 있도록 죽음이 단절되기 전까지도 가치 있게 가야 하지 않을까.

죽음의 공유, 죽음 책임의 공유

"죽음을 생각하면 우리는 외로워집니다. 우리의 죽음 경험은 또 다른 사실을 보여줍니다. 모든 죽음은 모든 삶과 연결되어 있습니다. 따로 떨어져 표류하는 죽음은 없습니다."(p.111)

한 사람의 생애를 결코 보잘것없다, 있다 감히 판단할 수는 없다. 사회적인 보이는 것만으로만 평가를 한다면 널리 알려진 인물만이 거론될 것이다. 그러나 평범한 사람들의 생의 마감은 극히 평범하겠으나 그들만의 삶의 방식이 있었던 것이므로 나름대로 훌륭한 삶을 살아가지 않았을까 생각한다. 결국 개인의 죽음은 공동체적인 현상이며 인류의 수레바퀴이다.

제사 또는 추모의 의미

"이별은 삶의 일상입니다. 사람은 만나고 또 헤어집니다."(p.121)

죽음은 단절, 끝맺음, 절망이라고만 단정 지을 수 없는 연계성을 갖고 있다. 부모님으로부터 몸을 받아 사용하다가 다시 후손을 남기고 이별의 순간을 나누며 현실에서는 떠나지만 그로 인한 고리는 무한으로 뻗어나가는 칡넝쿨과 같은 것이라 생각된다. 남은 자의 그리움에 아쉬움에 그날을 추억하고 기억하며 다시 되새기는 제사와 추모의 의미는 삶의 필터링을 한 번 더 할 수 있는 기회이다.

죽음을 끝이라고 여기지 않는 까닭

"사람은 죽지 않을 수 없습니다. 누구나 그것을 알고 있습니다. 그러나 죽고 싶지 않습니다. 언젠가는 분명히 죽는다는 사실을 알면서도 마음은 그렇게 앎을 따라가지 않습니다."(p.160)

죽음은 언제나 어디서나 동행하는 것인데 누구라도 생활 속에서 본인은 예외라고 여긴다. 아침에 출근했다가 갑자기 직장에서, 퇴근길에 걸어가다가 위에서 물건이 떨어져서, 옆에 가던 차량으로 인해서 수많은 원인이 있다. 우리들은 빗발치는 위협과 두려움 속에서 불안해 하고 전전긍긍하면서도 죽을 수 없고 죽어서는 안 된다라는 아주 단순한 다짐을 하곤 한다.

책을 읽고 나서

우리들의 시간은 무한리필이 안 된다. 한정판매라고 해야 옳다. 어떤 모습으로 태어났든 주어진 시간을 잘 사용해서 후회하지 않도록 해야 한다. 사회에 선한 영향력을 끼치며 살지는 못해도 피해는 주지 않고 자신의 삶을 충실하게 살아간다면 그것이 확산되어 편안한 죽음을 맞이할 수도 있을 것이다.

"우리는 우리의 죽음이 불쌍하고, 불안하고, 부끄럽고, 경멸스러운 것이 되지 않도록 하는 온갖 노력을 다하지 않으면 안 됩니다.…죽음이 삶의 자연스러운 귀결이라고 하는 사실을 전혀 의식하거나 이해하지 못한 채 자신의 죽음을 맞는 모습을 우리는 불쌍한 죽음이라고 말할 수 있습니다."(p. 206)

숨결이 바람 될 때

서른여섯
젊은 의사의
마지막 순간

최용철(사회복지 다문화 상담)

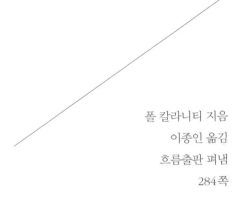

폴 칼라니티 지음
이종인 옮김
흐름출판 펴냄
284쪽

《숨결이 바람 될 때(When Breath Becomes Air)》의 저자 폴 칼라니티는 1977년 뉴욕에서 태어났다. 스탠퍼드 대학에서 영문학과 생물학을 공부했고, 영문학 석사 학위를 받았다. 문학과 철학, 과학과 생물학에 깊은 관심을 보이던 그는 이 모든 학문의 교차점에 있는 의학을 공부하기로 마음먹고 케임브리지 대학에서 과학과 의학의 역사 및 철학 과정을 이수한 뒤 예일의과대학원에 진학해 의사의 길을 걸었다.

졸업 후에는 모교인 스탠퍼드 대학병원으로 돌아와 신경외과 레지던트 생활을 하며 박사후 연구원으로 일했다. 연구 업적을 인정받아 미국 신경외과 학회에서 수여하는 최우수 연구상을 받기도 했다. 최고의 의사로 손꼽히며 여러 대학에서 교수 자리를 제안받는 등 장밋빛 미래가 펼쳐질 무렵, 암이 찾아왔다. 환자들을 죽음의 문턱에서 구해 오던 서른여섯 살의 젊은 의사가 하루아침에 자신의 죽음과 맞닥뜨리게 된 것이다.

의사이자 환자로서 죽음에 대한 독특한 철학을 보인 그는 아픈 중에도 레지던트 과정을 마무리하는 등 삶에 대한 의지를 놓지 않았다. '시간은 얼마나 남았는가(How Long Have I Got Left?)', '떠나기 전에(Before I Go)'라는 제목의 에세이를 각각 〈뉴욕타임스〉와 〈스탠퍼드메디슨〉에 기고했고, 독자들의 엄청난 반향을 불러일으켰다. 2015년 3월, 아내 루시와 딸 엘리자베스 아카디아 등 사랑하는 많은 사람을 남기고 세상을 떠났다.

책 속으로

이 책은 신경외과 의사로서 치명적인 뇌 손상 환자들을 치료하며 죽음과 싸우다가 자신도 폐암 말기 판정을 받고 죽음을 마주하게 된 폴 칼라니티의 마지막 2년의 삶을 기록한 회고록이다. 1부에서는 '나는 아주 건강하게 시작했다'로 의사로서의 소명을 이야기한다. 그리고 2부에서는 '죽음이 올 때까지 멈추지 마라'로 의사에서 환자로 처지가 바뀐 그의 인생 고백이다. 에필로그는 2015년 3월 폴 칼라니티가 사망한 후, 그가 사력을 다해 써내려갔으나 미처 완성하지 못한 것을 그의 아내 루시가 마무리 지었다.

나는 아주 건강하게 시작했다

문학은 인간의 의미를 다채로운 이야기로 전하며, 뇌는 그것을 가능케 해주는 기관이다. 무엇이 인간의 삶을 의미있게 하는가? 뇌의 규칙을 가장 명쾌하게 제시하는 것은 신경과학이지만 정신적인 삶을 가장 잘 설명해주는 것은 문학이라는 생각에는 변함이 없었다.…나는 의미를 연구할 것인가 아니면 경험할 것인가의 기로에 서 있었다. 나는 무엇이 삶을 의미있게 만드는지 알기 위해 문학과 철학을 공부하고, 유기체들이 세상에서 의미를 찾는 데 뇌가 하는 역할을 알기 위해 신경과학을 공부하였다.(p.57)

삶과 죽음과 의미가 서로 교차하는 문제들은 대개 의학적 상황에서 발생한다는 것을 깨달았다. 실제로 이런 문제들과 마주치면, 필연적으로 철학적이고 생물학적인 주제를 파고들게 된다. 모든 의사가 질병을 치료하는 동안 결정적인 전환점에서 요점은 단순히 사느냐 죽느냐가 아니라 어느 쪽이 살 만한 가치가 있는가이다. '계속 살아갈 만큼 인생을 의미있게 만드는 것은 무엇인가?' 신경외과는 가장 도전적으로 또한 가장 직접적으로 의미, 정체성, 죽음과 대면하게 해줄 것 같았다. 나는 환자를 서류처럼 대할 것이 아니라 모든 서류를 환자처럼 대하기로 했다.(p.101)

때때로 죽음의 무게가 손에 잡힐 듯 뚜렷하게 느껴지기 시작했다. 내가 이 신경외과라는 직업을 택한 이유는 죽음을 뒤쫓아 붙잡고, 그 정체를 드러낸 뒤 눈 한번 깜박이지 않고 똑바로 마주 보기 위해서이다. 신경외과는 뇌와 의식만큼이나 삶과 죽음 사이의 공간에서 일생을 보낸다면 연민을 베풀 줄 아는 사람이 되고 스스로의 존재도 고양할 수 있으리라 생각했다.(p.105)

이후 나는 톨스토이가 묘사한 정형화된 이미지의 의사, 무의미한 형식주의에 사로잡혀 기계적으로 질병을 치료하는 의사로 변해 가고 있는 게 아닐까 두려웠다. 그리고 더 중요한 인간적인 의미를 완전히 놓치고 있는 게 아닐까 두려웠다. 레지던트로서 내가 꿈꾸었던 가장 높은 이상은 목숨을 구하는 것이 아니라(누구나 결국에는 죽는다), 환자나 가족이 죽음이나 질병을 잘 이해하도록 돕는 것이었다.

신경외과 의사와 나누는 첫 대화는 환자의 가족이 죽음을 기억하는 방식에 결정적인 영향을 미친다. 메스로 해결될 상황이 아니라면, 외과의가 선택할 수 있는 도구는 따뜻한 말뿐이다. 그래서 의사는 환자의 손을 잡는 것으로 의사소통을 한다. 의사는 다른 사람의 십자가를 대신 지려다가 때로는 그 무게를 못 이겨 스스로 무너지고 마는 것이다. 환자는 의사에게 떠밀려 지옥을 경험하지만 정작 그렇게 조치한 의사는 그 지옥을 거의 알지 못한다.(p.129)

의사의 책무는 무엇이 환자의 삶을 가치있게 만드는지 파악하고 가능하다면 그것을 지켜주려 애쓰되 불가능하다면 평화로운 죽음을 허용해주는 것이다. 그런 책무를 감당하려면 철두철미한 책임감과 함께 죄책감과 비난을 견디는 힘도 필요하다. 환자의 삶과 정체성은 우리 손에 달렸을지 몰라도 늘 승리하는 건 죽음이다. 우리의 판단이 잘못될 수도 있다는 걸 알면서도 환자를 위해 끝까지 싸우는 것이다.

죽음이 올 때까지 멈추지 마라

내 병은 삶을 변화시킨 게 아니라 산산조각 내버렸다. 그동안 신경외과의로서 잠재력을 쌓아왔으나 그 잠재력은 결국 빛을 보지 못하게 될 상황이었다. 많은 교육과 훈련을 통해 의사로서의 계획이 성사될 참이었다. 그런데 몸이 약해졌고, 내가 꿈꿨던 미래와 나 자신의 정체성은 붕괴되었으며, 환자들이 대면했던 실존적 문제를 오히려 내가 마주하게 되었다.

"나 자신의 죽음과 아주 가까이 대면하면서 아무것도 바뀌지 않은 동시에 모든 것이 바뀌었다는 사실을 깨닫기 시작했다. 암 진단을 받기 전에 나는 내가 언젠가 죽으리라는 걸 알았지만, 구체적으로 언제가 될지 알지 못했다. 암 진단을 받은 후에도 내가 언젠가 죽으리라는 걸 알았지만 언제가 될지 몰랐다. 하지만 지금은 그것을 통렬하게 자각한다. 그 문제는 사실 과학의 영역이 아니다. 죽음은 사람을 불안하게 만든다. 그러나 죽음 없는 삶이라는 건 없다."(p.161)

"불치병 진단을 받고 두 가지 관점에서 세상을 바라보기 시작했다. 죽음을 의사와 환자 모두의 입장에서 보기 시작한 것이다. 의사로서 '암이라는 전쟁에서 꼭 이길거야!'라고 선언하거나 '왜 하필 나야?'라고 물어서는 안 된다는 걸 알고 있었다. 또 나는 의료행위, 그와 관련된 복잡한 일, 치료공식에 대해 많은 걸 알고 있었다. 그리고 의사와 환자 사이에서 입장이 갈린 채, 의학을 계속 파고들지 아니면 문학에서 답을 찾아야 할지 고민스러웠다. 죽음과 마주하며 예전의 삶을 복원하기 위해 아니면 새로운 삶을 찾기 위해서 부단히도 버둥거렸다."(p.169)

죽음에 직면하고 보니 더 미뤄선 안 되고 급하게 결정해야 할 문제들이 많았다. 그중에서도 가장 중요한 일은 아이를 가져도 되는가 하는 것이었다. 삶의 의미를 뒷받침해 주는 것이 인간관계라면 아이를 키우는 일은 그 의미에 또 다른 차원을 더하는 것 같았다. 수년을 죽음과 함께 보낸 후 나는 편안한 죽음이 반드시 최고의 죽음이 아니라는 사실을 깨달았다. 우리는 아기를 갖기로 한 결정을 양가에 알리고 가족의 축복을 받았다. 우리는 죽어가는 대신 계속 살아가기로 다짐했다. 새로운 삶을 위해 아이를 가지는 일에서조차 죽음은 자기 역할에 충실했다.

죽음을 실제로 겪는 것보다 죽음을 더 잘 이해할 수 있는 방법이 어디 있겠는가? 하지만 나 자신의 죽음을 대면하는 일이 이토록 혼란스러울 줄은 몰랐다. 죽음을 이해하고 나 자신을 정의하고 다시 전진하는 방법을 찾는 데 도움이 될 어휘를 찾고 싶었다. 내 경험을 언어로 옮기기 위해 충분히 사색한 뒤 글을 쓰는 것이었다. 결국 이 시기에 내게 활기를 되찾아준 건 문학이었다. 앞으로 나아가기 위한 글들이 필요했다. "나는 계속 나아갈 수 없어, 그래도 계속 나아갈 거야.(I can't go on. I'll go on)" 그날 아침 수술실로 돌아가기로 결심하고 노력하기로 했다. 그리고 지금과는 다른 방식으로 사는 법을 배워야 한다. 죽음은 누구에게나 찾아오는 순회 방문객과도 같지만, 설사 내가 죽어가고 있다고 하더라도 실제로 죽기 전까지는 나는 여전히 살아있기 때문이다.

나는 내가 죽으리라는 걸 알았다. 하지만 그건 전부터 이미 알고 있던 사실이다. 내가 갖고 있는 지식은 그대로였지만 인생 계획을 짜는 능력은 완전히 엉망진창이 되었다. 내게 남은 시간이 얼마나 되는지 알기만 하면 앞으로 할 일은 명백해진다. 만약 석 달이 남았다면 가족과 함께 시간을 보내고, 1년이라면 책을 쓸 것이다. 10년이라면 사람들의 질병을 치료하는 삶으로 복귀할 것이다. 의사의 의무는 죽음을 늦추거나 환자에게 예전의 삶을 돌려주는 것이 아니라, 삶이 무너져 버린 환자와 그 가족을 가슴에 품고 그들이 다시 일어나 자신들이 처한 실존적 상황을 마주 보고 이해할 수 있을 때까지 돕는 것이다.

저자는 태어날 아이에게 해줄 수 있는 마지막 말로 글을 끝맺는다.

"네가 어떻게 살아왔는지, 무슨 일을 했는지, 세상에 어떤 의미 있는 일을 했는지 설명해야 하는 순간이 온다면, 바라건대 네가 죽어가는 아빠의 나날을 충만한 기쁨으로 채워줬음을 빼놓지 말았으면 좋겠구나. 아빠가 평생 느껴보지 못한 기쁨이었고, 그로 인해 아빠는 이제 더 많은 것을 바라지 않고 만족하며 편히 쉴 수 있게 되었단다. 이 순간, 그건 내게 정말로 엄청난 일이란다."(p.234) 먼 훗날 딸 케이디도 사랑하는 아빠의 숨결을 잔잔하게 불어오는 바람으로 느낄 것이다.

책을 읽고 나서

저자 폴 칼라니티는 사뮈엘 베케트의 소설 마지막 문장처럼 "나는 계속 나아갈 수 없어. 그래도 나는 계속 나아갈 거야(I can't go on. I'll go on)"라고 말한다. "설사 내가 죽어가고 있더라도 실제로 죽기 전까지는 나는 여전히 살아 있다. 나는 죽어가는 대신 계속 살아가기로 다짐했다"는, 절체절명의 순간 앞에서 선택했던 그의 삶이 오늘 우리들에게 무엇을 말해주는 것일까. 이 세상에 내던져진 삶을 살아내라고 하는 이야기가 아닐까? 비록 젊은 나이에 죽음을 마주했으나 좌절하거나 절망하지 않고 평소 하던 수련의 생활로 다시 돌아가는 장면은 일상의 삶이 얼마나 중요한지를 깨우쳐 준다. 이 세상에서 존엄한 존재(being)로 의미 있는 삶을 살아가기를 고민하는 분들에게 꼭 권하고 싶은 책이다.

이 삶을 사랑하지 않을 이유가 없다

죽음을 앞둔
서른여덟 작가가 전하는
인생의 의미

장상애(전 고등학교 교사)

니나 리그스 지음
신솔잎 옮김
북라이프 펴냄
376쪽

　　　　　니나 리그스는 1977년 샌프란시스코에서 태어나 노
스캐롤라이나에서 영문학을 공부한 후 시인으로 등단하고 모교에서 가
르쳤다. 이 책(원제 The Bright Hour)은 촉망받던 문학도인 그가 38세에 전
이성 유방암으로 시한부 삶을 살며 집필하였다. 죽어가는 사람이 담담하
게, 아주 평온하게, 병의 고비마다 지난 삶의 아름다웠던 순간을 돌아봤
다. 그는 미국의 시인이며 사상가 랠프 왈도 에머슨의 5대손이다.

　그의 뛰어난 필력은 집안 내력인 듯하다. 또 이 가계에 유방암 내력이
강하게 흐르고 있어 이른 나이에 이런 시련이 닥친 듯하다. 엄마도 다발
성 골수종으로 9년이나 투병을 하였다. 저자는 2017년 2월에 세상을 떠
났다. 가족으로는 사랑하는 남편 존과 두 아들, 그리고 소중히 여기던 반
려견 두 마리가 있다. 책의 내용은 4기로 나뉜다.

제1기 – 죽음은 삶 곳곳에 자리하고 있다

유방암 진단을 받고 가족 중에 유방암 환자를 헤아려 본다. 고모할머니, 친할아버지, 당고모 등. 외가 또한 암 내력이 있어 엄마는 다발성 골수종이다.

진단을 받은 후 낯선 평온함이 생기며 내 가슴 속에 아름다운 공간이 생긴 기분이다. 유방암 사망률을 검색 안 하는 자신이 이상하다. 어린 시절 역사책에 나온 몰리 피처(Molly Pichtcher) 가 전쟁에서 적의 총알이 다리 사이를 관통해 치마가 찢어졌는데 '이 정도니 다행'하며 어려운 상황을 좋게 받아들인 생각이 났다. 니나는 그녀처럼 '이 정도니 다행'이라고 생각한다.

제2기 – 담담하게 일상을 채워가는 것이 삶에 대한 예의이다

항암치료 후에도 종양이 줄지 않고 예상보다 커졌고 종양은 수천 개의 물줄기로 뻗어 나갈 준비를 마친 것 같이 보였다. 땅이 흔들렸다. 남편 존은 "모든 게 얼른 정상으로 돌아갔으면 좋겠어." 니나는 "당신의 그런 생각은 지금 내 삶을 완전히 부정하는 거야. 이 시기 역시 내가 받아들이고 사랑해야 할 내 삶의 일부야."

엄마는 9년간 정면 돌파로 죽음을 이겨 나갔고 죽음을 받아들이려고 노력 해왔고 이제는 두려움이라는 감정을 담대히 받아들이는 듯하다. 니나가 엄마에 기대어 울음을 터트렸을 때 안쓰럽게 바라보며 "나는 이미 다 울었다. 넌 그냥 나보다 조금 늦을 뿐이야." 엄마는 쇠약해 졌으나 왠지 모를 평온함과 고귀함이 있었다.

결국 우리 중에 '이반 일리치' 아닌 사람이 있을까? 자신의 과오로 무릎이 꺾이고 이 잘못된 선택들이 자신을 어디로 이끌었는지 알게 된 후

정신이 아득해지지 않는 사람이 누가 있을까?

엄마는 이반 일리치와는 정반대로 도전적이고 타협하지 않는 불같은 사람이라고 생각했었다. 그러나 엄마는 마치 사냥을 포기하고 말고삐를 늦춰 숲의 평온함을 감상하고 마음을 비우고 우거진 나뭇가지 사이로 빛이 쏟아지는 모습을 바라보고 있는 것일까?

제3기 - 내가 죽음을 준비하는 법

엄마의 남은 시간을 가늠해 본다. 더 이상 엄마라고 느낄 수 없는 상황에서, 막막해서 겨우 한 말 "엄마, 더 이상 힘들게 버티지 않아도 돼."

엄마의 장례식은 두 번 진행했다. 유언대로 화장해서 에머슨 가의 절벽 별장에서 썰물일 때 뿌리고 또 다른 장례식은 가족과 지인들이 모여 눈맞추며 울고, 웃고, 노래 부르기도 하고 엄마의 부탁대로 밝은 옷을 입기도 했다. 엄마가 겪었던 황당하고 재미있는 일들을 이야기해서 즐겁게 보냈다. 엄마가 그곳에 와 있다고 느꼈다.

니나는 다시 항암 치료를 하는 동안 고향인 매사추세츠 가족 행사에 가서 어린 시절 행복했던 곳곳을 찾아보고 엄마의 추억에 빠졌다. 이곳에 살던 조부모님도 암으로 세상을 떠났다. 5대조 할아버지 에머슨이 이곳 근처의 집에서 숨을 거두기 전 이런 글을 남기셨다. "잠에서 깨 말했다. 몇 번 더 자고 일어나다 보면 이 침대에서 병이 드는 날이 올 것이고 숨을 거두게 될 것이라고. 이 몸은 사람들의 손에 들려 저 문을 통과할 것이다. 그 뒤로 나는 어디로 갈 것인가? 고개를 들고 어두운 언덕에서 솟아 드넓은 우주를 밝히는 티끌 하나 없는 오렌지빛 태양을 바라본다."

추수감사절부터 크리스마스까지 한 달 방사선 치료를 받았다. 방사선 치료가 지겨워 지고 있었다. 기분대로 하고 싶다. 몽테뉴의 삶에 대한 글

"내 모든 시간을 놓아줄 준비를 한다. 일말의 후회 없이. 자연의 이치에 따라 소멸될 시간을 담담히 받아들인다."

제4기 – 이 삶을 사랑하지 않을 이유가 없다

방사선 치료를 받으면서 등, 허리 통증이 심해졌다. MRI 결과 암이 척추의 여러 곳으로 퍼졌다. 전이로 인해 빠르게 4기가 됐다며 의사는 버킷리스트를 생각해 두라고 했다. 할 만한 일이 떠오르지 않는다.

내 삶에 일어나는 그 어떤 일도 부정하고 싶지 않다. 지겹게 느껴지는 일상도, 도로를 가득 메운 자동차들, 심지어는 의사가 나의 병세가 자신도 두렵다고 하는 모습도 부정하고 싶지 않다. 미래계획, 친구, 여행, 사랑하는 남편까지도 포기할 수 있으나 아이들 엄마로서 살 수 없다는 현실은 너무 힘겹다. 아이들에게 어떻게 알려야 할까?

암은 6개월 동안 어깨, 골반, 가슴, 뇌로 전이됐다. 병문안을 왔다 간 친구가 울면서 운전하다 차 사고를 냈다. 나의 남편은 괜찮은 걸까? 존의 마흔 번째 생일을 맞아 파리 행 티켓을 2장 선물했다. 파리는 15년 전 신혼 때 살던 곳으로 남편이 가장 좋아하는 곳임에도 그 뒤로 한 번도 못 갔다.

몸 상태가 조금 호전되어 파리에 갔다. 파리의 첫날 아침, 이곳에 살기 시작했을 때 많이 다투던 기억이 났다. 또 남편이 파리를 얼마나 좋아했던 지도 생각났다. 15년 만에 온 파리 광장 벤치에 앉아 따뜻한 햇볕을 즐기며 목적지를 향해 바쁘게 움직이는 사람들을 바라본다. 유한한 시간이라는 폭탄을 몸에 지닌 채 길거리를 헤매며 사랑하는 사람에게 '미안해, 정말 미안해'라고 속삭여야 하는 사람은 나 외에는 아무도 없다.

파리에서 마지막 식사는 우리가 가장 좋아하던 아르헨티나 스테이크

하우스를 찾았다. 기분 좋게 술에 취해 예술과 기억, 통증과 초월주의에 대해 이야기를 나누며 돌아가서 만날 의사도 잠깐 생각해 봤지만, 바로 추억에 젖어 시간을 즐겼다.

죽음은 어떤 기분으로 느껴질까? 아무 저항 없이 잠에 빠질 때 기분, 따뜻하고 거부하고 싶지 않은 기분? 걱정이 없어지고 편안해지는 느낌, 뭔가를 붙들고 있던 손에 힘을 빼고 중력과 운명을 받아들이는 것? 기분 좋은 상상을 멈출 수 없는 것과 비슷한 느낌이 아닐까.

아이들이 일주일간 '암 캠프'를 떠났다. 부모가 암 투병 중이거나 암으로 부모를 여읜 아이들을 위한 캠프이다. 아이들이 없는 동안, 내 나름대로 남편이 아이들에게 해 주지 못할 듯한 내용들을 리스트로 작성해 나갔다. 식탁예절, 싸우지 않고 게임 하는 요령, 긴 나눗셈, 짐을 가볍게 싸는 법, 냉장고에서 오렌지 주스 찾는 법.

조용한 시간에 글도 쓰려고 수녀원에 갔다. 죽음 예행연습. 아이들을 혼자 두고 사라질 연습. 에머슨이 어느 추운 날 이곳 숲속에서 외투 없이 산책한 후 폐렴으로 세상을 떠난 일이 떠올랐다. 니나 리그스는 2017년 1월 말에 이 책의 원고를 마치고, 2월 26일 아침 6시 그가 가장 좋아하던 해 뜨는 시간에 세상을 떠났다.

책을 읽고 나서

니나의 죽음에 대한 기대와 상상은 따뜻하고, 붙들고 있는 것을 놓아버린 편안함 같은 것이 아닐까 생각했다. 니나의 죽음은 어둡고 괴롭고 무서운 통로가 아니며 죽음의 문턱에서 부정도 싸움도 없었다. 이는 일반적인 사람들의 죽어가는 모습과는 많이 달라 보였다. 지금까지 많은 죽어가는 사람들의 이야기를 읽어 왔지만, 미지의 세계로, 하늘나라라고 할지라도 삶을 끝내고 모든 사랑하는 사람들과 사물들을 버리고 떠나는 게 인간에게는 제일 두려운 일이라고 상상된다. 니나처럼 이렇게 한창나이에 평정심으로 죽음을 준비하는 사람은 처음 만나는 것 같다.

니나는 죽음의 여정이 시작되었다고 생각했을 때 그는 담담하게, 아주 평온하게, 병의 고비마다 지난 삶의 아름다웠던 순간들을 회상하며, 일상의 즐거움과 리듬을, 하고 싶었던 일들을 소중히 여기며 살던 습관대로 해나가며 투병했다. 일상에서 지겹게 느껴지던 일들까지 소중했다. 차들이 꽉 메워 있는 도로에 서서 아이들을 기다리던 일도 하고픈 일이다. 고향을 방문하고 어린 시절을 더듬으며 죽음이 다가오는 것을 못 느끼는 듯하다. 그러나 시시때때로, 아이들을 놓아버려야 하는 데는 정말 자유롭지 못하다. 아빠가 훌륭하지만, 엄마가 챙겨야 할 일을 꼼꼼히 기록해 두고, 아이들의 과학에 세계에 대한 상상력을 키워주려고 방사선실에서 엄마의 치료 장면도 보게 한다. 엄마의 유한한 시간을 순간순간 느끼는 아이들의 미래를 헤아려 본다. 아이들이 어떤 모습으로 자라갈까?

이 책은 죽음의 이야기가 아니고 아름다운 삶에 대한 이야기로 꽉 찬, 구석구석이 다 아름답고 무게가 있어 요약이 아주 힘들었다.

《숨결이 바람 될 때(When Breath Becomes Air)》의 저자 폴 칼라니티(Paul Kalaniti) 이야기도 함께 하려 한다. 그는 니나처럼 1977년 태어나서 모교 스탠포드 대학병원에서 젊은 의사로서 신경외과 분야에 큰 업적을 남기고 니나보다 2년 먼저 폐암으로 세상을 떠났다. 부인 루시가 혼자 남을 것을 염려하여 아주 어렵게 딸을 낳고 그 딸이 8개월 되었을 때 떠나면서 딸에게 편지를 남겼다. 이 두 사람이 남긴 책은 주제가 비슷해서 '쌍둥이' 같다고 한다. 니나는 투병 중에 폴의 책을 읽었고, 폴의 아내 루시는 니나에게 편지를 쓰기도 했는데, 니나는 답장을 못했고 남편 존이 답장을 쓰곤 했다. 존은 니나가 떠난 후 루시에게 '미치지 않는 법'을 가르쳐 달라고 했다. 루시와 존은 이 두 책을 홍보하며 만났고 편지를 쓰며 가까워졌다. 루시와 존의 이야기는 미국 전 지역에서 베스트 스토리가 되었다고 한다.

두 사람은 자신들의 이야기를 시작했고 비극적이나 아름다운 이야기의 두 사람은 슬픔 속에서 서로를 발견했다. 루시는 샌프란시스코에 살며 스텐포드대 의사이고, 존은 변호사로 노스캐롤라이나에 산다. 비행기로 6시간, 뚝 떨어져 사는 두 사람은 어느 곳이 아이들을 키우기가 좋은지 사소한 언쟁을 벌이면서 함께할 준비를 하고 있다고 했다.

나는 이 합친 가정은 아이 세 명과 두 사람, 다섯 명의 가족이 시작하는 것이 아니고 일곱 명이 될 것으로 믿는다. 이제는 아픔과 눈물 없이 그들에게 주어진 '찬란한 시간'들을 누리기를 빈다.

왜 자꾸 죽고 싶다고 하세요, 할아버지

세대 간 갈등부터
고령화, 청년 실업,
존엄사 문제까지 다룬 소설

고 문봉(文峰) 정대진

하다 게이스케 지음
김진아 옮김
문학사상사 펴냄
216쪽

우리 사회에서 죽음이라는 명제는 언급하기를 기피하는 풍조가 농후하고, '개똥밭에 굴러도 이생에 사는 것이 좋다'며 죽음에 대한 담론을 멀리하고 싶어 한다. 일본은 이미 초고령 사회에 접어들었고 우리도 이미 2017년에 고령사회(인구 65세이상 14%)가 됐다고 하며, 2025년이면 초고령 사회(인구 65세 이상 20%)가 된다고 한다.

필자가 과거 금융기관에 근무하며 체감한 일본의 잃어버린 20년은 1994년 후반부터 시작되었다. 1995년 초까지 연관 부서에서 일본 경제를 믿고 엔화를 다량 보유했는데, 그해 필자가 명퇴한 후에 들려온 소식은 수십억 원의 손실이 발생했다는 뉴스였다. 이 책에 나오는 젊은이들의 실업 사태는 그 기간이 배경이며 현재는 아베 노믹스로 일본 경제가 살아났고 일손이 달려 야단이라는데, 일자리 문제는 우리 사회 발등의 불이 된 상태이다.

노인의 4고(四苦)는 빈고(貧苦), 고독고(孤獨苦), 무위고(無爲苦), 병고(病苦)라는데 할아버지는 온몸이 쑤시고 귀는 들리지 않으며 식욕부진으로 무기력에 빠져 있어 장래 우리의 모습일 수 있다.

책 속으로

주인공 청년 겐토는 일본 삼류대학을 졸업하고 5년간 자동차 영업사원을 하다가 실업 상태인데, 일주일에 두 번 정도 취업을 위한 면접에 응시하고도 노상 탈락하면서 행정서사 자격시험을 준비하는 28세의 이른바 공시생이다. 60세 홀어머니 집에 얹혀사는 캥거루족이면서 생활비를 대지 못하는 대신 하는 일도 없기 때문에 늙은 할아버지를 수발하면서 친척들에게는 효도하는 손자라는 평판을 듣는다.

87세의 할아버지는 70여 년 고된 농사일로 육 남매를 양육하고 10여 년 전부터 지방 도시의 네 아들 집을 돌며 억지 부양을 받다가, 3년 전에 도쿄의 큰딸에게 의탁하고 있지만 딸의 혹독한 짜증을 받으며 눈치 꾸러기로 사는데, 온몸이 아프고 기력 없어 하며, 작년엔 우울증으로 자살 미수 전력이 있다. 어두침침한 골방에서 하루해가 지겨워 아침 눈뜨면서 겐토에게 "늙으면 죽어야 하는디", "죽고 싶어", "저승사자가 왜 안 데리러 오나"를 입에 달고 살아간다.

할아버지가 입에 달고 사는 말

세상의 세 가지 거짓말 - 노처녀, 장사꾼, 노인의 것 - 은 너무 잘 알려져 있는데 작가의 의도는 겐토만 순박하게 할아버지의 "이제 죽어야지"라는 말을 곧이곧대로 믿는 인문학적 미숙아로 전제하고 이야기를 펼친다.

겐토는 늙은 할아버지가 노쇠하여 하는 일 없이 무료하고 삶을 지겨워하며 죽고 싶어 하는데 죽음의 안내자가 되면 효도하는 셈이고 그 일에는 자기가 적임자라는 생각에 몰입하게 된다.

겐토는 할아버지의 늙은 피부와 틀이 등 외모뿐 아니라 평소에는 식욕이 없다고 투정을 하다가 부드럽고 달콤한 간식을 식탐하는 모습에 경멸감을 품기도 한다.

할아버지 존엄사 작전

노인요양원에 근무하면서 요양보호사 자격을 취득하고 격무에 시달리는 친구를 만나서 노인의 존엄사에 관한 조언을 듣게 되는데, 노인이 육체 활동을 안 하면 기능이 쇠퇴하게 되고, 정신적으로도 사유와 판단을 억제하면 뇌의 기능이 퇴화하여 죽음의 첩경이 된다는 전략이다. 그리하려면 과도한 간병을 실시하여야 성공하는데 어설프게 하면 여명만 길어지고 지옥 같은 삶의 연장이 된다는 것이었다.

"변비도 벌써 일주일째여. 아예 나오지를 않어.", "…관장이라도 해야 할 것 같은디."(p. 101)

"겐토는 할아버지가 말하는 관장이 어떤 건지 알고 있었다. 할아버지처럼 나이 든 사람을 관장할 때는 간병하는 사람이 항문에 손가락을 넣어 숙변을 제거해야 했다. 그런 걸 누가 한단 말인가.… 할아버지의 몸이 관장을 해야 할 만큼 망가지기 전에 빨리 존엄사라는 소원을 들어줘야겠다고 겐토는 다시금 생각했다."(p. 101)

장수 시대의 세대 갈등

우리 사회도 목하 국민연금 때문에 갈등이 벌어질 참이다. 지금

20~30대가 연금 수급연령에 도달했을 때 기금이 고갈되면 선대 노인들만 혜택을 주고 본인들은 희생하는 것 아닌가. 지급 연령을 65세로 늦추면 현재 평균 퇴직연령이 53세라는데 수입 절벽 13년 공백을 어떻게 메울까?

겐토는 할아버지 때문에 요양병원을 자주 드나들게 되고 큰 병도 아닌데 노인정 다니듯 병원 순례를 하는 노인들을 많이 보다가, 뉴스에서 20대의 절반이 국민연금을 납부하지 않는다는 사실에 충격을 받고 분노해서 연금 붓기를 중단하려고 자동이체 통장을 당장 전액인출 하기로 결심한다.

"겐토는 고령자의 목숨을 부지하고 고령자를 위한 시스템만을 유지하려는 작금의 정치가 대단히 불만스러웠다."(p.106)

할아버지와 비교하며 다시 일어서는 겐토

할아버지와 생활하는 것은 스트레스를 받기도 하지만 할아버지의 쓸모없는 육신에 비하여 겐토는 비록 66킬로그램에 불과한 체중이지만 아직 근력운동으로 옛 체력을 회복할 수 있다는 자신감이 생겼다. '급강하'운동 80초짜리 5회 실시로 극기심을 다지며, 여자 친구 아미와 단골 모텔에서 규칙적 섹스를 실험하여 점차적으로 긍지를 얻고 취업 활동에도 활력을 얻어가고 있는 것은 보람이었다.

할아버지, 쓰러지다

요양 서비스가 없는 목요일 저녁 외출에서 돌아온 겐토가 대충 저녁을 챙겨 먹고 할아버지 방문을 열었을 때 할아버지가 인사불성 상태인 것을 발견하고 겁이 덜컥 났지만, 구급차를 부르느니 자기 자동차로 전에 알고 있던 병원 응급실로 이송하는 순발력을 보인다.

다음날 아침 엄마와 함께 병원에 들렀을 때 할아버지의 진단 결과는 급성 신부전으로 인한 급성 폐부종이었다.

겐토는 할아버지가 정신을 차릴 순간이 두렵기 시작했다. 지난해 음독 자살을 시도해 병원에 입원했을 당시에 눈을 뜬 할아버지는 몽롱한 의식 속에서 가슴 깊이 묻어둔 말을 헛소리하듯 내뱉었던 것이다.

할아버지의 진실- 생존 본능 두 장면과 겐토의 깨달음

겐토는 사흘 동안 단기 요양시설에 들어갔던 할아버지를 모시러 시간을 앞당겨 방문했을 때 뜻밖의 장면에 마주친다. 침대에서 내려오던 할아버지가 부축하던 젊은 여성 도우미의 팔과 몸을 만지고 있었던 것이다. 하지만 필자의 생각은 다르다. 겐토는 늙어 볼품없는 88세인 할아버지의 손이 젊은 여성을 더듬는 성적 욕망을 추태라고 모멸하지만 남자는 숟가락 들어 올릴 힘만 있어도 가능하다는 속설대로 비난만 할 일은 아니지 않은가. 또 한 장면은, 할아버지가 원하시는 죽음을 맞이할 수 있도록 해야 한다고 생각하던 겐토가 할아버지의 진짜 마음을 알게 되는 대목이다.

"고마워. 겐토 니가 할아버지를 구한겨."

온화한 어조의 그 말에 자기도 모르게 손을 멈추었다.

"죽을 뻔했어."

그 한마디에 겐토는 좁은 욕실 입구에서 평형감각을 잃고 허우적거릴 뻔했다.

아니구나.

나는 뭔가 큰 착각을 하고 있었던게 아닐까?…노인은 생에 집착하고
있었다.(p.177)

할아버지와 겐토의 화해

겐토는 도쿄 인근의 지방이지만 회계부정으로 말썽난 본사의 자회사에
영업직으로 취업이 되고 이삿짐을 챙겨 떠나는 날, 할아버지가 기차역까
지 배웅하기를 고집해서 엄마가 운전하는 승용차 안에서 조손간 혈육의
정을 되살린다. 반전이다.

"엄마한테 많이 혼날 테니까, 할아버지 편들어 줘야지. 추석이나 연말
이나 설에는 꼭 올게."(p.180)

겐토는 백수 생활 1년 만에 직장이 불안한 대로 일단 재기에 성공하고,
할아버지는 엄마의 히스테리를 받으며 오래 살아 계실 수도 있을 것이라
고 마음먹는다.

책을 읽고 나서

한평생 대자연에 묻혀 소신껏 농사를 지으며 가족을 부양했던 할아버지
가 노경에 자식의 부양을 받으며 도시 생활에 적응을 못하고 노환과 우
울증으로 "죽고 싶다"는 말을 하지만 살아있는 생물의 생존 본능이 어디
가겠는가. 다만 자기에게 관심을 가져달라는 애원이고 늙으면 아이처럼
되어 응석을 부릴 수도 있는 것이다. 그 할아버지의 심경을 미생의 젊은
겐토가 이해하기에는 무리일 수 있다. 또 젊은애들 말대로 할아버지의 꼰
대 기질이 28세의 연예인을 퇴물이라고 비웃는 삐딱한 심리를 드러내기
도 하고 큰딸인 엄마의 구박을 받으면서도 자기가 먹은 그릇을 개수대에
옮기는 일을 회피하려 하며, 또한 사실이 불분명하지만 전쟁 때 특공대에

참여한 일을 과장해서 나라에 기여한 기성세대라는 과시욕도 놓치지 않고 있다.

그런데 소설이기는 하지만 할아버지에 대한 큰딸(엄마)의 구박은, 예를 들어, 과거 친정 모친에 대한 가정폭력이나 축첩으로 가족 부양을 등한히 한 전과가 없는데도 조금 심하다는 생각이 들다가도, 요즘 우리 사회에서도 노인에 대한 학대가 가족 단위에서 일어난다는 사실(자녀와 배우자의 학대)에 생각에 미치게 된다.

우리가 이 할아버지처럼 87세가 되었을 때 신체 각부의 기능이 쇠퇴하여 운동 여력이 없고 (예로 소변줄을 삽입한다든지) 불면증에 시달리며, 식욕 감퇴로 기력 없이 주위의 관심에서 멀어지면 할아버지처럼 "죽고 싶다"를 연발하면서, 한편 죽음에 대한 두려움과 생의 애착에 괴로워한다면 우리 본연의 품위를 지키지 못할 것이다.

그래서 필자는 15년 전부터 죽음 교육을 받고 죽음 준비를 설파해 왔는데 주변의 호응도가 부진한 실정이다. 죽음에 대한 대비에 정신적으로 강인해야 하고 육신이 소멸할 즈음 의학의 발달로 죽음에 대한 자기결정권을 행사하기가 어려운 현실에서 (사망 한 달 전까지 항암제를 투여하는 실례가 비일비재함) '연명의료결정법(2018년 2월 4일 시행)'에 따른 '사전연명의료의향서'를 미리 작성하여 불필요한 고통을 당하지 않도록 미리 준비를 해두어야 한다고 생각한다. 의료보험공단의 전국 170개 지사에서 대면 작성하도록 되어 종전에 필자가 배부한 서식은 새 법에 따른 양식으로 재작성해야 인정된다.

오해하지 말아야 할 것은 내가 병들었을 때 치료하지 말고 내 죽음을 헤프게 취급해 달라는 게 아니다. 의사가 생존 가능성이 없다고 하는데도 연명치료를 계속 시행해서 고통받지 않도록, 호스피스 병동에서 통증

완화 치료나 가족의 품에서 존엄한 작별을 선택할 결정권을 행사하는 것이다(평시에 가족에 대한 사전 교육 중요함).

이 소설의 원제는 'Scrap and Build'이다. 비능률적인 설비를 폐기(Scrap)하고 이를 능률 높은 최신의 설비로 바꾸는(Build) 것을 의미한다. "겐토의 극단적 사고와 행동은 제목이 말하듯 노쇠하고 더 이상 쓸모가 없어진 할아버지의 모습을 자신과 겹쳐보고 자신을 새로 개조하는 방향으로 나아간다"(p.211). 필자를 포함해서 독자들은 폐기 처분되지 않기 위해 기품 있게 늙어 가야겠다고 생각했다.

Chapter
03

죽
음
이
란

■ "우리는 죽는다. 때문에 잘 살아야 한다."
　　　　－ 셸리 케이건

{ 2011년 3월 29일 }

철학, 죽음을 말하다

죽음에 관한
동서양의
철학적 사유

박점분(국립중앙박물관 도슨트)

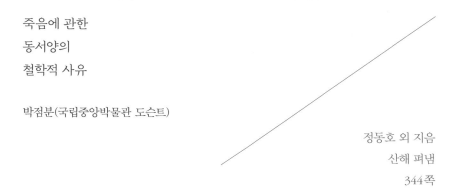

정동호 외 지음
산해 펴냄
344쪽

　　　　　이 한 권의 책에서는 죽음을 철학적으로 사유하여
정리했다고 본다. 물론 서양의 고대 철학자의 선구자라고 할 수 있는 소
크라테스와 플라톤에서부터 18세기 쇼펜하우어, 19세기에서 20세기를
살았던 니체, 하이데거, 야스퍼스, 레비나스, 들뢰즈와 같은 대표적 서양
철학자의 철학적 실존 사유에 대하여 고찰해 볼 수 있다.

　동양의 철학적 사유의 대표자로서 중국의 장자의 생사관, 공자와 맹자
에 의해 전해지는 유가의 죽음관을 짚어 주고 있다. 아쉬운 점이라고 하
면 일본의 죽음관에 대한 소개가 없는 점이 유감이지만 동아시아의 생
사관이나 상례 또는 제례가 중국의 유가 철학이나 인도의 불교 철학의
영향을 받은 점을 고려한다면 이상에 열거한 서양 문화권의 철학자들의
실존적 죽음 사유를 살펴보는 것만으로도 어느 면에서는 죽음을 바라보
는 시각의 다양한 관점을 음미할 수 있다고 생각된다. 책의 초입에서는

정동호 교수의 총론에서 죽음과 안락사, 자살 등이 현대 죽음학에서 새롭게 다루어지고 있다는 점을 알려주기도 하였다.

이 책을 손에 집어든 독자들은 이 책에서 무엇을 얻을 것인가?

우리네의 일상에서 죽음의 문제는 무척 커다란 돌덩어리가 가슴을 짓누르는 것과 같은 느낌으로 다가온다. 주변에서 죽음의 현상은 무수히 많이 일어난다. 타인의 죽음을 통해서 그 실상과 마주치게 되며 문득문득 자신의 죽음에 대해서도 생각하게 되는 것이다.

신문이나 언론을 통하여 그 사회면에 전해지는 죽음의 소식들은 제3자의 죽음으로서 또는 하나의 사건 속의 한 현상으로서 그냥 듣고 바로 잊어버리게 된다. 가까운 친지나 지인, 친구들의 죽음 소식도 마찬가지로 듣고 놀라움과 함께 잠깐 후면 잊혀진다.

그러나 가장 사랑하는 부모님이나 형제, 배우자의 죽음은 다른 의미에서 특별하게 다가온다. 그들의 죽음을 당해서는 그들의 주검을 거두어주는 당사자가 되기에 죽어가는 현상을 직접 보고 경험하게 되고 그 죽은 이의 사후처리를 맡아서 하게 되다 보면 자연히 죽음을 가까이 바라보게 되고 죽음 이후에 찾아오는 영원한 이별, 죽음이 앗아가는 생명의 소멸과정들을 죽어가는 당사자 옆에서 함께 체험하게 된다. 이 소멸 과정은 우연한 사고가 원인이 될 수도 있고 질병이 될 수도 있으며 자연스레 노화로 인하여 생명이 소진되어 우리 곁을 떠나게 되기도 한다.

책 속으로

이 책에서는 어떻게 죽어 가는가 하는 죽음의 과정을 다루었다기보다는 죽음을 어떻게 이해하고 받아들여야 하나라는 실존의 문제에서부터 죽음과 삶은 어떤 관계인가? 죽음은 어떻게 받아들여야 하는지에 대한 인식론적인 차원까지 아우른다. 죽음의 본질, 생명이 소진되는 그 과정과 본질적인 의미를 역사적으로 나타났다 사라졌던 많은 철학자를 통하여 그들이 해석한 죽음, 그 깊은 의미의 성찰을 살펴볼 수 있다.

정동호 교수는 총론에서 아래와 같이 죽음에 대한 철학적 성찰을 다루며 이 책을 엮어가는 기본 개념을 소개하였다.

지금까지 죽음학(thanatology)이라는 이름을 가진 학문적 고찰에서 죽음에 대한 논의는 어디까지 와 있는가? 의학, 심리학, 교육학의 분야에서 어떤 논의가 이루어지고 있는가?

죽음의 철학은 어떻게 다양한가?

①죽음은 삶의 조건이다.

②죽음은 삶의 동반자이다.

③죽음은 알 길이 없는데 우리와 무슨 상관인가?

④죽음 너머의 인식은 불가하므로 앎이 아니라 인식의 문제이다.

⑤죽음은 두려움뿐인가?

⑥두려워야만 하는가?

⑦죽음은 자연스러움으로 받아들여야 한다.

⑧죽는다고 끝이 아니다.

⑨영원한 삶이 가능한 것인가? 그런 삶은 축복인가, 저주인가?

⑩죽는다면 어떻게 죽어야 할 것인가?

정교수는 이러한 과정을 통하여 어떠한 결론에 도달하게 되는데, 죽음에는 큰 죽음과 작은 죽음이 있다. 삶의 완성을 이룬 성인들의 죽음, 예를 들면 예수, 석가, 소크라테스와 같은 죽음은 큰 죽음으로 볼 수 있으며, 일반인들이 당하는 죽음은 작은 죽음으로 정동호 교수는 그의 성찰을 이끌어간다.

철학과 죽음을 어떻게 연관시켰는가라기보다 과학적, 생물학적으로 소멸하는 생명체의 사라짐에 대하여 살아있는 사람의 입장에서 냉정히 그 의미를 살펴보는 바에 따라서 서구 철학자들 특히 실존철학자들의 죽음에 관한 이론을 전공한 철학 교수들의 논거를 통해서 요약된 정리를 접할 수 있다. 실존철학을 전공하지 않은 일반인들의 입장에서는 무척 이해하기 어려울 뿐만 아니라 어떠한 결론을 도출해서 모든 인간이 피할 수 없는 죽음의 문제를 당면하였을 때 특별한 해결책을 제시하는 것도 아니다.

죽음이란 살아있는 사람이 절대 접해 볼 수 없다는 한계점, 다시 말하면 죽고 난 뒤에는 다시 살아와서 자신이 인식한 죽음이란 어떠한 것이라고 그 이론과 학설을 말한 철학자는 아무도 없었다. 그러므로 그들이 생전에 죽음에 관한 어떤 의견을 말하고 죽었어도 그의 사후엔 그들의 사유가 옳았는지, 정당한지, 진리인지 아무런 판단을 내릴 수가 없다. 다만 하나의 의견일 뿐, 철학의 길을 통해 그 나름대로 깊은 사유를 하였다는 것에 의미를 둘 뿐이다.

서구 기독교 문명사회에서는 특히 죽음 이후 영혼의 구원이라든가 부활을 믿고 죽음을 맞이하고 그들의 굳건한 신앙의 문제이기에 확인이나 의문을 제기할 수도 없는 것이다. 다만 믿음과 희망 속에서 죽음을 맞이할 뿐이다. 철학자들은 기독교와는 별개로 사유한다. 이 책을 읽는 독자들은 이 책을 읽고 나서 개인적으로 느낀 바에 따라 죽음에 대한 철학적 의미를 정리하여 언젠가는 당하게 될 개인적인 죽음을 대비하고 준비하게 되는 데 작은 도움이 될 수도 있을 것이다. 다음에서는 이 책에서 다루고 있는 대표적인 철학자들에 대하여 간략히 본문의 내용을 발췌하여 소개하고자 한다.

소크라테스(BC 399년 70세로 사망) '너 자신을 알라.' 이 말이 왜 유명한 것일까?

"죽음에 대해 두려움을 느끼고 그에 굴복한다는 것은 무지를 자각하고 사는 철학적 삶의 방식을 포기한다는 것을 의미한다."(p.81) 무지를 자각한다는 것은 스스로 알고 있다고 생각하는 착각에서 벗어나는 일이다. "지혜와 연관해서 스스로 아무런 가치가 없다는 걸 자각해야만 인간은 스스로를 알고 있다고 말할 수 있다. 델포이 신전의 경구'너 자신을 알라(know thyself)'는 인간적 지혜가 보잘것없고 무가치하다는 것을 자각하라는 말이다.… 자신을 아는 인간은 편하고 안락한 삶으로부터 벗어나 삶의 근저에 놓여 있는 기본적인 신념이나 가치관을 허물고 인간의 초라한 처지를 겸허하게 받아들임으로써 고난의 가시밭길로 접어든다. 고난의 가시밭길을 걷는 사람에게 죽음은 그렇게 큰 문제가 아니다." (p.87)

"소크라테스는 이렇게 겸허하고 삼가는 자유로운 영혼을 간직하고 죽음의 길로 접어듦으로써 최초의 철학적 순교자가 된다." (p.93)

플라톤(BC 428 ~ BC 347)

플라톤은 그의 대화편 〈파이돈〉에서 소크라테스의 철학을 새로 발전시킨다. 남부 이탈리아에서 추상적이고 관념적인 세계관을 받아들여 이데아론, 상기론, 영혼론, 이상국가론 등 그의 중심 철학을 확장하였다. 플라톤에 의하면 "죽음은 철학을 통해 미리 연습하고 준비해야 할 사건이자 준비 유무에 따라 전혀 다른 결과를 가져오는 새로운 시작의 사건이다." (p.98)

영혼의 본래성은 지성적인 능력에 있고 영혼 본연의 삶은 이 지성적인 능력의 활동인 앎에 있지만 이승의 영혼은 육체에 끊임없이 시달려 자신의 본성대로 살아가지 못하게 된다.

"순수한 영혼의 힘만으로 있는 것의 참된 모습을 바라보려는 철학자의 삶은 죽음을 목적으로 삼는 삶이다. 오로지 죽음으로써만 영혼은 육체의 족쇄에서 풀려날 수 있기 때문이다. 철학자는 그런 죽음, 육체로부터 영혼의 해방을 준비하는 삶을 산다. 그 삶은 육체의 더러움에서 영혼을 씻어내는 정화의 삶이다.…영혼을 육체로부터 분리하는 일을 버릇으로 삼는 철학자는 죽음을 수련하는 자이다.(p.105) 철학적 수련을 통한 훈련된 죽음은 죽음 뒤에 오는 삶의 양상이 다르다. 다시 말해서 신적이며 죽지 아니하고 지혜롭게 하는 것이 있는 곳으로 떠나서 거기서 행복한 삶을 산다. 이것이 정화된 영혼을 가진 철학자의 죽음이다.

쇼펜하우어, 니체, 하이데거, 야스퍼스, 레비나스, 들뢰즈

근대에 와서 영혼과 육체의 관계를 규명하는 인식론의 주제 가운데 삶의 진정한 목적은 죽음이라고 본 철학자는 쇼펜하우어였다. 그의 "죽음관은 이후 인간의 유한성과 무한성, 죽음과 종교의 문제를 고찰하는 포이어바흐의 종교적 인간학과 '우리의 삶이란 모든 생명이 그렇듯이 계속되는 죽음'에 다름 아니라는 니체의 생사불이관을 거쳐, 《존재와 시간(Sein und Zeit)》에서 죽음을 인간 현존재 해명의 실마리로 삼고 있는 하이데거나, 죽음을 주관성의 파괴, 즉 나의 가능성의 무화로 논의하는 사르트르, 이를 인간의 한계상황과 연관시켜 설명하는 야스퍼스 등의 실존론적 죽음관, 타자와의 관계를 맺어주는 근원적인 조건으로서의 레비나스의 죽음의 문제에까지 철학의 중심적 화두로 등장한다."(p.127)

들뢰즈(1925~1995)는 "신은 과거와 미래가 없는 순수 현실태라고 했다." 신에 가까이 간다는 것은 결국 시간적 제약을 넘어서는 것이기 때문이다. 이런 경지는 바로 불이의 세계를 받아들이고 그 세계에 스스로를 동일시하는 경지이다. 이것은 곧 깨달음의 경지이며, 이 경지에 이르렀을 때 우리는 죽음을 편안한 마음으로 바라볼 수 있을 것이다." (p.281) 자신의 삶을 스스로 결정할 권리가 있음을 주장한 들뢰즈는 70세에 투신자살로서 그의 생을 마감한다.

장자(BC 369 ~ BC 286)

"얻음은 그때를 만난 것이요, 잃음은 자연의 순리에 따르는 것이다. 세상에 오면 편안히 그때에 머물고 떠나면 또 그런 순리에 몸을 맡긴다면, 슬픔과 기쁨이 비집고 들어올 틈이 없다."(p.311) "위로 자연의 조화력과 노닐고, 아래로 생사를 잊고 끝도 시작도 없는 무궁함과 벗을 삼는 경지이다."(p.310) 다시 말하면 자아의 확장이다. "죽음을 진솔한 상관자로 받아들일 때 삶은 이렇듯 타자와 진정으로 소통하는 심미적 주체로 새롭게 거듭난다. 이런 점에서 본다면 장자 철학에서 죽음에 대한 성찰적 인식이야말로 삶의 근원적 해방을 가능하게 하는 진정한 계기인 셈이다.(p.310)

공자(BC 552 ~ BC 479)와 맹자(BC 372 ~ BC 289)

유가에서는 죽음은 삶을 마치는 것이라고 명쾌하게 결론 맺는다. 중요시하는 것은 죽은 사람을 장사지내는 상례와 죽은 이를 기억하여 기리는 제례를 예를 다하여 지극히 모시고 돌아가신 이를 슬퍼함에 있어 겉치레보다 성심을 다하여 그 슬픔과 지극함을 표현하도록 한다.

　공자는 "삶도 제대로 모르거늘 어찌 죽음을 알겠는가?"라는 그의 말을 통하여 인과 예를 지극히 하여 살아남은 사람들이 죽은 이를 극진히 정성을 다하여 법도를 행할 것을 강조하였다. 그러한 유가적인 문화의 영향 속에서 인근의 주변 아시아 국가에서는 죽음을 맞이하고 기억하는 전통을 지켜내고 있다.

책을 읽고 나서

내가 서점에서 많은 죽음에 관한 책 중에서 이 책을 선택하게 된 계기는 친정 어머님을 저세상에 보내고 난 후이다. 피와 살을 섞어 생명을 불어 넣어 주시고 60여 년이 넘도록 오랫동안 부모님과 함께 살아왔던 시간 앞에 이별이라는 상황은 가슴에 커다란 충격을 안겨 준다. 아무리 천수를 다하셨다 해도 영원히 함께 살 수는 없는 것, 언젠가는 반드시 맞이하게 되는 이별이고 그 이별은 기약이 없는 것이기에 부모님의 죽음이란 괴롭고 슬픈 일인 것이다.

반드시 부모님의 경우에만 그런 것은 아니다. 그렇다면 이 죽음과 영원한 이별을 어떻게 받아들여야 하며 그 슬픔을 어떻게 승화시켜야 하는가? 좀 더 성숙하게 죽음을 받아 들여야 하는 마음에서 선택하게 되었던 책이 바로 '철학, 죽음을 말하다'이다.

이 책을 통해서 차분히 죽음이라는 현실을 그대로 받아들이게 되고 더 나아가 죽음의 사실을 잊게 된다. 다만 부모님의 살아생전에 함께 느꼈던 사랑과 훈기가 가슴 한쪽에 남아서 죽음이 멀리 사라져 버림을 감지하게 되고 아리고 쓰라린 이별의 아픔이 가슴 속에 상처로 남았고 그 상처가 점차 치유됨을 느끼게 되었다고 하면, 이 책을 읽으면서 얻은 마음의 소득이라고 보겠다. 인류는 다양한 문화권에서 다양한 종교를 통하여 죽음의 문제를 해결하여 왔다. 또한 철학적 사유를 통하여 죽음의 근본적인 의미를 모색하기도 하였다.

　언젠가 맞이하게 되는 미래의 나의 죽음에 대하여는 어떻게 준비를 할 것인가? 그때까지 어떻게 살아야 할 것인가의 문제와 맞닿아 있어 책을 마친 뒤에는 삶의 질이 달라질 것이다. 우리는 이 책을 통하여 묻게 된다. '죽음을 향한 삶인가? 삶을 통한 죽음의 완성인가?'

어린이와 죽음

삶의 폭풍우를
헤쳐나가는
어린이와 부모님에게

오혜련(각당복지재단 회장)

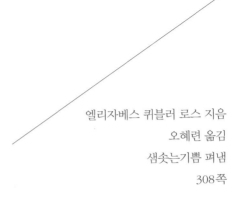

엘리자베스 퀴블러 로스 지음
오혜련 옮김
샘솟는기쁨 펴냄
308쪽

엘리자베스 퀴블러 로스(1926 ~ 2004)는 정신과 의사이다. 전 세계 호스피스 운동의 선구자이자 죽음 주제의 가장 존경받는 권위자. 미국 〈타임〉지가 선정한 '20세기 100대 사상가'이다. 1926년 스위스에서 세쌍둥이 중 첫째로 태어난 저자는 열아홉에 폴란드 마이다넥 유대인수용소에서 죽음을 맞이해야 했던 사람들이 수용소 벽에 수없이 그려 놓은, 환생을 상징하는 나비들을 보고 삶과 죽음의 의미에 대해 새로운 눈을 뜨게 되었다.

취리히대학에서 정신의학을 공부하고 미국으로 건너가 죽음을 앞둔 환자들의 마음속 이야기를 들어주는 세미나를 열고 호스피스 운동을 의료계에 불러일으킨다. 24권의 책은 35개 국어로 번역되었으며, 2004년 78세의 나이로 세상을 떠났다. 《어린이와 죽음》 책 소개에서)

책에 대하여

《어린이와 죽음(On Children and Death)》은 퀴블러 로스가 1980년대에 버지니아에 설립한 치유센터의 아름다운 자연환경 속에서 생활하며 집필한 책이다. 죽음에 대한 여덟 번째 책으로, 저자는 "삶의 폭풍우를 헤쳐 나가는 어린이들의 내적 지식을 나누고 싶다. 임신과 출산에 대한 책은 수없이 많지만 죽음에 대한 책은 거의 없다"고 말머리에 밝히고 있다.

이 책은 저자가 병원과 '삶, 죽음, 변화' 워크숍에서 만나고 치료하고 인터뷰한 수많은 부모와 어린이들과의 이야기들을 바탕으로 집필했다. 저자가 말했듯이 이 책이 나오기 전에는 어린이의 죽음에 대해 일반인들은 물론 병원의 의사들도 아무런 관심이 없었다. 죽음을 맞닥뜨려야 하는 어린 환자들과 그 부모, 형제들은 주변의 어떤 효과적인 도움도 받지 못하고 당황하며 홀로 고통을 겪어내거나 싸워야 했다. 이 책은 그런 부모들을 위해 쓰여졌다.

'어린이'와 '죽음' 이 두 단어는 어울리지 않는다. 상상만으로도 두렵고 무거운 주제이기에 마주하기가 쉽지 않다. 어떤 이들은 이 책을 차마 펼치지 못하고 외면해버리기도 할 것이다. 저자는 '깊은 계곡에 폭풍우가 몰아치지 못하게 했다면 그 아름다운 절경은 볼 수 없으리'라는 말을 가장 좋아한다. 하지만 아무리 고난을 통해 성장한다고 하더라도 그 누구도 이러한 비극을 경험하기를 원치 않을 것이다. 최근 웰다잉 문화의 확산과 연명의료결정 제도의 시행과 함께 우리 사회도 죽음이라는 주제에 대해 조금씩 드러내 놓고 말할 수 있게 되었다. 죽음을 터부시하며 단어조차 입에 올리지 않던 과거에 비하면 큰 변화이다. 그러나 죽음은 여전히 가능하면 멀리하고 싶으며, 나 자신의 이야기로 받아들이기가 힘들다.

구상 시인이 "죽음! 너는 나와 한 탯줄에서 한날한시에 태어난 쌍둥이"

라고 묘사했듯이 우리는 죽음을 언젠가는 필연적으로 마주하게 된다. 죽음을 자녀의 질병이나 갑작스러운 사고로 인해 마주하게 되는 것은 너무나 안타까운 일이다. 더욱이 자살로 생명을 잃는 것은 남은 가족에게 엄청난 상실뿐 아니라 씻기 힘든 죄책감까지 남겨준다. 우리나라는 OECD 국가 중 청소년 자살률이 가장 높은 편이며, 청소년 사망 원인의 1위가 자살이다. 청소년의 3분의 1 이상이 자살 충동을 느낀다고 한다. 가정에서의 무관심이나 신체적 학대뿐 아니라 지나친 간섭, 남과의 비교, 성공에 대한 부담 등 정서적 학대로 의식하지 못하는 동안 우리 아이들을 불행으로 몰아가고 있지 않은가. 저자가 강조했듯이 어려서부터 부모로부터 무조건적 사랑을 경험하며 성장한다면 이런 불행은 많은 부분 예방할 수 있을 것이다.

책 속으로

저자는 이 책에서 우리에게 몇 가지 분명한 메시지들을 던져주고 있다.

첫째, 저자는 아이들은 어른들이 알지 못하는 그들만의 지혜와 예지가 있다는 것을 그들과의 만남에서 배웠다. 어린이들은 병의 결과를 지적 차원이 아닌 영적 차원에서 직감적으로 알고 있다는 것이다. 아이들은 말로 표현하지 않더라도 시나 그림, 어떤 상징물로 나타내고 남기고자 한다. 이 책에 나오는 수많은 예화들은 살아남은 부모들에게 조금이나마 위로가 된다. 이러한 경험을 같은 아픔을 가진 부모들과 나누는 것 또한 고통을 극복하는 데 큰 도움이 된다.

둘째, 병에 걸렸을 때는 병을 숨기려 하지 말고 개방적으로 가족들과 나누고, 대화와 소통을 많이 하라는 것이다. 그런 가족은 이 과정을 쉽게 넘기고 오히려 사랑과 자부심을 배우며 성장한다. 부모의 태도에 따라 상실은 성장과 이해의 촉매가 되기도 하고 가정을 파멸시키기도 한다. 아이가 불치병에 걸렸을 때, 대개 죄책감에 사로잡힌 부모들이 환자를 떠받들며 모든 요구를 들어주려 하지만, 이는 환자에게도 형제자매에게도 도움이 안 되고 해악만 끼칠 뿐이다. 그러므로 병을 숨기려 하지 말고 가족, 형제자매들과 함께 나누어야 한다. 그렇지 못했던 가족과 어렵더라도 이를 실천한 가족을 비교하면 엄청난 결과의 차이를 보여준다. 함께 참여한 가족은 고통스럽지만 그 안에서 무조건적 사랑을 경험하며 작은 즐거움까지 맛보고 내면적으로 성숙하게 된다. 그렇지 않은 가족은 진정제, 알코올에 취하여 상실을 인정하지 못한 채 정신적으로 병드는 경우가 많다.

셋째, 많은 정신병과 자살이 유아기 때 부모의 올바른 양육 방식으로 예방될 수 있다고 하며 이를 매우 강조하고 있다. 우리는 아이들의 자연스러운 감정을 왜곡시키고 부자연스럽게 만드는 경향이 있다. 우리에게 주어진 선천적인 두려움은 높은 곳, 큰 소리에 대한 두려움 두 가지뿐이다. 이는 생존과 안전을 위한 자연스러운 감정이다. 하지만 실패, 거부, 사랑받지 못함, 성공, 폭력, 이웃의 여론, 자기연민, 죄의식, 수치심, 자책, 비난, 미움, 복수심, 원한, 부러움, 소유욕, 조건적 사랑 등은 후천적이고 부자연스러운 두려움이다. 이는 삶에 부담을 주고 에너지를 고갈시킨다.

어린 시절 무조건적 사랑을 경험하고 감정을 있는 대로 표현하도록 허용하는 것이 매우 중요하다. 학대와 구타, 버려짐은 평생에 걸쳐 악영향을 준다. 이들은 사랑받지 못할까봐 두려움을 갖고 살아가게 된다. 이는 정신적인 자유를 구속하고 잠재력을 다 발휘하지 못하게 한다. 자연스럽게 분노를 표현할 수 있는 분위기를 조성할 때 용서와 회복이 일어날 수 있다.

넷째, 실종 또는 피살된 아동과 아동 자살의 경우 부모는 충격을 극복하는 데 훨씬 더 많은 어려움을 겪는다. 갑작스러운 아이의 죽음을 당한 부모는 깊은 죄책감을 느낀다. 하지만 시간은 치유자이다. 때를 놓치기 전에 남은 형제들에게 사랑과 에너지를 쏟아야 한다. 진정제를 투여받아서는 안 된다. 응급실에 통곡하는 방을 설치하라. 비극에서 축복, 저주, 사랑, 원망이 나온다. 선택은 당신의 것이다. 아이들은 죽은 것이 아니라 진화의 여정에서 우리보다 앞서간 것뿐이다. 그들은 가족과 함께 있고 부정적인 감정을 느낄 수 없다. 마이다넥 수용소의 벽 나비들에서 보듯이 육체는 단지 고치일 뿐이고, 죽음은 나비가 고치에서 나오듯이 우리 속에 있는 불멸의 죽지 않는 부분이 육체를 벗어나는 것이다.

다섯째, 저자는 사후생, 영혼에 대해 확신을 갖고 있다. 수많은 환자의 죽음들을 직접 접하며 사후생이 있고 사후에는 더 좋은 곳으로 간다는 것을 '믿는 것'이 아니라 '알게' 되었다. 체외이탈 경험, 영혼의 세계에서 먼저 죽은 사랑하는 사람을 만나는 임사체험, 임종을 임박한 환자들과의 인터뷰 등을 통해 얻어진 지식이다. 저자가 경험한 근사체험의 공통점은 그들이 육체를 벗어나는 것을 완전히 자각한다는 것, 병들거나 불구가 없이 온전한 몸이 된다는 것, 그리고 먼저 간 사랑하는 사람을 만난다는 것이다. 죽은 이는 고통도 없고 행복하고 건강하다. 수술대에서 영혼이 빠져나가 천국으로 가서 예수님을 만나고 다른 이들에게 도움을 주기 위해 돌아가라는 말을 듣고 다시 육체로 돌아오는 경험은 전형적인 근사체험의 예이다. 그곳에는 두려움이 없고 오로지 고요와 평화와 사랑의 느낌만 있다.

여섯째, 주위 사람들이 도울 수 있는 일은 그저 얘기를 잘 들어주는 것과 함께 있어 주는 것, 일상적인 일을 도와주거나 작지만 그 사람의 필요에 꼭 맞는 한 가지 특별한 일을 도와주는 것이다. 위로한다고 하면서 상처를 주거나 무신경함으로 고통을 가중시켜서는 안 된다. 의료진의 배려는 위기를 잘 넘기고 사랑에 둘러싸인 죽음을 맞이하는 것을 가능하게 해준다. 주변의 도움이 절대적으로 중요하다는 것을 잊지 말아야 한다.

책을 읽고 나서

지금까지 본 바와 같이 저자는 죽음을 이야기하면서도 삶에 초점을 두고 있다. 그래서 죽음의 어두운 면만 보여주는 것이 아니라, 말로 표현할 수 없을 정도의 쓰라린 비통함을 주는 자녀의 죽음 경험 속에도 삶의 온기와 사랑뿐 아니라 심지어 희망까지도 발견할 수 있게 해준다. 하나하나의 사례들이 가슴 아프면서도 하루하루의 소중함과 마음 한편이 따뜻해짐을 느끼게 해준다. 이것은 저자의 사후생에 대한 확신과 깊은 관련이 있다. 사후생에 대한 생각은 종교와 신념, 그리고 개인적인 체험에 따라 다르리라 생각한다.

이 책은 1983년에 세상에 나왔지만 40년 가까이 흐른 2020년대에 읽어도 전혀 어색하지 않다. 어린 나이에 세상을 떠난 어린 자녀와 부모의 심정은 동서고금을 떠나 크게 다르지 않기 때문이리라. 지금까지 우리 사회는 어린이와 죽음에 대한 관심이 적었고, 이를 다룬 책들도 드물었기에 비슷한 아픔을 겪은 부모들은 깨달음과 위안을 얻을 수 있을 것이다. 어린이의 죽음뿐 아니라 부모와 가정, 사회를 향한 저자의 가르침에 귀 기울이고 실천한다면 폭력과 자살, 고통으로 얼룩진 우리 사회에 근본적인 변화를 가져올 수 있으리라 믿는다.

죽음

노학자의
평생에 걸친
죽음에 대한 성찰

정옥동(전 연변대학복지병원 이사장)

임철규 지음
한길사 펴냄
354쪽

        저자는 경남 창녕 태생으로 연세대학 영문학과 졸업 후 미국 인디애나 대학에서 고전문학, 비교문학 학위를 받고 연세대학에서 영문학 비교문학 교수를 역임했다. 초등학교 시절 빨치산 토벌 작전으로 살해당한 주민들 그리고 사살당한 공비들의 처참한 죽음을 목격한 것이 트라우마로 생애 동안 아픈 상처로 남아 본서를 쓰게 된 근원적 동기가 되었다. 직접적 동기는 2009년 노무현 대통령 자살의 충격으로 본서를 쓰게 되었다.

  이 글에서는 먼저 죽음에 대해 저자가 소개하는 시대별 학자들의 죽음관을 정리하고 다음으로 저자의 죽음관을 살핀 후 마지막으로 죽음 가운데 자살에 대한 저자의 입장을 소개하려 한다.

사후세계 부정

고대 그리스 철학자 에피크로스(BC 341~BC 270)는 인간의 행복한 삶의 목표가 쾌락이요, 이는 고통에서의 해방, 마음의 평화라 했다. 이를 방해하는 것이 두려움인데 악 중 가장 무서운 악인 죽음의 두려움이다. 그러나 죽음이 오면 감각의 결여로 고통에서 해방되기 때문에 지금의 삶이 소중함을 절감하게 된다. 따라서 죽음이 오히려 우리의 삶을 더 가치 있고 즐겁게 만든다고 했다. BC 7~6세기경 그리스에서 소크라테스, 플라톤 등도 죽음이 삶보다 낫다는 생각을 했고 실레노스는 인간이 한낱 하루살이만도 못한 존재이나 태어나지 않는 편이 가장 좋고 태어났으면 가능한 빨리 죽는 게 좋다고 말했다.

헤라클레스는 죽음은 고통을 치료하는 마법사여서 죽은 자는 더 이상 수고도 고통도 없다고 말했다. 코로스는 죽음은 끝없는 고통에서 종지부를 찍는 구원자요, 평화와 휴식을 주는 영원한 잠이라고 노래했다.

소크라테스는 죽음이 꿈조차 꾸지 않는 수면상태라면 어떤 삶보다 이득이다. 만일 수면상태가 아니라면 영혼의 이주라 할 때 역시 죽음은 이득이다라고 했다. 이런 사상은 로마 스토아학파 철학자들 특히 세네카도 죽음은 우리의 적이 아니고 모든 고통의 해방자라고 하면서 죽음은 태어나기 전 평온한 상태로 되돌려 놓는다고 했다.

중세를 거쳐 르네상스에 이르기까지 죽음은 고통을 벗어나는 피난처로 보았다. 프로이트는 죽음은 유기물 이전의 무기물 상태로 긴장, 자극, 불쾌, 고통 등이 전무한 적멸상태 혹은 열반상태라 하고 토마스 만은 축복상태라 했는데 이렇듯 죽음을 긍정적으로 보았다. 근대에 이르러서도 하이데거 같은 이는 인간은 죽음으로 향하는 존재로 보고 있다. 그러면서도 부단히 죽음 앞에서 도피하면서 불안해하는 비본래적 존재라고 말한다. 그러므로 내면의 양심의 소리에 귀 기울이고 자신의 고유한 자기 본래성을 찾아가야 한다고 한다. 죽음으로 나아가는 자유를 누리라고 한다.

사후세계 인정

유대교(구약시대부터)에서는 부활에 대한 믿음을 갖고 있다. 이어 신약시대로 넘어와서도 내세를 인정하고 부활 사상을 믿게 된다. 예수님은 사회에서 소외된 자(아나빔, 프토코스)를 실천적인 사랑으로 섬긴 자들을 하나님 나라에 들어가도록 하겠다고 말씀하셨다. "너희는 마음을 다하고 뜻을 다하고 힘을 다하여 첫째 하나님을 사랑하고 둘째로 네 이웃을 네 몸과 같이 사랑하라." 이것이 가장 큰 계명이고 여기에 영생이 있다고 하셨다.

신약성경에서 사도들은 사후 육체의 부활 심판을 강조한다. 예수의 부활을 믿고 따르는 자(성도)들의 사후 부활을 확신했다. 바울 사도는 고린도전서 12장 14절에서 "만일 죽은 자의 부활이 없으면 예수도 다시 살아나지 못했으며 예수의 부활이 없었다면 우리의 전도와 너희들 믿음도 헛된 것이 된다"고 말했다. 믿는 자의 부활은 강조했지만 믿지 않는 자의 심판과 지옥은 강조하지 않았다.

톨스토이가 기독교로 귀의한 후 《이반 일리치의 죽음》을 냈다. 결말은 죽음이 더 이상 존재하지 않는 구원의 빛, 부활의 생명을 주는 것으로 결말을 짓는다. 그는 10여 년간 《참회록》 등 여러 작품을 내지만 중심은 예수님의 산상수훈에 기초한 이웃을 향한 자기희생적 사랑이 기독교의 본질이라 역설했다. 그럴 때 사후 부활의 축복을 누릴 수 있다고 한다.

저자의 죽음관

죽음이 나의 직접적인 경험의 대상이 될 수 없다면 이는 신비의 영역에 속할 뿐이다. 앞에 소개한 학자들의 죽음 인식을 통해 살펴보건데 죽음은 산 자들이 전혀 알 수 없는 불가사의한 신비 그 자체이다. 죽음은 산 자의 추론, 결론 온갖 개념 너머에 있는 것으로 침묵 속에서 신비는 신비로서 남겨두는 것이 좋으리라고 본다.

고대 중국에서 공자의 제자였던 자로가 스승이신 공자에게 죽음에 대해 묻자 우리가 삶에 대해서도 다 알 수 없는데 어찌 죽음을 알 수 있겠느냐고 답했다고 한다. 그리고 스피노자도 우리가 생각할 것은 죽음이 아니라 삶에 대해 생각하는 것이 현명한 일이라고 했듯이 우리의 직접적인 경험의 대상인 삶에 대해 생각하고 이야기하는 것이 더 현명하리라 본다. 죽음 이전의 삶에 충실할 것을 강조한다.

자살에 대한 찬반의 역사

자살은 오직 단 하나의 철학적 문제라고 카뮈는 보았고 마이다스의 사부 실레노스는 인간은 살 가치가 없으며 가능한 한 빨리 죽는 게 좋고 태어나지 않는 게 제일 좋다고 말했다.

니체가 신은 죽었다(1882)고 말한 것은 인간의 삶에 영향을 준 모든 가치도 죽었다는 가치의 진공상태(니힐리즘)를 의미한다. 기독교의 천국도 마르크스의 공산주의 이상도 모두 의미를 상실한다. 따라서 자살은 철학적 문제로 남게 된다는 입장이다. 다음으로 자살에 대한 시대별 시각을 소개한다.

고대(그리스-로마)

BC 5세기 피타고라스 학파는 자살을 금지했다. 우리 생명은 신의 것이니 임의로 좌지우지하지 못한다. 소크라테스, 플라톤 역시 우리 생명은 하나님의 선물이므로 자살하면 벌을 면할 수 없다고 했다. 다만 신의 특별 명령이나 국가의 명령, 불치병의 고통이나 빈곤에 의한 절망 상태는 예외로 한다. 그러나 세네카(BC 3~4세기)는 자살은 인간의 능력, 자유의지의 궁극적인 표현이다. 자살은 자유의 근원이자 진정한 자유 행위요, 자유의 관문이요, 자기 자율성의 근원적 표현이라 주장했다. 로마는 자살에 대해 가장 호의적인 국가였다. 자살은 공적 수치로부터의 피난처로 한 인간이 운명의 주인공으로 취할 수 있는 마지막 보루라고 생각했다.

중세

성 아우구스티누스(354~430)는 자살은 죄라고 낙인을 찍었다. 이후 천 년 이상 기독교 국가 서양 교회에서 범죄로 간주되었다. 십계명 여섯째 살인하지 말라에 근거하여 자살을 금지했다. 중세에는 자살자는 재산을 전부 몰수하고 장례도 거부할 정도로 중대 범죄로 취급되었다.

르네상스 시대

중세의 자살은 죄라는 흐름은 있지만 여자의 정조를 지키기 위한 자살, 안락사 등을 용인한다거나 셰익스피어의 〈햄릿〉에서 "존재냐 비존재냐 그것이 문제다"라는 독백 등이 자살의 긍정성을 엿보였고 셰익스피어의 문학작품에서 자살이 칭송의 대상이 되었다. 이어 많은 작가가 자살을 긍정적으로 표현했다. 신학자들과 홉스, 데카르트 등 많은 이들이 특수한 경우 외에는 원천적으로 자살을 반대했다.

18세기 계몽주의 시대

영국을 중심으로 자살자에 대해 관대해졌다. 몽테스키외는 자살은 자기 사랑의 최고 행위로 자신에게 지우는 가치라 말했다. 볼테르는 자살은 신에게나 사회에 해를 끼치지 않는 개인적인 자유의 문제라 주장했으며 흄은 인간은 자신의 생명을 걸을 권리가 있으며 결코 죄일 수 없다고 했다. 따라서 18세기 초 유럽에서는 사회적인 악조건도 있었지만 자살률이 급증했다. 반면 칸트는 성경에 근거하여 자살은 범죄요, 신에 대한 의무 위반이요, 자신에 대한 의무 위반이요, 자기 자신에 대한 살인이라 강조했다.

19세기와 뒤르켐

19세기에 와서 자살에 대한 사회학적, 심리학적 논란이 극심하였다. 이 논의를 처음 본격적으로 펼친 뒤르켐(사회학자)은 몸담고 있는 그 사회의 통합(소속감) 정도에 따라 네 가지 원인으로 나누었다. ① 이기적 자살(고립감) ② 이타적 자살(소명의식) ③ 아노미적 자살(방향 상실과 불안) ④ 숙명적 자살(절망감)로 분류하여 타의 추종을 불허할 만큼 영향을 미쳤다.

20세기 이후

사르트르(1905~1980)에 와서 자살을 긍정하는 허무주의에 이른다. 카뮈는 자살은 선택의 문제로 죽음에 대한 동경을 엿보이며 오직 단 하나의 철학적 문제라고 했고, 푸코는 자살을 찬양하기에 이르렀다. 작금에 와서는 자살을 정당화하고 자살을 돕는 것이 도의적이요, 의무적인 일이라 생각하기에 이른다. 전 세계 연자살률이 100만여 명에 이르게 되었다. 한국은 OECD 회원국 중 자살률 상위에 이르게 되어 매일 평균 42명 정도이고 자살 미수는 자살자의 10배가 넘게 되었다.

노무현(16대 대통령)의 자살

애도의 물결로 조문객이 500만 명에 이르렀지만 죽기 전 상황은 보수 진영에서 뇌물죄 혐의를 적용, 추궁하자 자살했다고 한다. 결국 노무현의 자살은 주류에 의한 비주류의 타살이라 일컬어지기도 한다. 안도현의 추모시에서 노무현 당신은 마지막 승리자라 노래하면서, 서양의 카토는 자유를 위한 순교였다면 노무현은 진보를 위한 순교였다고 했다. 저자는 미국 시인 스티븐스가 죽음은 아름다움의 어머니라 노래했듯이, 노무현의 죽음은 아름다움의 어머니로서 우리 곁에 남아있을 것이라고 했다.

책을 읽고 나서

본서를 요약 정리한 본인은 저자가 죽음에 대한 방대한 자료를 수집하여 해박한 역작을 낸 것에 치하를 드린다. 저자가 소개한 자료를 볼 때 오랜 역사 속에서 수많은 철학자, 문학가, 종교가 등이 제 나름대로 죽음을 정의하고 있다. 어떤 죽음관이 옳고 그른 것이 없고 서로 다른 것뿐이라고 생각된다. 그러나 어떤 죽음관이 한 시대를 지배하느냐에 따라 생명 경시 현상으로 타살, 자살 등으로 사망자 수를 더하게 한다고 본다.

문제는 인간관의 문제다. 인간은 생물학적 육체적 존재만이 아니고 정신적, 감성적, 영적인 통전적 인간관을 갖게 될 때 인간에 대한 존엄성을 갖게 되고, 타살이나 자살의 확률이 저하될 수 있다고 생각한다. 한국의 자살률이 세계 OECD 국가 중 제2위요 노인 자살률은 불명예스럽게도 1위라 하여 불행한 일이 아닐 수 없다. 전체 사망자 중 자살자 비중이 직업별, 연령별 차이는 있지만 약 15~20%에 육박하고 있다고 한다. 한국 정부는 2011년에 자살예방법을 제정하고 다방면의 자살예방 대응책을 강구하고 있다. 보다 근원적 대안은 국민 전체의 인간에 대한 육체적, 정신적, 심적, 영적인 통전적 존재로 인간 존엄성을 의식하는 문화가 정착되어야 타살자, 자살자 수가 감소되리라 생각한다.

죽음을 주머니에 넣고

언더그라운드의 전설
찰스 부카우스키의
말년 일기

고광애(《나이 드는 데도 예의가 필요하다》 저자)

찰스 부카우스키 지음
로버트 크럼 그림
설준규 옮김
모멘토 펴냄
196쪽

책 제목대로 저자는 죽음을 주머니에 넣어 두고 잊을 만하면, 시시로 주머니 속에 있는 죽음을 꺼내 보구 "이 봐, 자기, 어찌 지내? 언제 날 데리러 올 거야? 준비하고 있을게." 그야말로 메멘토 모리다.

책에 대하여

미국 언더그라운드 문학계의 전설이었던 시인이자 소설가인 찰스 부카우스키(1920~1994)의 말년, 죽기 3년 전인 1991년부터 죽기 전해인 1993년 간의 일기 발췌문들이다. 원제는 'The Captain is Out to Lunch and Sailors Have Taken Over the Ship(선장은 점심 먹으러 나가버리고 선원들이 배를 접수했다)'(1998)이다.

부카우스키는 1920년 독일에서 미군 아버지와 독일인 어머니 사이에서 태어났다. 세 살 때 미국으로 와서 LA에서 50년간 살았다. 로스앤젤레스 시립대학을 2학년 때 중퇴했다. 24세인 1944년에 첫 단편소설을 발표했으나 그 후, 10여 년간 글을 발표할 기회를 얻지 못하고 있었다. 글을 못 쓰던 그 어간에 술에 젖어 살다가 출혈성 궤양으로 사경을 헤메고 나서 35세부터 LA지역의 언더그라운드 매체에 글을 다시 썼다. 49세가 되서야 블랙스패로 출판사와 매달 100달러를 받고 글만 쓰기로 계약할 때까지 하층 노동자, 우체국 직원 등으로 일했다. 말년에 해당되는 이 일기 속에는 도박이라기보다 내 보기엔 '쉼'에 가까운 태도로 경마장을 드나들면서 영감을 얻어 글쓰기를 계속하고 있다. 이때쯤엔 작가도 자신의 집 수영장에서 수영을 하고 자쿠지를 할 정도의 편안한 생활을 유지할 수 있었다.

부카우스키는 하드보일드류의 압축된 문체로 섹스, 폭력, 술과 도박, 세상의 부조리와 어리석음을 꾸준히 다루어 왔었다. 자연히 소외된 작가에서 컬트 작가가 되었다. 마침내 인기작가가 되었지만, 결코 아웃사이더로서의 시각과 감성을 잃지 않았다.

그에게 따라붙은 수식어만 해도 '언더그라운드의 왕', '하층민의 국민시인', '반실업자들의 선지자' 등등 일부에서는 '20세기 후반 최고의 작가'라고도 한다. 사후 20년이 넘었는데도 인기는 식을 줄 모른다.

그의 묘비명에는 "Don't Try"라고 되어 있단다. 문학 지망생에게 주는 충고이기도 한 이 말을 부카우스키는 다음과 같이 설명했다고 한다. "애쓰지 마라, 이 점이 아주 중요하다. 목표가 무엇이든 노력하지 않는 것, 기다려라, 아무 일도 생기지 않으면 좀 더 기다려라. 그건 벽 높은데 있는 벌레 같은 거다. 그게 너에게 오기를 기다려라. 그러다가 충분히 가까워지면, 팔을 쭉 뻗어 탁 쳐서 죽이는 거다. 혹시 그 생김새가 마음에 든다면 애완용으로 삼든지."

60권이 넘는 저서가 있다. 장편소설, 단편집, 시집, 산문집 등이 있다. 장정일 소설가(이 작가는 내 보기에 우리나라에서 출판되는 모든 책을 읽는 것 같다)에 의하면, 부카우스키의 시보다는 《우체국》(열린책들, 2012), 《팩토팀》(문학동네, 2007) 등 그의 소설에 열광했단다. 부카우스키의 삶에 바탕을 둔 영화도 있다. 손수 시나리오도 쓴 미키 루크와 페이 더너웨이가 주연한 '술고래'(barfly, 1987)가 있다.

그는 왜 경마장을 드나드는가?

"경마장에 나가 있으면 이기고 있을 때조차 지겨워진다. 경주와 경주 사이 30분을 기다리고 있노라면, 목숨이 허공으로 새나가는 것 같다." 그럼에도 불구하고 "내가 달리 어딜 갈 수 있을까? 미술관? 진종일 집에서 작가질이나 하며 죽친다는 게 상상이나 되는가"(1991년 8월 28일) 어쩜 글을 쓰게 될 원천을 찾아서 경마장에를 가나 보다. "경마는 글줄이 흘러나오게 만든다."(1991년 8월 29일)

"새 책제목. 그걸 생각해 내려 애쓰며 경마장에 앉아 있었다. 경마장이야말로 생각을 할 수 없는 장소 아닌가. 경마장은 사람의 두뇌와 영혼을 빨아 먹는다. 정기를 싹 말려버리는 XX빨기, 그게 바로 경마장이다. 게다가 난 며칠 밤잠을 못 잤다. 뭔가 내게서 기운을 빨아내고 있다.…시집 제목, 머릿속이 하얗게 비었다. 경마장에서 돌아오는 차 속. 좋아하는 클래식을 들려주는 라디오도 켜지 않았다. 침묵을 원했다. 제목 하나하나가 내 두뇌를 관통했다."

"며칠 동안 머릿속이 하얗게 되도록 고민한 끝에, 이윽고, 아침에 깨어나니 제목이 턱 하나 나와 있었다. 자는 사이 떠 올랐던 모양이다. '지구의 마지막 밤' 종말과 병과 죽음을 다루는 시들에 딱 맞는 제목이다.…
난 그 제목이 맘에 든다.…"(1991년 9월 30일) 정직하고 진실된 작가다.

경마장은 "따분하다. 현기증 나는 장소. 사람들은 하나같이 자기만이
딸 방법을 안다고 생각한다. 멍청한 찌질이들. 나도 그들 가운데 하나다.
다만 내겐 경마가 취미일 뿐이다. 내 생각, 내 희망사항일 뿐이지만. 하지
만 거기엔 무언가 있다. 짧고도 짧은 시간의 틀 속에서 일어나는 일이긴
하지만. 가령 내가 건 말이 냅다 달려 선두로 들어왔을 땐 섬광이 번득인
다. 난 그 과정을 목격한다. 도취감, 고양감이 일어난다."(1991년 10월 14일)

"하지만 억지로 집에 박혀 있다 보면 매우 불안해지면서 병들고 쓸모
없다는 기분이 든다. 이상한 일이다. 밤은 별문제 없다. 타자를 치니까. 하
지만 낮을 처분해야 한다.…35세에 경마를 시작해 36년째 경마를 하고
있는데 그동안 5000달러쯤이 경마장에서 받은 액수다. 그 정도면 노려
볼 만한 목표 아닌가. 안 그런가? 응?"(1991년 10월 15일) "경마놀음은 나의
풀린 나사를 조여 줬다.…그리고 내겐 채워야 할 레이저 프린터 용지가
5000장이나 있었다."(1991년 10월 22일)

글 쓰기는

"늙어 간다는 건 참 묘하다. 중요한 건, 난 늙었어, 난 늙었어, 하고 시도
때도 없이 제 자신에게 일깨워 줘야 한다는 거다.…늙어갈수록 작가는
더 잘 써야 한다. 더 많이 봤고, 더 많이 견뎠고, 더 많이 잃었고, 죽음에
더 다가가지 않았는가. 죽음에 더 다가갔다는 건 가장 큰 장점이다.…혼
자이면서도 딱히 혼자가 아닌 것, 그게 제일 좋은 거다.…난 밤마다 이런
저런 일을 하거나 또는 그저 빈둥거리면서 라디오를 서너 시간씩 듣는다.
이게 내 약이고, 이게 낮동안 쌓인 쓰레기를 내게서 씻어 낸다. 고전음악

작곡가들은 날 위해 이런 일을 해 줄 수가 있다. 좋은 시 한 편을 쓰고 나면 그 시가 날 계속하도록 지탱해 줄 버팀목이 된다."(1991년 9월 13일)

"살아가노라면 우린 갖가지 덫에 걸려 찢긴다.…덫을 덫으로 알아차리는 게 중요하다.…나는 내 덫을 대개는 알아봤다고 생각하고, 또 그것들에 관해 글도 써 왔다.…새로운 한줄 한줄은 각각 하나의 출발점이며, 앞서 나간 그 어느 줄과도 무관하다. 우리 모두는 매번 새로 시작한다." 자기 자신에 더 할 수 없이 엄격한 작가다.

"나는 나 자신을 구제하려고 글을 쓸 뿐…난 늘 국외자였고 늘 겉돌았다. 학교에서도…난 내가 완전한 바보가 아닌 걸 알고 있었다. 난 자신의 한구석을 고이 지니고 있었다. 거기에 뭔가 있었다. 무슨 상관인가. 난 여기 스파에 몸을 담그고 있고 내 삶은 끝나 가고 있다. 개의치 않는다.…항상 내겐 더 쓸 거리가 있다.…난 행운아다.… 난 쉰 살까지 일반 노동자로 일했다.…내가 글을 쓸 때 허튼수작을 내려놓을 줄 아는 건 난장을 겪은 덕이라고 난 생각한다."(1992년 2월 8일)

"글을 쓸 때면 난 훨훨 날고, 글을 쓸 때면 난 불꽃이 된다. 글을 쓸 때면 난 죽음을 왼쪽 주머니에서 꺼내 벽에 대고 던졌다가 튕겨 나오면 다시 받는다. 내겐 달리는 데 쓸 연료(글 쓸 꺼리)가 여전히 차고 넘친다. 너무 많아 탈이다.…고통이 작품을 쓰는 건 아니다. 작가가 쓰는 거지."(1991년 9월 12일) 행복한 작가다.

죽음

"곧 죽으리라는 것을 알면서도 난 그게 참 낯설게 느껴진다. 난 이기적인 놈이라 그저 글을 계속 더 쓰고 싶을 뿐이다. 글 덕분에 내 맘속에 따뜻한 빛이 환히 자리 잡는가 하면, 글 덕분에 난 황금빛 대기 속으로 풀쩍

솟구치기도 한다. 하지만 사실 내가 얼마나 계속할 수 있을까? 마냥 계속하는 건 옳지 않다. 염병, 죽음은 연료 탱크 속 휘발유다. 우리에겐 죽음이 필요하다. 내게도 필요하고, 네게도 필요하다. 우리가 너무 오래 머물면 여긴 쓰레기로 꽉 찬다."(1991년 9월 30일) "꽃이 피어나는 것이 애도할 일이 아니듯, 죽음도 애도할 일이 아니다. 끔찍한 건 죽음이 아니라 인간들이 죽기까지 살아가는 삶, 또는 살아 보지 못하는 삶이다."(1991년 9월 12일) "기다리는 사람에게나 기다리지 않는 사람에게나 죽음은 닥친다." (1991년 9월 2일)

경마장에서 "집에 돌아오면 그제야 난 죽음에 관해 곰곰이 생각할 수 있다. 그리 많이 생각하는 것도 아니다. 난 죽음에 관해 걱정하지도 않고 죽는다는 게 슬프지도 않다. 죽음이 그저 좀 성가셔 보일 뿐이다. 언제? 다음 수요일 밤? 아니면 내가 자고 있을 때? 혹은 다음 번의 지독한 숙취 때문에? 교통사고? 죽음은 져야 할 짐이고, 꼭 해치워야 하는 그 무엇이다. 그리고 난 신에 대한 믿음 따윈 없이 떠나갈 거다. 그게 좋겠다. 죽음을 맞대면할 수 있을 테니까. 죽음은 아침에 구두를 신는 것처럼 반드시 해야 하는 그 무엇이다."(1992년 4월 16일) 작가가 죽기 딱 일년 전에 한 말이다. "여기저기 몸이 안좋다. 죽음이 내 발뒤꿈치를 물어 대며 내게 알려주려는 거 같다. 난 섬세한 뉘앙스의 미세한 의미 차이에 열중한다.···죽음에 가깝다는 건 활력소다."(1992년 6월 23일)

책을 읽고 나서

문학 애호가인 내게도 찰스 부카우스키는 생소하디 생소한 작가였다. 그의 문학과 그 명성, 그리고 죽음에 대한 그의 성찰을 대하고 나는 그만 뿅 가서 부카우스키의 일기집을 추천하고 말았다. 책을 펴자마자 내가 금기시하는 도박(경마)과 온갖 상스러운 섹스, 폭력 같은 얘기가 나오자 그만 책을 덮어버리려고 했다. 나이가 먹을수록 곱고 예쁘고 행복한 스토리나 읽어지지, 쎄고 강한 메시지 같은 치열한 스토리는 나를 지치게 하기 때문이다. 그러나 한편 이 쌍스런 남자의 무엇이 그렇게나 사람들을 열광시켰는지가 궁금하긴 해서 다시 읽기 시작했다.

읽어가면서 이 작자의 가식 없는 진짜 정직함과 어울리지도 않게 고상한 품성과 취미, 그리고 성실함과 현실에 뿌리를 내리고 있는 삶이 내게는 의외로 보였다. 기본적으로 하층민에 작가 자신도 내려앉아 있고 그들을 이야기하고 있다. 어쩌면, 고상한 품성의 한가지 – 웬만하면 하지 않는 감사 표시를 고전 음악가들에게는 하고 만다. 특히 말러에게는 신세만 지고 자기는 갚을 게 없어서 미안하단다. 태생적으로 서민, 아니 하층민이라 그런가? 그렇게 클래식을 좋아하면 오디오가 좋은 전축이라도 샀으련만. 산 지 얼마 안 되는 라디오의 다이얼 누름판의 검정이 하얗게 벗겨질 정도로 라디오로 클래식을 즐긴다. 록 음악회를 초청으로 갔었지만, 전 청중이 부카우스키를 향해 환호했지만, 이런 데 감격은 없고 단지 가사는 좀 들을 수 있는데 음악이 단조롭단다. (나도 동감)

여자문제 – 겉으로 봐서는 몇 번이고 결혼을 하고 여러 여자를 울릴 법하지만, 30세 무렵 텍사스의 여자 시인과 결혼했었지만, 여자 쪽에서 이혼 요구를 해오는 통에…이후 오십여 세에 린다라는 여자와 동거하다 65세에 정식 결혼해서 해로하는데…이때는 경제적으로 자기는 물론 린다도 안락한 생활을 하는 때 – 경제적으로 책임을 못 지는 사람을 경멸한다.

사람과의 대면을 피하고 외톨이로 사는데, 내 보기에 하층민들의 삶을 하도 생생히 묘사하다 보니, 하층민들이 부카우스키를 자기들과 동일시하는가 보다. 그래서 쉽게 작가에게 몰려들 오는 통에 사람을 멀리하고 산다. 평균 일주일에 두 번 이상 하는 인터뷰도 너무 쉽게 몰려와서 엉터리 인터뷰어들과의 관계를 끊자 글이 잘 써지더란다.

죽기 2, 3년간의 일기집인 이 책은 아마도 부카우스키의 생애 중 가장 안락했던 시기였다고 본다. 축적된 많을 것은 그로 하여금 샘솟듯 글을 쓰게 했고 경제적으로도 집에서 스파를 할 정도로 여유를 즐길 수 있었기 때문이다. 역자는 부카우스키의 죽음관을 '변화', '과정'이라고 본다지만, 나는 죽음을 반드시 겪어야 할 그저 '죽음' 그 자체로만 생각했다고 본다.

{ 2013년 6월 24일 }

죽음이란 무엇인가

예일대
17년 연속
최고의 명강의

이승용(전 (사)KH정보교육원 이사장)

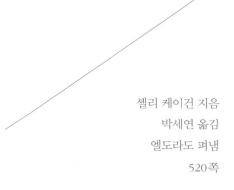

셸리 케이건 지음
박세연 옮김
엘도라도 펴냄
520쪽

　　　　　체한 속을 뻥 뚫어주는 듯한 시원한 책. 소설처럼 감동적이진 않지만 책을 읽는 기쁨을 만끽하기에 조금도 모자람이 없는 책. 죽음이라는 커다란 두려움 앞에 짓눌려 감히 생각하거나 의문을 품을 수 없을 듯한 주제에 수많은 질문 세례를 쏟아부어 죽음의 실체에 한 걸음 한 걸음 다가서게 하여 흥미진진한 세계로 초대받는 듯한 즐거움을 선사하는 책.

책에 대하여

저자는 죽음을 바라보는 일반적인 견해가 처음부터 끝까지 완전히 잘못됐으며, 죽음에 대한 두려움과 그 단어가 주는 중압감에 정작 중요한 질문을 놓치고 있다고 주장한다. 이 책을 통하여 그것을 밝혀 보여주고자 하는 것을 자신이 책을 쓴 목표로 제시한다. 그 일반적인 견해란 ①사람들은 육체 이상의 존재로서 비물질적인 영혼을 가지고 있다. ②영혼은 육체적 죽음 이후에도 계속해서 살 수 있다. ③삶은 축복이고 죽음은 나쁘고 무서운 것이며 영생은 아름답다는 것이다.

저자는 이러한 생각들이 허구이고, 영혼은 없으며, 영생 또한 절대 좋은 것은 아니다. 두려움은 결코 죽음을 바라보는 바람직한 태도가 아니라는 것, 그리고 놓치고 있는 중요한 질문이란 생존을 통해 내가 원하는 가치를 얻을 수 있을까? 즉 삶의 전략에 관한 질문이다. 저자는 자신의 이러한 관점을 수많은 질문을 통해서 마치 추리소설처럼 하나하나 풀어나간다. 물론 그렇다고 자신의 관점만을 일방적으로 제시하는 것은 아니다. 철학책답게 수많은 질문에 독자가 스스로 답을 할 수 있도록 유도한다. 독자 자신만의 생각을 유지할 수 있게 독자의 여백 또한 친절하게 남겨 놓았다.

책 속으로

이 책은 크게 두 부분으로 나뉘어 있다. 전반부는 인간이란 무엇인가 하는 형이상학적 문제이고 후반부는 죽음은 나쁜 것인가, 영생은 좋은 것인가와 같은 가치론으로 구성되어 있다. 저자는 먼저 죽음에 대한 질문에 앞서 인간이란 존재와 사후의 삶, 그리고 시간에 관한 개인의 정체성을 분명히 한다. 그것은 사람들의 일반적인 궁금증, 즉 '사후의 삶은 존재할까?'에 대한 논의를 이끌어 나가기 위함이다.

저자는 사후의 삶이란 단연코 존재하지 않는다고 한다. 죽음이란 삶의 종결인데, 사후의 삶이 존재한다면 그것은 죽음이 존재하지 않는다는 말과 다르지 않기 때문이다. 이 질문은 결국 죽음이란 육체적 죽음을 말하는 것이고 사후의 삶이란 것은 육체적 죽음 이후에도 인간으로서 어떤 삶이 존재하느냐에 대한 궁금증이며, 이는 육체와 독립적인 어떤 존재가 있느냐 하는 문제와 연결된다. 일반적으로 사람들은 이런 존재를 영혼이라 한다.

결국 저자는 죽음의 본질에 대한 질문에 앞서 먼저 해결해야 할 중요한 문제는 육체와 독립된 존재로서 영혼이 존재하는가에 대한 증명이 선행되어야 한다고 본다. 그리고 영혼이 존재한다면 그 영혼은 영원히 소멸하지 않는 존재인가 아니면 육체와 같이 소멸할 수 있는 존재인가도 입증해야 한다고 한다. 저자는 이 문제에서 자신은 영혼이 존재하지 않으며 혹시 존재한다 하더라도 영원히 사는 존재가 아닐 수도 있다는 것이다. 결국 영혼불멸의 이원론과 영혼이란 단지 인간이란 육체의 고도화된 기능으로서의 일원론으로 보는 인간 구성의 본질이 죽음에 대한 본질을 논의하는 데 중요하게 된다.

저자는 여기서 자신은 일원론, 즉 물리주의 입장에 서 있다고 하면서 영혼과 의식의 문제는 철학에 있어서 아직 결판나지 않은 주제라고 한다. 즉 일원론과 이원론은 철학적 승부에 있어서는 아직까지는 무승부이며 현재 영혼의 존재는 독자 자신의 선택의 몫이 될 것이고 한다. 한편 물리주의 입장에 있는 저자는 죽음이란 곧 인간 존재의 완전한 소멸을 의미할 뿐이라고 주장한다.

저자는 후반부에서 죽음은 나쁜 것이고 영생은 좋은 것인가라는 질문을 통해서 어떻게 살 것인가 하는 질문으로 이동한다. 내가 죽음에서 살아남는다면 나는 이 생존을 통해서 무엇을 얻고 싶은지, 살아있음을 통해서 내가 원하는 가치를 얻을 수 있을지에 대한 문제를 제기한다. 저자는 여기서 영생이 꼭 좋은 것만은 아니라는 논리를 전개한다. 예를 들자면 고통스러운 삶이 영원히 지속된다면 어느 누가 영생을 원하겠는가?

혹은 아무리 자기가 좋아하는 일을 한다하더라도 그것을 영원히 한다면 누구나 그 일을 지루해할 수밖에 없다는 것이다. 영원히 지루한 일을 하면서 살아가야 한다면 그것은 좋은 것이라고 할 수 없다. 영생이라는 것이 처음에는 천국처럼 느껴진다 하더라도 그 천국은 언젠가는 지옥이 되어 버린다는 것이다.

그런 점에서 어쩌면 죽음이란 영원한 형벌과도 같은 영생으로부터의 유일한 탈출구가 될 수도 있다는 것이다. 반대로 우리의 삶이 유한하다면, 육체적 죽음이 우리 삶의 완전한 소멸이라면 그것은 나쁜 것인가라는 질문에서 저자는 오히려 삶이 유한하기 때문에 삶이 귀하고 소중할 수 있다는 논리를 전개한다. 다이아몬드나 에메랄드가 지천에 깔려 있다면, 만일 그것이 흔하디 흔한 조약돌 같다면 그것이 우리에게 보석으로 가치가 있을까? 마찬가지로 삶이 무한하다면 삶은 그리 가치 있는 무엇이 될 수는 없을지도 모른다. 열심히 살 이유가 없어진다. 생명의 존귀함이라는 것은 없을 수 있다는 것이다.

저자는 영생에 대한 막연한 염원이나 죽음에 대한 공포로 인해 간과하고 넘어가는 중요한 질문을 지적한다. 그것은 "내가 생존해 있을 것인가?"가 아니라 "생존을 통해 내가 원하는 가치를 얻을 수 있을까?"라는 것이다. 비물질적인 존재인 영혼이 영원한 삶을 누린다하더라도 내가 얻고자 하는 어떤 가치를 가지고 있지 못하다면 그런 영생은 의미가 없을 것이다. 그러나 살아있지 않더라도 얻고자 한 무엇을 이미 얻었다면 나는 이미 충분한 삶을 가지고 있다는 것이다.

여기서 저자는 정작 중요한 것은 삶의 전략으로서 어떻게 살 것인가, 삶의 진정한 가치는 무엇인가, 삶과 죽음을 바라보는 바람직한 태도는 무엇인가를 진지하게 생각해야 함을 지적한다. 결국 죽을 운명이라는 진실에 직면할 때, 삶을 더 신중하게 바라보고 가장 가치 있는 삶의 목표들을 설정하며 값진 인생을 살 수 있다는 것이다.

저자는 결론적으로 죽음을 바라보면서 이를 거대한 미스터리, 너무 두려운 나머지 감히 마주할 수 없는 압도적이고 위협적인 대상으로 바라보는 태도는 바람직하지 않다고 한다. 결코 합리적인 태도라고 볼 수 없는 죽음에 대한 두려움을 부적절한 반응이라고 하면서 정말로 중요한 건, 우리는 죽는다는 사실 때문에 잘 살아야 한다는 것이다. 죽음을 제대로 인식한다면 인생을 어떻게 살아야 하는지에 대한 행복한 고민을 할 수 있다고 결론을 내린다.

책을 읽고 나서

저자는 죽음에 대한 막연한 두려움으로 간과하는 중요한 질문으로 삶의 가치와 전략을 이야기하면서 삶의 목표를 생각해 보라고 한다. '살아가는 동안 나는 무엇을 할 것인가? 지금 살아가고 있는 내 인생을 무엇으로 채워야 할까? 어떤 목표를 선택해야 할까? 삶의 의미란 무엇인가? 어떤 목표가 가장 가치 있고 보람 있는 것인가?', 그리고 친절하게 그 전략의 기준으로 성공 가능성의 높고 낮음과 성공으로 달려가는 과정에서 누려야 할 즐거움의 과제에 대한 안내를 제시한다.

그러나 삶의 전략이 성공과 관련된 달성 가능한 무엇에만 의존하는 것은 아니지 않을까? 죽음과 마주하고서 얻어내는 가치와 전략이 능력과 대비되는 성공의 척도, 그리고 일상의 삶의 즐거움에만 있는 것은 아니지 않을까 하는 생각을 해보았다.

저자도 자신의 책에서 다음과 같이 기술한다.

"심장 마비로 쓰러졌다가 수술을 받고 기적적으로 소생한 사람…절체

절명의 순간을 경험한 사람들…. 그들은 진정으로 죽음의 가능성을 믿는다. 이런 경험을 겪고 난 사람들은 흥미롭게도 종종 이런 이야기를 들려준다. '이제 새로운 인생을 살아보고 싶어요. 일찍 퇴근해서 가족들과 많은 시간을 보낼 겁니다. 내가 정말로 좋아하는 일을 하면서, 미래에 대한 걱정과 돈 벌 궁리에서 벗어나고 싶습니다. 그리고 사랑하는 이들에게 사랑한다고 꼭 말할 거예요.'"(p. 280)

철학적 질문이 아니라 죽음에 직면한 사람들의 실존은 자신의 삶에 즐거움이 가득했는지 혹은 자신이 목표로 한 성공적인 삶을 살았는지를 묻지 않는다. 죽음에 직면한 사람들은 관계에 대한 질문을 하고 있는 것이다. 사랑하는 그리고 사랑해야만 하는 사람과 많은 관계를 맺고 그들과 화목한 관계를 형성하며 서로의 사랑을 확인하고 싶어 한다.

저자는 자신의 철학적 질문 속에서 톨스토이의 소설 《이반 일리치의 죽음》이라는 책의 내용을 일부 인용한다. '이반 일리치의 죽음'에서 보여지는 주제들은 용서와 화해와 일치이다. 이반 일리치는 죽음에 대한 고통과 공포에 떨다가 마침내 마지막 순간 아들과의 포옹의 순간에 자신과 가족 간의 용서와 화해, 그리고 일치의 경험을 통해 모든 고통과 공포에서 해방된다. 그는 그 순간 완전한 자유를 얻게 된다. 유한한 생명에 대한 한탄이나 영생을 갈구하는 구걸조차 그에게는 없다.

이러한 문제의식에서 삶의 가치와 전략이 단순히 달성을 위한 목표, 성공이라는 전략, 소소한 행복이나 즐거움만이 아니라 용서와 화해, 일치 그리고 사랑이라는, 철학과는 좀 동떨어진 주제가 죽음에 직면해서 던질 수 있는 보다 근본적인 질문은 아닐까 하는 생각을 해보았다.

의사들, 죽음을 말하다

죽음 준비를 위한
세 의사들의
대담

발제 고 조용남, 글 장진영(웰 다잉 리더코치)

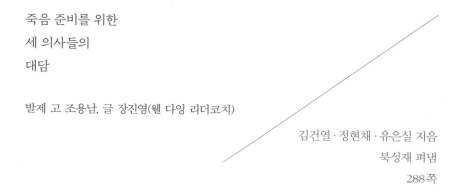

김건열 · 정현채 · 유은실 지음
북성재 펴냄
288쪽

"자네는 하는 일이 뭔가?"

"네, 웰 다잉 코치예요." 선배님들이 나를 보면 늘 하는 질문이다.

"공대생이 참으로 특이한 직업을 가졌네. 웰 다잉? 그런데 그게 뭐지?"

"지금 이 순간, 나의 죽음을 미리 생각해 보고, 자신만의 구체적인 설계도를 짜놓으면, 죽는 그 순간까지 신나게 살 수 있거든요. 그런 죽음을 바로 '웰 다잉'이라 하지요. 저는 그 과정들을 도와주는 사람이에요."

"죽음? 지금 사는 것도 바쁘고 버거운데, 벌써 죽음을 생각하라니, 그건 조금 더 나중에 생각해야 하는 거 아닌가?" 이럴 땐 안타깝지만, "아, 네…언제라도 필요하면 연락주세요. 기꺼이 도와드리겠습니다" 하고는 주제를 다른 데로 돌리곤 한다.

나의 직업은 웰 다잉(well-dying) 코치다. 2011년 외삼촌의 권유로 각당복지재단의 '삶과 죽음을 생각하는 회'를 알게 되었다. 그곳에서 처음으로 죽음 교육을 받고, 웰 다잉 교육 분야에 본격적으로 발을 들이게 된다. 그리고 지난 10년 동안 나는 완전히 변화된 삶을 경험하고 있다. 현재를 중심으로 과거부터 미래까지 나의 삶이 체계적으로 수납이 되었다고나 할까?

인생의 구체적인 지도를 가지고 사는 삶은 무척 단순하고 행복하다. 우선순위가 명확하니 쓸데없이 방황할 필요가 없다. 이렇듯 나에게 '죽음학'이란 중년의 나를 급진적으로 변화시키고, 진정한 나를 찾도록 이끌어준참으로 고마운 학문이다.

나를 변화시킨 죽음 공부

"우리나라에서도 몇 년 전부터 많은 분이 죽음 문화의 정착을 위해 노력을 해 오고 있다는 것은 희망적인 사실입니다. 죽음 준비 교육에서 선구자적인 역할을 하는 단체가 1991년 창립된 '삶과 죽음을 생각하는 회'입니다. 오래전부터 죽음 준비 지도자 과정, 웰 다잉 교육 지도자 과정 등에서 수강생을 등록받아 체계적인 교육을 해오고 있고, 웰 다잉 강사양성 교육을 전국으로 확대하는 사업을 해오고 있습니다. 웰 다잉 연극공연과 더불어 매달 웰 다잉과 관련된 책들을 읽고 발표하는 '메멘토 모리 독서모임'도 역사가 오래된 훌륭한 모임입니다."(p. 220, 정현채)

읽어도 읽어도 계속 새로운…

《의사들, 죽음을 말하다》는 2014년, 죽음에 남다른 관심을 가진 서울의대 출신 선후배 교수 세 명이 모여, 죽음에 대한 실질적이고 포괄적인 내용을 모아 대담식으로 엮어 만든 책이다. 이 책의 세부적인 내용은 자신들이 죽음에 관심을 두게 된 이유, 그동안 강연해 온 내용, 연명치료와 자연사, 안락사, 존엄사에 관한 구체적인 사례와 설명 그리고 죽음의 질에 결정적인 도움이 되는 완화의료에 대해 환자의 눈높이로 자세히 소개하고 있다. 특기할 만한 것은 책 속의 책처럼, 주제마다 참고문헌이 될 만한 다양한 책들의 내용을 인용하며 그 책들을 소상하게 소개하고 있어 상황에 따라 참고서적들을 찾아가며 더 깊이 공부할 수 있도록 도와준다는 점이다.

그리고 혹시 질문이 생기면 정현채 선생님이 운영하시는 '죽음학 카페'에 들어가 공유되는 자료를 참고해도 상당한 도움을 얻을 수 있다. 한마디로 이 책은 의사나 일반인 모두에게 한국 실정에 맞게 최적화한 '죽음교육 안내서' 같은 역할을 하고 있다. 또한 이 책의 저자 세 사람은 서로 각자의 현장에서 환자들의 죽음 문제를 직면하며, 실제 자신들이 먼저 실천하며, 주변의 산재한 죽음 문제에 대해 깊이 고민하고, 연구하며 각자의 방법으로 산 교육을 펼치고 있다. 또한 이 책은 이런 주제들을 전문가의 입장으로 다뤄낸 첫 번째 책이라는 데 상당한 의의가 있다.

서울의대 소화기내과 교수로 재직하셨던 정현채 박사님(66세)의 경우, 지금까지 해온 죽음학 관련 강의만 600회가 넘는다고 한다. 아마도 죽음 분야 우리나라 최고의 강사일 듯하다. 2018년 침윤성 방광암 진단을 받고 수술 후 은퇴하고 현재는 제주도에서 자신의 온 삶 전체로 웰 다잉을 실천하고 있다. 그리고 연배가 가장 많으신 김건열 박사님(88세)은 서울대 호흡기내과 교수 재직 시절 보라매 병원 사건을 바로 옆에서 안타깝게 지켜보신 걸 계기로, 오랜 세월 많은 연구와 공부로 《존엄사》라는 책을 1, 2, 3시리즈로 출간하셨다.

마지막으로 홍일점이신 아산대학병원 병리과 교수 유은실 박사님(63세)의 이력 역시 아주 독특하다. 의사면서 영문 번역가로 더 유명하다. 다량의 의학잡지를 번역했고, 도서출판 허원미디어를 운영하고 있다. 한글에 대한 남다른 애정으로 2018년에는 《한글, 자연의 모든 소리를 담는 글자》라는 단행본을 펴냈다. 그녀는 이 책을 영어, 일어, 프랑스어, 중국어로도 냈다고 한다. 그녀가 운영하는 '북성재'라는 공간에서 2009년 다섯 번에 걸친 정현채 박사님의 죽음학 강의를 시작으로 2013년 3월부터 11월까지 9회에 걸쳐 일반인을 대상으로 죽음학 강의를 들을 수 있도록 자리를 마련했다. 그리고 울산의대에서 4학년 학생들을 위해 정현채 박사님을 초대해 죽음학 특강을 하게 했는데, 이것은 우리나라 의과대학에서 처음 시도되는 10시간 연속 죽음 강좌였다고 한다. 이 책은 이런 세 사람이 그동안의 모든 경험과 지식을 쏟아부어 만든 책이다.

믿음의 단계에서 앎의 단계로

"사후세계를 이야기할 때, 에너지를 언급하는 사람이 많습니다. 우주적인 개념에서 우주를 양자역학적 에너지가 우리를 싸고 있고, 생명의 발생으로부터 죽을 때까지 그리고 죽은 후의 의식세계에 이르기까지 이 모든 것을 양자역학적 에너지, 즉 전자파로 이야기할 수도 있습니다. 심지어 사람의 의식도 양자역학 장이고, 사람이 죽게 되면 평소에 그 사람이 가지고 있던 그 의식세계의 에너지가 남게 되고, 사후세계에서는 같은 전자파를 가진 존재들이 같이 모여 공동의 커뮤니티를 형성해서 서로 소통을 하고 있다고 설명하기도 합니다. 즉 에너지의 형태로 사후세계가 있다는 이야기입니다."(p.161, 김건열)

"사후세계에서는 같은 전자파를 가진 존재들이 같이 모여 공동의 커뮤니티를 형성해서 서로 소통을 한다"는 말이 나를 한없이 설레게 한다. 천국이 바로 그런 곳이 아닐까? 이 책이 특히 탁월한 점은 이렇게 사후세계에 대한 설명을 과학적인 자료들을 바탕으로 논리적으로 풀어주었다는 점이다. 좀처럼 설득이 어려운 공대생들에게도 설명이 가능할 듯하다.

나에게 죽음이란 도대체 어떤 모습일까?

내가 처음으로 죽음을 접하게 된 것은 23살, 미국에서였다. 그날 나는 내가 사는 곳에서 3시간 정도 떨어진, 곧 진학하게 될 대학을 방문 중이었기에 안타깝게도 죽음의 그 순간을 직접 경험할 순 없었다. 하루 일정을 마치고 저녁 늦게 집에 도착했을 때, 우리 집은 환하게 불이 켜져 있었고, 아파트 현관 앞엔 평소 친하게 지내던 오빠가 초조한 모습으로 나를 기다리고 있었다.

지금 생각하니 바로 그 순간, 나를 스치는 찰나의 불길함 같은 게 있었다. 그는 아주 조심스럽게 "진영아. 어머님이 돌아가셨어." 이렇게 말했다. 머리끝에서 발끝까지 강력한 무언가가 주르륵 흘러가는 느낌, 지금도 그 순간을 잊을 수가 없다. 그리곤 그다음부터 일명 공황상태. 갑자기 모든 것이 멈춰진 듯, 놀라서 달려온 친지들이 나를 걱정스럽게 바라보는 눈빛 외에는 그 어떤 소리도 감각도 느낄 수가 없었다.

태연한 척, 상주의 역할을 하며 그렇게 그 밤을 보냈다. 엄마를 내 눈으로 직접 봐야 한다는 생각 외에 그 어떤 생각도 할 수 없었기에 아마도 그리 무섭게 침착할 수 있었나 보다. 다음 날 아침이 되어 비로소 나는 장례식장에 고이 누워계신 엄마를 볼 수 있었다. 어떤 모습일까 너무나 떨렸는데, 평소 좋아하던 하얀 모시 한복의 엄마는 정말 고왔다. 주무시는 듯 평온한 엄마의 모습이 죽은 사람이라고는 도저히 믿기질 않아서, 살며시 엄마의 손을 잡았다. 그때 느껴지는 차디찬 냉기, 비로소 그때 싸늘한 주검을 실감했다.

백설 공주처럼 아름다운 관에 평온히 누워 있는 나의 엄마, 그런 엄마를 보며 어린 나이였지만, 차마 울 수가 없었다. "엄마, 나 이제 다 컸으니깐 걱정하지 마세요. 잘 살게요." 이렇게 말하곤 엄마를 보내드렸다. 평소 저혈압이셨던 엄마는 "난 죽는 건 두렵지 않은데 혹시 갑자기 쓰러져서 평생 누워 있어야 하는 그런 상태로 늙는 게 제일 무서워. 자듯이 죽는 게 소원이야!"라고 늘 입버릇처럼 말씀하시곤 했었다. 그러니 그리도 원하시던 소원을 이루신 거다. 그것도 49살, 지금의 나보다 10살이나 어린 나이에, 집에서 주무시다가 심장마비로 그렇게 엄마는 내 곁을 떠나가셨다. 다음날 교회에서 장례식을 치르고 시카고에 있는 공원묘지에 엄마를 묻었다. 그날 하필 여름학기 수업이 시작되는 날이라, 나는 바로 학교로 곧장 가야 했다. 그리고 아무 일도 없다는 듯 공부를 했다.

아무도 나에게 무슨 일이 있었는지 눈치채지 못했다. 나 자신조차 꿈을 꾸고 있다고 생각했으니까. 그때 묻어두었던 상실의 슬픔은 35년이 지난 어느 날, 또 하나의 커다란 상실을 맛보며 한꺼번에 터져버렸다. 울고 또 울었다. 이것이 내가 경험한 첫 죽음의 기억이다. 우리는 죽음을 통해 가장 큰 배움을 얻는다.

사람은 어떻게 죽는가

죽음에 이르는
대표적 질병 여섯 가지와
감동의 메디컬 에세이

김기혜(수선화 원장)

셔윈 눌랜드 지음
명희진 옮김
세종서적 펴냄
368쪽

　　　　　　예일대학교 의대 교수이자 의사이면서 작가인 셔윈
눌랜드(Sherwin B. Nuland)는 40여 년간 수많은 죽음을 보아왔다. 이 책(원
제 How We Die)은 죽음으로 이끄는 가장 큰 요인인 심장질환, 노화, 알츠
하이머 질환, 살인과 자살, 에이즈와 암을 앓는 환자들의 사례를 상세히
들면서 죽음의 과정을 솔직히 알려준다.

　우리는 내 앞에 죽음이 얼마만큼 다가와 있는지 알지 못한다. 다만 확
실한 것은 누구나 고통 없는 죽음을 맞이하고 싶다는 간절한 희망을 갖
고 있다. 사랑하는 사람들 속에 둘러싸인 채 평화롭게 마지막 순간을 보
낸 뒤 눈을 감고 싶어 한다. "오, 주여. 우리들 각자에게 알맞은 죽음을
주소서"라고 노래한 라이너 마리아 릴케처럼 말이다. 그러나 문제는 이
죽음이 원하는 대로 오지 않는다는 사실이다.

책 속으로

나이가 들면 누구나 인생의 끝인 죽음에 대해서 심각하게 한 번쯤은 생각하게 되며, 대부분은 고통 없이 가능한 품위를 지키며 평온하고 아름다운 죽음을 맞이하고 싶어 한다. 그러나 "육체가 무너지면 존엄성을 추구하고자 하는 그 욕구도 자연히 따라서 무너져 내리게 된다."(p.14) 요즘은 만성으로 병석에 오랜 기간 누워 지내는 일부 환자 외에는, 거의 병원에서 사랑하는 가족들과 격리된 채 쓸쓸히 눈을 감는다고 한다. 최신식 장비들과 진보된 의술로 환자들이 위험한 고비를 넘기고 생명이 연장되고 있지만, 그러나 대부분은 인간의 '존엄성'이라든가 죽음의 '예의' 나 '미학' 따위는 전혀 찾아볼 수 없는, 깊고 깊은 고통을 겪으며 쓸쓸히 죽어간다.

"의사들은 사망진단서에 의무적으로 뇌졸중, 심장마비, 폐부종 같은 사인들을 기록하지만, 그들이 숨을 거두는 진짜 이유는 다 낡아빠진 신체조직 때문이다."(p.76) 우리는 "육체가 노쇠와 죽음을 향해 끊임없이 그리고 민감하게 나아가고 있다는 사실을 자신의 일로 현실감 있게 받아들이지 못하고 있다."(p.84) "심근세포는 신경세포처럼 재생될 수 없다. 낡아지면 그냥 죽어버린다는 얘기다. 오랜 세월에 걸쳐 신경세포와 심근세포의 원기 회복력은 점차 떨어진다. 나이가 들면 치아가 하나둘씩 빠져나가듯 심근세포들이 계속 죽게 되면, 심장은 그만큼 힘을 잃게 된다. 더러는 뇌나 중추신경계에서도 같은 현상이 일어난다."(p.88) "심장과 함께 혈관도 나이가 들어감에 따라 타격을 입는다. 동맥의 벽은 나이에 비례해 두터워지고 탄력성을 잃어버려, 수축도 이완도 할 줄 모르는 경직된 혈관으로 바뀌고 만다. 그러면 근육과 각 신체조직에 필요한 혈액을 공급하는 메커니즘에 이상이 생긴다."(p.89) 신장과 방광도 노화하여, 소변을 많이 담지 못하고, 소변을 자주 본다. 정신력도 떨어져 점점 쉽게 망각하고, 신경질적으로 변하고, 피부는 늘어진다.

"하늘 아래 모든 것에는 시기가 있고 모든 일에는 때가 있다. 태어날 때가 있고 죽을 때가 있으며 심을 때가 있고 심긴 것을 뽑을 때가 있다"라는 전도서의 한 구절이 아니더라도 죽음의 시점은 각자의 세포와 기관이 다른 모습으로 파괴되는 노령화, 즉 이미 정해진 프로그램에 따라 진행된다는 것이다. 그럼에도 우리는 중요한 결정을 해야 할 때가 있다.

"인생을 살 만큼 산 노인 환자의 경우, 설사 암의 진행 속도를 늦추고 어느 정도 치유될 가능성이 있다고 하더라도 과연 죽음보다 더 고통스러울 수도 있을 화학요법과 수술을 받아야만 할 것인가? 또 대뇌혈관의 경화로 내년이면 거의 죽을 수밖에 없는 환자가 그 고통스러운 치료를 받아야만 할 것인가?"(p.126)

"이러한 노력은 모두 부질없는 짓으로, 결국 우리의 품위만 떨어뜨릴 뿐이다.…인간은 한번 태어난 이상 반드시 죽는다.…생에 정해진 한계점이 있다는 사실을 담담히 받아들일 때 비로소 인생은 균형 있는 조화를 이룰 수 있다. 모든 즐거움과 성취감, 그리고 고통까지도 받아들일 수 있는 인생의 틀이 완성되는 것이다. 자연이 내린 한계를 억지로 뛰어넘으려는 사람은 자기 인생의 틀을 잃어버리게 된다."(p.130)

"전반적으로 볼 때, 많은 사람이 반가사 상태나 완전한 코마 상태에서 '무의식이면서도 편안하게' 죽음을 맞이한다. 또한 정말로 운이 좋은 사람들은 생의 마지막 순간까지 또렷한 의식 속에서도 평온한 모습으로 숨을 거둔다. 그러나 수천 명의 사람들이 비명 한 번 못 지르고 즉사하거나 치명적인 외상을 입어 마지막 공포에서 해방된 채 편안히 눈을 감는다. 그러나 이 모든 것을 다 감안한다고 해도, 다섯 명 중의 한 사람보다는 적은, 훨씬 적은 수만이 축복 속에 눈을 감을 수 있다. 그리고 그런 행운 아들조차 영혼과 육신이 분리되는 순간에만 고요함과 평온함을 느낄 수 있을 뿐, 죽음의 순간에 도달하기까지는 며칠 혹은 몇 주씩 정신적 고뇌와 육체적 고통으로 몸부림을 친다."(p.202)

"당뇨, 암, 췌장염, 간경변, 열상과 같은 질환의 말기에는 마지막 비수를 꽂기 위해 패혈증이 찾아든다.…패혈 쇼크로 인해 숨을 거두는 환자가 겪는 고통은 차마 옆에서 눈뜨고는 보기가 힘들 만큼 지독하다."(p.208) 그리고 자살처럼 자기파괴적인 행동으로 생을 다하지 못한 죽음에 대해서는 부당한 행위로 인식되긴 하지만, 그렇지 않게 받아들일 수 있는 상황도 있다. "'불구'의 노인이 도저히 견디어낼 수 없는 고통에 처했을 때와 '질환의 말기'에 처한 환자가 '마지막' 시점에서 견디기 힘든 고통에 유린당하고 있을 때가 그것이다."(p.213) 노인들로 하여금 남은 미력이라도 있을 때 스스로 결심한 바를 실행하도록 도와주어야 한다고 주장하는 의사도 있다. "전혀 가능성이 없는 화학요법으로 더 이상 몸을 망치고 싶지 않다는 강한 결심과 죽음의 공포보다는 몸과 영혼을 갉아먹는 치료 과정이 더 두렵다는 뜻을 확실히 표명"(p.218)할 때, 그 환자의 요구를 실행에 옮길 수 있도록 도와주는 의사가 생겼다. 그래서 최근에 안락사에 대한 논의를 활발히 하고 있는 나라가 많아졌고, 네델란드, 스위스에서는 이미 실행하고 있다고 한다.

남아있는 삶을 스스로 정리할 수 있도록 의사나 가족들이 도와주려 해도 다가오는 죽음을 순순히 받아들이는 환자는 그리 많지 않다. 누구도 거부할 수 없는 죽음 자체를 인정하지 않으려는 것이다.

저자는 말한다. "내게 마지막 시간이 찾아왔을 때, 생을 좀 더 연장하기 위한 헛된 노력 따위는 하지 않을 것이며, 그로 인한 공연한 고통은 더더욱 받지 않을 생각이다. 바로 이러한 결심이 내가 지니고 있는 '희망'이다. 나는 홀로 버림받은 채로 죽지 않겠다는 결심 속에서, 또 내게 허락된 인생을 후회 없이 즐기는 속에서 그 희망을 찾고 있는 중이다. 내게 주어진 시간을 최대한 보람 있게 이용하다가 내가 사랑하고 또 나를 사랑하는 사람들 속에서 아름다운 추억들을 간직한 채 죽어갈 것이다." (p.352)

"신앙이나 내세에 대한 믿음에서 희망을 찾는 사람도 있을 것이고, 혹자는 자신이 세운 목표를 향해 나아가는 과정이나 그 목표의 완전한 성취를 희망으로 삼기도 한다. 심지어 자신이 죽을 시간을 스스로 결정할 수 있을 만큼 강한 결단력에 희망을 두고 있는 이들까지 있다. 실제로 그런 사람들은 자살을 감행하기도 한다. 그 형태가 어떤 것으로 나타나든 우리들 각자는 자기 나름대로의, 진정으로 원하는 희망을 찾아야만 한다."(p.352)

"모든 환자들은 자신의 질병이 어떠한 것인지, 질환의 초기뿐 아니라 말기에 이르기까지 치료에 관한 전 과정과 그에 따른 결정이 누구에 의해 어떻게 내려져야 하는가를 알아야만 한다. 자신의 운명에 대해서는 자신이 알아야 할 권리가 있기 때문이다. 또 치료 과정에 대한 모든 판단은 환자와의 논의를 통해 환자의 의견이 존중되는 쪽으로 내려져야 한다. 그러기 위해서는 환자에게, 정상적인 신체 기능들이 질병의 의해 어떻게 변해 가는지를 알려주어야 한다. 즉 환자들에게 질환에 대한 상세한 정보를 제공해 정확한 판단을 내릴 수 있는 근거를 마련해 주어야 한다는 것이다. 물론 암 등 대부분의 질환에는 일반인인 환자들이 쉽게 이해하기 어려운 부분이 많긴 하다. 하지만 아무리 어려운 내용이라 할지라도 환자를 무시해서는 안 된다."(p.357)

책을 읽고 나서

"죽음은 새로운 시작이며 우리가 영원히 이 땅에 살기 위한 통과의례라는 생각과 매 순간순간이 마지막이라는 태도로 생을 일궈나가는 것이 가장 바람직한 삶의 자세일 것이라고 생각한다."(p.358)

저자는 "전문의에게 나의 마지막 순간에 대한 결정권을 이양하지 않을 것이다. 내 나름대로 내 식대로 결정하거나 아니면 나를 제일 잘 아는 사람과 의논해 결정할 생각이다. 너무 병세가 심해서 의식이 아주 없거나 존엄성을 지니지 못한 채 죽을 수도 있겠지만, 어쨌든 나를 전혀 모르고 이해하지도 못하는 전문의에게 맡겨지지는 않도록 노력할 것이다.(p.365)" 라고 말하며 이 책을 끝맺었다.

사랑했던 가족이나 친구가 존엄한 인간성을 잃어버린 채 한갓 임상실험 대상으로 변해가는 현실에 우리 모두는 고통스러워할 수밖에 없다. 죽어가는 당사자에게 '멋진 죽음'이란 대체 어떤 모습으로로 나타나는 걸까? 그리고 그렇게 멋진 죽음을 맞을 수 있도록 환자를 도울 만한 사람이 주변에 얼마나 될까? 죽음을 목전에 둔 환자에게 현실을 직시할 수 있도록 도와주어야 한다.

{ 2010년 3월 30일 }

떠남 혹은 없어짐

죽음의
철학적
의미

김선숙(행복한 노년문화연구소 소장)

유호종 지음
책세상 펴냄
154쪽

　　　　　모든 생명체는 잉태됨과 동시에 죽음도 함께 공존한
다. 태어나면 언젠가는 반드시 죽게 되어 있는데, 그 시점이 언제인지 모
를 뿐 아니라, 죽음 후에 어떻게 될지 모른다는 게 문제라고 볼 수 있다.
뿐만 아니라 죽음에 대한 분명한 입장 없이는 삶에 대한 입장도 분명해
지지 못한다. 이러한 죽음에 대한 문제들은 시대를 막론하고 기본적으로
는 같지만, 죽음을 문제시하고 논의하는 구체적인 양상은 시대에 따라
차이가 있다. 한국에서의 죽음에 대한 탐구와 논의는 빈약한 편이지만,
최근 생명의료윤리 분야의 물음들에 대한 논의는 어느 정도 이루어지고
있다. 그러나 철학계에서의 죽음 탐구와 논의는 이루어지지 않고 있는데,
그것은 사람들이 죽음에 초연하지도 못하면서 죽음에 대해 생각하고 논
의하는 것 자체를 꺼려하기 때문이라고, 저자는 말한다.
　　물론 죽음에 대한 최종 입장들은 주관적일 수밖에 없다. 그럼에도 죽

음에 대한 이성적 탐구 과정을 거쳐 그 입장들의 타당성을 검증할 수 있다면, 과학적 조명이 갖는 한계를 분명히 하고, 공동의 이성적 논의가 이루어져야 한다. 저자는 죽음에 대한 논의가 본격화되어야 한다는 문제의식을 갖고, 죽음에 대한 물음들 중 인식적, 정서적, 실천적인 측면에서 대표하는 질문들 세 가지를 다음과 같이 제시하고 전체 네 장으로 나누어 문답식으로 다루었다.

첫째, 인식적 차원의 물음은 '죽은 후 나는 어떻게 될까?'이다

대답은 시대와 사회에 따라 많이 다르다. "가령 죽은 후에 '나는 더 이상 존재하지 않는다'고 생각하는 사람은 이 지상에서의 행복만을 염두에 두고 살 것이다. 반면 죽은 후에 심판이나 윤회가 있다고 믿는 사람은 죽음 이후도 대비하는 삶을 살아갈 것이다."(p.35) 많은 현대인은 '나의 죽음 이후는 무(無)'라고 보는 죽음관, 즉 '죽음 이후 의식 주체로서의 나는 영원히 소멸한다'는 죽음관을 갖고 있다고 한다. 이와 같이 죽음 이후가 어떤가에 따라 죽음에 대한 우리의 태도나 행동 역시 달라진다.

죽음과 관련해 우리가 어떤 태도를 갖고 어떤 행동을 취해야 할 것인가를 결정하기 위해서도 사람들은 죽음 이후에 대한 근본적인 문제를 알고 싶어 한다. 사후세계를 경험한 소위 임사 체험자들의 상당수는 그 체험으로 인해 삶의 태도가 이전에 비해 근본적으로 바뀌었다는 증언도 있지만, 저자는 이런 임사 체험자들의 경험에 대해 "현재 나는 이런 방법들로 과연 죽음 후에 대해 알 수 있는지에 대해 분명한 입장을 가지고 있지 못하다"(p.63)고 한다. 그러나 저자의 의견처럼 우리의 경험이 허상이라고 하더라도 우리가 살아있는 한 이런 참인 명제가 절대적 참은 아닐지라도 무시할 수는 없다고 본다.

둘째, 정서적 차원의 물음은 '나의 죽음 이후는 무'라고 가정했을 때, '나의 죽음은 정말 나에게 나쁜 일인가?'이다

죽음에 대한 우리의 태도는 '죽음이란 어떤 것인가'에 대한 판단에 따라 달라지는데, 이 때 죽음의 가치에 대한 평가가 중요하다. 예를 들어, 내가 죽음을 이 세상에서의 고통과 고난에서 벗어날 수 있는 피난처라고 생각하며 편안함을 느끼거나 비약과 초월의 계기로 간주한다면 죽음을 직시하며, 좀 더 담담하게 죽음을 받아들이게 될 것이다. 이런 긍정적인 정서에서는 죽음이 문제가 되지 않는다.

반면에 죽음이 두려움, 공포나 허무감으로 다가와, 죽음을 벗어나고 싶은 부정적인 것으로 본다면 죽음을 생각하는 것조차 꺼려지며 두려운 태도를 갖게 될 것이다. 바로 이럴 때 문제가 된다. 보통 감정이란 수동적인 성격이 강하지만, 죽음에 대해 갖는 두려움이나 부적절한 생각에 대한 잘못된 믿음을 인식하고, 부정적인 감정을 개선하려고 노력한다면 이런 감정은 바뀌어질 수 있을 것이다.

가령 네이글(T. Nagel)은 죽음은 그 자체로 '삶이 가지고 있는 모든 좋은 것들을 끝내버린다'는 점에서 악이며 나쁘다고 한다. 이런 견해를 편의상 '박탈이론'이라고 칭한다. 펠드먼(F. Feldman)은 나쁨에 대해 '어떤 사람 A에게 대상 b가 존재할 때와 존재하지 않을 때를 고려하며 말하기보다는 '모든 것을 고려할 때의 나쁨' 여부라고 생각했다. 펠트먼은 두 종류의 가치를 '내재적 가치'와 '모든 것을 고려한 가치'로 구분하는데, 저자는 이를 '내재적 가치'와 '비교적 가치'로 칭한다. "내재적 가치란 한 사물이나 사건이 그 자체로 가지고 있는 가치이고, 비교적 가치란 그 사물이나 사건의 내재적 가치를 다른 사물이나 사건의 내재적 가치와 비교했을 때의 비교량이다." (p. 79)

펠트먼은 죽음에 대해서 내재적 가치를 더 중시하는 반면, 박탈이론 지지자들 대부분은 비교적 가치를 더 중시하여 죽음을 나쁜 것이라고 평가한다. 하지만 삶의 의욕을 완전히 상실한 시한부 환자의 경우, 연장될 삶이 전체적으로 부정적인 가치를 가지게 된다면 그의 실제 죽음은 비교적으로 좋은 것이 된다고 인정하는 박탈이론 지지자도 있다.

박탈이론 지지자들이 주장하는 '자기 죽음은 많은 경우 자신에게 나쁘다'는 주장을 하기 위해서는 '죽음과 당연히 비교되어야 할 다른 삶'이 있어야 설득력이 있다고 하는데, 이때 비교 대상은 '자기가 당연히 누려야 할 삶'이다. 마땅히 누려야 할 삶에 대해 저자는 '이 세상에 태어날 이유가 있어서 태어난 것이 아니라, 다만 부모로부터 우연히 태어난 것이다'라고 말한다. 즉 "나의 실제 삶을 이 '마땅하게 누려야 할 삶'과 비교한다면 나의 삶은 모두 일종의 덤이며 나에게 우연히 주어진 선물이었음이 판명된다.

그렇다면 나의 죽음은 본래 내 것이거나 당연히 내가 누려야 할 무엇을 나에게서 빼앗아가는 것이 아니라 다만 선물이 끝났음을 보여주는 셈이다. 그렇다면 (사회적 의무를 위반한 누군가에게 살해당한 죽음은 제외하고) 그 죽음을 나쁜 것이라고 보기는 어려울 것이다."(p. 97) 삶 자체가 선물이며, 죽음은 다만 선물이 끝난 것이지 권리 침해로 볼 근거가 없다는 말에는 적극 공감을 한다. 다만, 우리가 이 세상에 태어날 이유가 있어서 태어난 것이 아니라 우연히 태어난 것이라는 말에는 이견이 있다. 내가 어쩌다가 우연히 태어났다고 가정한다면 삶의 의미나 죽음의 의미가 완전히 달라진다. 삶에 대한 의미와 목표, 가치가 무엇인가에 따라 죽음에 대한 가치도 달라지기 때문이다.

셋째, 실천적 물음인 '뇌사자에게서 장기를 적출하는 것은 가능한가'와 '인간은 어느 시점부터 죽었다고 볼 수 있는가?'

어떤 사람이 죽음에 이르렀는지, 그렇지 않은지를 판정하는 것은 매우 중요한 일이다. "심장과 호흡의 불가역적인 정지를 의미하는 심폐사에 이른 자만을 죽은 것으로 보는 입장과 심폐사한 자 외에 두뇌 전체의 불가역적인 정지를 의미하는 뇌사한 자 역시 죽은 것으로 보는 입장이 맞서고 있는 것이다."(p. 101) 물론 "뇌사 상태 환자는 대개 며칠이나 몇 주 안에 폐나 심장에 합병증이 생겨 심폐사한다(3일 이내 약 50%, 10일 이내 90%). 그리고 뇌사 상태는 자발 호흡이 불가능하고 회복 가능성이 전혀 없다는 점에서, 자발 호흡이 가능하고 회복 가능성이 남아있는 식물인간 상태와는 구별된다."(p. 102) 뇌사 상태를 죽은 것으로 볼 것인가 말 것인가에 대한 입장 차이가 생긴 것이다. 죽음의 기준에 대한 합의의 부재로 죽음의 판정에서 불일치가 일어나, 죽은 자에 대한 태도나 행위에서도 혼란이 빚어지고 있다.

죽음의 기준에 대한 입장에서 "'사회적으로 바람직한 결과'로 가장 염두에 두는 것은 장기 이식에 사용될 심장, 간, 폐, 췌장과 같은 중요 장기의 확보다. 즉 이런 중요 장기를 쉽게 확보할 수 있게 하는 방향으로 죽음의 기준을 정해야 한다는 것이다. 그리고 그렇게 정할 때 심폐사뿐만 아니라 뇌사도 죽음의 기준 중 하나가 된다는 것이다."(p. 104) 하지만 장기 이식의 필요성 때문에 사람들이 죽음의 기준에 대해 논할 때 '뇌사자는 죽은 자이므로 그의 중요 장기를 적출하는 것은 정당화된다'고 중요 장기 확보라는 특정 결과만을 위해 죽음의 기준을 정하는 것은 바람직하지 못하다. 죽음의 기준을 심폐사라고 주장을 할 때, 뇌사자를 과연 죽은 자로 부를 수 있을까? 뇌사자는 산 자도 아니고 죽은 자도 아닌 단계로 인정하는 삼분법적 시각으로 보아야 한다고 저자는 말한다. 다만 장례 지낼 수 있는 죽음의 기준은 뇌사가 아닌 심폐사만이다. 저자는 뇌사 상태에 장기 적출을 정당화할 수 있는 어떤 특성이 있다면 그 상태가 '죽음'으로 불리든 불리지 않든 장기 적출을 정당화시킬 수 있을 것이라고 주장한다. 또한 장기 적출의 경우 뇌사자 자신에게 어떤 피해를 주는 것도 아니고, 오히려 뇌사자의 장기가 적출되어 다른 사람에게 이식되는 것을 보고 감동을 느끼고 장기 이식 대상자에게는 매우 큰 혜택을 주는 것이다.

책을 읽고 나서

"죽음은 '모 아니면 도'의 사건으로 살아있을 때 겪게 되는 어떠한 중대한 사건도 이 사건에 비하면 별것 아닌 게 될 수 있다"(p.133)는 말에 공감한다. 일반적으로 우리가 죽음으로 인해 분노와 억울함을 느끼는 것은 바로 죽음으로 인해 우리의 권리가 침해를 당했다고 느끼기 때문일 것이다. 그러나 만일 회복 불가능한 병이나 도저히 살 수 없는 상태로 있는 사람에게 죽음이 없다면, 지옥이 따로 없을 것이다.

죽음이 있기에 삶이 축복일 수 있다. 죽음이 있기에 살아있는 동안 최선의 삶을 살 수 있다. 유한한 삶을 의미 있고 성숙하게 살다가 사랑을 베풀고 나누며, 죽음을 잘 맞이할 수 있도록 준비해야 한다고 본다.

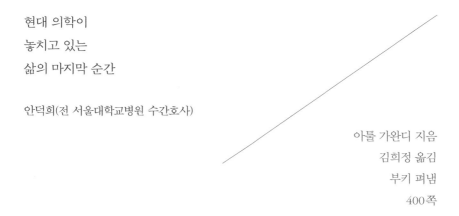

어떻게 죽을 것인가

현대 의학이
놓치고 있는
삶의 마지막 순간

안덕희(전 서울대학교병원 수간호사)

아툴 가완디 지음
김희정 옮김
부키 펴냄
400쪽

저자 아툴 가완디는 인도 출신으로 스탠퍼드 대학교를 졸업하고, 옥스퍼드 대학교에서 윤리학과 철학을 공부하였다. 현재 하버드 의과대학과 보건대학 교수, 보스턴 브리검 여성병원 외과의로 재직 중이다. 〈뉴요커(The New Yorker)〉전속 필자로도 활동하고 있다.

《어떻게 죽을 것인가(Being mortal)》는 우리가 맞이하는 죽음을 어떤 방식으로 받아들이고, 어느 장소에서 어떤 도움을 받고 죽음을 맞이할지에 대해 생각해 보게 하는 책이다. 인도계 미국인 의사인 저자는 부모 모두 의사인 집안에서 자랐고 전공의 1년차 때부터 환자의 죽음과 직면하면서 글을 쓰기 시작했다.

척수종양으로 수술과 회복, 죽음이 임박했을 때 호스피스 간호를 받은 아버지, 아버지의 유언에 따라 인도 갠지스강에서 행한 장례 절차, 인도의 대가족 제도하에서 임종을 맞이한 할아버지의 이야기가 다양한 환경에서 여러 형태로 노년과 신체의 쇠락과 질병, 임종을 맞이하는 미국인 환자들의 사례와 대비되면서, 이 글은 전개되고 있다. 이 책의 내용을 요약해 보았다.

아름다운 죽음은 없다. 그러나 인간다운 죽음은 있다

우리는 태어난 순간부터 성장, 노화, 질병의 과정을 겪고 결국 죽을 수밖에 없는 유한한 생명체이다. 죽음은 실패가 아니며, 지극히 정상적인 일이고 사물의 자연스러운 질서이다. 우리에게 남아있는 문제는 하나, 바로 '어떻게 죽을 것인가'이다. 많은 환자가 요양원, 요양병원, 중환자실 같이 고립되고 격리된 곳에서, 몰 개성화된 일상을 견뎌내면서 치료를 받고 죽음을 맞는다.

독립적인 삶 : 혼자 설 수 없는 순간이 찾아온다

현대화가 야기시킨 문제는 노인들의 지위가 아니라 가족이라는 개념 자체이다. 현대화는 젊은이와 노인 모두에게 더 많은 자유와 통제력을 누리는 삶의 방식을 제공했다. 부모와 자식 양쪽 모두 따로 사는 것을 자유의 한 형태로 받아들였다. 노인들에 대한 존중은 없어졌을지 모르지만, 독립적인 자아에 대한 존중으로 대체된 것이다. 하지만 심각한 질병이나 노환으로 독립이 불가능해지는 때가 온다. 우리가 지향하는 삶의 목표가 독립이라면, 그걸 더 이상 유지할 수 없게 됐을 때 어떻게 해야 할까?

미국에서 혼자 사는 앨리스 할머니는 1992년에 여든네 살이 되었다. 나이는 많았지만 독립 생활을 포기할 별다른 징후는 없어 보였다. 그런데 시간이 지날수록 작은 변화들이 나타나기 시작했다. 자주 넘어지고, 균형을 잘 잡지 못하고 기억이 가끔씩 가물가물했다. 뼈가 부러지지는 않았지만, 가족들은 걱정하지 않을 수 없었다.

오늘날의 모든 가족이 그러듯이 자연스러운 조치로, 할머니를 병원에 모시고 간 것이다. 할머니가 독립적인 생활을 지속할 수 있는 시간은 얼마 남지 않아 보였다. 이에 반해 저자의 할아버지 시타람 가완디는 인도의 대가족 제도하에서 아들 가족과 함께 할아버지가 원하는 방식으로 살고 가족 모두의 지지 하에, 호스피스 간호를 받으며 110세에 가족에게 둘러싸여 임종을 맞으셨다.

무너짐 : 모든 것은 결국 허물어지게 마련이다

노화 과정에 관여하는 단일하고 일반적인 세포 기전은 없다. 몸의 쇠락은 넝쿨이 자라는 것처럼 진행되어 나이가 들면서 그저 허물어질 뿐이다. 그런대로 적응해가며 살다가 어느 순간에 모든 것이 전과는 다르다는 걸 깨닫게 된다. 의학의 힘으로 최선을 다해 여기저기 보수하고 기워가며 유지를 하다가 신체기능이 종합적으로 무너지게 되면 죽음에 이르는 것이다. 혈압을 낮추고, 골다공증을 완화하고, 고장 난 관절, 판막, 치아 등을 교체하면서 중앙관제 센터가 서서히 쇠퇴해 가는 것을 지켜본다.

의존 : 삶에 대한 주도권을 잃어버리다

요양원으로 옮겨진 엘리스 할머니는 사생활과 삶에 대한 주도권을 모두 잃었다. 직원들이 깨우면 일어나고, 목욕시켜주면 하고, 옷을 입혀주면 입고, 먹으라고 하면 먹었다. 또한 직원들이 정해 주는 사람과 같은 방을 써야 했으므로 늙었다는 죄로 감옥에 갇힌 것만 같았다. 아주 나이가 많은 사람들의 경우 두려워하는 것은 죽음이 아니라 죽기 전에 일어나는 일들, 즉 청력, 기억력, 친구들, 지금까지 살아왔던 방식을 잃는 것이다.

도움 : 치료만이 전부가 아니다

아버지를 요양원에 보낸 셸리의 마음을 가장 불편하게 한 것은 직원들의 무관심한 태도였다. 직원들은 자신들이 제공하는 서비스를 '어시스티드 리빙', 즉 일상생활에 도움을 주는 것이라고 부른다. 하지만 삶에서 루 할아버지에게 가장 중요한 관계와 기쁨을 어떻게 하면 유지할 수 있을까에 대해서는 생각해보려 하지 않았다. 그들의 태도는 잔인함보다는 몰이해에서 나오는 것 같았다.

더 나은 삶 : 누구나 마지막까지 가치 있는 삶을 살고 싶어 한다

질병과 노화의 공포는 단지 우리가 감내해야 하는 상실에 대한 두려움만은 아니며 고립과 소외에 대한 공포이기도 하다. 자신의 삶이 유한하다는 사실을 깨닫게 되면, 일상의 소소한 일들에 대해 직접 선택을 하고, 자신의 우선순위에 따라 다른 사람이나 세상과의 연결고리를 유지하고 싶어 하는 것이다.

내려놓기 : 인간다운 마무리를 위한 준비

노화나 질병으로 인해 심신의 능력이 쇠약해져 가는 사람들에게 더 나은 삶을 제공하려면 종종 순수한 의학적 충동을 제한할 필요가 있다. 너무 깊이 개입해서 손보고, 고치고, 제어하려는 욕구를 참아야 한다는 뜻이다. 결국은 죽음이 오고야 마는데도 어느 시점에 치료를 멈춰야 할지 아는 사람은 거의 없다.

심각한 질병을 갖고 있는 사람들에게 가장 중요한 문제는 고통을 피하고, 가족 및 친구들과의 관계를 돈독히 하고, 주변과 상황을 자각할 수 있는 정신적 능력을 잃지 않고, 타인에게 짐이 되지 않고, 자신의 삶이 완결됐다는 느낌을 갖는 것이다. 죽음에 대한 두려움도, 자기 연민도, 다른 희망도 품지 말고 냉정하게 받아들여야 한다.

호스피스 케어는 이런 상황에서 적절한 대안이 될 수 있다. 호스피스 케어는 간호사, 의사, 성직자, 사회복지사, 자원봉사자 등이 모여서 치명적인 질병을 가진 사람들이 통증과 증상을 완화하고 현재의 삶을 최대한 누릴 수 있도록 돕는다. 호스피스 케어는 '어떻게 죽을 것인가'에 대한 새로운 개념을 제공하려고 시도해 왔다.

어려운 대화 : 두렵지만 꼭 나눠야 하는 이야기들

사지마비가 진행되면서 아버지가 가장 소중하게 여기는 것, 즉 독립적인 삶의 균형이 깨지고, 24시간 간호, 산소 흡입기, 영양 공급관이 필요해질 때가 올 것이다. 아버지는 절대 그런 치료를 원하지 않고 그냥 죽는 게 낫다고 하셨다. 두려움을 갖고 아버지의 생각을 확인한 저자는 호스피스 케어를 고려하고 아버지 동의를 얻어 집에서 가정 호스피스 간호를 받았다. "안녕하세요? 통증이 심하세요? 어디가 아프세요? 지금은 어떤 문제가 있으신가요?"

나는 호스피스 간호사가 이런 질문을 통해 중요한 사실 몇 가지를 파악하고 확보했다는 걸 깨달았다. 아버지가 어떤 분인지. 현재 어떤 상태인지에 초점을 맞추고 있음을 분명히 밝혔다. 호스피스는 그런 증상들을 완화시키는 치료에 주안점을 둔다. 환자가 겪고 있는 곤란을 관리할 수 있도록 돕고 완화치료 의사의 도움을 받아 구역질과 통증을 비롯한 여러 증상을 최대한 줄일 수 있도록 약의 용량을 조절할 수도 있다. 가정간병인의 도움, 사회복지사, 영성상담사의 도움, 필요한 의료기구도 공급받을 수 있다.

용기 : 끝이 있다는 것을 받아들여야 할 순간

나이 드는 과정에서는 적어도 두 가지 용기가 필요하다. 삶에 끝이 있다는 현실을 받아들일 수 있는 용기와 우리가 찾아낸 진실을 토대로 행동을 취할 수 있는 용기다. 문제는 그보다 훨씬 근본적인 데, 즉 자신의 두려움과 희망 중 어느 것이 더 중요한지를 판단해야 한다. 용기란 이 두 가지 현실을 모두 인식할 수 있는 힘이다. 우리에게는 행동할 여지가 있고, 자신만의 이야기를 만들어나갈 가능성이 있다.

완화치료 분야

살아가면서 심각한 질병이나 심신에 문제가 생겼을 때마다 우리는 매우 중요하면서도 동일한 질문을 던져야 한다. 지금 이 상황을 어떻게 이해하고 있으며, 이로 인해 어떤 일이 벌어질 가능성이 있는가? 두려운 것은 무엇이고 바라는 것은 무엇인가? 기꺼이 포기할 용의가 있는 것과 그럴 수 없는 것은 무엇인가? 이러한 것을 돕는 최상의 방법은 무엇인가? 죽어가는 환자를 돌보는 문제에서 이런 사고를 도입한 것이 완화치료 분야이다.

책을 읽고 나서

현대의 의학적인 발전과 가족관계의 변화는 우리가 독립적이고 자주적인 삶이라고 주장하는 지금의 삶이 과연 바람직한 건지 생각하게 된다. 미국에서 행해진 다양한 사례가 우리나라에서도 너무나 똑같이 일어나고 있음에 놀라움을 금할 수가 없다. 물론 우리나라는 뒤늦게 연명의료결정법이 통과하여, 자신의 죽음에 대해 생각해보고 무리한 연명의료가 무엇인지 생각해보는 제도가 정착되고 있고, 말기환자가 저렴한 비용으로(정액제 5%) 병원이나 가정에서 받을 수 있는 호스피스 제도도 있다.

죽음이 가까이 오면, 아니 지금부터라도 마무리를 위한 준비를 해야 하지 않을까? 어느 순간에 죽음을 받아들이고 담담하게 받아들일 수 있을지 생각하고, 가족들과 그런 대화와 시간을 미리미리 마련하고 싶다. 과연 그런 용기와 결단력이 있을지 아직은 미지수이다. 이만하면 충분히 잘 살아왔고, 태어나서 해야 할 일은 한 것 같고 지금 눈을 감아도 큰 미련은 없을 거라는 생각은 하고 있으나 실제 닥쳐보지 않으면 잘 모를 일이다.

나는 오래 살고 싶지는 않지만, 지금의 건강 상태가 지속되고, 남편이나 자녀에게 짐이 되지 않고, 요양원이나 요양병원이 아닌 집에서 평안하게 가고 싶다. 그러기 위해 열심히 기도하고, 명상하고, 내려놓고 생활하고 건강관리를 해야 할 것이다. 본래 무에서 태어나 무로 가는 존재이니 무엇을 두려워하고, 욕심을 부릴 것인가?

{ 2018년 6월 20일 }

나를 잊지 말아요

아들이 써내려간
1800일의
이별 노트

김일경(사회복지사, 노인상담사)

다비트 지베킹 지음
이현경 옮김
문학동네 펴냄
330쪽

　　　　　　만일 자신은 멀쩡히 살아는 있는 데 자신이 누구인
지? 또 눈앞에 보이는 사람들이 모두 낯설게 느껴지고, 지금 자신이 있는
곳이 어디인지? 왜 이곳에 와 있는지 모른다면 어떤 느낌이 들까. 생각만
해도 아찔한 풍경이다. 정신병 환자가 아니라면 치매로 보아야 한다. 나이
가 지긋하신 노인분들에게 "앞으로 가장 두려운 질병이 무엇이라고 생각
하십니까?"라고 여쭈어 보면 "암보다도 더 걱정되는 게 치매"라고 답하신다.
그렇다. 암과 같은 질병은 치료 과정이 고통스럽지만 자신을 온전히 유지할
수 있고 말기 상태라면 미리 죽음에 대비한 마무리를 해 둘 수도 있다.

　치매는 '나이 듦'과 같이 오는 병이다. 예전에는 대부분 70세 전에 생을
마감하다 보니 치매 환자가 많지 않았다. 평균수명이 80세를 넘는 고령
사회가 되면서 치매는 가장 흔한 병이 되었다. 우리나라 치매 환자 수는
이미 70만 명을 넘었고 또 빠르게 증가하고 있다. 요양원에는 본인의 의

사와는 상관없이 입원한 치매 환자들로 넘쳐난다. '치매란 본인에게는 천국, 가족에게는 지옥'이라는 말도 한다. 치매 환자 자신은 완전히 타인으로 살며 괴로움을 모르지만, 그러나 곁에서 수년씩 돌봐야 하는 가족의 입장은 전혀 다르다. 자기도 알아보지 못하며 완전히 타인이 된 배우자나 부모를 의무감 때문에 생업을 제쳐 놓고 여러 해 동안 곁에서 간호한다는 것은 실제 겪어 보지 못한 사람은 그 고통과 수고를 모른다.

전 세계의 유명한 의학자나 제약회사들은 지금까지 막대한 연구 개발비를 쏟아붓고도 아직 치매를 완치할 수 있는 약을 개발하지 못했다. 이제 치매에 대한 연구 중심이 이미 진행된 환자의 치료보다는 경도인지장애, 즉 치매 초기 단계에서 상태의 진행 속도를 늦추는 방향으로 옮겨가고 있다. 경도인지장애란 정상 노화와 치매의 중간 단계로 기억력은 떨어지지만 일상생활은 가능한 상태의 환자를 말한다. 이때 집중적으로 관리해야 치매 증상의 악화 속도를 늦출 수 있다.

이 책《나를 잊지 말아요》는 치매 환자인 어머니를 곁에서 지켜본 아들 다비트 지베킹(David Sieveking)이 엄마가 치매를 겪기 시작한 때부터 투병 기간을 거쳐 영면에 들어가기까지 5년간의 과정을 담은 책이다. 저자 다비트 지베킹은 1977년 독일에서 출생하여 베를린 영화학교를 졸업 후 단편영화를 제작했다. 자신의 어머니를 기록한 장편 다큐멘터리〈나를 잊지 말아요〉는 2012년 스위스 국제영화제 '로카르노 페스티벌'에서 비평가대상을 수상했다. 국내에도 2013년 EBS국제다큐영화제에서〈나의 어머니 그레텔〉이라는 제목으로 소개된 바 있다.

책 속으로
치매 환자가 된 엄마를 홀로 돌보시던 아버지가 전화로 "네 엄마를 어떻게 해야 할지 모르겠어"라고 체념한 듯 말했다. 나와 누이 둘 삼 남매가 있지만 아버지 곁에서 엄마 병간호를 도와드리기에는 사정이 모두 허락되지 않았다. 그러던 중 퍼뜩 '엄마에 대한 영화를 찍으면서 내 직업과 가족을 하나로 연결해 볼 수 없을까?' 하는 생각이 들었다. 나는 엄마를 주제로 영화를 찍기 시작했다. 엄마는 결국 치매를 앓게 됨으로써 내게 경제적 도움을 주게 되었고 내 영화의 내용 그 자체가 되어준 것이다.

원래 엄마는 고관절 수술 이후 기억력이 약화되자 알츠하이머에 걸릴까봐 괴로워했다. 문제는 병원에 가서 신경인지검사를 할 때는 계산 문제를 능수능란하게 풀었다. 집에서 버스 정류장을 혼자 찾아갈 수 없을 만큼 증세가 심각했지만 의사의 심리학적 소견으로는 엄마는 나이에 비해 별다른 인지적 결함은 보이지 않는다는 평가를 받았다. 담당 의사는 엄마의 기억력이 "정보를 유지하는 데 분명 문제가 있긴 합니다"라고 말하면서도 알츠하이머 치매에 대한 가능성은 완전히 배제했다.

부엌에 있는 두 개의 찬장 문은 엄마가 적어 놓은 온갖 종류의 메모지로 덮혀 있었다. 당시 엄마는 할머니가 발병했던 나이보다 십 년이나 젊은 나이였다. 나는 엄마의 기억력 약화를 나이 듦에 따라 나타나는 아주 정상적인 건망증으로 판단했다. 끊임없이 이어지는 건망증과의 싸움은 엄마를 더욱 힘들게 했다. 마침내 엄마는 '경도인지장애'라는 진단이 내려졌다. 이 병의 일반적인 증세는 방향감각 상실과 후각 장애가 있으며 10~20% 정도가 치매로 전이 된다고 한다.

유쾌하고 자신감 넘치던 엄마가 이 같은 경도치매에 걸려 무너질 수 있다는 사실을 나는 상상조차 할 수 없었다. 치매는 완치가 어려운 병이다. 엄마는 알츠하이머인지 확인하기 위해 PET(양성자 단층촬영) 검사를 해야만 했다. 뇌에 쌓인 침전물을 확인하는 검사였다. 엄마는 처방받은 약을 복용했으나 증세가 나아지지 않았다. 아버지는 시험 삼아 엄마의 약을 모조리 치워버렸다. 치매, 우울증, 그리고 심부정맥 약들을 복용하지 않은 엄마는 소화불량 문제가 크게 줄어들었다.

엄마는 자신이 기억을 완전히 잊어버렸다는 사실도 잊은 것 같았다. '예전의 나, 본래의 내 모습'이라는 짐에서 벗어난 사람이 되었다. 엄마는 의식 없이 계속 누워 있었고 마침내 꼬리뼈 위로 욕창이라는 것이 생겼고 거기서 썩는 냄새가 났다. 종합병원 과장으로 있는 삼촌이 말했다. "사람은 깨지 않고 계속 잠을 잔다고 생각하지만 실제로는 스무 번 정도 몸을 돌리고 방향을 바꾸는 거야" 결국 엄마는 계속 움직이지 않고 누워만 있던 것이 욕창 발생의 원인이 된 것이었다. 사실 우리는 엄마가 계속 헤매지 않고 얌전히 누워 있을 수 있어서 기뻐하기까지 했다.

긴급 가족회의를 열고 엄마에 대한 향후 일을 논했다. 엄마에게 필요한 '사전연명의료의향서'나 법정대리인에 대한 조치를 하기에는 이미 엄마의 상태로 보아 시기가 지나버렸다. 장례에 대하여는 엄마가 내게 한 얘기가 있었다. 엄마는 지정된 장소에 영원히 묻히는 건 싫다고 했었다. 그보다는 바다에 뿌려지고 싶다고 했다. 아버지는 동료가 수목장, 나무 아래 묻힌 일을 얘기하면서 "아마, 네 엄마도 틀림없이 좋아할 것"이라고 말했다. 또한 병원에서 운명하지 않고 집에서 엄마를 보내드리는 것에 의견을 모았다.

삼촌은 사람이 자발적으로 음식을 더 이상 섭취할 수 없게 되면 생명연장 조치를 하지 않는 것이 법적으로 허용된다고 알려주었다. '갈증이나 기아로 영면하는 것은 일종의 반수면 상태로 있다가 사그라지는 것'이라고 했다. 완화치료에서는 이를 '애정 어린 단념'이라고 부른다. 중환자실 복도에서 레지던트가 우리에게 유사시 심폐소생술을 할지 말지, 여부를 물었다. 소생술을 하더라도 이후 기관을 절개하여 강제로 호흡을 하게 되면 나중에는 함부로 튜부를 제거할 수 없다는 것이다. 심폐소생술을 하지 않는 것이 엄마의 뜻이고 가족 모두의 뜻이라고 말해 주었다.

회진을 온 과장 의사는 "엄마의 병세가 치매의 마지막 단계에 와 있다"고 했다. '조만간 음식 섭취가 불가능하니 위관 삽입 여부를 미리 결정해 줄 것'과 또한 '위관 삽입을 한 치매 환자가 다시 음식을 먹는 경우는 거의 불가능하다'는 말도 함께 전해 왔다. 위관 삽입이 엄마에게 좋지 않은 선택이라는 게 분명해졌다. 엄마의 수명이 연장도 되지 않으며 연장된 삶도 바람직하지 못하다면 위관 삽입이 도대체 무슨 소용이 있단 말인가!

엄마를 집으로 모셔 가는 날 의사는 다음 사항에 대해 조언을 해 주었다. "음식 없이는 몇 주, 수분 없이는 며칠 정도 사실 겁니다. 이유식 같은 것을 주고 갈증을 느끼지 않도록 입가를 촉촉이 해 주세요."

사실 엄마는 이미 꽤 오랜 시간 자신을 위해서가 아니고 우리에게 추억을 만들어 주기 위해 살고 있는 거나 마찬가지였다. 눈부시도록 아름다운 식물을 보살피는 것처럼 우리는 엄마가 시들지 않게 지키고 있다. 이 꽃이 시들도록 놔두어야 하는 것일까? 집으로 엄마를 옮겨온 후 아버지는 엄마의 친구들과 친척들에게 작별인사를 하러 방문해 달라고 초대했다.

우리는 초 단위로 엄마의 호흡수를 세어 보았다. 호흡 소리가 아주 나쁘지 않았기에 나는 샐러드용 상추를 사러 잠시 집을 나섰다. 곧바로 누나에게서 '빨리 와 달라'는 전갈이 왔다. 잠깐 자리를 뜬 사이에 엄마가 영원히 떠나버리셨다니! 엄마의 손을 잡아 보니 아직 따뜻했다. 엄마는 미소를 지으며 이런 말을 하는 것 같았다.

"휴우 해냈다."

엄마는 이제 자유로워졌다. 그르렁거림도, 끙끙대는 신음도, 슬픔도 더 이상 없을 것이다.

책을 읽고 나서

삶이란 즐거움도 있지만 본래 힘들고 고통스러운 것인지도 모른다. 젊어서 힘들게 살아왔다면 노후에는 편안하게 노후를 보낼 권리가 있다. 그러나 늙어 가면서 각종 질병에 시달리고 결국 '가지 않겠다'고 아무리 발버둥 쳐도 누구나 언젠가는 떠나야 한다. 특히 노년에 누릴 기쁨과 보상을 알츠하이머병으로 빼앗긴다면 정말 불행스럽다. 노년에 가장 흔한 병, 건망증이나 치매는 평소에 예방적 관리를 하여야 한다. 의학자들은 예방 3대 요소를 운동, 머리쓰기, 어울림이라고 말한다.

치매 환자를 집에서 돌본다면 1차 간병인은 배우자가 된다. 자식들은 모두 제 삶을 살아가기 바쁘다. 노년의 배우자는 서로에게 대화를 나누는 친구이자 마지막까지 곁에 있어 줄 사람이다. 어찌 중요하지 않을까? 부부란 '천생연분'이란 말처럼 신이 맺어준 사람이니 싫어도 '내 가장 귀한 보물'처럼 아끼고 사랑해 주어야 할 사람이다.

치매에 걸려 가정에서 도저히 간병하기 어렵다면 그때는 요양기관에 입원하는 것이 바람직하다. 가정에서 계속 간호하다 보면 가족들은 지치고 일상의 삶이 망가진다. 또 먼 훗날까지 부모 자식 간 힘들고 어려웠던 추억만 남게 된다. 나는 아내와 자식들에게 내가 스스로 움직이기 어렵고, 가족을 알아보지 못한다면 반드시 요양기관에 입원시켜 줄 것을 주문해 놓았다. 아울러 아내와 나는 여타 질병으로 소생 불가능한 상태가 되면 심폐소생술 등 연명의료를 하지 않고 존엄하게 갈 수 있도록 조치를 해 놓고 자식들에게 부탁도 해 놓았다.

죽음은
어떻게
찾아오는가:
죽음의 현장

" …언제 죽을 것인지는 의료진도 정확하게 예측할 수 없다.
　그러나 삶의 마지막 모습은
　당신이 원하는 대로 미리 준비할 수 있다."
　－ 허대석

이반 일리치의 죽음

죽음을 통해
인간 구원에 이르는 길을 알려주는
불세출의 죽음서사

고광애(《나이 드는 데도 예의가 필요하다》 저자)

레프 니콜라예비치 톨스토이 지음
이문열 세계명작산책 2
살림출판사 펴냄
156쪽

　　　《이반 일리치의 죽음》은 세속적이고 출세 지향적인 45세의 중년 남자가 느닷없이 맞닥뜨린 육체의 고통과 영혼의 방황을 거치면서 구원에 이르는 과정을 입체적으로 그려 낸 레프 톨스토이의 소설이다. 독자들은 마치 영상을 보듯이 한 인간이 죽어가는 과정을 생생하게 접하게 된다. 죽음을 통해서 인간 구원에 이르는 길을 마치 눈으로 보고 귀로 듣는 것처럼 읽혀지는 이 글이, 나는 불세출의 죽음서사라고 생각한다. 소설은 배제한다는 우리 메멘토 모리 독서모임의 원칙을 깨고 주저 없이 '이반 일리치의 죽음'을 발제문에 포함해야만 했던 당위성은 그래서 두말이 필요없겠다.

책 속으로

소설의 줄거리는 간단하다. 이반 일리치라는 법률 공무원이 사회적으로 성공하기 위해 세속적인 모든 조건을 따라 열심히 살아가는 스토리로 소설은 막을 열고 있다. 그는 상당한 고위직에 오르기까지 성실히 직무를 수행했고, 그 직위에 걸맞은 가정의 외양을 이루었다. 수준에 맞는 여성과의 결혼, 좋은 주택, 아들딸. 아내와는 행복하지 못한 결혼생활이었으나 동료들과의 여가생활이라 할 수 있는 게임을 즐기는 것으로 대체해 가면서 전방위적으로 고위직 상류사회로의 진입을 이루고 즐기던 중년의 고위 관리.

"격무와 관련된 즐거움은 그의 야심을 만족시켜 주었고, 사교적 즐거움은 그의 허영심을 만족시켜 주었다."

사다리에 올라 새 집의 커튼을 드리우는 일을 하다가 삐끗 다친 걸 계기로 해서 찾아 온 옆구리의 고통은 가속적으로 더해 가다가 마침내는 목숨을 놓을 때까지 쉼 없는 극한의 고통이 엄습해 오고 있었다. 세속적이지만, 성실한 생활인이었던 이 관리에게 이 무슨 날벼락인가?

'왜 내게 이런 고통이 올까? 꿈에도 생각하지 않았던 죽음을, 내가 죽는다고?' 하는 의심 가운데 있는 그를 대하는 주위 사람들의 가식적인 위로? 아니, 그들의 기만은 일리치에게는 육체적인 고통에 실존적인 고뇌까지 더해 주었다. 고통 속에서 몸부림치다가 한 발 한 발 죽음을 수용하게 되고 마침내는 빛으로 가득 찬 자루 속으로 떨어지듯 구원을 얻기까지의 이야기다.

주인공이 위로를 받고 구원을 받는 어간에는 게라심이라는 하인의 진심 어린 위로와 간호가 있었다.

"'누군가가 나를 토닥여 주고 달래 주면 얼마나 좋을까'. 그는 다정한 애무와 위로를 갈망했다.…그를 대하는 게라심의 태도 속에는 그가 원하는 것과 비슷한 무엇이 있었다."

사람은 누구나 죽는다는 절대 진리를 소박하게 피력하는 게라심, 마지막 즈음에서는 게라심 하고만 대화를 주고받았다. 그때만이 그나마 고통을 잊게 해주기 때문에. 또 한 사람, 중학생 아들 바사만이 그를 이해하고 동정해 주고 있었다. 마지막에 아들이 흘리는 눈물 속의 입맞춤은 영혼의 아픔을 있는 그대로 전해주고 토해내는 순수 영혼 그 자체였다. 이반의 생애에서 어린 시절만이 이반의 삶에서 진정한 행복을 주었던 것처럼. 그러고 보니, 종국에는 자신을 미워하고 참아내기 힘들 욕설을 일삼았던 아내와 딸마저 미워하지 않게 되고 연민의 대상이 되었다. 순수한 영혼의 본질은 연민이라고 한다. 비로소 주인공은 빛으로 굴러떨어지는 구원을 받게 된다.

　이 모든 과정을 우리의 위대한 소설가 레프 톨스토이 선생은 마치 자신이 죽어 봤던 경험이 있어서 체험해서 알게 된 얘기를 풀어놓듯이 이야기해 줄 뿐 아니라, 영상을 틀어 놓고 시각적으로도 보여주듯이 모든 상황을 입체적으로 써내려가고 있다.

　동료의 죽음 소식에 맨 먼저 떠오르는 생각은 그가 죽고 난 후, 비게 될 그 자리에 그들 자신이나 친지들에게 전진과 승진의 계기가 될지도 모를 거라는 이기적인 생각. 이런 기대감에 뒤이어서 드는 생각은 '죽은 건 그 사람이지 내가 아니야' 하는 안도감. '그래, 그는 그렇게 죽었지만 나는 이렇게 살아 있잖아'…속으로는 그런 생각을 하면서도 입으로는 "낳을 거야"라고 말하는 가식적이고 의례적인 주위 사람들.

　그리하여 "죽음이라는 무섭고도 엄숙한 행위를 사교적인 방문이나 커튼이나 만찬 때 먹는 철갑상어 수준으로 타락시키는 거짓말"들이 이반 일리치에게는 지독한 고통이었다. 남들과 달리 그의 아내는 어떠한가? 남편이 죽은 후의 삶, 특히 재정적인 삶에 관심이 쏠려 있는 아내, 약혼한 딸마저 아버지의 병이 행여 자기 결혼에 방해가 될까 하는 걱정에만 쏠려 있는 딸의 이기심, 마침내 발병하고 석 달이 지나자, 세상 모든 노인들이 걱정하는 지점, 즉 "언제쯤이면 세상을 떠나 그의 존재가 야기하는 불편에서 살아 있는 사람들을 마침내 해방시켜 주고, 그 자신도 고통에서 해방될 것인가가 다른 사람들의 유일한 관심사였다." 죽어가는 상황에서 거의 모든 사람, 특히 21세기인 오늘날에도 한결같이 죽음 앞에 선 노인들이 공통으로 하는 이 걱정을 19세기인 그때, 톨스토이는 이미 하고 있었다니 놀랍다.

아내의 권유로 영성체를 받은 직후 잠시 편안해지는가 했던 일리치는 "아니야, 이건 잘못됐어, 이래서는 안 돼, 네가 이제껏 삶의 목적인 줄 알았고, 지금도 그렇게 알고 있는 모든 것은 너의 눈으로부터 진실을 감추기 위해 삶과 죽음을 덮고 있는 허위와 기만에 지나지 않아" 이렇게 생각하자마자 증오심이 솟아오르고 육체적인 고통이 다시 시작되었다. 그리고 고통과 함께 피할 수 없이 다가오고 있는 종말을 의식했다. 그 순간부터 시작된 비명은 사흘 동안 줄곧 계속되었다. 처음에는 "난 안 죽을 거야" 하고 고함을 질렀지만, 그 후로는 줄곧 "오오"만 외쳐댔다.

꼬박 사흘 동안 그는 검은 자루 속에서 몸부림쳤다. 그동안의 시간은 존재하지 않았다. 눈에 보이지도 않고 저항할 수도 없는 힘이 그를 자루 속에 쑤셔 넣고 있었다. 그는 그토록 기를 쓰는데도 그 무서운 것에 점점 가까이 끌려가고 있다는 것을 순간순간마다 느꼈다. 그는 또 느꼈다. 자신의 고통은 그 검은 구멍 속에 쑤셔 넣어졌기 때문이지만, 그보다는 오히려 그 구멍 속에 제대로 들어가지 못했기 때문이라고. 그리고 그가 구멍 속에 제대로 들어가지 못한 까닭은 자기 인생이 옳았다는 확신이 그를 방해했기 때문이었다.

자기 인생에 대한 정당화, 바로 이것이 그를 단단히 움켜잡고 앞으로 나아가는 것을 방해하고 있었다. 무엇보다 이것이 그에게 간장 큰 고통을 주었다.

이것은 사흘째 되는 날이 끝나 갈 무렵, 그가 죽기 두 시간 전에 일어난 일이었다. 그때 마침 중학생 아들이 아버지 방으로 살짝 들어와 침대 옆으로 다가왔다. 병자는 여전히 필사적으로 비명을 지르며 두 팔을 휘젓고 있었다. 그의 손이 공교롭게도 아들의 머리 위에 떨어졌다. 아들은 그 손을 붙잡고 입술에 눌러 댔다. 그리고는 울기 시작했다.

바로 그 순간, 이반 일리치는 구멍 속으로 떨어져 밑바닥에서 비치는 빛을 보았다. 바로 그때 그는 누군가가 자기 손에 입을 맞추고 있는 것을 느꼈다. 갑자기, 지금까지 줄곧 그를 짓누르면서 절대로 떠나려 하지 않던 것들이 두 군데에서, 사방팔방에서 한꺼번에 모두 떨어져 나가고 있는 것이 점점 뚜렷하게 느껴졌다. 그는 식구 모두에게 미안했다. 이제는 가족을 해방시키고, 자신도 이 고통에서 벗어나고 싶었다. '얼마나 좋고 얼마나 단순한가!', '그런데 통증은?' 그는 자신에게 물었다. '통증은 어떻게 됐지?', '그리고 죽음은 어디 있지?'

그는 죽음에 대한 두려움을 찾았지만, 이미 익숙해진 두려움은 어디에도 없었다. '죽음은 어디 있지?', 무슨 죽음? 죽음이 없으니 두려움도 없었다. 죽음 대신 그 자리에 빛이 있었다. 20세기의 엘리자베스 퀴블러 로스가 이룩해 낸 죽음의 5단계, 즉 부정, 분노, 협상, 우울, 수용. 일리치가 죽어가는 과정에서도 이 5단계를 거쳐서 마침내 죽음을 수용하고 구원에 이르는 단계를 거치고 있었다.

책을 읽고 나서

톨스토이가 추구해 온 죽음관이 표출된 건《세 죽음》,《안나 카레니나》와 《이반 일리치의 죽음》 이렇게 세 소설이다. 이 세 소설들, 특히 이반 일리치에서는 톨스토이의 총체적인 죽음관이 전방위적으로 표출됐으며 문학 비평가들은 '사망문학의 백미'라고 말한다.

특히 이 소설이 나에게 각별하게 다가온 이유는 죽음과 죽음 주위의 서사보다는 내 관심의 중점인 죽어가고 있는 당사자의 시각과 입장에서 써내려간 점이다. 죽음의 공포와 고통의 과정을 어떻게 거쳐 가면서 어떻게 구원을 체험하고 나서 변화되는가. 죽는 당사자의 일인칭시점으로 그 과정을 세세히 보여준다는 점에서, 나는 특히 이 소설의 가치를 주저 없이 얹어 주고 싶다.

p.s. 죽음과 관련된 책을 읽으며 알게 된 한 가지 흥미로운 사실이 있다.《죽음과 함께 춤을》이란 소설 형식의 책에는 네덜란드 요양원에 근무하는 의사들이 나눈 대화가 나온다. 이반 일리치의 병을 언급하고 있는데 아마 '전립선암에서 전이된 골수암'일 것이라고 추정한다.

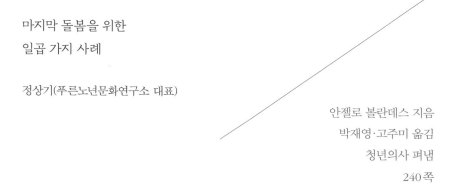

우리 앞에 생이 끝나갈 때
꼭 해야 하는 이야기들

마지막 돌봄을 위한
일곱 가지 사례

정상기(푸른노년문화연구소 대표)

안젤로 볼란데스 지음
박재영·고주미 옮김
청년의사 펴냄
240쪽

이 책의 저자 안젤로 볼란데스는 철학도였다. 그러나 대학 시절 한 환자의 죽음을 목도하고 그의 관심은 철학에서 의학으로 바뀐다. 그리고 의사가 된다. 그는 현재 임종기 돌봄 전문의로 하버드 의대 교수이다. 좋은 삶은 좋은 마무리가 중요하다고 믿는 그는 책에서 일곱 명의 말기 환자 이야기를 통해 죽어가는 사람들에게 가장 필요한 것이 신기술이 아니라 대화임을 주장한다. 따라서 이를 위해 환자와 의사 간의 관계를 완전히 새롭게 설정해야 한다고 역설한다. 그리고 마지막 돌봄을 위한 여러 가지 대화 방법을 제시한다. 아래에 일곱 가지 사례를 소개한다.

책 속으로

〈사례1〉 고령의 인지능력 저하 환자인 그녀는 장래에 대비해 대리인을 지정해 두었다. 그러나 대리인과 사전에 의사소통은 없었다. 대리인은 가족을 대표해 의사에게 "모든 것을 다해 줄 것"을 요청했다. 병이 심각해지자 가족들은 그들의 사랑을 어떤 식으로든 표현하고 싶었던 것이다. 임종기에 접어들자 감염은 더욱 악화되었고, 몸에 연결된 튜브 숫자와 기계음은 늘어만 갔다. 당연히 그들은 처절한 고통을 겪었다. 환자의 구체적인 사전 의사표시가 없을 때 의료 대리인은 불확실성의 부담을 갖는다. 따라서 환자는 대리인을 선택할 때 자신의 가치관과 치료의 우선순위 등을 대리인에게 밝혀야 한다. 대리인이 환자의 소망을 존중하기 위해 그렇다. 그러나 더욱 소망스럽기는 맑은 정신일 때 의사와 '대화'를 나누는 일이다.

〈사례2〉 고령의 환자는 심한 심부전으로 입퇴원을 반복했다. 지난번에도 중환자실에서 인공호흡기를 연결하는 등 겨우 목숨을 건졌다. 당시 그는 의료진에게 다시는 인공호흡기를 착용시키지 말아 달라고 했다. 부인에게 그 이후에 치료에 관해서 남편과 이야기해 보았는지 물었으나 부인은 없었다고 답했다.

한편 환자 가족, 특히 자식들은 부모가 자신을 가장 필요로 할 때 그 곁에 없었다는 죄책감으로 인해 연명을 위한 모든 조치를 다 하기를 원한다. '캘리포니아에서 온 딸 신드롬'이라는 현상이다. 그러나 그것이 항상 최상은 아니다. 부인은 남편의 고통을 지켜보고도 딸의 의견을 좇아 모든 조치를 요구했다. 환자 자신은 섬망 증세로 의료진이나 가족과 아무런 의사소통을 하지 못했다. 당사자의 의견은 없는 의료적 결정이 내려졌다.

〈사례3, 사례4〉 질병이 악화되는 단계마다 의사는 환자나 가족과 다음 단계의 대응을 함께 의논해야 한다. 논의에 앞서 관련 의료정보를 그들에게 제공해야 한다. 그러나 환자와 가족은 그런 정보를 얻고도 판단을 하기가 쉽지 않다. 삶의 질과 생명의 길이가 의사결정의 지렛대가 되기 때문이고 치료 방법의 성공 확률에 대한 오해가 크게 작용하기 때문이기도 하다.

뇌종양인 톰슨 교수는 의사 볼란데스의 설명을 제대로 이해하지 못했다. 따라서 볼란데스는 환자로 하여금 실제 상황을 멀리서라도 둘러볼 수 있기를 바라면서 그들을 병원의 관련 시설로 안내했다. 말로 설명된 상황을 지켜본 톰슨은 이제 그것을 명확하게 이해할 수 있게 되었다. 그녀는 "편안하게, 가능한 오랫동안 남편과 함께 시를 읽고 싶다"고 하면서 집으로 돌아갔다. 그녀는 월트 휘트먼의 작품에 둘러싸여 숨을 거두었다. 마지막 소원을 성취한 것이다.

존스(79세)는 그 반대의 사례다. 혈액투석은 그의 나이와 질병에 비추어 큰 위험이 수반된다. 의사로부터 이에 대한 상세한 안내를 받고 또 투석 현장을 둘러보고서도, 그는 생명의 길이를 선택해서 치료를 받다가 상황이 악화되자 그 딸이 치료를 중단했다. 중환자실에서였다.

죽음에 대한 부정과 투병은 현대의 죽음문화의 핵심이다. 그 투병을 조장하는 것은 의학 정보에 대한 오해이거나 무지이다. 말기 환자에 대한 심폐소생술의 성공 확률은 11%이다. 그러나 매우 유감스럽게도 그렇게 성공한 환자의 생존 시간은 평균 3시간에 불과하다.

〈사례5〉 중증환자에 대한 의료적 처치의 유효성 또는 의료적 개입에 의한 죽음 시기 연장의 합리성 여부는 개인적 판단에 따라 다르다. 말기 환자들에게 볼란데스가 할 수 있는 최선은 그들이 자신의 치료 방침에 대해 충분히 이해하고 선택할 수 있도록 하는 것이었다. 그 방안으로 그는 생애 말기 의료 서비스를 세 가지 개념으로 설명하는 영상물을 만들었다. 첫째, 생명연장을 위한 적극적 치료 또는 생명연장치료와 둘째, 더 좋은 환경에서 호스피스 케어를 받는 완화치료 그리고 셋째, 그 중간의 제한적 치료 등이다.

영상물을 처음 본 이는 시한부 뇌암 환자인 톰이었다. "장차 어떻게 할 것인지 함께 이야기해 보자. 나는 환자 본인의 희망에 최대한 초점을 맞추고 싶다"란 볼란데스의 말에 그는 "내게 어떤 선택이 있는지 알고 싶다"고 했고, 비디오를 보고 난 후에는 "천 마디 말보다 한번 보는 것이 낫다면, 이 비디오는 수백만 마디 이상이다. 나는 완화의료를 택하겠다"고 했다. 한 달 뒤 그는 집에서 가족과 친구들이 지켜보는 가운데 숨을 거뒀다.

비디오의 효과를 분석한 결과 대화만으로 임종기 치료를 결정한 그룹과 대화 플러스 비디오를 시청한 그룹으로 구분해서 실험한 결과, 후자의 경우 압도적인 92%가 완화의료를 선택했다.

〈사례6, 사례7〉 두 번의 심장마비와 당뇨를 겪은 아버지가 이번엔 뇌졸중으로 입원했다. 의사가 어머니와 아버지에게서 DNR 환자임을 재차 확인받고자 했을 때, 어머니가 먼저 "예, 그것이 남편의 희망입니다"라고 말을 해서 볼란데스는 깜짝 놀랐다. 의사로서 수백 명의 환자들에게 DNR 오더를 내렸지만, 이번에는 자신의 아버지였기 때문이다. 나중에 어머니가 말했다. "네가 보낸 비디오를 수없이 보고, 또 보고 난 후에 그렇게 결정했단다."

릴리안(32세)은 유방암 절제술을 받았다. 1, 2차 항암치료는 실패했다. 고용량 진통제에도 불구하고 골수전이로 극심한 고통을 겪었다. 그러나 맑은 정신으로 남편과 대화하기를 원한다며 진통주사도 사용하지 않고 있었다. 그녀는 풀 코드였으나, 한 달 후 부활절에 세 아이들이 있는 집으로 돌아가기를 희망하고 있었다. 비디오를 보고 그녀가 말했다.

"상황 이해에 많은 도움이 됐어요. 그래도 최선의 방법은 연명치료를 계속하는 것이라고 봐요. 도와주세요. 그때까지 버틸 수 있게." 그의 선택을 끝까지 지지해 줄 것을 약속한 다음 날, 그녀에게 코드 블루가 발동되었다. 긴박하게 심폐소생술 처치에 돌입했다. 얼마의 시간 후 드디어 남편이 처치 중단을 요청했다. "중지해 주세요. 노력하고 애써주셔서 감사드려요. 가망성이나 일어날 일에 대해 우린 알고 있었어요. 아이들을 위해 할 만큼 했습니다. 후회는 없습니다."

〈후기〉 의사가 다나카(89세)에게 "저는 의료에 관한 선생의 선택을 존중합니다. 희망 사항을 가족들과 의논해 본 적이 있는지요?" 하고 물었다. 고개를 내젓는 그에게 비디오를 보여주고, 시청 후 그의 생각을 물었다. "아무도 내게 원하는 바를 물어보지 않았다. 이 나라에서 80년을 살았는데 지금에야 그것을 묻는다"고 그는 답하며 '남은 날들은 양보다 질에 집중하고 싶다는 희망'을 피력했다. 드디어 그는 자신에 대한 의료 서비스와 운명에 대해 주도권을 잡기 시작했다.

하와이 주는 의료 서비스 문화의 변화를 꾀하는 주 중에 하나다. 여기선 많은 환자들이 비디오 시청 후 대화를 시작한다. 즉 생애 말기 결정을 내려야 하는 상황에 처한 이들은 의료진과 대화를 갖도록 권장된다. 의견 교환을 촉진하고 옵션에 대해 더 잘 이해하기 위해, 환자들에게는 담당 주치의와 간호사와 함께 비디오를 시청할 기회가 주어진다. 이런 노력의 목표는 환자들이 '중심에서, 주도권을 갖고 스스로의 웰빙을 책임질 수 있게 하는 것'이다.

환자 중심 의료 서비스에 관한 최신 연구보고서에 의하면, 부담스러운 의료시술을 원치 않았던 환자 중 1/5은 본인 뜻과 상관없이 인공호흡기를 다는 등 처치를 받았다. 원인은 관련 서류가 없거나 의료진의 잘못된 정보 전달과 의사와 환자 간 대화가 부족한 때문이었다. 의사가 먼저 환자의 희망을 확인하지 않으면 환자는 모든 생명연장 조치를 받는 것으로 자동 분류된다. 결국 원치 않는 서비스 문제의 본질은 사전동의(Informed consent)라는 근본문제로 귀결된다. 중환자들은 본인이 결코 동의한 적 없는 의료적 처치를 자주 받는다. 의사와 간호사 등이 주의를 기울이고 환자들과 대화를 했더라면 그 같은 의료적 착오들이 충분히 예방될 수 있음에도 불구하고 말이다. 따라서 심폐소생술이나 인공호흡기, 영양관 삽관 등 침습적 의료처치가 환자의 동의 없이 실시된다면 이 또한 의료과실로 간주되어야 마땅하다.

책을 읽고 나서

저자는 책 앞머리에서 '잘 산 삶은 좋게 마무리되어야 한다'라는 명제를 제시하고, 생애 말기의 의료적 개입 행위 즉 의료적 처치와 관련한 사례를 소개한다. 그 극복 방안으로 시각적 의료 정보 영상물을 제작하여 환자와 대화하는 방안을 제시하고 있다. 실제 의료 현장에서 의사가 환자에게 예상되는 의료 정보를 제공하여 그들이 바른 의사결정을 내리도록 하는 일에는 한계가 너무 많다. 따라서 그가 제시하는 방법의 대화는 현행 의료 시스템의 틀을 크게 훼손하지 않으면서도 좋은 죽음을 실제적으로 돕는 것임이 틀림없다.

토론을 위하여

미국의 상황은 현재 우리나라의 현실과 비슷하다. 두 나라 모두, 영국의 EIU가 발표한 죽음의 질 지수 및 순위가 어금버금하다(미국 80.8점, 9위; 한국 73.7점, 18위). 또한 두 나라 모두 현대 의학의 눈부신 발달에 따른 부작용으로서 '죽음의 의료화'를 심각하게 겪고 있다. 이 같은 미국 사례를 참고하며, 유사한 소통의 문제를 안고 있는 우리 의료 시스템을 변화시킬 수 있는 방법에 대해 토론해 보자.

{ 2015년 2월 25일 }

안락사 논쟁의 새 지평

생의 마지막 선택,
품위 있는 죽음을
위하여

김금희(전 서울대학교병원 수간호사)

한스 큉 · 발터 옌스 지음
원당희 옮김
세창미디어 펴냄
248쪽

한스 큉(Hans Küng): 1928년 스위스 출생. 교황청 부설 그레고리안 대학교에서 철학과 신학 공부, 1954년 가톨릭 사제 서품. 파리의 소르본과 가톨릭 대학에서 박사학위. 1960년 독일 튀빙겐 대학의 가톨릭 신학교수. 1962년 제2차 바티칸 공의회의 신학자문위원 핵심적 역할. 1979년 가톨릭교회의 전통적 교리에 대한 비판이 파문, 바티칸으로부터 가톨릭 신학 교수직 박탈됨. '교회일치 신학교수' 튀빙겐대학 재직. 저서(총 23권) 《기독교인이 된다는 것》, 《하느님은 존재하는가?》, 《세계적 책임》, 《기독교: 그 본질과 역사》 등.

발터 옌스(Walter Jens): 1923년 독일 함부르크 출생. 함부르크와 프라이부르크 대학교에서 독문학 연구. 소설가로서 '47그룹' 회원. 1956년부터 1988년까지 튀빙겐 대학교 고전문헌학 및 수사학 교수로 재직. 저서로는

《문학사를 대신하여》,《현대독일문학》, 아내 잉에 옌스와 공동집필한 방대한 전기 《토마스 만의 부인》 등.

책 속으로

"삶에 대한 경외심이란 우리가 태어나서 삶을 마칠 때까지 인간 품성의 중요한 요소이다. 하지만 죽음 또한 삶의 일부이다. 따라서 삶처럼 죽음도 인간다워야 할 것이다."(p.10) 대다수의 사람들이 죽음을 부정적이고 어두운 암흑이고 두려워하고 기피해야 할 대상으로 인식하지만, 생물학적 견지에서 볼 때 죽음은 꼭 필요한 요소이고 죽음을 통해서 새로운 삶이 창조되고 나아가서는 인류의 발전이 계승되는 것이다. "인간다운 죽음은 선진국의 풍요로운 사회에서조차도 당연한 것이 아니다. 인간다운 죽음은 참으로 과분한 기회이자 거대하고 은혜로운 선물이다. 동시에 그것은 인간에게 주어진 소중한 과제이다."(p.22)

한스 큉이 오늘날의 안락사라는 주제에서 '논란의 여지가 없는 안락사'로 보아도 좋을 것을 정리했다.(pp.48~51) ① 안락사를 위장하는 모든 강제 안락사의 윤리적 배척은 당연할 뿐만 아니라 논란의 여지가 없다. ② 생명단축이 없는 안락사는 윤리적으로 책임이 없으며 논란의 여지가 없다. ③ 생명을 단축시킬 수 있는 소극적 안락사는 윤리적으로 책임이 없으며 논란의 여지가 없다.

1976년 8월 '죽을 권리 협회들'의 첫 세계대회에서 '논란의 여지가 있는 안락사'로 아래 사안들이 체결되었다.(p.53) ① 모든 사람은 자신의 삶과 죽음을 스스로 결정해야 한다. ② 생명 유언장은 인권으로서 인정되어야 한다. ③ 환자의 의지는 법적 문서로서 인정되어야 한다.

이 논증들은 세계관적으로 채색되어 있으며, 고백적으로든 은폐든 철학적-신학적 사상에 고무되어 있다. 의사는 종종 검사를 두려워하며, 검사는 판사를 두려워한다. 반면에 판사는 의사와 검사를, '하느님의 분노'라는 말로 위협하는 신학자를 두려워하는 것처럼 보인다.

신학자들은 존엄사를 반대하는 분위기에 속하는 반면, 한스 큉은 자신의 견해에 굉장히 거침이 없으며, 법률가, 의사, 기독교인들의 모두 다 다른 논쟁들에 이해와 필요로 했던 부분들에 많은 생각과 입장을 낳게 했다. 죽음과 더불어 모든 것이 끝나는 것이 아니라고 그는 확신하기 때문에, 그에게는 생명의 무한한 연장이 그리 중요한 것이 못 된다는 것이다. 이는 "하느님에 대한 불신과 오만불손이 아니라, 자비롭고 영원히 은혜로우신 하느님에 대한 확고부동한 신뢰에 근거한다"(p.81)고 하였다. 나 또한 안락사는 결코 정당화될 수는 없다고 생각한다.

잉에 옌스는 이 책의 저자이며 수사학자인 남편 발터 옌스의 치매로 인한 이상행동으로 인하여 2006년 '치료를 위한 사전처리 규정'에 서명한다. 치매 환자를 바라보는 그의 아내의 시선과 경험들이 인상 깊다. "나는 내 남편의 현재 상태에서 그의 죽음의 소망을 충족시키거나 허락할 수 없으며, 다른 사람도 그렇게 할 수 없다는 사실이다."(p.193) 그녀는 품위 있다고 여겨지는 삶으로 그를 인도하기 위하여 환자와 같은 마음으로 돕고자 한다. 간병을 맡은 마르기트의 자세를 배우며, 보호자로서의 행위와 책임을 지는 그녀의 자세가 굉장히 적극적이다. 치매라는 인지 기능을 상실하여 사회생활이나 일상생활이 어려운 병을 앓고 있는 환자를 돌보는 가족이라면, 사랑하는 마음과 인내심 없이는 돌볼 수가 없을 것이라 여겨진다.

한스 큉은 안락사 문제 논제3(p. 201 참고)에서 말기 환자로서 죽어가는 사람으로서도 최후의 순간까지 인간으로 남아있기 때문에, 인간적 가치에 걸맞은 삶에의 권리뿐만 아니라 품위 있는 작별 또는 품위 있는 종말에의 권리를 소유하고 있다고 쓰고 있다. 이 부분에 동의한다. 그러나 식물인간의 상태가 나에게 닥친다면 인간적 배려와 품위만을 주장할 수 있을까? 연명의 권리가 강제적인 연명의 의무가 되어서도 안 될 것이다. 약리학적 통증치료 또는 인위적 영양공급을 통하여 수개월이나 심지어 수년씩 식물인간으로 연명된다면 안락사가 필요할 것 같다는 생각이 들 때도 있었다.

병원에 근무하던 시절에 뇌수술 후 식물인간이 된 어머니를 체육교사인 아들이 직장까지 포기하면서 10년을 돌보던 모습을 기억한다. 사람들은 그를 효자라 불렀지만 그 어머니가 돌아가셨을 때 6인용 병실에서 오열하던 그 모습…. 그는 어머니뿐만 아니라 직장도 돈도 그리고 세월마저도 아니 모든 것을 잃어버렸다는 표현이 맞을 것 같았다.

죽음을 강요받아서는 안 되지만, 삶 역시 강요될 수 없다. 그 결정은 말기 환자인 당사자가 정해야 하는 것이다. 누구도 관여할 수가 없다고 생각한다. 그렇다면 임종 과정에 있다는 의학적 판단을 받은 경우 연명의료 등 결정에 동의한다는 사전연명의료의향서를 건강할 때 적어 두어야 할 것이다.

책을 읽고 나서

나의 집안에도 27개월이나 식물인간으로 요양병원에 입원해 있는 올케언니가 있다. 올케언니는 길에서 쓰러져 119를 타고 병원으로 옮겨지고, 뇌출혈로 수술을 받고, 깨어나지 못한 채 두 달을 인공호흡기에 의존하였다. 그 후 의사는 인공호흡기를 제거하고 목에 '기관절개술(참고1)'을 하여 기관절개관을 꽂아야 한다고 가족에게 수락 여부를 요청했다. 주변 사람들 중에는 기관절개관을 꽂지 않아야 한다는 주장을 하는 사람도 있었다. 식물인간인 환자에게 기관절개관을 장치하지 않는다는 것이 연명의료결정법에는 없는 부분이었다.

그 당시에 배우자인 오빠는 올케언니가 다시 일어나지 않을까라는 기대를 하는 것 같았다. 자녀들도 갈팡질팡 서로 눈치만 보고 있었고, 임상 경험이 있는 나 또한 어떤 것도 말할 수 없었다. 비위관을 통하여 음식물을 주입하고 기관절개술을 하여 기관절개관을 꽂아서 산소주입을 하다가 현재는 산소주입 없이 지내고 있다. 시간이 지나면서 점점 팔다리가 굳어지고, 움직이지 못하여 물리치료로 굳어가는 근육을 풀어 보았지만 효력이 없었다. 그러나 호흡에는 문제가 없었다. 남은 가족들은 처음에는 잉예 엔스처럼 정성을 다했었다. 그러나 매달 지불해야 하는 요양 비용으로 지쳐가고 있다.

우리나라는 2016년 존엄사법이 통과된 후 2018년 2월부터 개인의 연명의료결정법에 따른 법적인 문서인 '사전연명의료의향서(참고2)'를 원하는 사람에게 설명을 해주고 동의를 받고 있다. 그 범위는 임종 과정에 있는 환자에게 심폐소생술, 인공호흡기 착용, 항암제 투여, 혈액투석, 수혈, 승압, 체외생명유지술(에크모) 및 그 밖에 담당 의사가 환자의 최선의 이익을 보호하기 위해 시행하지 않거나 중단할 필요가 있다고 의학적으로 판단하는 시술이다. 의학적 판단은 담당 의사와 해당 분야 전문의 2인이 결정한다고 한다. 올케언니는 사전연명의료의향서에 동의한 사실이 없었다.

참고1 기관절개술

외상, 이물, 염증, 종양, 수술 등의 원인으로 코와 입으로 호흡할 수 없는 분들에게 기관의 일부를 일시적 혹은 영구적으로 절개하여 호흡을 할 수 있게 하는 수술을 기관절개술이라 한다. 목의 피부와 기도를 연결하는 기관절개술 후, T-캐뉼라를 삽입하여 숨을 쉴 수 있도록 만들어 놓은 통로를 기관절개관이라고 하고, 숨을 쉬도록 만들어 놓은 숨구멍을 기관루이라고 한다. 수술 후 이곳을 통하여 호흡, 분비물 배출 등을 하게 된다.

참고2 사전연명의료의향서

현재 우리나라에서는 2018년 2월부터 시행되고 있는 연명의료결정법에 따른 법적인 문서로 호스피스 완화의료와 임종 과정에 있는 환자의 연명의료중단 등 결정 및 이행에 필요한 사항을 규정함으로써 환자의 최선의 이익을 보장하고 자기결정을 존중하여 인간으로서의 존엄과 가치를 보호하는 것을 목표로 하며 19세 이상의 성인에게 의향을 적는 법정 문서가 있다. 작성자는 모든 설명을 듣고 직접 작성하고 서명을 마치면 연명의료 정보처리 시스템에 등록, 법적 효력을 갖게 된다.

더불어 기억하자! 때로는 어려운 이웃에 봉사하고, 가정과 사회에 나눔을 실천하며 희생을 아끼지 않고 죽음을 두려워하지 않아야 할 것이다. 함께 사는 아름다운 사회를 만들어 가야 할 것이다.

우리의 죽음이 삶이 되려면

삶의 마지막 순간에 내리는
마지막 결정에 대한
이야기

정상기(푸른노년문화연구소 대표)

허대석 지음
글항아리 펴냄
256쪽

2016년 연명의료결정법 제정과 2018년 시행은 임종의료의 한국적 관행에 반해, 죽음의 질, 궁극적으로는 삶의 질 향상을 인식하게 하는 큰 전환의 계기가 되었다. 서울대학교병원 종양내과 교수이자 존엄사 전문가 허대석 교수가 쓴 이 책은 우리나라의 연명의료를 둘러싼 제반 문제를 종합적으로 분석한 대표적인 저작이다. 그는 의사로서 이 법이 제정되기까지 중추적 역할을 담당했고 이 책은 이 법이 본격적으로 시행되기 직전에 출판되었다. 주춧돌 하나를 놓은 정도에 비견되는 연명의료결정법을 둘러싼 제반 문제, 그리고 궁극적으로는 존엄한 삶의 아름다운 마무리에 대한 그의 깊은 성찰을 엿볼 수 있는 책이다.

죽음을 맞는 풍경

사람을 살려내려 하는 병원은 이제 죽음도 가장 빈번하게 치러내는 곳이 되었다. 임종이 전적으로 의료문제가 된 때문이다. 1년 사망자의 75%가 병원에서 삶을 마감한다. 이것은 한국인이 생의 마지막 단계에서 피해가기 어려운 현실이다. 이런 병원에서의 죽음은 따라서 자연스럽게 연명의료를 어디까지 시행해야 하는가의 문제로 직결된다. 따라서 이런 새로운 죽음문화는 당연히 전 국민적 관심과 동의 그리고 사회적 합의를 요구한다. 한국은 또한 의료에 과도하게 집착하는 사회임을 각종 통계가 증명한다. 한국의 암 사망자 중 30%는 죽기 한 달 전까지 항암제를 투여받는다(미국은 10% 미만). 또한 회생 가능성이 없는 환자 연간 1500명(2009년 조사 기준)이 연명장치에 의존해 생을 이어가고 있다.

존엄사인가, 안락사인가

보라매병원 사건(1997년)에서 환자의 퇴원을 요구한 부인에게는 살인죄, 이에 응한 의사에게는 살인방조죄 판결이 났다. 이는 뜨거운 논란을 불러일으켰다. 부인은 치료를 중단하고 집으로 가면 사망한다는 사실을 알면서도 그런 요구를 할 수밖에 없었다. 그렇다면 부인 외 사회는 책임이 없었던 것일까. 같은 경제적 이유로 병원에 오지 못하고 집에서 임종한 경우 그 보호자는 그러면 같은 살인죄 처벌을 받아야 하는 것이 아닌가. 또한 소생 가능성이 극히 낮은 환자의 인공호흡기를 떼어 낸 것에 대한 법원의 판결은 흠결이 없는 것일까.

내 죽음은 내가 결정한다 : 자기결정권의 반영

대형 종합병원은 중증환자 위주로 운영되므로 환자의 생명을 어떤 방식으로든 유지시키도록 병원 시스템이 움직인다. 환자나 가족이 분명하게 의사를 밝히지 않으면 병원은 생명 연장을 위한 시도를 끝까지 할 수밖에 없다. 의료분쟁의 위험 때문에 방어 진료를 하는 것이다. 인공호흡기에 의존해 연명하다가 임종하는 환자의 수는 매년 3~5만 명이나 된다.

대법원은 존엄사 논쟁을 벌인 '김 할머니 사건' 판결(2009년)에서, "환자가 회생 가능성이 없는 '회복 불가능한 사망 과정'에 진입한 경우, 환자의 진지하고 합리적인 치료 중단 의사가 추정될 수 있다면 사망 과정의 연장에 불과한 진료 행위를 중단할 수 있다"며 자기결정권과 의사추정의 원칙을 함께 명시했다. 연명의료의 범위에 대해 우리나라는 인공호흡기, 심폐소생술, 혈액투석 등을 예외적인 연명의료로 보는 반면, 영양공급, 항생제, 진통제 사용은 통상적인 필수 진료 행위로 여긴다.

말기 암 환자들의 연명의료에 관한 가치관은 다양하여 표준화하기가 어렵다. 따라서 이런 결정에는 생명에 대한 환자 자신의 가치관이 반영되어야만 한다. 이 자기결정권을 반영하는 서식에는 세 가지가 있다. 전통적인 심폐소생술금지 동의서(DNR)이고, 건강할 때 미리 작성하는 '사전연명의료의향서(AD)'와 중병으로 입원했을 때 작성하여 본인이 서명하는 '연명의료계획서(POLST)'다. 2018년 시행 연명의료결정법은 이 중 사전연명의료의향서와 연명의료계획서만을 법적 서식으로 인정한다.

연명의료에 있어서 환자의 자기결정권이 중요하지만 본인이 직접 서명하지 못하고 가족이 의사결정에 참여하는 이유는, 환자에게 임종이 임박했다는 사실을 알리는 행위나 서명을 받는 것 자체가 환자에게 불필요한 고통을 더한다고 인식하기 때문이다. 어느 누구도 고통스러운 임종을 원치 않는다는 입장에서, 환자가 직접 서명을 하지 않았다뿐이지 제대로 된 의사소통이 이루어졌다면 당연히 무의미한 연명의료는 거부했을 것이다. 따라서 그 부분을 가족이 환자의 의사(자기결정권)를 추정해서 연명의료결정 과정에 반영할 수 있게 해주는 것이 필요하다. 즉 연명의료계획서

등 환자의 자기결정권 관련 모든 서식에 반드시 '환자 본인의 서명'이라는 요식을 의무화하는 조항은 따라서 재검토되어야 한다.

연명의료결정법의 문제와 해결

미국, 일본, 대만 등은 임종기 환자의 연명의료결정에 가족에 의한 대리결정을 허용하고, 유럽 국가들은 별도의 법적 절차 없이 의사들이 판단해서 결정한다. 그러나 우리 연명의료결정법의 연명의료계획서의 경우 환자 본인의 서명만 인정하고, 대리결정인 경우 가족 전원의 서명을, 의사 추정의 경우에도 가족 2명의 일관된 진술에 가족관계증명서까지 요구한다. 법 악용을 예방하기 위한 것이겠지만 의료 현실을 고려하면 무리한 규제다. 매년 3~5만 명의 임종기 환자가 연명의료로 고통스러운 죽음의 순간을 연장하고 있다. 환자가 원해서가 아니라, 연명의료결정에 대한 책임을 모두 회피하기 때문이다. 따라서 극소수 악의를 가진 사람을 두려워하여 선의를 가진 대다수의 사람에게 고통을 주는 일은 옳지 않다.

돌봄의 가치 : 호스피스와 완화의료

죽음은 더 이상 현대 의료의 실패가 아니라 인간이라면 누구나 맞이하는 고귀한 삶의 마무리다. 따라서 현대 의료가 담당해야 할 몫은 환자가 편안히 죽을 수 있도록 도와주는 것이다. 이를 위해 전인적 접근으로 말기 환자의 삶의 질을 향상시키고 인간의 존엄성을 마지막까지 지켜주는 것이 호스피스 정신이다. 우리나라 암 환자의 대부분(90%)은 병원에서 사망한다. 가정에서 임종하는 환자는 심한 고통을 겪는다. 반면 병원에서 임종하는 환자들은 무의미한 의료 행위로 고통을 당하는 위에 경제적 손실까지 감당해야 한다. 이는 의학은 발전했는데 환자에 대한 의료

제도는 낙후되어 있기 때문이다. 어떤 경우에도 환자의 치유(cure)가 우선하며, 치유가 되지 않을 때는 거의 관심을 갖지 않고 돌봄(care)을 소홀히 한다. 이렇듯 우리 의료제도는 환자를 돌보지 않는다. 환자와 의료진이 만나는 '진료 행위'와 상담은 가벼이 여겨지며 오히려 지극히 짧은 시간에 많은 수의 검사를 의뢰하고, 처방전을 발부해야만 하는 제도적 압박이 발생한다. 고통 받는 환자는 외면 받고, 관리에 편리한 제도에 초점을 맞춘 결과다. 따라서 응급 의료에 과부하가 걸리며, 상급종합병원에 장기 입원하려는 환자가 증가한다. 1, 2차 의료 기관은 외면당한다. 이런 문제를 해소하기 위해 사회가 나서야 하는데 사회는 오히려 조용하다.

질병의 경과에 따라 의사의 역할도 달라져야 한다. 초기에 발견되면 '완치'를 전제로, 진행된 시기에 발견되면 '생명 연장'을 목적으로 하는 적극적인 치료가 추천된다. 그러나 말기에 이르면 적극적인 치료에 의한 효과보다는 부작용으로 인한 손실이 더 클 것이므로 '증상 조절'을 통해 환자가 편안하게 여생을 보내도록 도와주는 '완화의료'가 추천된다.

이제 '간병 서비스'는 필수불가결한 일이 되었다. 특히 임종기 극심한 고통은 호스피스·완화의료라는 적극적인 간병 서비스를 필요로 한다. 이 서비스는 2017년에야 겨우 건강보험 지원을 받게 되었다. 전체 암 사망자 중 호스피스 기관의 도움을 받는 환자는 17.5%에 불과하다. 그런데 정부는 선진국에서도 보험 급여가 되지 않는 고가의 검사나 신약에 대한 급여 확대에 보험 재정을 쏟아붓고, 장기 간병에 지쳐 노인 부부가 동반자살을 하고, 부모나 자식인 환자를 살해하는 등의 사건이 끊이질 않는데 만성질환 노인환자 간병 문제를 의료와 분리해서 접근하는 정책을 펼친다. 의료는 첨단 의료 기술이나 신약이 아니라 '돌봄'에서 시작된다.

삶의 마무리

말기에 방치되거나 의료 외 방법에 매달리다가 상태가 더 악화되는 환자가 적지 않다. 이런 환자들도 자연스럽게 호스피스 간병 보호를 받으며 편안하게 삶의 마무리 시간을 가지면 좋겠다. 상태가 더 나빠지기 전에 평소 하고 싶었던 일을 찾아서 할 수 있으면 좋겠다. 상처를 치유하여 편안한 마음으로 떠날 수 있으면 좋다. 죽음을 '삶의 끝'으로서가 아니라 '삶의 완성'으로 누리는 여유를 가지면 좋겠다. 이렇게 자신의 죽음을 받아들이고 사랑하는 사람들을 위해 남은 시간을 쓸 수 있다면 가는 사람도, 남은 사람도 마음이 한결 가벼울 것이다.

책을 읽고 나서

저자는 이 책에서 우리 현행 의료체제가 안고 있는 제반 문제, 특히 연명의료결정 등과 관련한 문제를 종합적으로 분석하고 있다. 소비자가 접근하기 어려운 문제까지도 친절하게 안내하고 있다. 게다가 이 책의 출판은 시기적으로도 절묘했다. 이 책은 연명의료결정 시스템과 함께 3년이란 연륜을 쌓았다. 따라서 우리 의료체제와 연명의료결정 시스템의 흐름을 추적할 수 있는 매우 소중한 자료가 된다. 연명의료결정 시스템이 3년간 운영되었음에도 불구하고 이에 종합적으로 접근하여 정리한 자료가 아직은 없다. 이후의 연구, 분석도 계속되길 바란다.

토론을 위하여

연명의료결정법의 시행 이후 우리 주위의 대부분의 죽음은 이로부터 직, 간접의 영향을 받았으리라고 생각된다. 이에 우리가 듣고, 보고, 경험한 사례들을 소개하고, 그 각각에서 느낀 소감이나 문제점을 토론해 보자.

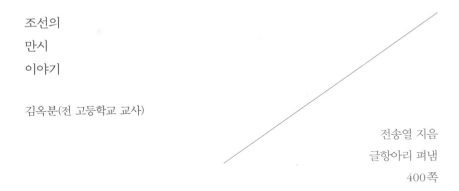

{ 2009년 4월 28일 }

옛사람들의 눈물

조선의
만시
이야기

김옥분(전 고등학교 교사)

전송열 지음
글항아리 펴냄
400쪽

　　　　　　만시(挽詩)란 살아남은 자가 죽은 사람을 애도하며 쓴
시이다. 조선시대 사대부들의 문집마다 빠짐없이 실려 있는 것은 만시다.
평민이 아닌 사대부가에서 누군가가 죽었을 때 그 사람을 위해 만시를
지어 바친다는 것은 지극히 당연한 예의에 속했다. 《옛사람들의 눈물》을
쓴 지은이 전송열은 연세대 대학원에서 한시를 전공하여 박사학위를 받
았다. 연세대에서 강의하며 희귀본 고서들을 해제하고 국역하는 일을 하
고 있다. 저서로는 조선 전기 《한시사 연구》, 《역주 방시한집》 등이 있다.

　이 책은 옛사람들의 눈물과 아픔을 담은 시들을 선별하여 번역한 것이
다. 만시는 자신의 슬픔을 설명하지 않는다. 오히려 깊이 농축된 한없는
슬픔을 느껴보라고 한다. 선인들이 죽음에 대해 어떻게 생각하고 느꼈는
지를 더듬어 볼 수 있는 좋은 계기가 될 수 있다.

　"죽은 자를 슬퍼한 제문이나 표지문 같은 산문도 많이 남아있지만 역

시 문장의 본령은 시라고 할 수 있다. 만시는 때로는 단 한 편의 절구로 읊은 경우도 있고, 긴 연작시의 형태로 남긴 경우도 있다.… 하지만 어느 경우든지 간에 가슴을 내리치는 애통함이 시의 전면 가득 흘러넘치고 있음을 보게 된다. 시는 때로 산문이라는 긴 호흡보다 훨씬 더 애절하게 우리의 감성을 흔들어놓는다."(p.6)

여기에는 종의 죽음을, 자식을 잃어버린 슬픔을, 숙부가 조카의 죽음을 애도하며 쓴 시들이 있다. 아내의 죽음을 슬퍼한 만시, 친구의 죽음을 슬퍼한 만시, 후배가 선배의 죽음을 슬퍼한 만시, 김응하 장군의 죽음을 슬퍼한 만시, 선배의 죽음을 슬퍼한 만시, 제자의 죽음을 슬퍼한 만시, 자신의 죽음을 스스로 슬퍼한 시, 처남의 죽음을 애도한 시도 있다. 각 시들이 쓰인 사연과 그 내용을 설명한다. 수백 년 전의 한시임에도 사랑하는 사람을 잃은 절절한 마음은 그대로 느껴진다. 많은 시 중에서 마음에 와닿았던 몇 편을 소개한다.

곡자(哭子) : 자식을 잃은 어버이의 슬픔을 나타낸 시

지난해 사랑하는 딸을 잃었다가/올해엔 또 사랑하는 아들을 잃었네/슬프고도 슬픈 이 광릉 땅에/두 무덤이 서로 마주 보고 섰구나/…백양나무엔 스산한 바람 일어나고/도깨비불은 묘지에 번쩍인다/지전으로 너의 혼을 부르고/너희 무덤에 헌주를 따르네/부질없이 황대사를 읊조리며/피눈물 흘리며 슬픈 울음소리를 삼키노라/(허난설헌은 조선의 대표적인 여류시인이다. 젊은 나이에 어린 두 남매를 잃고 통곡하며 쓴 시이다. 황대사란 어머니 구실을 제대로 하지 못해 자식을 죽였다는 극심한 자책감을 나타낸다. 자식을 잃고 얼마 되지 않아 허난설헌은 27세에 세상을 떠났다.)(pp.79~84)

도망시(悼亡詩): 아내의 죽음을 슬퍼하며 남편이 지은 만시

뉘라서 월모에게 하소연하여/서로가 내세에 바꿔 태어나/천리에 나 죽고 그대 살아서/이 마음 이 설움 알게 했으면/(추사 김정희가 유배지 제주도에서 쓴 만시이다. 조선 사대부들의 도망시 중 압권으로 뽑히는 유명한 작품이다. 아내가 세상을 떠나고 한 달 후에야 부음을 들은 추사는 죽은 이를 슬퍼하는 글, 애서문을 써서 절절한 슬픔을 나타냈다.)(pp. 105~106)

당신 모습 한번 멀어지자 추억마저 아득하고/삼십 년 세월이 한바탕 꿈인 듯만 하구려/오늘 이 아픈 마음은 끝도 없을 것만 같은데/무슨 수로 저승의 당신이 알게 할 수 있을까/(강세황은 18세기를 대표하는 문인 중의 한 사람이자 김홍도의 스승으로 빈궁한 삶을 살았다. 평생 가난 속에서 살다 전염병으로 떠난 부인을 기리며 만시를 썼다. 아내에 대한 지극한 고마움과 한편으로는 말할 수 없는 죄책감이 느껴진다.)(pp. 163~167)

친구 잃은 슬픔

시집 속 천마산 경치는/아직도 눈앞에 아련하건만/이 사람 이제는 없으니/옛 우정도 날로 아득해/가랑비 속 영통사였고/해 지던 만월대였는데/생과 사로 이별하니/쇠한 몸만 홀로 배회해/(이행이 갑자사화로 26세에 요절한 친구 박은을 그리워 하며 쓴 시.)(pp. 253~254)

박은의 최고 작품은 '복령사'이다. 조선시대에 지어진 시인데도 현대시를 읽는 느낌이다.

봄날 흐림 비 올 듯 새들은 지저귀고, 고목은 무정한데 바람만 홀로 슬

프구나(흔히 이 시구는 너무도 슬픈 나머지 하늘을 울려 천기를 누설했기에 박은의 명이 그토록 단축되었다고들 한다.)(p. 264)

무등산 앞에서 일찍이 손을 잡았는데/관 실은 소달구지만 바삐 고향으로 돌아가네/훗날에 저세상에서 다시 서로 만나거들랑/인간 세상 부질없는 시비일랑 논하지 마세나/(눌재 박상이 정암 조광조의 죽음을 기리며 쓴 시이다. 조광조는 중조 때 개혁정치를 펼치다 반대파의 모략으로 기묘사화 때인 1519년 12월 20일 38세의 나이로 억울한 죽음을 당한다.)(pp. 271~272)

해 저무는 저 푸른 물가에 날씨는 차고 파도가 이네/외론 배 일찍 정박해야겠거니/풍랑은 밤 되면 더욱 거세질 테니/(연산군 재위 시 무오사화 때 많은 신진사류들이 무고한 화를 입게 되었는데, 정희량도 이때 4년간 유배를 당하였다. 그는 이후에는 다시는 벼슬길에 나가지 않았다. 고양에서 어머니의 묘를 지키다가 사라졌는데, 김포 조강가의 모래펄에서 그가 남긴 갓과 신발과 지팡이만을 찾았을 뿐, 그를 다시는 찾을 수 없었다. 당시 사람들은 정희량은 물에 빠져 자살을 했다기보다는 진정한 자유의 길인 산목을 택했으리라 추측했다. 산목이란 크기만 할 뿐 쓸모가 없어서 목수도 돌아보지 않는 나무를 이른다.)(pp. 292~296)

자만시(自挽詩): 자신의 죽음을 스스로 슬퍼한 시

살아온 세월이 예순네 해나 되었어도/장부의 한평생 쉴 틈 없이 고달팠네/문장의 헛된 명성 끝내 화만 초래했고/좋은 벼슬 공 없이 먹은 국록 늘 부끄러웠네/눈은 천지 사이의 무궁한 일을 살폈고/마음은 백성의 다함 없는 시름을 안았노라/이제 저세상 돌아가면 모든 생각 끊어지겠지만/푸른 산은 변함없고 물은 동으로 흐르리라/(인조 때 대제학을 지낸 이식이 임종하기 20일 전에 병상에서 불러주는 것을 받아 적은 시이다. 자랑이 아니라 부끄러움과 고단한 인생을 말하며, 영원히 변함없는 대우주 속의 '나'라는 한 개체가 잠시 머물다가 사라져 갈 뿐임을 말한다. 진정한 지식인의 면모이다.)(pp.367~369)

　해 떨어져 하늘은 칠흑과도 같고/산은 깊어 골짜기가 구름과 같네/천년 토록 지키자던 군신의 의는/슬프게도 외로운 무덤 뿐이로구나/(기준이 함경도 온성 귀양지에서 죽을 무렵 지은 시. 조광조와 함께한 개혁파로 기묘사화 때 기준은 30세의 나이에 죽임을 당한다. 서울에서 사약이 내려오자 조용히 이 시를 읊었다고 한다. 자신의 위대한 꿈이 종말을 고했음을 비유적으로 나타낸다. 군신 간의 의리는 지켜지지 못하고 처참한 죽음만이 기다리는 통절한 아픔을 표현했다.)(pp.375~376)

　오랍누이 의좋게도 부모를 따라갔나/저승도 이 세상과 다를 바가 없으리/그대 부디 내 소식을 자세히 전하게나/자네 누이 자네 보면 내 안부를 물을 테니/(이명한이 처남 박미의 죽음을 슬퍼하며 남긴 시. 박미는 선조의 사위로 대단한 문장가였다고 한다. 처남에 대한 만시인데 사실은 이를 핑계로 아내에 대한 그리움을 짙게 나타낸 시이다.)(pp.387~388)

{ 2016년 2월 19일 }

슬픔학 개론

삶과
함께하는
죽음

김금희(전 서울대학교병원 수간호사)

윤득형 지음
샘솟는기쁨 펴냄
248쪽

저자 윤득형은 목사이자 목회상담학 박사이자 슬픔 치유 상담가, 죽음교육 전문가로 활동하고 있다. 이 책은 저자가 '삶과 죽음을 생각하는 회'에서 연구하면서 얻은 지식과 미국 유학 중에 배우고 실습한 해박한 지식을 중심으로 죽음의 의미, 철학, 죽음 준비 교육, 호스피스 연구 및 실습, 상담 등을 알기 쉽게 안내하고 있다.

인생의 완성은 탄생에서부터 죽음까지를 말한다. 삶의 모든 순간이 희망과 기쁨, 그리고 즐거움의 연속만은 아니다. 가장 어렵고 슬픈 것은 사랑하는 이들과 이별해야 하는 세상을 떠나는 순간이 아닐까? 그리고 그 순간을 지켜보는 사람들의 저려오는 아픔과 떠나는 사람의 비통함, 즉 슬픔일 것이다. 《슬픔학 개론》에서 저자는 이 상황과 의미를 어떻게 적고 있을까? 저자는 아버지의 오랜 투병생활과 죽음을 보면서, 어떻게 하면 진정한 위로를 할 수 있을까? 또 완벽한 위로는 불가능하다는 생각으로 자신의 삶을 유지시켜 주는 근간을 찾아내려 하였고, 온 마음을 다해 하나님께 기도하고, 뜻을 구하고, 소리에 귀를 기울였다고 쓰고 있다.

나에게도 슬픔은 있었다. 22세 때 어머니에게 심한 출혈이 나타나 병원을 찾았었다. 정밀 검사 후에 의사의 진단은 말기 암이며 3개월 정도 살 수 있다고 하였다. 어머니 나이 52세였다. 우리 형제들은 그저 눈물만 흘릴 뿐, 차마 진단명을 알려드릴 수가 없었다. 그런데 어머니는 병원에서 치료하면 살 수 있다는 희망을 가지고 계신 것 같았다. 이 사실을 알면 깊은 슬픔에 남은 삶을 포기할 것만 같았다. 어떤 무엇도 죽음 앞에선 사람의 슬픔을 위로할 수는 없을 것이다. 우리 형제들은 누구도 어머니가 슬퍼하실 것이 안타까워 내색하지 않았다. 그리고 어머니가 평소에 좋아했던 것과 하고 싶었던 것을 서로 찾았었다.

어머니가 돌아가신 후에, 나와 비슷한 처지의 친구나 지인을 만나면 함께 서로의 어려웠던 그때들을 이야기하였다. 때로는 어머니의 살아계실 때를 이야기하면서 슬퍼하며 울고, 잘못해 드린 것이 아쉽다고 후회도 하고…. 그럴 때면 나는 울보, 수다쟁이가 되어 버렸다. 그렇게 많은 세월 동안 어머니의 빈자리를 그리워하였고, 때로는 사진을 보며 혼자 울거나 어머니와 갔던 곳을 찾아가기도 하였다.

역시 슬픔을 극복하는 하나의 방법 중 '표현하기'는 마음속의 응어리를 풀어 주는 것 같았다. 남겨진 유가족들의 아픔은 시간이 지난다고 저절로 치유되는 것이 아니다. "죽음으로 인한 슬픔과 아픔은 표현되고, 의미가 부여되고, 다시 새로운 사명으로 전환될 때, 치유되고 회복되어진다. 이것이 이 슬픔이 지닌 하나의 미학이라고도 말할 수 있다"(p.7)는 것이 적절한 표현인 것 같다. 저자의 어린 시절, 아버지의 죽음이 얼마나 커다란 슬픔인지도 이해할 것 같았다. 삶은 죽음을 통해 성장하고, 슬픔은 표현됨으로 치유된다고 생각하게 되었다.

모든 인간은 언젠가는 죽는다. 예고나 순서가 없이 느닷없이 찾아온 죽음 앞에서 사람들은 당황한다. 우리는 어디서 임종을 맞이할 것인가? 서경(書經)의 홍범편에 나오는 인생의 바람직한 조건인 다섯 가지의 복은 곧 오래 사는 장수(長壽), 부유하고 풍족하게 사는 부(富), 건강하게 사는 강녕(康寧), 이웃이나 다른 사람을 위하여 보람 있는 봉사를 하는 유호덕 (攸好德), 자기 집에서 깨끗이 죽음을 맞는 고종명(考終命)을 말한다. 자기 집에서 깨끗이 죽는 것을 선대의 사람들은 오복 중 하나라 하였다. 어려울 수 있겠지만 집에서 가정 호스피스 케어를 받으며 죽음을 맞이했으면 하는 바람이다.

엘리자베스 퀴블러 로스의 호스피스에 관한 내용이 좋아서 옮겨 본다. "호스피스는 서로의 안녕을 빌 수 있는 시간이며, 분리된 관계를 치유할 수 있는 때이며, 서로 용서를 주고받으며, 풀어진 삶을 단정히 모으는 때이므로 인간의 삶에서 가장 의미 있는 몇 달, 몇 주 혹은 마지막 날이 될 수 있다."(p.68) 저자는 인간의 일생의 마지막 성장이 될 이 부분을 놓치지 않고, 슬픔의 시간들을 잘 보낼 수 있도록 옮겨 놓았을 것이리라 생각된다.

어머니를 보내던 그때가 생각난다. 우리 형제들이 어머니의 죽음 앞에서 단합된 모습으로, 고통 속에서 신음하며 3일간의 무의식 상태에 보이시던 어머니에게, 서럽고 안타까움으로 슬픔 속에서 사랑하는 모습을 보여 주려 하였던 그날들을 잊을 수가 없다. 1970년대 초반 그때도 죽음 준비 교육이 있었다면, 어머니는 인생의 최대 위기를 어떻게 보내셨을까? 심각한 고통과 불안한 병원 생활을 극복할 수 있으셨을까? 죽음도 연습과 준비가 필요하다. 우리는 삶 속에서 죽음을 준비해야 한다고 생각한다. 죽음을 앞둔 이들에게 어떻게 죽음을 인식시켜야 할까?

어린이와 죽음에 관해서는 린다 골드만은 저서 《Great Answers to Difficult Questions about Death》에서 중요한 관점을 제시한다. 그것은 "죽음에 대한 아이들의 질문을 회피하지 말고, 직접적으로 답을 해 주라'는 것이다. 어른들이 이러한 질문에 답하는 것을 피한다고 느낄 때 아이들은 자기 나름대로 죽음에 대한 생각을 하게 되는데, 그것은 때로 왜곡되고 과장되어, 염려와 두려움을 느끼게 한다."(p.86)

어린이병원 암병동에서 근무하던 시절이 생각났다. 죽음에 대한 아이들의 질문을 회피하지 말고, 직접적으로 답을 해 주라니… 성인도 죽음을 받아들이기 어려운데 하물며 환아에게….

의료인들이라면 누구나 보호자와 환아 사이에서 많이 고민과 망설임을 주던 과제였을 것이다. 특히 어린이들은 투병 생활로 달라진 자신의 모습과 치료에 대해서 많은 고민을 하는 것 같았다. 직접적인 답을 준다면 잘 이해하고 받아들일 수 있겠는가? 자기의 진단을 알고 특히 말기임을 알고 나면, 환아는 치료를 거부하거나 식음을 전폐하여 의료인을 당황하게 하는 경우도 있었다. 이런 경우 이 상황을 만든 의료인은 보호자로부터 심한 질책을 당하기도 하였었다. 이 부분은 병원에서도 의료인들 사이에 '뜨거운 감자'로 취급되는 부분이다.

헨리 나웬의 '죽음, 가장 큰 선물(Our Greastest Gift : A Meditation on Dying and Caring)'이라는 글 중에서 죽음과 사후세계를 설명하기 위해 엄마의 자궁 안에서 살고 있는 쌍둥이 태아 남매의 대화를 예(p.95)로 들었는데 좋은 예라고 생각한다.

저자가 병원상담 인턴십(CPE)을 하면서 배운 '방 안(병실)에 있는 코끼리(Elephent in the room)'를 찾으라는 심리상담 기법은 임상에서 할 수 있는 환자 돌봄 중에 가장 중요한 부분일 것이다. "환자의 방안을 무겁게 누르고 있는 어떤 이슈를 발견하라는 것인데, 그것은 표현되지 않고 있거나 이야기 되어지기를 꺼리는 주제를 말한다. 경험이 많은 목사나 상담가는 몇 마디 대화 속에서 그 주제를 끌어내어 환자와 가족이 겪는 마음의 고통이나 상처를 어루만져 준다. 그것은 병원이라는 공간의 특수성, 환자와 가족이 느끼는 보편적인 감정들, 또한 환자와 가족의 특수한 상황을 이해하는 데에서 오는 것이다."(p.125)

저자가 알리고 싶어 했던 《모리와 함께한 화요일》이 잊혀지지 않는다. "모리 교수는 심장 마비로 세상을 떠난 동료 교수의 장례식에 참석하고 난 후, 장례식에서 고인에 대한 좋은 추억과 말을 정작 고인이 들을 수 없다는 것에 대한 안타까운 마음이 생긴다. 그래서 자신이 세상을 떠나기 전에 미리 장례식을 하면 좋겠다는 생각을 하게 된다."(p.230) 그는 스스로 장례식을 디자인하고 참석한 이들과 평소에 하지 못한 말과 추억을 나누며 언제 닥칠지 모를 이별을 준비했다.

말기 담낭암으로 2012년 세상을 떠난 고 이재락 박사가 '생전 장례식' 중 남긴 말이 생각난다. "죽어서 장례는 아무 의미가 없다. 그들의 손을 잡고 웃을 수 있을 때 인생의 작별인사를 나누고 싶었다."(토론토, 83세 말기암 이재락 박사, 이색 장례식 현장 기사)

또한 "제, 장례식에 초대합니다. 꽃무늬 옷을 입고 오세요"라는 초청장을 내어 죽기 전에 바쁜 일상으로 만나지 못했던 친구들과 사랑하는 사람들을 함께 만나서 하루를 보냈다는 그분의 글이 생각났다. 생전 장례식은 바람직한 방법이라는 생각이 든다. 바쁜 현대를 살아가는 일상에서 평소에 잘 만나지 못했던 친구, 친지 그리고 이웃이 함께 오붓하게 하루를 보내는 것으로, 내 인생의 사람들과 즐겁게 인사할 수 있으리라.

죽음의 벽

죽음을 통하여
삶을 바라본다

김선숙(행복한 노년문화연구소 소장)

요로 다케시 지음
김난주 옮김
재인 펴냄
184쪽

저자 요로 다케시는 1937년생 의사로서 1995년 도쿄대학교 의과대학 교수를 퇴임했다. 전문 분야인 해부학을 비롯하여 다양한 분야의 학자이다. 교육, 정치, 사회구조 등 병든 사회를 고치는 '사회과 의사'라는 별명을 가지고《바보의 벽》을 비롯해 해부학과 과학철학에서 사회시평에 이르는 많은 저서를 내었다. 그 책에서 "인생의 문제에는 정답이 없다"는 말을 했다. 적극 공감하는 말이다.

《죽음의 벽》은 총 9장으로 되어 있다. 저자는 죽음의 문제를 삶의 한가운데로 끌어들여, '죽음이란 무엇인가'하는 정의를 비롯하여 죽음의 여러 형태인 뇌사, 안락사, 자살, 사형제도 등에 대한 자신의 생각을 편안하면서도 담담하게 풀이하고 있다.

제1장에서 사람을 죽여서 안 되는 이유는 바로 죽이기는 간단하지만, 되돌려 놓을 방법이 없기 때문이라고 말한다. 너무도 지당한 말이다. 그

런데 25~29쪽에 사람이 살아있는 것을 죽여서는 안 되는가? 파리채로 쉽게 파리를 죽일 수 있지만, 그 파리가 바로 옛날의 조상이 파리로 이 세상에 다시 태어났을지도 모른다고 한다. 즉 살아있는 것은 다 이어져 있다는 불교에서 함부로 살생해서는 안 된다는 논리와 같은 맥락이다.

제2장에서 전도서 7장 2절 "초상집에 가는 것이 잔칫집에 가는 것보다 나으니"의 말과 함께 장례식은 고인의 집대성이라고 할 수 있다고 한다. 장례식은 고인과 그 가족에 따라 매우 다른 양상을 보이지만, 시신은 다 공평하게 다뤄진다고 표현한다. 52쪽에 "살아있는 인간은 죽은 자를 지배할 수 없는데 살아있으면서 스스로를 죽은 자나 다름없다고 여기는 인간에게는 세상의 모든 법률이 통용되지 않는다는 뜻입니다"라는 말이 있다. 맞다. 나는 이 말을 죽는다고 생각한다면 두려울 게 없다는 뜻으로 이해했다.

제3장에서 우리는 흔히 자발적인 호흡이 멎고, 심장박동이 멎고, 동공이 벌어지면 죽음의 징후로 여겼으나, 겉보기에 죽은 것 같아도 함부로 죽은 것 같다고 판단해서는 안 된다고 한다. 또한 현대에는 뇌사를 죽음으로 정의하는 사람도 있지만, 근육은 뇌가 죽은 후에도 전기 자극을 주면 잘 움직이기 때문에 사람이 어느 시점에 죽었는지, 실은 아무도 알 수 없고 결정할 수도 없다고 한다. 삶과 죽음의 경계가 애매하여 삶과 죽음을 결정한다는 것은 매우 힘들다. 또한 삶을 구성하는 요소는 쉬지 않고 변화하는 성질이 있어서 살아있는 동안에는 줄곧 달려야 하는데, 달리는 데 지장이 없도록 항상 부품을 교환하면서 계속 달리는 것이다. 그것이 삶이다.

제4장~6장에서 시신에 대해 다루면서, 중요한 것은 2인칭의 죽음, 즉 나와 깊은 관계가 있는 사랑하는 사람의 죽음에 대한 언급한다. 우리가 흔히 아는 슬픔이란 감정을 동반한 죽음, 2인칭의 시신은 시신이지만, '시

신이 아닌 시신'으로 표현한다. 그러면서도 일본에서는 '죽으면 끝, 인간이 아니다'라는 사고가 일반화되어 있었지만, 112쪽에는 사람이라는 것을 알 수 있는 한, 살아있든 죽었든 사람은 사람이라는 것이다.

제7장 119쪽에서 "사람은 '나는 절대 옳다고 생각하지만, 다른 생각도 있을 수 있다'는 정도의 융통성이 있어야 합니다"라고 언급한다.

131쪽의 팔굉일우(八紘一宇)는 일본 건국 신화에서 역사 시대 최초의 왕이 설파한 조직으로, 전 세계가 한 집이나 같다는 뜻이라는데, 그 말은 바로 요즘 코로나19 사태를 겪으면서 오버랩된다.

제8장에서는 생명존중이라는 관점에서 볼 때, 의료행위는 분명 생명존중과 사람 살리기 행위를 다룬다. 그런 명분을 내세워 경제 행위와 직결되는 행위를 하는 적이 없는가? 과연 안락사의 문제를 다루는데, 오늘날 안락사에 관한 한 모든 책임을 안락사에 임하는 의사가 지고 일반인에게는 죄책감이 전혀 없을까? 하는 논제를 다룬다. 엘리트 교육을 하는 과정에서 책임과 각오를 가르쳐야 하지만, 142쪽에 '죽이는 쪽'에 있는 의사의 입장을 배려해 볼 때, 결코 쉽게 다룰 문제가 아니라고 한다.

사형에 대해서도 '저런 인간은 없는 편이 좋다'는 공동체의 논리와 합의를 일궈내기 쉽다고 하지만, 아무리 인간 구실도 못하고 가족에게 폐만 끼치는 것 같은 사람이라도 죽어도 좋다거나 안락사에 관한 문제를 명문화하는 것이 바람직한지 의심스럽다고 했다.

종장 161쪽에서 저자는 죽음에 관해 생각하는 것은 중요한 일이라고 하면서 다음과 같이 말한다. "그러나 죽으면 어떻게 되나 하고 고민해 봐야 소용없는 일이란 것도 분명합니다. 죽음에 관해서 생각한다고, 나 자신의 죽음을 생각해 봤자 답이 없으니까요. 그러니까 '죽음의 공포를 어떻게 극복할 것인가'란 논제는 별 의미가 없습니다." 다만, 2인칭과 3인칭의 죽음을 어떻게 받아들일 것인가가 의미 있다고 한다. 물론 2인칭의 죽음은 살아남은 자들에게 큰 영향을 줄 수 있기 때문에 중요하지만, 나는 무엇보다 더 중요한 것이 바로 나의 죽음, 1인칭의 죽음이라고 생각한다. 그에 대한 깊은 성찰과 준비를 간과해서는 안 된다고 본다. 그렇다고 자살을 선택해도 좋다는 것은 절대 아니다.

164~165쪽에서 다루는 노망은 요즘은 치매(癡呆)라고 칭한다. 치매의 '치(癡)'는 어리석을 치', '매(呆)'는 어리석을 매'의 한자어이고, 한국어 사전에 '슬기롭지 못하고 둔함', '대뇌의 질환으로 지능이 저하되어 말이나 행동이 느리고 정신 작용이 완전하지 못함'으로 풀이되어 있다.

치매에 대해서 중요한 것은 바로 주변 사람들의 간호이며, 그 간호의 문제가 심각하기 때문에 그에 대한 객관적인 기준 설정이 필요하다. 죽음보다 더 무섭고 두려운 단어가 바로 노망, 치매가 아닌가 생각이 든다. 바로 노망 걸리지 않고 살다가 죽고 싶다는 바람을 가져본다. 아무리 바람이 그렇더라도 맘대로 되지 않는 것이므로, 내가 치매에 걸리게 된다면 어디에서 누구의 돌봄을 받을 것인가에 대한 생각도 한 번쯤 미리 해봄 직하다. 또한 상황과 정도에 따라 다르지만, 가족 중에 치매 환자를 돌본 경험담을 귀담아들을 필요도 있다.

토론을 위하여

1. 나이 들어 출입이 자유롭지 못할 때, 어디에서 누구랑 살고 싶은가요?
2. 나에게 가장 큰 영향을 준 죽음은 누구의 죽음인가요?
3. 노년의 추함이란 무엇이라고 생각하는지요?
4. 노년에 추하지 않게 살기 위해선 어떻게 살아야 할까요?
5. 죽음에 대한 구체적인 고민이나 생각은 어떤 것인지요?

어머니의 죽음

수전 손택의
마지막 순간들과
외아들의 회한

고광애(《나이 드는 데도 예의가 필요하다》 저자) ·

데이비드 리프 지음
이민아 옮김
이후 펴냄
168쪽

우리 죽음회 모임에서 한결같이 추구하는 바는 소위 '당하는 죽음에서 맞이하는 죽음'이다. 그런데 오늘 읽은 이 책(원제 Swimming in a Sea of Death)은 죽음이 턱밑까지 밀고 오고 있는데도 끝끝내 죽음을 밀어내고 밀어내다가 마침내 본인은 물론이고 주위 사람들 모두 사람으로서의 존엄성을 소진하고 남은 극한의 고통 속에서 죽음을 당한 이야기다.

이 책은 수전 손택이 2004년 3월 29일에 세번째 암선고를 받고 그해 12월 28일 세상을 떠난 9개월간의 마지막 투병과 거기에 따르는 고통과 회오를 그녀의 외아들인 데이비드 리프가 회상한 글이다. 저자는 〈뉴욕 타임스〉와 같은 매체에 글을 기고하며《전쟁을 시작하려는 순간》,《잠들기 위하여》,《도살장》 등 7권의 저술이 있다.

이 책에서 죽어 간 주인공은 누구인가? 시정의 장삼이삼이 아니다. 죽어간 주인공은 수전 손택이다. 에세이 작가, 소설가, 예술평론가 연출가다. 그의 조국 미국에서는 '대중문화의 퍼스트 레이디', '새로운 감수성의 사제', '뉴욕 지성계의 여왕'이라 일컬어지는 분이고 미국 펜클럽 회장이었다. 저서로는 《해석에 반대한다》, 《캠프에 대한 단상》, 《화산의 연인》, 《은유로서의 질병》, 《인 아메리카(1999년 전 미국 도서상수상)》 등이 있다.

책 속으로
1장

수전 손택의 아들이자 저자인 데이비드 리프는 해외출장에서 돌아오는 길에 어머니에게 전화를 걸었더니, 정기검사에서 뭔가 좋지 않다는 얘기를 들었다고 했다. 때는 2004년 3월 28일. 수전은 1975년에 임파선까지 퍼진 유방암을 앓았고 1998년에 자궁육종을 앓았던 터라서 늘 '다모클래스의 검' 밑에 있듯 아슬아슬한 삶을 살아오긴 했다. 하지만 이 소식에 애써 태연한 척하며 이것은 어쩌면 허위 정보일 것이라고 모자가 주고받았던 이 허망한 대화가 얼마나 부담스러웠으면, 아들은 엄마와의 전화를 끊었을 때 "나는 해방된 기분이었다"(p. 11)고 했을까.

A박사는 의심의 여지가 없는 골수이형성증후군이란 진단을 내린다. 이 병은 악성백혈병으로 아무런 치료법도 없다고 냉정하게 강의하듯 설명해 줄 뿐이었다. "긴 강의 끝에 어머니는 사무치도록 신중해서 지금도 그 목소리를 기억하는 것만으로도 숨이 멎을 것만 같은 목소리로 '지금 말씀은…사실상 할 수 있는 일이 없다는 것이군요.' 이어서 '내가 할 수 있는 게 아무것도 없다고요.' 대답이 없는 A박사의 침묵은 웅변적이었다."(p. 17)

A박사를 만난 뒤부터 마지막 투병 기간까지 어머니를 위로할 수 있었

다면, 얼마나 좋았을까. 그러나 우리는 거의 마지막 순간까지 살 수 있다는 이야기나 투병 이야기는 하면서 죽음에 관해서는 한마디도 하지 않았다. "삶을 지속하는 것, 어쩌면 이것이 어머니가 택한 죽음의 방식이었을지도 모르겠다. 마지막까지 죽음에 대해 생각하지 않고 미래를 위해 싸우는 그것도 어머니의 방식이었고 어머니의 권리였다."(p.24)

"그러나 내가 세 번째 암 발병에는 죽을 수도 있다는 사실을 묵살하는 어머니의 태도를 부추겼던 것이 과연 옳았는지? '사랑하는 이의 딜레마'의 변형일 수도 있다. 답을 할 수 없는 살아남은 자의 물음이다."(p.27)

2장

"어머니는 과학을 사랑했고 열렬히 흔들림 없이 종교에 가까울 정도로 과학을 확신했다. 수전은 이성이 종교였다."(p.35) 파리의 암전문의가 수전의 사진을 보고 "당신의 상황이 가망이 없다고는 생각하지 않습니다"(p.36)라는 한 줄짜리 소견에 의지해서 그녀는 그 힘들고, 기나 긴 수술과 치료를 받으며 죽음을 막았고 더 나아가서는 무엇인가를 성취하기까지 했다. 두 번씩이나 암치료를 받고 29년이 흘러 백혈병에 걸렸다는 것이 무엇을 의미하는지, 나라면 이 시점에서, 나라면 그런 모험을 할 수 없었다고 회상하고 있다.

3장

A박사를 만나고 온 뒤, "절망 이외에 다른 무엇도 들어 갈 자리가 없었다."(p.46) 그러나 수전은 바로 친구들에게 한국식 표현으로 병자랑을 해댔다. 전화를 받은 친구들은 골수이형성증후군과 급성골수성 백혈병에 관한 정보를 미친듯이 뒤졌다.

결과는 이 병이 얼마나 치명적인지, 수명을 약간 연장하는 것 말고는 좋은 정보는 없었다. 여기서 저자는 "자기 어머니가 평안한 죽음보다는 고통스러운 죽음이 되리라는 사실뿐"(p.48)인데 평안한 죽음에 관해서는 어머니답게 "전혀 관심을 보이지 않았다"고 했다. 죽는다는 현실을 인정치 않은 탓이리라.

이런 어머니를 진정시키기 위하여 가부키 가면을 쓴 듯이 태연을 가장하고 일부러 사실을 낙관적인 방향으로 설명했다. 이런 낙관적인 왜곡만이 어머니를 진정시킬 수 있었다고 했다.

4장

진단을 받은 후 수전은 조울증 비슷한 증세를 오갔다. 그 이전부터 "어머니는 나이 들수록 혼자 있는 것을 못견뎌 했다."(p.62) 그것은 '불안발작'이었다. 이 악마적인 주기변화는 갈수록 심해졌다. 오로지 '치유의 가능성'이 있는가 하는 문제에만 집중했다.

"어머니에게는 죽음에 대한 공포가 그 어떤 것보다도 강했다. 그 공포는 그 무엇으로도 위로할 수 없었던, 어디에서도 외부자라는 느낌, 어디에도 어울리지 않는 사람이라는, 그 뿌리 깊은 느낌이 강렬했다."(p.69) 어머니는 암의 나라에 들어가서 치료 확률이 없다는 소리가 나올까봐 그리도 공포에 떨지 않았을까? 아들인 저자가 하는 추측이다.

"어머니의 목표는 살아남는 것이었고, 판정을 받은 순간부터 거의 사망 시까지 그 목표는 한 번도 수정되지 않았다."(p.76)

5장

"어머니가 두 차례나 암을 이겨낼 수 있었던 것, 또 그 병을 이겨낸 것이 어떤 통계적 우연이나 생물학적 요행 이상이었다고 생각되는 것이 바로 이 '특별하다'는 느낌이었다.…자신이 '특별하다'는 믿음은 예술가들한테서 흔히 볼 수 있는 바로 그런 자의식이었다. 그러던 어머니가 '내 생전 처음으로 내가 특별하게 느껴지지 않는구나'라고 했다."(p.79)

죽는 순간까지도 어머니의 무신론은 바위처럼 단단했었다. 어머니는 암에 대한 선정적인 낙관주의를 경멸했었다. 그랬음에도 불구하고 어머니도 낙관주의의 힘을 믿었는가? 스포츠에 무관심했던 어머니가 사이클 챔피언 랜스 암스트롱에게 관심을 가졌었다.

어머니와 암스트롱은 어느 하나 닮은 데가 없지만 병, 암에 대처하는 생각이 그렇게 닮을 수가 없었다. 어머니는 나쁜 소식을 무시하면서 어떻게든 힘을 잃지 않고 계속 싸울 수 있었다는 것, 무엇보다도 계속 글을 쓸 수 있었다는 것은 어머니도 인간이라는 표시였다. 하지만 조금 깊이 들여다보면 어머니처럼 죽음을 두려워하던 사람에게 이런 적극적 부정은 죽음 자체에 대한 부정이었다는 생각이 든다.

이 기간에 《은유로서의 질병》,《인 아메리카》 같은 걸작을 써냈다. 어머니는 진실을 향한 갈증이 우선인 사람이었지만, 백혈병 진단을 받고 나서는 진실이 아니라 생명을 원했다. 어머니는 어머니가 원하는 방식으로 죽을 권리를 허한 것이었다.

6장

기어이 수전은 이식수술로 유명하다는 시애틀의 워싱턴 병원에 가서 수술을 받았다. 쇠약해진 몸으로 대륙을 가로질러 가서 수술을 받긴 했다. 의사들의 우려대로 그 수술은 성공적이지 못했다. 그 어간에 어머니를 돌보며 저자는 자신의 갈등을 되돌아보고 있었다. 어머니가 죽어가는 모습을 지켜보는 몇 달 동안, 저자는 무얼 해야 할지 갈수록 막막해했다. 어머니의 육체적 존엄성은 나날이 후패해져 갔다. 자신의 잘못은 어머니의 결정에 대해 이러지도 저러지도 못하고 입을 다물어 버림으로 희망이 돌아오게 한 것이었다.

7장

어머니의 투병 기간에 아들로서 할 수 있었던 일은 이야기를 둘러대는 것 말고는 다른 할 일이 없었다. 의사들의 얘기도 충격을 연착륙시키기 위해 틀리게도 혹은 보태기도 해가며 얘기해 드리는 것뿐이었다. 자식으로서 이런 일이 얼마나 괴로웠으면 어렸을 적 자기 주장을 고집했던 나쁜 성품에 대한 벌을 받는다고까지 생각한다.

어머니가 아들에게 바란 것은 죽을 수도 있다는 가능성을 흔들림 없이 거부해 주는 것이었다. 가끔은 어머니가 죽어가는 나날이 정말로 슬로모션으로 지나가는 것처럼 느껴졌다. 그리고 그 과정에서 존엄성을 박탈당한 것은 어머니만이 아니었다.

8장

어머니는 평생에 걸쳐 희망이 아닌 것은 어떤 것도 할 수 없었다. 하지만 어머니는 낙관적인 사람이 아니었다. 언제나 우울과 싸우며 살아왔다. "슬픔의 골짜기에 이르렀을 때는 날개를 펼쳐라." 이 말은 죽음 앞에서 우리가 할 수 있는 최선이 아닐까.

책을 읽고 나서

죽음을 받아들이지 않은 것은 무신론자로서의 자긍심을 지켜드린 것일까? 신(神)을 받아들였다면 좀 더 평안한 죽음을 맞이하지는 않았을까 하는 생각도 해 보았다. 수전 손택은《은유로서의 질병》에서 "질병은 질병일 뿐, 저주가 아니며 신의 심판도 아니므로 별다른 의미를 부여하지 말라"고 했다.

이 책을 읽고 나서는 원제목대로 나 자신도 덩달아서 얼마간 죽음의 바다에서 허우적대며 거기서 빠져나오기가 힘들었다. 그리고 최고의 지성인이었음에도 불구하고, 우리 메멘토 회원들처럼 죽음을 알고 있어야지, 그렇지 못하면 마주할 수밖에 없는 처참한 현실을 다시 들여다보게 해주었다.

바이올렛 아워

우리가
언젠가 마주할
삶의 마지막 순간

발제 고 최명환, 글 정상기(푸른노년문화연구소 대표)

케이티 로이프 지음
강주헌 옮김
갤리온 펴냄
352쪽

　　　　　　케이티 로이프(Katie Roiphe)는 뉴욕에서 태어나 하버드 대학을 졸업하고 프린스턴 대학에서 영문학 박사 학위를 받았다. 현재 뉴욕대학 언론학과 교수이며 〈뉴욕 타임스〉 등에서 칼럼니스트로 활발한 활동을 펼치고 있다. 이 책에서 그는 세계적인 명사 다섯 명의 죽어감과 죽음을 적나라하게 묘사함으로써 그들이 죽음을 대하는 태도가 각기 다름을 보여주었다.

죽음의 문턱까지 갔다가 죽음에 관한 책을 쓰기까지

열두 살 때 폐질환으로 의사들이 내 한쪽 폐의 절반을 들어냈다. 퇴원해 집에 왔을 때 내 몸무게는 27Kg에 불과했다. 방문을 열지 못할 정도로 기운이 없었다. 내가 이 책을 쓰기 시작한 것은 어떤 의미에서 보자면 그 때부터였다.

책 제목은 T.S. 엘리엇의 시 '황무지'에서 따온 것이다. 이 시에서 바이올렛 아워는 집으로 발걸음을 재촉하고, 바다로부터 어부가 집으로 돌아오게 하는 저녁 시간을 뜻하는 말로, 내가 이 책에서 묘사하려는 미묘한 시간의 감정들 - 우울함, 막연한 기대감, 괴로움 - 이 잘 녹아들어 있다. 아직 세상이 어둠으로 다 덮이지는 않았지만 이제 곧 깜깜한 어둠이 찾아올 것을 아는 시간, 그것은 작가들이 죽음이 임박했음을 알고 죽음을 받아들이는 시간과 맞닿아 있는 게 아닐까?

그 숭고한 통찰과 깨달음의 순간을 좇으며 내가 깨달은 것들이 당신에게도 조금이나마 가 닿았으면 좋겠다. 또 당신의 인생에 바이올렛 아워, 즉 삶과 죽음 그 경계의 시간이 찾아왔을 때 과연 무슨 생각을 하게 될지 한 번쯤 상상해 보기를 바란다.

"나는 내가 원하는 시간에 삶을 마칠 것이다"

프로이트(1856~1939, 정신분석학자)는 언제나 과학적 사실을 직시해야 한다고 생각했다. 그래서 죽음을 대하는 방식에도 불멸이란 환상에 젖거나, 마취제를 다량 복용해 몽롱한 상태로 죽는 것은 부끄러운 짓이라 생각했다. 그것은 어떤 면에서는 시학(詩學)과 과학을 동시에 배신하는 것이기 때문이다.

일찍부터 그는 흡연을 자신의 상상력이 동원되어야 하는 창의적인 작업과 결부시켰다. 일에 집중하여 상상을 하는 게 불가능한 듯했다. 아니, 삶 자체가 불가능한 듯했다. 그만큼 그에게는 삶에서 반드시 필요하고 중요한 것이 모두 시가와 결부되었다. 그에게 시가는 정체성과 유사한 것이었다. 언제라도 그 욕구를 충족시켜야 하는 지독한 골초였다. 흡연에 관한 한 무절제하고 부주의하며 무책임했다.

그는 온갖 끔찍한 수술을 받으면서도 진료를 중단하지 않았다. 1939년 3월 지독한 방사선 치료를 받아 몸이 극도로 쇠약해진 상태에서조차 진료를 계속했다. 이에 대해 그는 "내가 유일하게 두려워하는 게 있다면, 아무 일도 할 수 없는 상태로 오랫동안 병석에서 시름시름 앓는 것이다"라고 말했다. 그는 일을 해낼 수 있다면 어떤 고통이라도 감내할 수 있었다. 그리고 일을 하기 위한 절제력과 습관을 꾸준히 유지했다.

주치의 슈르는 프로이트와 처음 만났을 때 그가 요청한 바에 따라, 그에게 3분의 1g의 모르핀을 주사했으나 그가 깊이 잠들지 못하자 더 많은 양을 주사했다. 적막한 가운데 그는 모기장 안에서 조용히 잠들었다. "생명체답게 자기만의 방식으로 죽어 갈 수 있기를 바란다"는 글을 쓴 사람답게 그는 자신이 선택한 방법으로, 자신이 원하는 시간에 삶을 마쳤다.

"나는 죽음을 거부한다"

수전 손택(1933~2004, 뉴욕 지성계의 여왕)은 결코 죽지 않겠다고 결심하고, 그 결심을 꿋꿋하게 실천하며 끝까지 죽음에 대항한 사람으로 꼽힌다. 그녀는 1975년 40대 초반이던 당시 유방암 4기 판정을 받았다. 그녀를 진료한 의사들 중 약간의 희망이라도 있다고 생각한 의사는 단 한 사람도 없었다.

하지만 그녀는 공격적인 치료법을 찾아 나섰고 결국 살아남았다. 그리고 1998년 자궁암 진단을 받았는데 그때도 수술과 화학 요법 등 힘들지만 공격적인 치료법을 선택했고, 결국 살아남았다.

2004년 다시 백혈병 진단에도 그녀는 불굴의 의지를 보였다. 하지만 쉽지 않았는지 "이번에는 행운이 내 편인 것 같지 않구나"라고 말했다. 그럼에도 그녀가 죽음이란 공포와 맞서 싸우며 특별함을 다시 되찾으려 애

쓴 것만은 분명하다. 그리고 주치의에게 말했듯 그녀에게 '삶의 질'은 결코 중요한 것이 아니었다. 그녀에게 중요한 것은, 삶 자체였다. 그처럼 우리가 죽음을 외면할 수 있고, '실재하지 않는 것'으로 만들 수 있으며, 그것을 받아들이느냐 마느냐에 대한 선택권 또한 우리에게 있다는 생각은 얼마나 멋진가!

"나는 죽음이 두려울 때마다 글을 쓰고 섹스를 했다"

폐암 4기 진단 당시 76세의 존 업다이크(1932~2009, 소설가)는 큰 충격을 받았다. 2개월 전만 해도 건강했기에 그 같은 진단에는 전혀 대비되어 있지 않았다. 그는 젊은 시절부터 죽음에 대한 글을 꾸준히 써 왔지만 병실에서는 좀 더 구체적으로 죽음을 다루었다. 자신의 임박한 죽음에 대해 이야기하기 시작한 것이다. 그런데 그는 불륜을 죽음의 해독제처럼 생각했다. 소설 속 등장인물들은 불륜을 통해 불멸을 향해 나아간다. 예컨대 소설 속 자신의 정부에 대해 이렇게 말한다. "신호등 불빛이 바뀌기를 기다리며 길모퉁이에 그 여자와 함께 서 있기만 해도 나는 결코 죽지 않으리란 확신이 있다."

결국 그의 관점에서 보면 삶은 성적인 욕망의 추구인 동시에 갈등이다. 성적 욕망을 추구하는 과정에서 경험하는 갈등과 전율, 즉 우리를 다른 상태로 옮겨 가는 색정적 불안감이 곧 삶이다. 반면에 행복하고 안정된 삶은 죽음이다. 노골적으로 말하면 이런 생각은 '엽색(獵色)=살아 있다는 느낌'으로 등식화된다.

재혼한 후 그가 지향한 이야기의 초점은 불륜에서 죽음으로 이동했다. 특히 말년에 는 섹스에 대한 관심이 거의 사라질 정도로 죽음에 깊이 매료되었다. 죽음을 앞두고는 심지어 이런 시를 짓기도 했다. "어떻게 죽음을 생각하지 않을 수 있겠는가?/한때 염치없게도 뿔처럼 단단한 발기를 야기하던 그대의 꿈에 이제는 죽음의 섬뜩한 공백이 자리 잡고 있구나."

"나는 술을 마신다. 나는 나를 파괴할 권리가 있으므로"

딜런 토머스(1914~1953, 시인)의 대표 시는 임종을 앞둔 아버지를 위해 쓴 '순순히 어두운 밤을 받아들이지 마오'(1952)를 들 수 있다. 이 시에는 "순순히 어두운 밤을 받아들이지 마오. 분노하고 분노하오. 꺼져 가는 빛에 대해"라는 구절이 반복되는데 이는 죽음에 대한 저항의 의미로 해석된다. 이렇듯 그의 작품에서 '죽음'은 중요한 주제 중 하나였다. 그는 늘 죽음을 두려워했고 이를 잊기 위해 끊임없이 방랑하고 술을 마셨다.

1952년 《시선집》을 마지막으로 출간했고, 시 낭송을 위해 방문한 뉴욕 호텔에서 과로와 음주로 죽었다. 나이 서른아홉이었다. 그는 폐렴합병증 또는 알코올 때문에 면역체계가 약화되었는데도 의사의 온갖 충고를 무시한 채 자신을 합리적인 한계 너머까지 몰아붙였다. 한마디로 죽음에 대한 토머스의 지나친 병적인 두려움이 어느 순간 죽음을 향해 질주하게 만든 것이다.

토머스의 친구 로버트 로웰은 이렇게 말했다. "그는 건강하면서도 질병에 찌든 사람이란 인상을 주었고 자신을 스스로 파괴하는 사람이란 느낌도 주었다. 그는 진실로 즐거움을 추구하는 한편 진실로 어둠을 추구하는 듯했다. 그 둘을 동시에 말이다." 토머스가 사람들에게 사랑받는 이유는 이런 상상을 초월하는 활력에 있었다.

"나는 기꺼이 죽음을 맞이할 준비가 되어 있다"

모리스 센닥(1928~2012, 동화작가)은 뉴욕 빈민가의 유대인 가정에서 태어나 유년기를 보냈다. 그는 친척들이 할러코스트로 희생되는 걸 지켜보면서 어린 시절부터 죽음에 대해 생각했다. 또 병약한 탓에 잔병치레가 잦던 그는 어둡고 우울한 환경으로 인해 자주 상상의 세계로 떠났고 이는 그의 작품의 모티브가 됐다. 그래서 그의 작품은 그 자신의 삶과 맞닿아 있다. 그는 뇌졸중으로 여든세 살에 사망했다.

센닥은 오랫동안 자신의 성 정체성을 감추었다. 자신이 동성애자라는 사실을 필요 이상으로 오랫동안 감춘 것이다. 여든 살에 〈뉴욕 타임스〉와의 인터뷰에서 처음으로 자신의 성적 취향을 밝혔다. 기자가 게이라는 이유로 자책하는 걸 언제 멈추었느냐고 묻자 그는 자책을 멈춘 적이 없다고 대답했다. 그는 자신이 비밀스럽고 부끄러운 짓, 혹은 사회적으로 용인되지 않는 짓을 탐닉하고 있다고 생각했고, 그 때문에 평생 죄책감의 그늘에서 벗어나지 못했다.

그는 한 인터뷰에서 "나는 죽음 따위는 두렵지 않습니다"라며, "나이들면서 깨달은 것은 내가 세상을 사랑한다는 것이다. 지금 나는 창밖을 내다본다. 나무들, 특히 아름다운 단풍나무들이 내 눈에 들어온다. 고맙게도 세상에는 아름다운 것이 넘치도록 많다. 죽으면 이 모든 것을 두고 떠나야 한다. 하지만 나는 기꺼이 죽음을 맞이할 준비가 되어 있다"라고 말했다.

병원에서 센닥은 의사에게 더는 작업하지 못하거나 개들을 데리고 산책하지 못하는 때가 되면 죽을 준비가 된 것이라고 말했다. 2012년 5월, 의사는 센닥에게 전에 한 말을 기억하느냐고 조심스레 물었고, 센닥은 고개를 끄덕였다. 그 후 센닥은 집중 위안실로 옮겨졌다. 죽음을 앞둔 환자가 평안한 임종을 맞도록 유도하는 호스피스 활동만이 허용되는 곳이었다.

삶의 마지막 순간들을 추적하며 깨달은 것들

우리는 삶의 마지막 순간에 후회하지 않기 위해 '죽음'을 기억해 둘 필요가 있다. 내가 곧 죽을지도 모른다고 생각하면 아무래도 후회할 일을 덜 만들지 않겠는가. 자, 당신의 삶의 마지막 순간이다. 당신은 지금 어디에 있고, 무엇을 하고 있는가. 누구와 함께 있는가?

책을 읽고 나서

작가는 이 책이 당신이 죽음을 직시하며 죽음에 대한 두려움을 조금이나마 덜어내는 데는 도움이 될 것이라고 말했다. 나는 모든 사람은 결국 자기가 살아온 삶의 방식대로 죽음을 살아갈 수밖에 없겠다는 생각을 했다. 결국 죽음에 대한 두려움의 차이는 자신의 삶에 대해서 어떤 위안거리(삶의 의미?)를 갖고 '바이올렛 아워'를 맞이하는가에 달려 있다고 생각한다. 나는 나의 '바이올렛 아워'를 어떻게 맞이할 것인가?

나의 결론은 인생의 마지막 단계는 짧을수록 좋으며, 나의 죽음의 순간을 스코트 니어링과 같이 내가 직접 몸으로 느끼면서 죽음을 맞이할 수 있도록 하나님께 기도하는 것이다.

Chapter
05

나의 죽음은
질서 있는
후퇴이고 싶다

"여기, 지금 이 순간의 시간만이 진정한 시간이다."
－부위훈

{ 2015년 6월 19일 }

죽음을 원할 자유

현대의학에 빼앗긴
죽을 권리를
찾아서

김정배(경북웰다잉연구센터 대표)

케이티 버틀러 지음
전미영 옮김
명랑한지성 펴냄
384쪽

케이티 버틀러(Katy Butler)는 1949년 남아프리카 출생으로 영국 옥스퍼드에서 어린 시절을 보내고, 가족과 함께 미국으로 이주했다. 웨슬리안 대학교를 졸업하고 12년간 신문사(《샌프란시스코 코로니컬》)에서 일했다. 인민사원, 에이즈 확산, '죽을권리' 운동, 의료경제학 등에 관한 기사로 명성을 얻었다. 〈뉴욕타임스 매거진〉의 기사 '무엇이 아버지의 심장을 망가뜨렸나'가 이 책의 기초가 되었다. "이 책은 기자이자 딸의 입장에서 쓴 책이다. 또한 부분적으로 회상록, 의료 역사, 탐사보도의 성격을 띤 책이기도 하다."(p.379) 대학교수로 은퇴 후 건강하게 생활하시던 아버지가 어느날 뇌졸중으로 쓰러지시면서 이 이야기는 시작한다.

책 속으로

2007년 가을, 부모님 집에 갔을 때였다.…엄마는 내 팔에 손을 얹고 말했다. "아버지의 심박조율기를 꺼야겠다. 네가 좀 도와주렴." 나는 엄마의 눈을 쳐다보았다, 가슴이 쿵쿵 뛰었다.…여든다섯 살인 아버지 제프리(뇌졸중을 앓고 시력을 잃었고 치매에 걸린, 은퇴한 웨슬리안 대학교 교수)의 심장을 뇌보다 오래 살려두고 있는 심박조율기는 오른쪽 빗장뼈 아래 피부와 근육에 삽입되어 있었다. 그 장치는 지난 5년 동안 아버지의 심장박동을 일정하게 유지시키면서 자연사로 가는 길 하나를 가로막았다."(p.22)

뇌졸중

뇌졸중이 아버지를 덮쳤던 것은 2001년 11월 13일 오후였다. "케이티! 아버지가 뇌졸중으로 쓰러졌어" 엄마는 그 말을 해 놓고 울음을 쏟다가 숨을 한 번 크게 쉬고는 "올 필요는 없다" 라고 말했다. 나는 엄마에게서 "네가 필요해"라는 말을 들은 적이 없었다.

어느 날인가 아버지는 엄마에게 이렇게 말했다. "이젠 내가 누구인지 모르겠어." 아버지의 뇌졸중은 두 사람의 인생을 망쳐 놓았다. 아버지가 무력한 황폐함의 강물 속에 내던져졌다면 엄마는 거기서 멀찍이 떨어져 강둑에 서 있는 셈이었다. 아버지와 엄마를 차에 태우고 웨스트하트포드의 어느 변호사를 만나러 갔다. 변호사는 서류 뭉치를 늘어놓고 우리에게 서명을 하라고 했다. (유언장, 사전의료의향서, 의료대리인 지정, 위임장) 나는 아버지가 자연사하길 바랐다.

빠른 의학

이탈리아의 심장병전문의 알베르토 돌라라가 '느린 의학'이라고 붙인 새로운 치료 방식을 제안했다. 느린 의학은 선진 의학에 속하는 것이 아니라 고대의 방식으로 치유하는 것을 뜻한다. 심박조율기를 달지 않았다고

해서 아버지가 빠르고 편안하게 눈을 감았을 거라는 보장은 없다. 하지만 심박조율기 때문에 그런 기회 자체가 아예 없어지고 말았다.

911시스템과 신설된 집중치료실은 인생의 한창 때에 심장마비, 약물과용, 교통사고, 자상이나 총상, 물에 빠지는 사고, 독극물 중독 사고를 당한 강인한 사람들의 목숨을 구했다. 동시에 이런 체계는 죽음의 의례를 말살했고, 병원의 구조를 바꾸었고, 인체의 의미를 변형시켰고, 가족과 의사들과 간호사들 그리고 죽어가는 사람 자신이 임종 때 하는 행동을 무자비하게 바꿔 놓았다. 죽어가는 사람은 더 이상 자신의 죽음에서 주연이 아니었다.

수십 년 동안 아버지와 나는 서로에게 높은 잣대를 들이댔고, 상대가 그 기준에 맞추지 못하면 대놓고 실망을 표했다. 아버지의 실어증이 내 입과 아버지 마음의 빗장을 풀었다. 나는 아버지가 내게 《코끼리 바바르》를 읽어 주었던 일을 썼다. 내가 '정신적 유산을 담은 편지'라고 여겼던 그 편지들에서 나는 샌프란시스코에서 처음 집을 살 때 돈을 빌려 주어서 감사하다고 썼다. 아버지가 답장을 보내왔다. "너에 대한 사랑을 내가 잘 표현하지 못해도 너는 그걸 마음으로 알고 있는 듯싶구나. 그게 얼마나 기쁜지 어떻게 편지에 담을 수 있겠니? 내가 할 수 있는 건 고맙다는 말뿐이다."

시련

엄마는 점점 심해지는 불면증, 두 시간 반밖에 자지 못하는 일과로 힘들어했다. 온종일 아버지를 보살피는 일은 전략적으로, 그리고 유연하게 생각하는 능력을 엄마에게서 점점 더 앗아 갔다. 아버지는 당신이 바꿀 수 없는 일들을 받아들였다. 하지만 그 대가도 치렀다.

한 편지에서 아버지는 이렇게 썼다. "엄마와 네 사이가 안 좋구나. '끔찍한 언쟁'이 있었다는 건 알지만 가능한 빨리 극복해야 한다. 가슴 탓에 (유방암으로 가슴절제) 몸을 드러내는 걸 꺼렸던 엄마가 망설이고 부끄러워하며 같이 눕기를 주저하자 나는 엄마에게 말했다. "엄마 자신만을 위해서가 아니에요. 지금 여기 있는 여자들, 언젠가는 유방암에 걸릴 여자들을 위해서예요." 엄마는 내 손을 잡고 함께 개울물 속으로 들어갔다. 그날 이후에는 아무리 심하게 싸워도 엄마는 내게 단순한 엄마가 아니었다. 함께 진리를 찾는 자매, 영적 도반이었다.

이제 아버지는 분투하거나 무언가를 할 수 없었다. 그저 사랑하고 사랑받는 것만이 가능했다.경주는 끝났다. 아버지의 정신은 파도에 휩쓸린 모래성처럼 균등하게 허물어지면서 형체를 알아볼 수 없는 덩어리가 된 게 아니라 선택적으로 파괴되었다.

2006년 6월 9일, 아버지가 집 진입로에 쓰러져 신음하고 있는 것을 엄마가 발견했다. 아버지가 쓰러진 건 처음이 아니었지만 그때는 최악의 상태였다. 지나고 보니, 아버지가 쓰러졌을 때 엄마는 911을 부르지 말아야 했다. 그저 얼굴의 피를 닦아 내고 침대에 눕히는 게 아버지를 위한 길이었다. 아버지의 삶은 아마도 심박조율기 덕분에 계속 이어졌고 그거 참고 견딜 뿐 아버지가 할 수 있는 건 없었다.

반역

집중치료실에서는 자연사 같은 게 존재하지 않으며, 예정된 사태가 닥쳤을 때 마음 편한 사람도 없다. 나는 엄마에게 전화를 걸어 아버지의 심박조율기를 고통 없이 멈추게 할 수 있다고 알렸다. 엄마는 대답 없이 듣기만 했다. 내가 아버지를 죽일 궁리를 한다고, 통화 직후에 엄마가 영국에 사는 친한 친구에게 이메일을 보냈다는 사실을 그때는 몰랐다.

스웨덴 사업가 아르네 라르손이 세계최초로 완전 이식형 심박조율기를 다는 개가를 올렸던 해가 1958년이었다. 미국의 메디케어는 미국의학협회에서 '의사-환자 관계'라고 칭하는 것에 개입할 권한을 갖지 못하여 몇몇 심박조율기업체들이 시장을 독점하다시피 하면서 사실상 가격 결정권을 가졌다. 세인트주드메디컬의 부스에서 영업자가 건네준 심박조율기, 수많은 생명을 구하고, 엄청난 돈을 벌어들이고, 아버지에게 그토록 많은 불필요한 고통을 준 그 작은 장치를 나는 손으로 감싸 쥐었다.

엄마는 일기에 "우리 가족, 모두 심박조율기를 달지 않았더라면 얼마나 좋았을까 생각한다"라고 적었다. 아버지가 낮잠을 자고 있을 때, 엄마는 아버지의 심박조율기를 끄는 걸 도와 달라고 처음으로 내게 말했다.

수용

마침내 아버지는 호스피스 치료를 받을 수 있을 만큼 상태가 결정적으로 나빠졌다. 우리는 아버지에게 산소도, 음식도, 식염수 정맥주사도 주지 않았다. 물 한 잔 주지 않았다. 먹고 마시는 것을 주면 장기 기능이 정지 되는 것을 늦추어 죽음의 고통을 연장할 따름이었다. 호스피스 및 완화의료 의사인 아이라 바이오크는 임종을 맞은 이와 그를 사랑하는 사람들에게 '사랑합니다. 고맙습니다. 나를 용서해 주세요. 당신을 용서합니다. 안녕히'라는 말을 나누라고 권했다. 아버지와 나는 그런 말을 한마디도 입에 담지 않았다. 엄마가 곁을 지켰다.

나는 아버지의 재를 넣은 비닐봉지와 흙손을 들고 갔다. 엄마가 주저앉더니 아버지가 돌아가신 뒤 처음으로 울음을 쏟아냈다. 나는 여전히 캐이티, 엄마는 밸러리였다. 우리는 아무것도 초월하지 못했다. 우리가 함께한 날이 끝날 때까지 엄마에게는 내 용서가, 나에게는 엄마의 용서가 필요했다.

품위

엄마는 버튼을 누르면 구조대가 출동하는 서비스를 라이프라인이라는 회사에 신청했다. 또 펠스 의사에게 가서 관련 서류에 서명을 하고 주황색DNR플라스틱 발찌를 발목에 찼다. 외과 의사가 초음파 심장검진을 받으라고 했을 때 "수술 안 받을 거야"라고 명확하게 의도를 드러냈다.

심장마비를 일으켜 입원한 엄마에게 전화를 했다. 엄마는 "이제 죽을 준비가 되었단다"라고 말했다. 옛 선선가 쓴 글 "옹이투성이 굽고 늙은 자두나무 돌연 꽃 한 송이를 피웠네. 두 송이, 세 송이, 네 송이, 다섯 송이, 무수하게…빙빙 돌며 바람으로, 거센 빗방울로 모습을 바꾸고 눈송이로 떨어져 온 세상을 덮었네." 엄마는 그 늙은 나무와 같았다. "태어남이 오면 명백하게 태어나고, 죽음이 오면 명백하게 죽어라, 피하지도 말고 바라지도 마라"(12세기 일본의 불교 선사인 에이헤이도젠) 엄마는 그런 식으로 세상을 떠났다. 엄마는 노령으로, 병으로, 죽음으로 죽었다. 엄마는 여든넷에 떠났다. 최후의 순간 까지 절제했으며 정신이 명료했다. 엄마는 의사들에게서 당신 몸을 되찾았다. 의사들이 결정한 죽음이 아니라 스스로 선택한 죽음이었다.

느린 의학은 생의 마지막 국면에 접어든 환자에게 인간적이고, 현실적이고, 적절한 치료를 하는 것이다. 좋은 죽음은 집에서 이루어졌고, 갑작스러운 것도, 질질 끄는 것도 아니었다. 우리 선조들에게 용감한 죽음은 죽음을 수용하는 걸 뜻했다. 엄마의 죽음은 나에게 또 다른 형태의 용기를 보여주었다. 엄마의 죽음은 남은 평생 동안 계속 내게 가르침을 줄 것이다. 자연사로 향하는 길은 그리 쉽게 찾을 수 없고 출입문에 잡초가 우거져 있을 것이다. 직관과 사랑에 의지해, 주위의 모든 도움을 긁어모아, 자신의 나침판을 사용해 그 길을 찾아야 한다. 자신의 두려움과 대면해야 하고 현실 부정과 희망을 손에서 놓아야 한다.

죽음을 향한 느린 의학의 길은 수용의 길이다. 이것이 죽음의 그림자가 드리운 계곡을 헤맨 부모의 오랜 여정에서 내가 배운 교훈이다.

마지막 국면의 6단계

부모, 배우자, 친구를 생의 마지막 국면으로 인도하는 과정은 서로 구분되면서도 때로는 원을 그리면 순환하는 6단계를 거친다. 취약, 쇠잔, 장애, 자리보전, 사경, 사별이다.

① 취약 단계에서는 전신 마취나 입원이 필요한 치료 제안을 더 꼼꼼히 살펴보아야 한다. 핵심은 분별이다. 당신의 희망을 비현실적인 '치료'에서 '보살핌' 쪽으로 바꿔야 한다. ② 쇠잔 단계에서는 죽음이 아니라 장애를 가능한 뒤로 미뤄야 한다. 합당한 도움을 받아 독립성이 상실되는 시기를 늦춰라. ③ 장애 단계에서는 요양원과 '라이프케어' 시설을 고려할 때 주의 깊게 알아보라. ④ 자리보전 단계에서는 여명이 아직 몇 달 남아 있다 하더라도 죽음에 대해 마음의 정리를 하라. 부모나 배우자가 삶의 마지막 단계에 접어들었다는 생각이 들면 호스피스 또는 완화의료를 서두르는 것이 좋다. ⑤ 사경 단계에서는 죽어가는 과정은 긴급사태가 아니다. 응급실, 911, 집중치료실은 모두 자연사를 방지하는 것이 목적이다. 그쪽과 얽히는 것은 조심해야 한다. 이 책에서 가장 중요한 문장은 아마도 "완화의료 상담을 요청합니다", "나를 호스피스 병동으로 보내 주세요", "안정 요법만 받겠습니다", "나는 삶의 질을 중시합니다"가 될 것이다. ⑥ 사별 단계에서는 장례식이나 추도식을 통해서 슬픔을 나누는 것은 치유 효과를 발휘한다. 옛 방식의 의식들을 되살리거나 수정해 그 의례들로부터 힘을 얻자. 자신을 용서하라 당신은 최선을 다했다. 좋은 죽음이라는 관념에 휘둘리지 마라.

책을 읽고 나서

케이티 버틀러의 《죽음을 원할 자유》는 아버지의 심박조율기 등에 의해 스스로 선택할 수 있는 죽음의 권리를 잃어 가면서 자신의 정체성마저 상실되는 내용을 다루고 있다. 자신의 죽음이 냉혹한 의료 현장의 의료진들의 손에 좌우되면서 아버지가 삶의 주인공에서 손님으로 전락하고 마는 집중치료실의 현실을, 저자는 리얼하게 표현하고 있다. 우리는 자신의 죽음의 순간에 주인공의 자리를 유지하고 세상을 떠날 수 있는 기회를 가질 수 없을런지도 모른다.

그러나 아버지의 죽음 과정에서 간병하며 지켜보았던 저자의 엄마는 아버지의 죽음에 대한 경험이 본인의 죽음 선택권을 의료진에서 되찾게 하는 데 결정적으로 영향을 주었다는 점에서 시사점이 크다고 본다. 우리는 언제나 남의 죽음만 보고 사는 경우가 많다. 죽음과 삶을 격리시키고 있는 것이다. 나의 죽음에 대해서 생각하는 것을 피하고 애써 외면하는 것이 현실이다.

저자가 마지막 국면의 6단계에서 언급한 이 책에서 가장 중요한 문장 중에 하나가 "나는 삶의 질을 중시합니다"이다. 결국 좋은 죽음은 죽음이 진행되는 곳에서 내가 통제권을 갖는 것을 결론으로 삼고 싶다. 우리가 삶을 살아가면서 죽음의 현장을 경험하고 체험하는 것이 얼마나 소중한 기회인지를 이 책을 통해서 더 느꼈다. 지난 3년 7개월 동안 호스피스 병원에서 근무하면서 체험한 임종 현장 경험들이 앞으로 내가 살아가는 데 나의 죽음에 대한 이정표가 되리라 본다. 폭염 속에서 며칠 동안 《죽음을 원할 자유》를 읽었던 시간이 소중함으로 다가온다.

죽음과 함께 춤을

삶과 죽음과
안락사에 관한
특별한 비망록

고광애(《나이 드는 데도 예의가 필요하다》 저자)

베르트 케이제르 지음
오혜경 옮김
마고북스 펴냄
438쪽

2002년에 네덜란드에서는 법적으로 안락사가 인정되었다. 안락사의 정식 명칭은 '요청에 의한 생명종식과 도움을 받는 자살(Termination of Life on Request and Assisted Suicide)'이다. 네덜란드에 합법적인 거주자이면서 환자와 의사 사이에 지속적인 유대관계가 있는 가운데 ① 환자가 정신적으로 온전한 성인이다. ② 2명 이상의 또 다른 독립적인 의사에게 자문한다. ③ 환자는 개선의 희망이 없는 참을 수 없는 고통을 가지고 있다. ④ 환자가 수회에 걸쳐 반복적이고 지속적이며 자발적으로 죽음을 요청했다. ⑤ 적합하고 정확하게 기록했다는 로테르담 기본 요건(Rotterdam Condition, 1990)을 충족해야 한다.

책 속으로

이 책은 안락사를 시행하는 의사가 안락사 현장을 소설 형식으로 써내려간 비망록이다. "우리는 살면서 죽음을 경험할 수 없다"고 철학자(비트켄슈타인)는 말했다지만 이 책에서는 죽음을 거의 경험하는 듯한 근사체험을 할 수 있게 해 주는 책이다.

"운크라우트 씨는 92세인데 하나님이 어째서 일을 그렇게 엉성하게 하는지 의문이 들게 만드는 그런 종류의 거북한 뇌졸중으로 쓰러졌다. 그 사람은 인간으로서는 거의 완전하게 파괴되었지만, 아직 숨도 쉬고 오줌 똥을 싸며 관을 통해 음식을 주입하면 또 한 일 년쯤을 헐떡거리면서 버틸 수 있을 것이다.

그건 아무도 원하는 바가 아니었기 때문에 나는 아들과 대화를 하면서 어떻게든 출구를 찾아보자고 했지만, 해결책이 눈에 보이지 않았다. 그때 아들이 말했다. "저는 아버지의 안락사 카드를 가지고 있어요. 그게 어떻게 도움이 될까요?" 이제 이 상황을 코믹하게 그려보자면, 대략 이렇게 될 것이다. "안락사 카드라고요?" 왜 진작 그 애기를 안 하셨습니까. 메리, 환자를 당장 독방으로 옮기세요. 헹크, 모르핀을 가져오고, 배피, 장 의사에 연락해요. 그리고 아드님. 행운을 빕니다." 실제로는 얼마 후 이분은 자연사했다.

윗글을 읽으면서 우리나라는 1997년 김할머니 케이스를 계기로 19년간의 찬반논의 끝에 2018년에야 웰 다잉법이 국회를 통과했던 것과 비교가 된다. 일찍이 안락사를 거침없이 시행하는 이 나라는 신의 영역을 넘보고, 나아가 생명을 경시하고 거기 따른 부작용이 있을 거라는 선입관을 가지고 나는 이 책을 읽기 시작했다. 책에서는 저자 베르트 케이제르가 안톤이란 이름을 가진 의사로 나온다. 실제로 성오시우스라는 요양원에 근무하면서 많은 죽음과 그리고 죽음을 앞둔 많은 사람들을 대하고 그리고 실제로 죽음을 시행하면서 써낸 비망록이다. 여기에다 선배 의사인 야르스마와 신참 의사인 더 호이여르가 함께 엮어가는 삶과 죽음을 함께하는 대장정의 기록이다.

죽음을 얘기하면서 결코 죽음을 경시하지는 안 했지만, 시시로 튀어나오는 해학적인 표현들은 위악스럽기도 했다. 하지만 누구보다도 여기 의사들은 휴머니스트였고 뭣보다 죽어가는 사람을, 주위 사람보다 죽어가는 당사자를 배려하고 있었다. (우리네는 죽어가는 자들 위주가 아니라 주위 사람들 위주로 죽음의 현장이 돌아가고 있잖는가) 고전서부터 현대까지 이르는 철학과 문학 영화를 넘나들면서 죽음을 인용하고 패러디한 해학과 현란한 지식세계를 넘나들어 사뭇 읽는 내가 다 어지러울 정도였다.

일테면, 사람의 탄생과 죽음이 동일하다는 걸 다음과 같이 표현하는 그런 식이다. 즉 탄생과 사망을 얘기할 때 의사들은 "네, 이제 시작되었습니다"라고 표현한단다. 또 사람은 태어날 때 머리가 먼저 나오듯이 죽을 때도 머리부터 죽는단다. 태어날 때도 당사자는 모르고 태어나듯이 죽을 때도 그렇다. "어떤 사람도 스스로 세상에 태어나게 하지 못하듯이 스스로 죽을 수도 없다"고 한다.

그러면 죽어가는 당사자 주위에 사랑하는 사람들의 태도는 어떨까? 모두 한 날, 한시라도 더 이어지기를 바랄까?(p26) 몇 날 몇 시간씩 지켜보던 사람들도 마침내 의사에게 "이젠 고만 끝내달라고" 하는 경우도 있다는 걸 직시하자고 했다. 그러나 의외인 점은 여기 의사들은 자기 담당 환자가 죽은 다음에 반드시 시체실에 가서 본다. "시체는 어떤 의미에서 사진과 같다"고 했다.

노인의 일관성 문제

지금 살아가고 있는 사람에게는 결코 일관성을 요구하지 못하면서 죽어가는 사람은 일관성을 보여주기를 원하는 사람들의 심리를 거론한다. 예를 들면 이런 식이다. 전이성 유방암을 앓는 시벨부인은 자신이 죽을 거를 알면서도 그래서 "이번이 나의 마지막 여름이었어요"라면서도 한편으로는 "의사가 내 다리를 좀 빨리 봐 주셨으면 좋겠어요. 지금처럼 나빠지다가는 내 집까지도 걸어 돌아가지 못하겠어요" 혹은 "창문을 닫아요. 이러다가 죽겠어요. 폐렴에 걸릴지도 몰라요"

이처럼 '안락사 시행을 앞둔 사람이 왜 폐렴을 걱정하는가'라고 생각되기 때문에 이런 염려들이 의외로 받아들여진다. 마치 곧 폐차할 낡은 차를 운전하면서 새로운 타이어가 필요하다고 안달하는 것과 마찬가지다. 이런 사고 행태 때문에 안락사를 요구하는 한편에서는 약복용이나 새로 발생한 통증의 원인들에 불안해 하는 것을 보면서 그 사람의 안락사 요청이 진지한 것인지 의심하게 된단다. 따라서 당연히 의사들은 신중에 신중을 기하게 된다.

"나의 하루는 죽음에 포화된 채 흘러간다.", "나는 생명의 컵을 마지막 한 방울까지 비워 버리고 싶다"라고 주장하는 반 안락사 주의자들의 엄숙한 선언이 버티고 있는 가운데서 안락사를 다루는 여기 의사들의 고충과 갈등에 공감이 갔다.

이와 같이 나도 나중 나이 먹고 죽음이 닥쳤을 때, 내 맘이 나도 모르게 살짝 변해서 사전의료의향서대로 죽지 않고 한시, 한날이라도 더 살고픈 맘이 생기면 어쩌나 하는 점이다. 사전의료의향서나 안락사 문제에서 표출될 수 있는 가장 미묘하고 난처한 문제라 생각한다.

단연코 안락사 요구를 거절당하는 경우를 보자. 제1계명은 '미관상의 이유로 생명을 종결짓지 말자'이다. 예컨대 점액이 폐에 차올라와 있는 경우처럼, 옆에서 보는 사람이 고통을 지켜보는 것이 어렵다고 해서 생명을 끊지는 말자. 제2계명은 '옆에서 지켜보는 사람이 괴롭다고 해서(p.109) 서둘러서 하지 마라'이다. 그리고 말짱한 장기는 제공한다.

안락사가 거절당한 경우도 있다. 크루트병. 테이스 크루트는 병으로 유명해지겠다는 생각에 집착한 환자였다. 과거에 대해서 복수하겠다는 생각과 후세 사람들이 운동신경원 질환의 고통을 그의 이름과 영원히 연관 짓게 될 것이라는 사실을 통해서 자신의 병에 의미를 부여할 방법을 찾고 있었던 것이다. 그렇게 함으로써 모든 사람 가운데 그 남자 나름대로는 조용하고 신사적이었던 테이스 크루트가 그 병에 걸렸다는 비극을 공언하고 싶어 했다. 베이브 루스의 이름을 딴 루게릭이란 병명처럼.(p.93)

저자가 당황하고 곤란한 점은 안락사 요구자가 "잘 모르겠습니다"라고 말하거나 안락사를 시행하기로 약속한 날, "그런데 선생님, 오늘 왜 오셨나요?"라고 반문할 때이다. 이때 저자인 의사는 기억을 상기시키고 약을 먹인다. 망설이고 연기해 달라거나 합의했음에도 불구하고 "그냥 거기 놓아두세요. 내가 어떻게 해야 할지 생각해 보겠습니다"라고 말하는—최악의 환자도 있다. 그럴 때 "삶을 계속하십시오. 그리고 스스로의 힘으로 무덤까지 가시지요"라고 말할 것 같지만, 안락사의 경우 가장 어려운 마지막 장을 쓰도록 도와주어야 한다고 했다.

죽음을 매일 요구해서는 안 된다. "선생님, 저를 끝장내 주세요"라고 큰소리로 울부짖으면 의사들은 도망간다. 너무 철학적인 태도는 고통이 심하지 않다고 생각하고 거절하기도 한다.

책을 읽고 나서

미묘하고 곤란한 상황이 있음에도 불구하고 내 시계(視界)에서는 안락사의 좋은 점이 부각된다. 안락사의 좋은 점들. ①안 겪고 싶은 단말마의 고통을 피할 수 있다. 내려가는 것은 올라가는 것보다 훨씬 어려운 거란다. ② 단말마의 고통으로 인간으로서의 추함과 인간의 존엄성을 파괴하는 상태를 피할 수 있다. ③ 나는 '보이지 않는 죽음(invisible death, 필리프 아리에스의 말)', 즉 중환자실에서 찍찍거리는 기계음과 수많은 기기를 꽂은 채, 홀로 죽고 싶지 않다. ④ 친지들과 더불어 마지막까지 교류하면서 죽을 수 있다.

실제 우리가 접한 유명인의 안락사 현장을 소개해 본다. 2009년 7월 14일 영국의 지휘자 에드워즈 다운스경(85세)과 그의 부인 조안 다운스(74세)는 시력과 청력을 잃어 가고 있으며 부인도 췌장암을 앓게 되었다. 54년을 해로한 "부부는 병마와 싸우는 대신 스스로 목숨을 끊기로 하고 평화롭게 숨을 거두었다"고 유족 측은 발표했었다. 안락사가 금지된 조국 영국을 떠나 스위스에 있는 디그니타스(안락사를 도와주는 곳)로 가서 두 자식들의 손을 잡고 조용히 죽었다. 이때 영국에서는 찬반 여론이 엄청났었다. 사족으로 덧붙이자면, 이들의 안락사 비용은 1000여 달러였다고 한다. 한 사람 더. 104세 생태학자 구달박사 역시 안락사를 허락하지 않는 조국(호주)을 떠나 스위스에서 안락사했다.

저자는 1947년 네덜란드 아메르스포르트에서 출생. 영국 노팅엄대학에서 철학을, 귀국하여서는 의학을 공부했고 케냐에서 진료했고 암스테르담 요양원에서 근무. 이 책으로 1994년에 작가로 데뷔. 알츠하이머병을 소재로 한 오페라 대본도 썼다.

{ 2005년 2월 22일 }

죽음, 그 마지막 성장

임파선 암과의
투쟁을 통한
삶과 죽음에 대한 성찰

박점분(국립중앙박물관 도슨트)

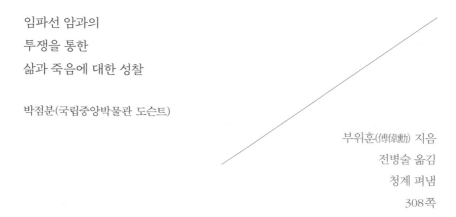

부위훈(傅偉勳) 지음
전병술 옮김
청계 펴냄
308쪽

　　　　　　　　1993년 투병 중인 부위훈 교수는 혼신의 힘을 다하여 이 책을 저술했다. 시한부 선고를 받고 죽음이 가까이 다가와 있음을 알고 있는 중에도 그는 죽음에 대한 깊은 사색을 이 책으로 엮어내었다. 어떻게 죽음의 순간을 맞이하게 되었는가? 육체적인 고통이 어떻게 죽음의 공포를 느끼게 하였는가? 어떤 마음으로 죽음과 친하게 되었는가? 이러한 점들이 자못 궁금하다.

책에 대하여

저자가 처음에 쓰고자 하였던 책의 제목은 '사망의 존엄: 현대인의 죽음의 문제 및 정신적 초탈'이었다가 '사망의 존엄과 생명의 존엄-임종 정신의학에서 현대 생사학까지'로 바뀌었다. 2001년 우리나라에서 초판이 인쇄되면서 《죽음, 그 마지막 성장》으로 소개되었다.

작가의 원래 계획은 이 책을 출판한 이후 독자들의 반응이 좋다면 '현대 생사학의 건립과 발전', '세계종교와 죽음의 초탈', '동서고금의 생사지혜', '문학, 예술에서의 삶과 죽음', '생사문제의 학제간 정합에 대한 연구' 등 일련의 광범위하고도 심도 있는 전문 서적들을 써서 독자들의 이해를 돕도록 하자는 것이었다.

이 책은 두 번째 수술과 3개월 동안의 방사선 치료를 받은 뒤에 몸이 완전히 회복되기 전에 쓰인 글이다. 그의 계획과는 달리 이 이후에는 더 이상의 저술이 없기에 우리는 아쉬움을 가질 수밖에 없다. 1993년 5월에 그가 말하기를 "나 자신도 앞으로 10년만 더 살아서 지난 수년간 계속 구상했던 '현대 생사학과 생사지혜'를 완성하기를 희망한다."(p.30) 그러나 부위훈은 1996년 11월에 타계하였다. 《죽음, 그 마지막 성장》은 대만에서 출판되자마자 드물게 베스트셀러가 되었고 2001년 대한민국에서 초판 인쇄가 될 당시에도 끊이지 않고 독자들이 찾는 책이었다. 2020년 현재는 절판되어 이 책의 가치는 20배 이상이나 뛰었다고 한다.

부위훈은 대만의 신죽(新竹) 시에서 1933년 10월에 태어나 대만 국립대학 철학과를 졸업하였고 미국 일리노이 대학교에서 '현대 유럽의 윤리학 연구'로 철학박사 학위를 취득하였다. 일찍이 대만대학, 일리노이대학, 아이오와 대학 철학과에서 교편을 잡았고 1971년 펜실베이니아 주립 템플대학 종교학 연구소에서 불교학, 동아시아 사상 박사과정 학생들을 지도하였다.

책 속으로

동양과 서양을 꿰뚫는 그의 학문은 동서양 철학, 종교학, 문학, 및 예술을 광범위하게 섭렵하며 의학, 심리학, 인류학, 교육학, 문학, 예술까지 여러 관념을 사용하여 죽음에 관한 생각과 학문적 지식을 피력하였다.

그는 임파선암 투병기간 중에 수술과 방사선 치료과정을 거치며 몸이 완전히 회복되기 전에 운명에 대한 무력감과 불안을 느끼면서도 냉정함과 용감함 그리고 유머 속에서 이지적인 태도로 죽음의 위협과 마주한다. 삶과 죽음의 경계에서 몸소 깨달은 것을 이 책을 통해서 표현했음을 느끼게 해준다.

이 책에서 그는 사망학과 사망교육학, 자살과 안락사 및 죽음 앞에서 느끼는 심리적 변화와 존엄을 유지하며 어떻게 죽음을 맞이할 것인가의 문제에 대하여 언급한다. 또한 기독교, 불교, 힌두교, 유가, 도가의 삶과 죽음에 대한 관점과 죽음이 가져오는 두려움을 극복하는 길에 대하여 어떻게 대처할 것인가를 알려주고 있다. 그는 사망과 임종학을 아우르는 현대 생사학의 이론을 통하여 죽음과 함께 삶의 문제도 생각하도록 이끌며 새로운 지평을 제시한다.

그러나 부위훈은 삶이 무엇인지 알게 되면 죽음이 무엇인지 알게 되고, 죽음이 무엇인지 알게 되면 삶이 무엇인지 알게 되는 현대 생사학의 대체적인 방향과 원칙만을 제시하여 그 학문이 구체적으로 어떤 방향으로 탐구해야 하는가 하는 과제를 후대에게 남겨 놓았을 뿐 그 자신은 병마의 고통을 벗어나지 못하고 안타까운 생을 마감해야 했다.

부위훈 교수 사후에 지금까지 거의 30여 년이 지난 이후 요즈음의 현대 생사학이 구체적으로 어디까지 학문적 탐구가 이루어졌는가는 다시 살펴볼 일이다. 1993년 당시 죽음이란 기피되는 화제여서 마치 성교육이 구체적으로 교육 현실에서 소개되듯이 대학교의 교과과정에 당연히 사망교육이 필요하다는 인식을 심어주게 되었다. 더불어 철학, 심리학 및 정신의학과에서 죽음은 심도 있게 다루어지는 주제가 되었다. 웰빙(well-being)과 더불어 웰 다잉(well-dying)을 추구하는 현상이 보편화되었다고 할 수 있다.

퀴블러 로스 여사가 제시한 죽음을 앞둔 사람들의 5단계 심리변화를 보면 부정, 분노, 협상, 우울, 수용의 단계를 거친다. 이혼도 일종의 죽음이다. 그 심리상태는 당사자 본인의 부분적 심리상태와 생활경험의 죽음과 유사하다. 삶의 시각만 쫓는다면 눈앞의 성공과 이익만 추구하고 죽음의 시각만 바라보면 허무주의에 빠진다. 죽음은 장엄한 인생의 일부분으로 받아들여져야 한다. 사망의 존엄과 생명의 존엄은 그래서 의미가 있다.

이 책은 인간을 위한 삶과 죽음에 대한 본인의 경험을 통해 얻어지는 현신(現身)과 설법(設法)이라 볼 수 있다. 죽음에 대한 무지를 벗어나자. 삶과 죽음의 대립과 모순에서 벗어나 생명의 참된 모습을 깨닫는다. 생(生)과 사(死)는 하나라는 깨달음, 그는 고통을 장엄한 생명의 노래로 바꾸어 저술했다. 죽음은 삶의 결과이기 때문에 진지하게 토론해야 한다. 사망학과 사망교육에서는 죽음 앞에 직면해서도 고상하게 존엄을 유지해야 하며 인생에 대한 풍부한 의미와 죽은 자에 대한 애도의 참된 의의와 죽음을 통해서 비로소 참된 삶을 영위하고 삶에 녹아드는 고통과 책임을 감당한다.

삶의 역정은 오랜 연못에서 솟아 나오는 차가운 샘물과 같다고 '이끄는 말'에서 정석암 선생은 선사들의 말을 인용하고 있다. 조주선사는 죽음의 의의에 대하여 깊이 아는 사람만이 지혜와 용기를 가지고 일체의 도전과 고통을 감당하며 스스로 더욱 존엄한 삶을 영위할 수 있다고 설파하였다.

부위훈 교수의 말을 인용하고자 한다.

"인생은 일종의 과제이자 의무, 나아가 사명이라는 프랭클 박사(의미치료학의 창시자)의 말을 상기하며 동시에 나 스스로 환난에 직면하여 여생을 더욱 아껴야겠다고 느꼈다. 그래서 삶과 죽음의 문제와 그와 연관된 정신적 성찰에 관계된 책을 써서 학자로서의 사명을 다 해야겠다고 결심하고는 종혜민 여사의 요청을 받아들여 이 책을 썼다.

"1993년 2월 출판사 대표 종혜민 여사가 내게 국제전화를 걸어와서 경제발전에 따라 사회가 발전하고 생활의 질이 크게 향상되어 국내의 독자들도 죽음의 문제에 대하여 점차 관심을 기울이고 있다고 했다. 그러면서 10여 년 동안 미국에서의 '사망과 사망과정'이라는 과목의 강의 경험 및 정신의학과 치료, 철학, 종교 방면에서 쌓은 연구 성과를 바탕으로 책을 한 권 저술하여 국내에서는 아직 걸음마 단계인 사망학(thanatology or studies of death and dying)과 사망교육(death education)에 대한 관심을 환기시켜 주기를 바란다고 했다. 미국에서는 이미 1960년에 시작된 사망학이 일본에서는 1970년에야 관심을 끌게 되었다."(p. 26)

"죽음이 그와 같이 감미로운 것이라면 두려워할 필요가 없을 것 같다고 친구들에게 말하곤 하였다. 그와 같은 나의 실제적인 체험은 나 자신의 심성체인을 확실히 심화시켰다."(p. 279)

"미국에서 동양사상을 가르치며 미국 학생들에게 강조했던 것이 바로 선종의 진수인 '생사가 바로 열반이고, 열반은 아무 얻을 것도 잃을 것도 없는 상태이다. 따라서 나의 사전에는 불평, 후회, 시간의 낭비라는 세 단어가 없다'는 말이었다. 사랑과 희망은 죽음의 공포를 이겨낸다."(p. 289)

"방사선 치료의 역효과로…시간이 얼마간 흘러야 완전히 회복될 수 있지만 임파선암이 재발하지 않는다는 전제하에 정신적으로는 이미 회복되었다는 것을 느꼈다. 나는 시종일관 낙천적인 태도와 자신감, 평상심으로 죽음의 도전에 응하기 때문에 아무런 두려움도 없다.…이 세상을 따뜻한 인간애로 가득 넘치게 하려면 우리 모두가 사랑을 표현해야 한다."

(p. 295)

　"'성실' 하나로 살아왔다. 다행인 점은 커다란 어려움에 처해서 친구들의 정신적 지지를 받을 수 있었다는 사실이다.…암에 걸린 모든 사람들도 내가 받은 따뜻한 인간애를 누리기를 간절히 희망한다."(p. 296)

책을 읽고 나서

오래도록 죽음학에 대한 철학과 종교학에 대해서 학생들을 지도해 왔고 깊이 탐구해 오던 터에 본인이 치유될 수 없는 질병으로 죽음을 목전에 맞이하게 되는 입장에서 쓴 글이다. 평소에 느끼던 그의 학문적 성과와 더불어 어떻게 안심입명(安身立命)의 도(道)로서 죽음을 고찰하고 맞이하게 되었는지 그 경험을 말하고 있어 공감하게 된다.

　이 책을 보면 마지막까지 정신적 성장을 이루고자 애쓴 부위훈 교수의 참선 과정을 만날 수 있다. 임파선암을 치료하면서 이 책을 쓰는 동안 부위훈 교수는 전통 불교의 선(禪)을 통해 삶과 죽음의 경계를 초월한 그의 죽음학을 완성했다고 생각한다.

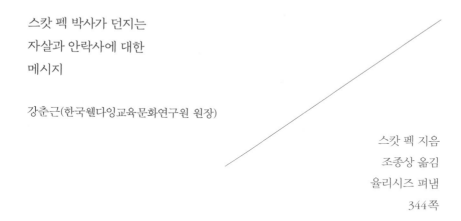

이젠, 죽을 수 있게 해줘

스캇 펙 박사가 던지는
자살과 안락사에 대한
메시지

강춘근(한국웰다잉교육문화연구원 원장)

스캇 펙 지음
조종상 옮김
율리시즈 펴냄
344쪽

　　　　　　　　　저자 모건 스캇 펙(Morgan Scott Peck, 1936~2005)은 정
신과 의사이자, 신학자, 베스트셀러 작가, 강연가, 그리고 마침내 영적 안
내자로 하버드 대학과 케이스 웨스턴 리저브에서 수학한 후, 10여 년간
육군 군의관(정신과 의사)으로 일했다. 이때의 경험이 후에 개인과 조직에서
의 인간 행동을 연구하는 데 귀중한 자료가 되었고 그러한 통찰이 여러
편의 책에서 구체화되었다. 1978년 마흔둘에 첫 출간한 책《아직도 가야
할 길》은 '사랑, 전통적 가치, 영적 성장에 대한 새로운 심리학'이라는 부
제가 보여주듯이 '심리학과 영성을 매우 성공적으로 결합한 중요한 책'으
로 평가된다. 그는 전 세계에서 가장 신뢰받는 의학자이자 영적 상담자로
서의 명성을 얻게 되었다. 주요 저서로는《아직도 가야 할 길》, 위협과 분
쟁의 시대를 극복할 해결책으로 공동체를 제시한《평화 만들기》, 인간에
게 근원적으로 존재하는 악과의 투쟁을 다룬《거짓의 사람들》등이 있다.

책 속으로

이 책의 원제는 'Denial of the soul'. 안락사의 문제에 대하여 쉽게 이해할 수 있도록 정리해 주며, 앞으로 우리 사회에게 연명의료치료와 관련하여 안락사에 대한 많은 쟁점에 대한 성찰을 제시해 주는 책이다.

혼돈에서 명료함으로 – 의학적 정신질환적 관점들

저자는 불치병 말기 환자의 수명을 늘리기 위해 과도한 조치를 하는 것에 반대할 뿐만 아니라 이런 시도조차도 반대하는 입장이다. 생명선을 끊는 행위를 불확실한 추정에만 의존하는 것은 잠재적 살인이며 정책적 문제이다. 이는 의료 행위를 하는 의료진의 영혼에도 위험할 뿐만 아니라 이들이 속한 사회 전체에도 상당히 위험한 일이라고 한다.

호스피스 목적은 치료를 통해 환자를 죽음에서 구해내거나 생명을 연장시키는 것이 아니라, 간호를 통해 환자가 자신의 죽음을 편안히 받아들이게 해주는 것이다. 호스피스는 특정한 장소라기보다는 접근 방법의 하나로 자택 간호와 함께 되도록 환자가 집에서 품위 있게 죽을 수 있도록 돕는 일에 주안점을 두되 다만 그것이 가능하지 않을 경우 환자의 마지막 날을 위해 조용히 거주할 수 있는 장소를 제공하는 것이다.

또 육체적인 간호뿐만 아니라 정서적. 심리적, 정신적 간호를 제공한다. 호스피스에서의 간호 중 하나는 환자에게 필요한 모르핀을 적절하게 공급하는 일이다. 치명적 말기 질환으로 고통스러워하는 사람들에게 병원을 떠나 호스피스 간호를 받을 수 있는 선택권이 주어져 있음을 감안하면 그 누구도 해결 불가능한 고통을 느끼며 죽어갈 이유가 없다. 정서적 고통의 문제는 육체적 고통에 비해 훨씬 더 복잡하다.

정서적인 고통에 대한 적절한 치료는 생체. 심리. 사회. 영적 관계를 모두 망라한다. 정서적 고통에 대한 진단과 치료는 육체적 고통의 경우보다 더 복잡한 과정을 거칠 수밖에 없다. 정서적 고통과 육체적 고통 그리고 생명선을 끊는 일이 대개는 복잡하다.

살인과 자살은 모두 죽음의 한 형태다. 그러나 이를 바라보는 우리의 태도는 다르다(분노/동정). 자살과 살인의 차이는 '의지의 문제'다. 살인이 '의도적으로 타인의 의지에 반해 다른 사람의 생명을 빼앗는 것'이라면 자살이라는 생명을 빼앗는 것과 죽음을 허용하는 것 사이에는 결정적인 차이가 있다. 그처럼 명확한 환경에서 과도한 조치를 제거하는 것은 살인이 아니라고 믿는다. 절대로 살해가 아니다. 따라서 그것은 자비로운 살해도 아니다. 안락사도 살해가 아니다. 그것은 단순히 이미 죽어가고 있는 누군가의 생명선을 끊거나 자연스런 죽음을 허용하는 것이다. 안락사의 문제는 더욱 뜨거운 논쟁거리가 되어 가고 있다. 동시에 그 논쟁은 거의 논리적이지 못하다. 사실 적절한 정의 없이는 논리적일 수가 없다. 따라서 정의가 구체화되면 될수록 더욱 논리적인 논쟁이 될 것이다.

인간의 영혼은 존재하는가

안락사는 아주 세속적인 현상으로 세속주의와 종교적 정체성은 반드시 일치될 필요가 없다. 매우 복합적인 신념체계인 세속주의는 대부분 이해할 수 있는 현상이고 그 자체로도 놀라운 일이 아니다. 그러나 안락사의 문제에 관해서는 매우 불안한 느낌이 든다. 왜냐하면 인간의 영혼에 대한 부정이 확산되는 것이기 때문이다. 그리고 우리가 깨어 있지 않는 한 이렇게 영혼을 인정하지 않는 분위기가 확산되는 것은 우리 미래에 나쁜 징조로 보인다.

인간이란 존재에게 영혼은 무슨 의미를 지니고 있으며, 그것이 함축하는 의미는 무엇인가? 영혼은 무엇으로 정의되는가? 왜 영혼이라는 단어가 정작 자신과 의사, 다른 정신건강 관련 종사자, 정신과 학생, 일반 의사들 같은 전문 직업인들의 어휘에는 포함돼 있지 않는 것일까? 그 두 가지 이유는 첫째, 영혼 안에 하나님의 개념이 내재되어 있고 사실상 '하나님의 말씀'은 이렇게 비교적 세속적인 직업에서는 사용되지 않기 때문이다. 둘째, 전문가들은 적절한 지적 엄격함을 추구하는데, 영혼은 완벽히 정의될 수 없기 때문이다.

저자는 우리 사회를 세속적이라고 지적하며 그 이유가 세속적인 소수가 강해서라기보다는 종교적인 다수가 약해서라고 생각한다. 그는 안락사 운동에 힘을 실어주게 될, 영혼을 부정하는 풍조가 확산되는 것을 우려하는 이유가 세속주의자 때문이 아님을 지적하며, 정말로 우려하는 이유는 자신의 종교를 진지하게 생각하지 않는 대다수의 종교인 때문이라고 말한다. 세속주의자들이 영혼을 부정하는 것은 크게 놀랄 일이 아니다. 이들은 영혼을 부정하는 데 하나는 노골적으로 거절하는 것이고, 다른 하나는 무시하는 것인데 다시 말하면 의미 있는 믿음이나 중요성을 부여하지 않는 것이다. 우리 사회의 세속주의에 대해 가장 놀란 것은 종교인이 자신의 종교를 진지하게 생각하지 않기 때문에 영혼까지도 진지하게 생각하지 않는다는 것이다.

저자가 안락사를 비판하는 두 가지 이유는 먼저, 명백히 신학적이며 보통 모든 자살과 관련된 것이다. 자살을 통해 인간은 자신에게 삶을 부여한 자와 관계없이 자신이 죽음의 때를 결정한다. 그것은 하나님에 대한 부정이자 그 영혼과 하느님과의 관계에 대한 부정이다. 그리고 신학적인 측면뿐만 아니라 심리학적인 측면에서 특별히 내가 정의했던 안락사와 관련된다.

대부분의 사람들은 죽음을 부정하는 것과 마찬가지로 늙어가는 것 또한 부정한다. 저자는 늙어가는 것이나 죽는 것을 부정하지 않음을 고백하며 우리가 몇 살이든 간에 인간이 한계 없이 살 수 있다는 생각은 어리석으며, 오히려 나이가 들면 무엇보다 중요한 것이 점점 늘어만 가는 우리 한계를 수용하는 법을 배우는 것이라고 강조한다. 수용은 자발적 과정인 동시에 비자발적인 과정이며 하나하나의 새로운 한계는 상실이자 죽음이다.

미래로 – 우리 사회가 이렇게 바뀔 수 있다면

안락사 논쟁의 초점은 의사의 도움을 받아 자살하는 문제에 있다. 안락사 논쟁은 먼저, 생명을 연장시키는 일과 또한 고통을 완화시키는 일에 대한 균형 잡힌 접근으로 해결할 수 있다. 그럼에도 불구하고 현대의학의 발달된 기술 수준에서도 상당히 많은 의사들에게는 생명연장을 위한 조치가 고통완화 조치에 우선해서 시행되야 하는지는 아직 불명확한 문제로 남아 있다. 과거 몇 년간 점점 더 많은 환자가 고통에서 벗어나고자 죽음을 앞당길 수 있는 선택은 자신들의 권리라고 주장한다. 많은 의사들도 그 의견에 동의한다.

안락사 논의가 뜨거워지면 뜨거워질수록 사회는 건설적이면서도 빠르게 두 가지 근본적 문제를 더욱 쉽게 공론화할 것이다. 그 문제 중 하나는 결점이 많고 예측 불가능한 미국 의료의 특성으로서 특히 통증관리와 자연사를 돕는 일에 관한 것이다. 또 다른 하나는 우리 사회에 만연한 세속주의다. 만약 이 두 가지 병폐를 뿌리 뽑을 수 있게끔 사회를 자극할 수 있다면 안락사 논의는 커다란 희망의 불씨가 될 것이다. 안락사 논의가 너무 일찍 사그러지지 않는 한 의료계는 정부의 어떤 간섭도 받지 않고 자기 쇄신을 할 수 있으리라고 확신한다. 의사들은 의료계 외부로부터의 규제는 그것이 어떤 것이든 질색한다. 그렇다 해서 정부가 그들의 변화를 일절 독려할 수 없다는 의미는 아니다. 법정에서는 단 한 줄의 문장으로도 특별히 변화를 부추길 수 있는 분야가 있는데, 그것은 의사 조력 자살이 아니라 이중효과를 합법화하는 것이다.

저자는 안락사 논의야말로 이 병폐가 치료될 수 있는 가장 큰 희망이라고 본다. 기꺼이 안락사 문제를 깊이 생각해 본다면 많은 이들이 처음으로 자신의 영혼과 마주하게 될 것이다. 안락사 논의는 복잡하고 다양한 측면을 갖고 있다. 이것은 법학자와 윤리학자뿐만 아니라 의사와 간호사뿐만 아니라 신학자와 사회학자 등 다양한 분야의 사람들에게서 최선의 생각을 끌어낼 만한 가치가 있다.

책을 읽고 나서

본서의 제목《이젠 죽을 수 있게 해줘》는 안락사를 선택하는 일은 바로 신이 창조자라는 사실과 그 신이 예정한 죽음의 시간을 거부하는 행위라는 의미를 담고 있음을 강조한다. 저자는 안락사 논의를 전개하기 위해 저자의 표현 '언플러깅(unplugging)'에 나타난 '플러그를 뽑는 것' 아마도 소극적 안락사를 말하는 것으로 시작한다.

인위적인 생명연장이나 적극적인 안락사에는 반대하며, 환자에게 자연스러운 과정을 경과하여 죽음에 이르도록 하는 데 필요한 다양한 조치가 주어져서 고통을 최소화할 수 있도록 도와주어야 한다는 것이다. 그리고 모든 안락사 논쟁의 복합성은 결국 간단한 질문 하나로 해결될 수 있으며 그것은 바로 "우리는 영혼과 영혼의 성장을 독려하는 사회를 원하는가?"에 달려 있다고 여기고 있다.

본서는 스캇펙 박사가 인턴 시절부터 겪었던 생의 문제로서의 자살, 안락사에 대한 자신의 인생관이 충분히 녹아져 있다는 측면에서 많은 성찰을 제공하고 있다. 우리나라의 경우 현재 본서에서 다루는 문제의식이 대중적으로 퍼질 수준은 못 되지만 그래도 무조건적으로 오래 생명을 연장하는 것만이 좋은 것은 아니라는 점에 대해서는 최근에 들어와 우리나라에서도 제법 진지한 논의가 진행되고 있다.

10여 년 전 김 할머니 사건을 계기로 소극적 안락사의 관점에서 '무의미한 연명치료의 중단'에 대한 논의가 본격화되었고 이로 인해 연명의료결정법이 시행되고 있다. 조만간 우리나라에서도 자살과 안락사에 대한 새로운 도전과 연구가 이루어질 것으로 보여진다. 보다 진지하게 죽음담론과 공론화에 관심이 있는 분들에게는 본서가 매우 소중한 안내 자료가 되리라 생각한다.

라스트 송

인생의
마지막 순간에
듣는 노래

김일경(사회복지사, 노인상담사)

사토 유미코 지음
홍성민 옮김
갈대상자 펴냄
220쪽

　　　　　　한민족은 과거부터 노래를 사랑해 왔다. 삶 자체를 노래로 표현해 왔다. 심지어는 장사를 지내기 위해 상여를 메고 가는 데도 구슬프고 애절한 장송곡이 있기에 가족과 듣는 이들의 심중을 울려 주고 망자의 설움을 노래로 표현한다. 우리의 특별한 노래 사랑 정서가 세계에 'K-Pop'이라는 음악 돌풍을 일으킬 수 있었다. 2019년 후반부터 방송가를 뜨겁게 달구는 '미스 트롯', '미스터 트롯' 열풍은 가히 폭발적인 인기를 누리고 있다.

　　왜 이토록 노래가 새삼스럽게 사람들에게 사랑을 받고 인기를 누리는 것일까? 나는 곡 자체의 리듬도 중요하지만 특히 가사의 내용이 자신의 처지와 심정을 대변해 주는 데서 공감을 얻게 되어 사랑받는 것이라고 생각한다. 클래식이나 우리 노래의 경음악을 들으면 비록 가사가 없는 곡이라도 그 곡에서 흘러나오는 가사를 떠올리면서 흥에 취하기도 하고, 슬퍼하기도 하면서 애절한 감정에 흠뻑 빠져들게 된다.

음악이 사람들에게 사랑받고 불리는 시기와 장소는 어느 곳이며 어떤 때일까? 행진곡이나 경쾌한 노래도 많지만 사랑받는 노래 대부분은 부모 자식이나 연인 간의 사랑과 이별 그리고 그리움을 소재로 노래한 경우가 대부분이다. 특히 1950, 60년대 우리나라가 가난하고 어려웠던 시절 직업을 찾아 고향을 등지고 도시에서 힘들게 살아온 이들에게는 고향에 대한 향수와 외로움을 담은 노래가 사랑받는다. 때문에 트로트는 아무리 밝게 불러도 한(恨)과 설움이 묻어난다. 서양의 일반 대중노래도 우리와 크게 다르지 않음을 볼 수 있다. 그들의 팝송 또한 우리에게 사랑을 받는 곡이 많다.

우리는 기쁠 때도 노래를 하지만 슬플 때도 노래를 함으로써 위안을 받는다. 오히려 슬프거나 절망적일 때, 마음의 평온을 얻고자 할 때, 노래가 더욱 필요한지도 모른다. 자신의 가족이 인생에 마지막 순간을 앞두고 있을 때, 그에게 줄 수 있는 가장 큰 위로와 선물은 무엇일까? 사랑한다는 말, 감사하다는 말, 부디 편히 가시라는 말이 필요한 순간이다. 그가 이 세상을 작별하기 위해 힘들게 싸우고 있을 때 그가 평소 즐겨 부르던 노래나 사랑과 정성이 담긴 노래를 들려주면 어떨까? 비록 환자는 말을 못하는 경우에도 청각은 마지막 순간까지 살아있기 때문에 그를 위해 음악을 들려주는 것은 큰 선물이 될 수 있다.

불치의 환자가 마지막 시기를 보내기 위해 지내는 곳이 호스피스다. 일본계 미국인 사토 유미코 씨는 미국 정부 공인 호스피스 음악치료사이다. 그녀는 10여 년간 호스피스 병원에서 1000여 명의 환자를 위해 음악치료를 하며 그들이 좀 더 평온하게 임종을 맞을 수 있도록 일하여 왔다. 사토 유미코는 자신이 음악치료사로 일하는 동안 특히 기억에 남는 환자

10명에 대한 음악치료 스토리를 정리하여 《라스트 송》이라는 책을 출간하였다. 책 속으로 들어가 내용을 읽어 보자.

책 속으로

임종 순간이 다가오는 할머니의 아들에게 음악치료를 하러 왔다고 하자, 아들 빌은 "음악치료요?" "지금 음악치료라는 걸 하겠다는 거예요?"라며 의아한 표정을 지었다. 의식이 거의 없는 환자의 경우, 음악치료는 환자보다 가족이나 친구에게 초점을 맞춥니다. 이 경우 음악은 가족이 환자에게 보내는 마지막 선물이 됩니다. 먼저 나는 〈사운드 오브 뮤직〉의 삽입곡 '에델바이스'를 불렀습니다. 노래를 하는 동안 아들 빌은 어머니의 손을 꼭 잡고 흐느끼며 말했다. "어머니, 많이 보고 싶을 거예요. 이젠 편히 가셔도 돼요." 다음에는 어머니가 즐겨 불렀다는 '고요한 밤 거룩한 밤'을 요청받았다. 노래를 부르는 동안 할머니의 호흡은 고르게 변했고, 3절을 부를 때는 희미하게 눈을 뜨더니 생긋이 미소를 지었습니다. 4절을 부르기 시작했을 때 할머니는 깊게 숨을 들이쉬더니 다시는 내뱉지 않았습니다. 아들 빌은 "어머니가 좋아하시던 노래를 들으며 임종을 맞게 되어서 감사합니다"며 내 손을 꼭 잡았습니다.

6개월 시한부 판정을 받은 뇌졸중 환자 마이크(49세 남성)는 정부의 배려로 감옥에서 찾아온 아들을 만났다. 주황색 죄수복에 수갑을 찬 아들을 보며 죽어가는 아버지나 마지막 만남을 위해 찾아온 아들 모두 가슴이 찢어질 듯 아팠을 겁니다. 아들이 돌아간 후 나는 그를 위해 '유 아 마이 선샤인(You Are My Sunshine)' 노래를 들려주었습니다. 마이크는 아침에 맞난 아들 때문인지 눈물을 글썽이며 노래를 듣고 있었습니다. 그는 다시 아내와의 통화를 내게 부탁한 후 전화기를 통해 아내를 위한 노래를 신청했습니다. 내가 엘비스 프레슬리의 '러브 미 텐더(Love Me Tender)'를 부르는 동안 울면서 있는 힘을 다해 수화기를 대고 있는 그의 팔은 가늘게 떨리고 있었습니다.

당장 숨이 끊어질 것 같은 환자도 보고 싶은 사람이 올 때까지 기다리다가 그 얼굴을 본 후에야 눈을 감는 기적 같은 일이 일어나곤 합니다. 유방암 말기환자 하나(38세 여성)는 학교 졸업 때까지 만이라도 곁에 있어달라는 아들에게 고등학교 졸업식에 반드시 참석하겠다는 약속을 했습니다. 아들 졸업식 1주일 전 하나의 병세는 극도로 악화되어 졸업식까지 버틸 수 없다는 판단이 내려졌습니다. 호스피스 병동에서는 그녀의 소원을 들어주기 위해 병동에서 졸업식을 열어주기로 하였습니다. 졸업식에서 교장 선생님에게서 졸업장을 받는 아들의 모습을 안락의자에 누워 바라보는 그녀의 표정은 온화해 보였습니다. 나는 하나가 제일 좋아한다는 찬송가 '주 하나님이 지으신 모든 세계'를 불렀고 노래를 부르는 동안 여기저기서 흐느끼는 소리가 들렸습니다.

루게릭병 환자 스티브는 자신은 "이 병에 걸린 걸 감사한다"고 말했습니다. 이어서 그는 "병에 걸리고 나서 비로소 인생에서 가장 중요한 게 무엇인지 알게 되었어요. 아무리 돈이 많아도 건강을 잃으니 아무 의미가 없어요. 오히려 가족 불화의 원인이 되었을 뿐이죠." "아들과 좀 더 많은 시간을 보냈어야 했어요"라며 후회를 했습니다. 그는 몸이 굳어 손가락도 움직이지 못하는 루게릭병 말기 증상입니다. 아일랜드계인 그가 좋아하는 아일랜드 민요 '대니 보이(Danny Boy)'를 연주했습니다.

이어서 '내 무덤 앞에서 울지 말아요(Do Not Stand My Grave And Weep)'라는 유명한 시를 편곡한 노래 '천개의 바람이 되어'를 내가 하프를 켜며 불러주자 눈물이 그의 뺨을 타고 하염없이 흘러내렸습니다. 이 곡에는 사람의 마음을 움직이는 무언가가 담겨 있습니다.

노래를 듣고 난 스티브는 "이 노래 내 장례식 때 불러주지 않을래요? 그렇게 해주면 정말 기쁠 거예요!" 하고 말했고, 나는 불러주겠다고 약속했습니다. 그가 원하는 장례식은 아일랜드 전통의 '아이리시 웨이크(Iris Wake)'로 치르겠다는 것입니다. 아이리시 웨이크식 장례 방식은 장례식에 가족과 지인이 함께 모여 고인과의 추억을 이야기하고, 고인의 인생 자체를 축하하는 방식으로 눈물보다는 웃음을, 비탄이 아닌 축복을 비는 방식입니다.

다음 해 1월 스티브의 장례식에는 커다란 스크린에 스티브의 사진이 슬라이드 쇼로 흐르고 있었습니다. 모든 사진 속의 스티브는 항상 환하게 웃고 있었습니다. 친구와 가족들은 하나씩 앞으로 나와 스티브와의 추억을 이야기했습니다. 장례식은 그가 바라던 대로 사람들의 웃음소리로 넘쳐났습니다. 나는 장례식의 마지막에 '천개의 바람이 되어'를 불렀고 스크린에는 '내 무덤 앞에서 울지 말아요' 시가 띄워 졌습니다.

"잊히고 싶지 않아! 아직 죽고 싶지 않아!" 냇 킹 콜의 '언포겟터블(Unforgettable)'을 듣고 난 린다는 울부짖었습니다. 린다는 63세의 여성으로 췌장암 선고를 받고 호스피스에 입원해 있는 독신 여성입니다. 그녀는 젊어서 사랑하던 약혼자와 사별 후 10여 년을 외롭고 쓸쓸하게 홀로 보냈습니다. 그 후 그녀는 크리스라는 청년을 만나 사랑에 빠집니다. 그러나 크리스에게 다른 여성이 생기면서 그의 곁을 떠났습니다. 그녀가 내게 신청한 곡은 '더 베리 소트 오브 유(The Very Thought of You)'였습니다. '누군가를 사랑하고 싶다!' 이것은 결코 특별한 욕심이 아닙니다.

책을 읽고 나서

이 책 《라스트 송》에는 음악치료사인 저자가 호스피스에서 임종기 환자들을 위해 불러준 노래가 17곡 담겨 있다. 대부분 우리에게도 익히 알려진 팝송들로서 미국 국민들이 즐겨 부르는 애창곡이라고 볼 수 있다. 대부분 가족이나 연인에 대한 사랑을 담은 노래이거나 종교적 찬송가 형의 노래들이다. 미국의 경우에는 임종기 환자나 말기 환자의 45% 이상이 호스피스에서 운명한다. 때문에 호스피스 시설은 잘 갖추어져 있으며 호스피스 내에서 환자를 위해 이루어지는 치료 프로그램도 다양하다.

반면 우리나라는 아직 호스피스 제도가 초기 단계에 머물러 있다. 2019년 2월 호스피스에 관한 법이 시행되면서 호스피스 제도가 활성화될 것으로 기대한다. 여건만 조성된다면 우리나라에도 환자들이 마지막 가는 길에 음악치료 차원에서 그를 위해 들려줄 노래가 많다. 환자들이 자신이 즐겨 부르던 노래나 듣고 싶은 노래를 듣고 심신의 안정을 찾고 편안히 떠날 수 있다면 이보다 더 좋은 치료가 있겠는가!

우리나라의 장례 문화는 시대가 완전히 변했는데도 거의 변하지 않고 있다. 화장을 하는 고인을 군이 삼베 수의로 동여매는 이유는 무엇인가? 왜? 군이 조문객도 없는데 3일장을 고집하는가? 고인과는 전혀 일면식도 없는 조문객들을 불러 모으는 것은 낭비 아닌가? '자식이라면 성대하게 장례식을 치러야 부모에게 도리를 다한다'는 생각을 이젠 버려야 한다. 이 책에서 보았듯이 가능하다면 우리의 장례문화도 아일랜드의 장례 방식인 아이리시 웨이크를 참고하여 변화되었으면 한다. 장례식은 오직 고인을 추억하고 기리며 고인을 아끼는 사람들이 지정된 일시에 모여 엄숙하면서도 밝게 치러지길 고대한다.

{ 2012년 12월 18일 }

마지막 마음

어느
죽음의
성찰

강춘근(한국웰다잉교육문화연구원 원장)

나형수 지음
경천 펴냄
352쪽

저자 나형수는 서울대학교 문리대 철학과를 졸업하고, 성균관대학교 언론정보대학원 졸업하였다. 그는 KBS 워싱턴 특파원 (미주 총국장), KBS 보도제작국장, KBS 해설위원장, KBS 문화사업단 사장, KBS '심야토론'(시사토론 프로) 진행자, '추적 60분'(탐사 프로) 사회자, 방송위원회 사무총장을 역임하며 열정적 활동을 하였다.

책 속으로

본서는 총 6장으로 구성되어 있다. 1장 시골생활에서는 암에 걸린 초기 상황을 회상 형식으로 다룬다. 평범한 사람이 죽음의 공포를 느끼는 모습이 생생하게 기술되어 읽는 사람을 안타깝게 할 뿐만 아니라 또 두렵게 한다. 2장 암과 죽음의 조우에서는 죽음을 사색하게 된 전말을 기록하며, 죽음의 공포를 어떻게 극복해갔는지를 전개하며 독자들에게 깊은 감동을 전달하고 있다. 3장 죽음의 발견에서는 죽음의 공포와 심리 그리고 죽음의 속성에 관한 성찰을 담았고, 4장 새로운 삶의 발견에서는 공포에서 벗어나 반전에 이르는 과정을 조명하고 있다. 5장 마음의 깊이에서는 사람의 마음과 특성에 관한 저자의 생각을 통해 죽음문제의 중요성을 이야기한다. 그리고 6장 순응의 실천에서는 죽음으로부터 얻을 수 있는 지혜와 마음공부에 관해 다루고 있다.

시골생활

저자가 평생 처음으로 시골생활을 하면서 자연의 아름다움에 흠뻑 적게 된 것은 오직 병때문이었다. 항암주사의 부작용이 너무 고통스러워 혹 시골에 가면 나아질까 해서 시골을 찾은 것이 자연과 끊을래야 끊을 수 없는 인연을 맺게 되었다. 산밑에 살던 때에도 이중생활을 하며 죽음과 자연의 의미에 관한 생각을 하였다. 한편으로 시골이 주는 기쁨이 있었지만 다른 한편으로는 암이 재발해 언제 죽을지 모르는 두려움에 떨고 있었다. 낮에는 산속을 돌아다니며 자연의 경이와 아름다움에 마음을 뺏겼으나, 밤이 오면 죽음에 대한 두려움이 짓눌리기도 했다. 중병을 얻어 죽음의 공포에 내 몰린 사람으로서 당연한 결과였을 것이지만 병자가 아니라 하더라도 죽음문제는 심각한 인생의 주제로, 어떤 형태로든 죽음의 과정을 통과하지 않은 사람은 새롭고 진정한 삶을 누릴 수 없다고 생각한다.

암과 죽음과의 조우

2002년 9월 26일 오전 11시, 대장 내시경 검사를 받은 후 항암주사를 맞고 불안한 나날을 보내며 사람을 포기하고 죽음을 받아들인 1년 후 2003년 9월에 인생을 결정적으로 전환시킨 지안(至安)을 체험하였다.

죽음의 발견

의사로부터 암 통고를 처음 받던 때 저자는 혼이 빠진 상태였고, 세상이 무너지는 것 같았다. 무엇을 보고도 그 보는 것을 의식하지 못하고 있었으며, 마치 물속에라도 들어간 것처럼 사물이 일렁거려 보였다. '이제 죽었구나' 하는 생각만이 온통 머리를 채우고 있었고, 머릿속은 혼란으로 뒤죽박죽되었으며, 논리적 사고나 이성적 판단은 애초에 불가능했다.

사람들은 대개 죽음을 잊고 산다. 죽음은 우리 곁에서 매일 일어나는 일이지만 그것은 언제나 머나먼 남의 이야기일 뿐이다. 때때로 죽음이 우리 옆에 바짝 다가설 때도 한사코 손사래를 치며, 죽음으로부터 떨어져 있기를 원한다. 죽음은 멀리 떨어져 있는 것이고 나와 상관없는 일로 간주하며 죽음에 대한 사람들의 태도를 2가지로 이야기한다. 첫째, 사람들은 죽음에 대해 대개 관심을 두지 않는다. 둘째, 죽음을 중요하게 생각하지 말아야 한다. 삶도 제대로 살아내지 못하는데 죽음까지 생각할 겨를이 있느냐고 생각한다. 좀 더 열심히 사는 데 집중하라는 말이다.

새로운 삶의 발견

죽음 문제를 추적하는 진정한 이유는 새롭고, 진정한 삶을 찾기 위해서이다. 그런데 사람마다 자신이 생각하는 진정한 삶의 방식은 각각 다르다. 어떤 사람은 열정적인 치열한 삶을 진정한 삶이라고 생각할 것이며, 어떤 사람은 평안을 이룬 관조적인 삶을 진정한 삶이라고 평가할 것이다. 여기서 말하고자 하는 진정한 삶은 통상적인 의미와 조금 다른 인생의 마지막에 완성할 '성숙한 삶'을 가리킨다. 다시 말해 인생행로의 변증법적 과정 속에서 최종적으로 완성된 '마지막 상승의 삶'을 의미한다. 따라서 진정한 삶이라고 말하는 것은 개인의 삶 중에서 가장 높고 가장 근본적인 삶을 추구하자는 것이다.

그런데 이런 진정한 삶과 죽음은 무슨 관계가 있는 것일까? 죽음은 삶에 있어서 가장 진정한 것을 가르쳐 줄 수 있는 유일한 실체라는 것이다. 죽음에 직면했을 경우에만 삶의 전체 모습을 내려다 볼 수 있다. 이렇게 생각하는 이유는? 첫째, 죽음이란 우리 인생의 막다른 끝이기 때문에 이 위치에 인생의 전체 모습을 되돌아볼 수 있는 것이다. 둘째, 죽음의 위치에 설때에야 우리는 가장 투명하고 깨끗하게 우리 삶의 모습을 살펴볼 수 있게 된다. 셋째, 우리는 죽음을 맞이할 때 가장 진실해진다. 자기 삶을 가장 진실하게 평가할 수 있게 되는 것이다.

이런 이유로 죽음만이 인생의 전모를 살필 수 있고, 따라서 진정한 삶을 가르쳐 줄 수 있다고 생각했다. 산다는 것이 죽음 앞에 서면 참으로 초라하게 드러난다. 죽음의 거울은 참으로 가혹하다. 죽음의 거울을 통해 삶의 모습을 보고 난 뒤 그 동안의 삶과 완전히 다른 삶의 길로 접어들고, 그 동안 걸었던 인생의 길은 철저히 폐기되고 새로운 삶의 길을 선택하게 한다. 그리고 새로 선택해야 할 나의 새로운 삶이란 죽음을 수용하고 죽음에 순응한 삶. 즉 '순응자의 삶'을 살아야 하는 것이다.

마음의 깊이

저자가 가장 고심한 것은 지안이 무엇인가를 아는 일이었다. 지안은 나에게 어떤 무아경이나 황홀감 같은 것으로 나타났는데, 무엇보다도 이 현상의 정체를 파악하고 싶었다. 이 지안이 무엇인가를 알아야 한다고 생각한 것은 지안의 정체를 알아야 그것을 재현할 방법을 찾을 수가 있다고 생각했기 때문이다. 지안의 재현을 위해서 풀어야 할 과제 중 하나는 지안과 깨달음과의 관계다. 지안은 먼저 통찰력이나 깨달음을 얻어야 이어서 일어나는 현상이므로, 지안과 깨달음이 어떻게 연관되는지를 알아야 한다. 지안은 갑자기 돌출하는 현상이 아니며 사전에 반드시 두 가지 마음이 있어야 한다. 그 한 가지는 마음이 통찰 또는 깨달음이며, 또 다른 하나는 무량심이다. 통찰이나 깨달음은 마음의 툭 터짐으로 나타나고, 무량심은 이 툭 터짐을 더욱 확장시키는 계기를 마련하는 것이다.

저자는 학자도 아니며 더더욱 과학자도 아니지만 과학에서 '열린' 마음이 얼마나 중요한지는 충분히 알고 있다. 지혜를 찾는 한 사람의 학도로서 우리의 자연과 그 자연을 탐구하는 과학의 미래가 어떻게 될 것인지에 큰 관심을 가지고 있다. 그것은 과학이 우리의 삶과 밀접하게 연결되어 있기 때문이다. 과학기술의 발전은 끝없이 계속될 것인가? 그래서 우리의 모든 의문이 풀리고 결국 신과 같은 위치에 올라 설 수 있을 것인가? 나는 알 수 없다. 현재의 지식으로 긴 미래를 점친다는 것은 불가능한 일이다. 그러므로 나는 모른다. 이러한 상황을 나는 '무지에의 열린 상' 정도로 표현하고 싶다.

순응의 실천

마음공부를 하는 이유는 여러 가지이겠지만 그중에서도 가장 기초적인 것의 하나는 마음을 깨끗이 유지하자는 것이다. 아무런 티나 때가 끼지 않도록 만드는 것이다. 마음공부를 통해 지안에 이르는 길을 찾기 위해 많은 노력을 기울였다. 그러나 이런 노력은 실패를 계속할 뿐이었다. 방법이 잘못되었다는 생각 때문에 오래 번민에 빠지기도 했다. 결국 욕심이 앞설 때 이루려는 목표는 더욱 멀리 달아난다는 사실을 깨닫기 시작했다. 욕심도 버려야 하지만 목표도 버려야 하는 것이라는 사실을 뒤늦게 알아차렸다. 본서가 환우에게 다소나마 위로를 줄 수 있기를 바라고 있기에 "그래 죽자" 하며 죽음을 각오한다면 두려움에서 벗어날 수 있다는 점을 설명함으로써 위로가 되기를 바라고 있다.

책을 읽고 나서

본서는 시한부 판정을 받고 죽음의 문턱까지 갔다가 어렵게 돌아온 사람이 체험한 죽음으로 향했던 이야기를 담은 성찰적 에세이다. 삶과 죽음이 무엇인지, 그리고 근본적이며 본질적인 것은 무엇인지 등을 사색할 수 있는 계기를 제공해 주는 책으로 죽음이라는 주제를 정면에서 다룬 흔치 않은 책이다. 하지만 지나치게 주관적인 관점의 한계를 지니고 있고 그런 뜻에서 일반 독자로서 이해하기 어려운 부분도 있다. 그러나 이 책은 죽음체험에 나타나는 고통 과정 속에서도 치열한 탐구정신과 눈물겨운 노력으로 죽음의 과정에서 발생하는 이야기들을 객관화시키는 데 상당 부분 설득력이 있다. 특히 저자는 '반전의 과정'을 충분히 추적함으로써, 일반인들도 실천하는 데 적용할 수 있는 정보를 제공하고 있으며, 이러한 내용은 중병으로 고통받고 있는 환자들에게 위로의 메시지로서 읽힐 수 있을 것이다.

저자는 죽음의 공포를 겪은 후 '죽음의 순응'을 겪은 이전과 이후를 비교하며 180도 달라진 삶을 언급하며 지안과 진정한 지혜를 찾아가는 과정을 보여주고 있다. 무엇보다 죽음에 대한 절박함을 검토해야 한다는 저자의 경험적인 삶을 통한 언명이 죽음공부를 하는 우리 모두에게 삶과 죽음에 대한 진지함과 함께 성실함에 대한 묵직한 성찰의 계기가 될 것이라 본다.

D에게 보낸 편지

어느
사랑의
역사

전풍자(사회운동가)

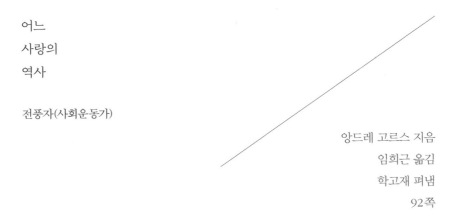

앙드레 고르스 지음
임희근 옮김
학고재 펴냄
92쪽

　　《D에게 보낸 편지》는 사르트르가 "유럽에서 가장 날카로운 지성"이라고 지칭했던 앙드레 고르스(Andre Gorz, 1923-2007)가 그의 아내 도린에게 2006년에 쓴 연서이다. 고르스가 83세에 일 년 연하인 부인에게 쓴 평생의 사랑의 기록으로, 러브레터는 보통 사랑을 시작할 때 그리고 젊어서 쓰는 것으로 생각하게 되는데, 이 편지는 80대의 부부가 그들이 처음 만났던 순간부터 아내가 불치의 병으로 죽음을 기다리는 최근의 이야기까지 60년의 사랑을 적고 있다.

　　"당신은 곧 여든 두 살이 됩니다. 키는 예전보다 6센티미터 줄었고, 몸무게는 겨우 45킬로그램입니다. 그래도 당신은 여전히 탐스럽고 우아하고, 아름답습니다. 함께 살아온 지 쉰여덟 해가 되었지만, 그 어느 때보다도 더 나는 당신을 사랑합니다."

　　80대의 아내에게 그것도 20년 이상 투병 중인 아내에게 이런 문장으로 사랑을 표현할 수 있는 남편은 찾기 힘들 것이다. 이는 가히 최고의 사랑 이야기가 아닐 수 없다. 이 편지는 이들의 첫 만남, 열정적인 사랑, 정체성으로 불안정했던 자신의 인생을 긍정의 세계로 이끌어 준 도린에 대한 감사와 두 사람의 58년간의 행복과 추억 그리고 불치의 병으로 투병 중인 아내를 잃게 될지도 모른다는 불안감을 담고 있다.

앙드레 고르스는 오스트리아 출신 유대인인 게르하르트 히르쉬로 태어나서 스위스를 거쳐 1953년 프랑스에서 앙드레 고르스라는 이름으로 귀화하기까지 무국적 상태로 지내며 여러 차례 창씨 개명을 하였다. 그래서 고르스에게 존재의 정체성 문제는 늘 고통이었다. 그는 영국 출신의 아내 도린과 함께 있으면 정체성에 대한 고민으로부터 벗어나 그를 '다른 곳에' 가 있을 수 있게 했다. 고르스와 도린은 모두 불행한 어린 시절을 보내야 했다. 두 사람 모두 원초적인 상처, 즉 불안의 경험을 가지고 있었다. 불안과 갈등의 자식인 두 사람은 서로가 서로에게 힘입어 그들에게 애초에 없던 자리, 이 세상에서 있을 자리를 만들어야만 했고, 그러려면 그들의 사랑이 사랑일 뿐만 아니라 일생 불변하는 계약이 되어야만 했다. 도린은 고르스의 저작 활동을 평생 지지하고 엄청난 자료를 수집하고 정리하고 비판하는 일을 맡아서 하였고 삶의 불안정성에 맞서 싸우는 고르스의 버팀목이 되어주었다.

도린은 작가를 사랑한다는 것은 그가 글을 쓴다는 사실을 사랑하는 것이라고 하면서 고르스에게 "그러니 어서 써요!"라고 늘 말했다. "당신의 삶은 글을 쓰는 거예요. 그러니 글을 써요"

고르스가 언론인, 철학자, 사상가로서 글쟁이가 되는 데 도린의 지지는 엄청난 것이었다. 진정한 첫사랑으로의 고르스와 도린은 사생활뿐만 아니라 공적인 영역에서도 함께 활동함으로써 둘이 하나가 되었다. 프랑스와 외국에서 작성한 심층기사는 모두 도린과 함께 만든 것이었다. 도린은 고르스에 비하여 사교적이고 활달한 여성이고 정치적인 감각도 뛰어난 여성인데 자신의 인생을 여성으로서 홀로서기보다는 남편의 내조자로로서의 삶에 더 매력을 느끼고 둘이 함께하는 삶에서 행복을 찾았던 것 같다.

이 편지에는 앙드레 고르스가 1958년에 출판한 그의 실존주의적 자서전인 《배반자》에서 도린의 진면목을 왜곡한 사실을 해명하고 반성하는 내용이 상당히 여러 페이지에 걸쳐 들어 있다.

"당신은 내 삶의 주요한 전환점을 분명하게 해줍니다.…당신과 함께 발견한 사랑이 어떻게 나에게 존재하고 싶다는 마음이 들게 했는지, 그리고 당신과의 결합이 어떻게 실존적 전행의 원동력이 되어갔는지를 보여줍니다.…난감한 것은 이 장에서 실존적 전향의 자취는 전혀 찾아볼 수 없다는 점입니다. 내가 그리고 우리가 사랑을 발견한 자취도, 우리의 이야기도 전혀 없습니다. 나의 맹세는 형식적일 뿐입니다."

고르스가 도린을 만난 것이 너무나 소중한 인연이고 자신을 다시 살고 싶게 만든 결정적 전환점이었음을 그 책은 보여주었어야 했는데, 이를 구체화하지 못했고, 책 속에서 도린에게 할애한 부분은 정말 적지만, 그 적은 부분에서마저 도린은 일그러지고 모욕당한 모습이다. 이렇게 된 첫 번째 동기를 그가 겪고 느끼고 생각하는 것을 초월하여 그것을 이론화하고 이성적으로 체계화하여 투명하고 순수한 정신이 되어야 한다는 강박적 요구 때문이었다고 설명한다. 고르스는 개별 인간을 초월하는 고찰을 통해 나와 당신을 넘어서려 했다고 말한다.

"왜 나는 당신을 아는 사람 하나 없고, 프랑스어라고는 한 마디도 못하는, 가여운 처녀라고 달랑 여섯 줄로 적어놓았을까요?"

고르스와 도린은 가치관이 똑같았다. 삶에 의미를 주는 것은 무엇인지, 삶에서 의미를 앗아가는 것은 무엇인지에 대한 개념이 같았다. 호사스런 생활과 낭비를 싫어하고, 유행을 따르지 않고, 돈을 무시하고 돈을 기부하는 생활, 주말을 시골에서 보내면서 모든 살아있는 것들을 사랑하고 함께 지내기를 즐겨 하였다. 사상적 경향은 고전적인 계급투쟁이 아닌 대안사회를 꿈꾸는 생태사회주의, 정치생태주의다.

1983년 도린은 8년 전 허리디스크 수술 때 엑스레이 촬영을 위해 투여한 혈관 조영제의 부작용으로 거미막염이라는 불치의 병에 걸린 것을 알게 된다. 도린은 의학에 더 이상 기대할 것이 없다고 생각했다. 대신 자기 몸과 병과 건강을 알아서 관리하기로 하였다. 이는 자기 생명에 대하여 스스로 권한을 갖겠다는 의미다. 진통제를 중단하고 요가를 시작하였다. 고전적인 자기수련 방법을 통해 고통을 다스리면서 자기 몸을 통제했다.

자기의 병을 이해하고 스스로 감당할 수 있는 힘을 기르는 것이 그 병의 지배를 받지 않는 길이고 환자를 수종적인 의약품 소비자로 바꾸어놓는 사람들에 의존하지 않는 유일한 방법이다. 도린의 병 때문에 고르스와 도린은 생태주의와 기술비판의 영역에 다시 관심을 쏟게 되었다. 기술의학이란 푸코가 '생체권력'이라고 부르게 된 것, 즉 각자가 자신과 같는 내밀한 관계조차도 기술적 장치들이 장악하는 유독 공격적인 형태의 권력이다.

고르스는 도린을 돌보기 위해 20년간 일한 신문사를 떠나 둘이서 보농이라는 시골로 간다. 고르스는 도린이 없으면 다른 모든 것은 무의미하고 무가치하다고 보았기에 좀 더 본질적인 것에 집중하기 위해 비본질적인 것들을 포기한 것이다. 고르스에게 본질적인 단 하나의 일은 도린과 함께 있는 것이다.

고르스는 가능한 한 매 순간 완전한 삶을 살기 위해 초심으로 돌아간다. 검소한 살림, 유기농 자급자족, 여유로운 시간, 나무 가꾸기, 진솔한 대화, 저술활동, 친교활동 같은 것으로 그들의 사람을 재구성했다. 생태주의는 그들의 삶의 방식이자 일상적인 실천이 되었다. 고르스와 도린은 자신들을 미래에 투사하지 않고 '현재'를 살아야 한다는 결심을 한다. 사람이 최고의 풍요이기 때문이다. "There is no wealth but life"(삶이 없는 한 풍요도 없다)

처음에 두 사람이 만나서 현재에 충실하고, 두 사람이 함께하는 사람이라는 풍요에 집중하며 살자고 결심했었지만 실제로 그렇게 살지 못했는데, 이제 더 이상 '실존을 뒤로 미루지' 않았다.

"우리가 처음 만났을 때처럼 나는 내 앞에 있는 당신에게 온 주의를 기울입니다. 그리고 그걸 당신이 느끼게 해주고 싶습니다. 당신은 내게 당신의 삶 전부와 당신의 전부를 주었습니다. 우리에게 남은 시간 나도 당신에게 내 전부를 줄 수 있으면 좋겠습니다."

"당신은 이제 막 여든 두 살이 되었습니다.
그래도 당신은 여전히 탐스럽고 우아하고 아름답습니다.
함께 살아온 지 쉰여덟 해가 되었지만 그 어느때보다도 더,
나는 당신을 사랑합니다.
요즘 들어 나는 당신과 또 다시 사랑에 빠졌습니다.
내 가슴 깊은 곳에 다시 애타는 빈자리가 생겼습니다.
내 몸을 꼭 안아주는 당신 몸의 온기만이 채울 수 있는 자리입니다.
밤이 되면 가끔 텅빈 길에서, 황량한 풍경 속에서,
관을 따라 걷고 있는 한 남자의 실루엣을 봅니다.

내가 그 남자입니다.

관속에 누워 떠나는 것은 당신입니다.

당신을 화장하는 곳에 나는 가고 싶지 않습니다.

당신의 재가 든 납골함을 받아들지 않을 겁니다.

캐슬린 페리어의 노랫소리가 들려옵니다.

세상은 텅 비었고, 나는 더 살지 않으려네.

그러다가 나는 잠에서 깨어납니다.

당신의 숨소리를 살피고, 손으로 당신을 쓰다듬어 봅니다.

우리는 둘 다, 한 사람이 죽고 나서 혼자 남아 살아가는 일이 없기를 바랍니다.

우리는 서로에게 이런 말을 했지요,

혹시라도 다음 생이 있다면, 그때도 둘이 함께 하자고"

고르스는 2007년 9월 22일 불치병으로 24년간 고생한 아내 도린과 함께 60년의 충만한 동반생활을 자유의지로 마감하였다. 누가 이들의 동반 자살에 이의를 제기할 수 있을까? 도린은 왜 이 책을 생전에는 영어로 번역하지 말아 달라고 부탁했을까? '삶이 아름다운 사람은 죽음도 아름답다.'

죽음을 어떻게 말할까

아버지와
함께한
마지막 한 해

장상애(전 고등학교 교사)

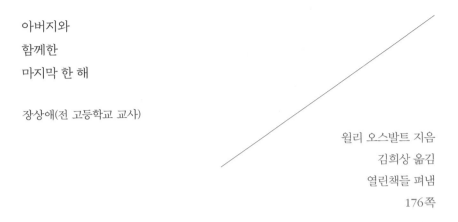

월리 오스발트 지음
김희상 옮김
열린책들 펴냄
176쪽

저자 월리 오스발트는 1952년생. 인류학과 저널리즘 전공하고 사진작가와 기자로 일했다. 이 책은 그가 아버지의 '자유죽음'에 협조하며 그 과정을 자세히 그리고, 아버지와의 관계에서의 감정적 변화와 가족 간의 관계, 삶의 의미를 다루었다. 이 책의 원제는 아우스강-엑시트(Ausgang-Exit)로 '출구'라는 뜻이다. 그 당시 스위스 사회에 죽음의 자유로운 결정이라는 문제를 둘러싸고 논란을 일으켰다고 한다. 인간이 자신의 목숨이라고 생각하여 스스로 거둘 권리가 있는가. 아들인 저자는 어떤 금기에도 결국은 아버지 편에 서서 아버지와 함께한 일 년을 솔직하고 담담하게 쓰면서 사회의 물음에 답한다.

어린 시절 일과 성공이 우선인 아버지는 자신의 가치 기준으로 아들들의 성공 여부를 판단해서 자식들을 분노하게 했다. 저자의 성공은 안타깝게도 아버지 눈에는 쓸모없기 짝이 없는 것들이었다. 그러나 26세 때 성공률이 아주 희박한 정글 탐험을 죽을힘을 다해 해냈다. 이를 계기로 아버지는 거의 불가능한 일을 해낸 아들을 보는 생각이 바뀌었고, 아들 또한 아버지의 가치관 대신, 자신을 문제 삼아 온 것이 큰 실수였음을 깨달았다.

아흔의 아버지가 자유죽음을 결정하고 숨을 거두는 순간까지 같이 가며 기회마다 대화를 나누고, 그 과정에서 둘의 관계는 조금씩 달라졌다. 아들은 아버지가 의지하는 유일한 상담자였다. 저자는 아버지가 양에 차지 않아 안타까워하던 아들이 더 이상 아니었다.

아버지, 하인리히 오스발트

2008년 자유죽음을 선택. 스위스의 한 유명기업의 대표이사로 은퇴. 위대한 전략가, 지혜로운 사상가로, 날카로운 사고력과 뛰어난 언변, 90세 나이에도 생기 넘치는 왕성한 활동으로 존경받는 사회 명사. 아이들은 일만 하는 아버지 모습을 보며 자랐다. 그는 자식들의 관심사에는 이해가 없었고, 틈만 있으면 충고하곤 했다. 또 아이들이 고대하는 빅게임(Big game)이 시작되는 시간에 산책으로 내몰고 나가 분노를 쌓게 했다. 커가며 자식들은 아버지와 더 멀어졌다.

아버지는 90살의 사랑하는 누나가 죽음을 준비하는 과정을 지켜봤고, 누나가 '죽음의 천사'(Todesengel)라는 물약을 받을 때 손을 잡아주었다. 그리고 자신도 이런 죽음을 선택하리라는 마음을 숨기지 않았다. 아내가 세상 떠난 후 자주 삶의 '포만감'으로 괴로워했다. 인생의 충분한 맛을 보았다고 가족에게 말하곤 했다.

차가운 어머니

백혈병 경력이 있었던 어머니는 뇌종양으로 작고. 어린 시절 어머니 품에

안겨 본 기억이 없다. 한밤중에 악몽을 꾸어 부모의 침대에 기어들면 곧
장 쫓겨났다. 응석이라고 여겨졌다. 저자는 자식이면서도 어머니의 임종
순간에 손을 잡아주거나 땀으로 젖은 이마를 쓰다듬어 드릴지 어쩔지
주저하며 가만히 있었다. 그렇게 했다면 좋아하셨을까? 어머니를 안아볼
엄두도 못 냈다. 어머니는 한때 쇼핑 중독자였는데, 남편의 지배력 과시
를 막지 못한 것으로 인한 중독증 같았다. 어머니는 치료를 거부하고 묵
묵히 죽음을 기다렸다.

나이 차이가 10년 넘는 형

어린 시절부터 부모와 다툼이 심했다. 아버지와 제국주의, 착취, 정의, 질
서 등의 문제로 격론했다. 형이 해직당한 후 집에서 주부 역할을 하는데
아버지는 친구들에게 '은퇴'했다고 말해서 형을 분노하게 만들었다. 아버
지의 가치관으로는 주부는 낙오자이기 때문이다. 둘 사이에 앙금이 여전
히 깊은 시점에 형이 나폴리에 4년을 살 계획으로 떠나는데, 아버지가 자
기 분신 같은 금박 만년필을 주었다.

아버지의 자유죽음

자유죽음은 20세기 초 니체의 책《짜라투스트라는 이렇게 말했다》의
'자유로운 죽음에 관하여'에 나오는 개념에서 비롯됐다. 자살과 달리 자
유죽음은 당사자가 온전히 자신의 정신을 의식하는 가운데 '적절할 때'
스스로 결정하는 죽음이다.

책 속으로

저자는 아버지의 생각과 감정을 읽고 공감해 가며, 마음속으로만 아버지

에게 질문하면서 이야기를 이끌어간다. '오늘 텔레비전 뉴스에서 아흔 살이라는 고령에도 시청자들에게 생기 넘치는 모습을 보이시더군요.', '형과 저에게 각각 1만 프랑 송금하셨더군요.' 송금에 관해서는 마치 구걸한 것 같은 느낌이었다. 아버지는 대부분의 재산을 어머니에게 증여했고 어머니 타계 후에 연 유언장에는 우리 형제의 이름은 어디에도 없었다. 우리는 전혀 존재하지도 않은 듯하다.

'건강한 모습과 일에 몰두하는 멋진 아버지에 익숙한 저인데, 오늘 통화에서 힘겨워하시는 듯합니다. 인생의 포만감이 다시 아버지를 공격하던가요?'

몇 년 전부터 아버지는 마지막 생일 파티를 준비하며 '오픈 하우스'로 사람들을 영접하기로 했으나 당신이 광채를 발하면 경탄을 아끼지 않는 사람들만 초대했다. 축구팬과는 절대 어울릴 수 없고 농부나 근로자를 만나서는 안 되는 일이 꼭 있는가? 자신의 생일잔치에 동년배 옛 친구가 몇 시간을 기차를 타고 비를 맞으며 간신히 택시를 타고 쓰러질 듯이 도착했는데, 그를 구석으로 앉히고는 몇 분 동안만 마지못해 만나고 고귀한 자리로 돌아갔다. 90세 생일을 같이하자던 약속은 없었던 듯 그분은 20분 만에 떠났다. 참 난처했다.

'오는 수요일 4년 예정으로 나폴리로 떠나는 형과 작별 점심 식사하기로 한 것 기억하시죠? 우리는 아마 마지막으로 마주 보게 될 거예요.' 아버지가 자기 분신 같은 만년필을 형에게 주었는데 형은 그 선물의 의미를 알까? 그 장면은 나를 감동시켰고 내가 늘 바라던 온기를 느꼈으나 두 사람은 눈길조차 마주치지 못했고 그 멋쩍은 광경은 할 말을 잃게 했다.

아버지는 그 뒤로 넘어져 다치고, 소변 줄이 괴롭히고, 지팡이에 의지해야 하므로 자신감을 상실했고 주변에 아무도 없이, 여자 친구도 떠난 후 더 외로워 보였다.

아버지는 품위 있는 죽음 준비를 시작했다. '제가 아버님의 인생 조언자라고 하셨나요? 이런 호칭 제가 감당할 수 있는 게 아닙니다.'

아버지는 여기저기 몸이 괴로워져, 나에게 실행에 옮길 시간표를 작성했다고 하며, 마지막 길에 동행을 부탁했다. 형에게 전화해서 이제 죽을 결심을 했다고, 바쁘면 안 와도 괜찮다고 했다. 아버지는 죽음의 날을 정하고 조력 자살 단체의 랄프 트록슬러가 도와주기로 했다. 아버지와 함께할 시간은 한 줌 모래처럼 손가락 사이를 빠져나가듯 빠르게 흘렀다. 형은 이 마지막 시간을 아버지와 쌓인 냉담과 앙금을 씻기 원했지만 너무 짧아 안타까웠다.

임종을 지키는 자리에 랄프와 우리 두 형제만 참석하기로 했다. 형은 피하고 싶어 했다. 아버지는 장례식 식순, 초대 손님들, 조사와 약력을 읽을 명단까지 꼼꼼히 챙겼다.

죽음의 날이 밝았다. 아버지는 잘 차려입고 미소를 띤 모습으로 우리를 맞이했다. 랄프가 오고 우리는 와인으로 건배를 했다. 랄프 트록슬러는 천천히 작은 병 하나를 꺼내 약을 물에 탔다. 구토를 막아 주는 약이라고 했다. 아버지는 좌중을 돌아보며 자신은 아름다운 삶을 살았고 부족한 게 없었으며 두 아들이 바로 자신이 누린 행복이라고 했다. 순간 기쁨을 느꼈다. 20분쯤 지나 랄프는 나트륨펜토바르비탈을 꺼내며 아버지의 결심이 확고한지 확인하고 3~10분이 걸리고 그냥 잠들 거라고 했다. 아버지는 죽음의 약을 단숨에 들이켰다.

아버지는 '특이한 사망 사례'라서 스스로 결정했는지 경찰, 의사, 검사가 철저히 조사했다. 장례식은 비밀리에 적은 사람이 모여 조용히 치러졌다. '모두들 아버지가 택한 죽음이 살아계실 때 아버지와 잘 어울린다고 입을 모아 칭송했습니다. 아버지의 이미지는 흠집 하나 나지 않았습니다.'

책을 읽고 나서

스위스에는 안락사가 법으로 허락되며 병원뿐 아니라 비영리 단체들이 조력 자살을 돕고 있다. 그 단체 중 디그니타스(Dignitas)는 조력자살을 돕는 기관이다. 한국인도 몇 사람 회원으로 등록되어 있다고 한다. 또 다른 기관 엑시트 인터내셔널(Exit international)은 지난해 호주의 104세 과학자 데이비드 구달이 스위스로 가서 자유죽음을 선택하게 도왔다. 안락사를 할 때는 건강한 상태에서 스스로 결정했다는 증명이 필요하고 경찰이 입회한다.

이 이야기는 아버지의 자유죽음을 통해 가족사를 바라본 이야기가 중심이라 할 수도 있다. 저자는 아버지의 자유죽음 선택에 쉽게 동의하지 못했다. 1년 동안 그의 확고하고 변함없는 의지를 살피고 나서 받아들이고 동행하기로 마음을 먹었다. 90세의 삶에 포만감을 느낀다고 하며 더 살 의미가 없다는 아버지가 어떤 삶을 살아왔는지를 아는 아들은 이해가 되기도 한다. 사회적 대성공, 지혜, 존경 등을 살아가는 제일의 목표로 여기는 아버지와는 자식들은 늘 거리가 있었다. 아버지는 아들들이 쓸모없는 일들만 한다며, 남들에게 보이기를 부끄러워했다. 그럼에도 아들은 품위가 삶의 중요한 목표처럼 보이는 아버지가 몸을 지팡이에 의지해야 할 때의 심정을 공감하고 받아주었다.

어머니는 외로움을 쇼핑중독으로 달랬을까? 자식들에게는 부모의 재산이 비밀이고, 늘 먹고 살 정도밖에 없다고 했는데, 하루는 어머니가 8만 프랑이나 되는 돈을 주고 다이아몬드를 산 영수증을 발견하고 기절

할 뻔했다. 어머니의 유언장에 두 아이의 이름은 흔적도 없었다는 게 아들에게는 어떻게 느껴졌을까.

평화와 사랑이 느껴지지 않는 가족! 아버지는 끝까지 자신의 뜻대로 살아왔고 자신의 의지로 떠났다. 가족도 아버지도 외롭게 살았다. 사회에서 존경을 온몸으로 받고 성취를 크게 이룬 인생 여정에 이제는 아무도 그 옆에 없음을 알았고 자신의 허물어짐을 용서할 수 없었을 것이다. 아들들은 그런 아버지의 가치관에 치이지 않고 자기만의 길을 걷고 있는 것으로 보아 아버지보다 강한 사람들이라고도 느껴진다. 그래서 아버지의 뜻을 끝까지 존중해 줄 수 있었을 것이다.

안락사에 대한 책이지만 가족 관계, 삶의 가치는 무엇이 인가에 대해 생각하며 안타까운 점이 많았다. 그래도 아버지가 손자들과 이별식을 치르면서, 아들들이 '좋은 아버지'라고 말해 주었다고. 인생에서 출세를 우선시한 것을 후회한다고. 마지막에 많이 쓸쓸했을까. 마음이 아프다. 가족과 따뜻한 관계였어도 삶의 포만감으로 서둘러 떠났을까?

아버지의 선택이 다음 책의 구절을 그가 읽었으면 어떠했을까 상상해 본다.

"평정해지려면 스스로에게 거는 기대와 요구에서 자유로워져야 한다. 노인은 남들의 기대에 부응할 필요가 없다. 능력을 증명할 필요도 없다. 그냥 존재하며 살 뿐이다."(안셀름 그륀이 쓴《황혼의 미학》에서)

후회 없이 살고 있나요?

영원히
살 것처럼 사는
당신에게…

발제 고 조용남, 글 장진영(웰 다잉 리더코치)

이창재 지음
수오서재 펴냄
288쪽

　　　　　　　어느 주일 저녁, 조용남 선생님(74세)께서 집에 가는 전철 안에서 갑자기 심장마비로 돌아가셨다는 소식이 메멘토 모리 독서모임 카톡방에 전해졌다. 우리 모임에 계신 다른 선생님들에 비해 비교적 젊은 연배셨고, 평소 너무나 건강하게 자기관리를 잘하시던 분이라 갑작스러운 비보에 우리는 모두 얼마나 황망했던지, 특히 평소 친하셨던 최명환 선생님이 참으로 어이없어하셨다.

　"아니, 왜 자기가 먼저 죽어? 수술을 수없이 하고 죽을 고비 다 넘긴 나도 이렇게 살고 있는데, 그 친구 참 야속하네." 문상을 마치고 돌아오는 버스 안에서 그렇게 한탄하며, 조용히 울먹이시던 최명환 선생님의 목소리가 아직도 귀에 생생하게 남아있다. 그리고 몇 달 후, 최명환 선생님(74세)도 먼저 간 벗을 따라가듯, 그렇게 맥없이 우리 곁을 떠나버리셨다. 평소 여러 차례의 수술과 회복 과정을 잘 버티시며, 죽는 그 순간까지 웰

다잉 연극을 공연하며 무대에서 죽겠노라, 입버릇처럼 말씀하시던 선생님은 어느 날, 황달을 시작으로 오랜 기간을 다시 힘든 투병 생활에 들어가셨다. 그리고 결국 췌장암 판정을 받고는 끝내 이기지 못하고, 영원히 우리와 이별을 하셨다. 막판엔 어쩔 수 없이 가족의 바람대로 신약 치료를 받으셨고, 그 약의 부작용으로 진통제를 계속 맞으셨다고 한다.

"내가 내가 아니야! 이젠 천천히 마무리 정리를 하고 싶은데, 정신이 자꾸 몽롱해지니, 무슨 생각을 할 수가 없어. 난 그게 너무 답답해." 위급하다는 소식을 듣고 메멘토 모리 독서모임 선생님들과 병원으로 찾아갔을 때, 우리를 보며 덤덤하게 마지막으로 하신 말씀이다. 그런데도 그 눈빛이나 모습은 평소의 그분답게 너무도 의연하셨다.

이별은 학습되지도 않고 준비되지도 않는다

이 책《후회 없이 살고 있나요》를 대하니, 2년 전 비슷한 시기에 갑자기 우리 곁을 떠난 최명환, 조용남 선생님이 몹시도 그립다. 함께 있을 때면 언제나 제일 막내인 내 옆에서 친구처럼 구구절절 삶의 소소한 지혜들을 쉬지 않고 말씀해 주시던 나의 선생님들. 그래서 그분들의 갑작스러운 죽음이 이렇듯 내 마음 깊이 진하게 남아있나 보다. 이 책은 바로 조용남 선생님이 오랜 세월 호스피스에서 봉사를 하며 느꼈던 경험을 되살려 실감 나게 발제해 주셨던 책이기도 하다. 지금 이곳에 선생님들이 계신다면, 먼저 경험해 보신 죽음에 대해 과연 뭐라고 말씀하실까?

영원히 살 것처럼 사는 당신에게…

코로나19로 전 세계가 2년째 고통받고 있다. 요즘은 백신접종에 힘을 쓰고 있음에도 다양한 변이바이러스와 부작용 등 여러 가지 공포로 모두

지쳐가고 있다. 가까운 사람들과 모임도 자제해야 하고, 많은 사람이 모이는 극장이나 공연 같은 문화생활도 잊은 지 오래다. 온종일 뉴스를 듣다 보면, 사방에 코로나바이러스가 퍼져 있는 느낌이다. 엄청난 공포다. 그런데 아직도 사람들은 '죽음'은 나와는 전혀 상관없는 사건이고, 지금이 아닌 아주 먼 미래의 일로 여기는 듯하다.

아들러에 의하면 우리 인간은 매우 주관적이다. 그러므로 우리는 무엇을 경험했느냐가 중요한 것이 아니라, 내가 무엇을 받아들이고, 무엇을 지각했느냐가 매우 중요하다. 인간은 같은 상황에 대해 똑같이 해석하고 입력하지 않는다. 각자의 경험이 다르고 또한 지각의 방향이 다르므로 자신의 지각에 합당한 것만 끌어들이는 경향이 강하다. 하기에 우리는 매우 주관적인 인간이다. 그것은 인간의 본성이다. 이런 속성 탓에 인간은 뻔히 닥칠 현실에 대해 부정하고, 어떠한 경우라도 진실을 순순히 인정하려 들지 않는다.

죽음의 문제가 바로 그 대표적인 사례이다. 내 눈으로 직접 보고 듣고 경험을 해도, 나의 숨이 멈추는 그 순간까지 나의 죽음은 어떤 식으로라도 피하고 미룰 수 있는 영원한 남의 일인 것이다. 다행히 우리나라는 2017년 존엄사법이 어렵게 제정되며, 사람들의 웰 다잉에 대한 관심이 급격히 높아졌다. 그 덕분에 2021년 9월 현재, 국립연명의료 관리기관 통계 자료에 의하면 국내 사전연명의료의향서 누적 작성자는 총 100만 명이 넘었다고 한다. 이제는 대부분의 국민이 고통스러운 죽음이 아닌 자연스럽게 정리하는 그런 죽음을 원한다는 것을 볼 수 있다. 그러기에 호스피스 같은 완화의료기관들의 역할이 더욱더 중요해졌다.

이 책의 저자인 다큐멘터리 감독이자 삶의 구도자인, 이창재 감독님은 호스피스에서 보낸 1년을 영화 〈목숨〉으로 먼저 선보였다. 같은 내용을 두고 영화의 제목은 '목숨'이지만, 책의 제목은 '후회 없이 살고 있나요?'이다.

이 책 속엔 수많은 보통 사람들의 절절한 삶의 이야기들이 녹아 있다. 암 중에서도 가장 고통스럽기로 유명한 췌장암 환자라, 몹시 아플 텐데도 늘 미소를 잃지 않고 극심한 통증을 참아내며 계속 "괜찮아요. 다 좋아요. 편안해요. 고마워요." 감사와 배려만 표현했던 칠순이 된 어느 할머니의 이야기, 지독한 외로움이 몸의 고통으로까지 느껴지던 환자의 암을, 종교적 회의 때문에 자신도 극단적인 선택을 한 경험이 있는 신학생의 지극한 사랑과 관심으로 기적같이 회복시켜 사회로 복귀시킨 이야기, "우리 하나님이 하얀 옷을 입고 저를 바라보고 있어요. 저를 두 손으로 끌어안네요. 가벼워요. 아, 날아갈 것 같아" 억울한 사연을 딛고 죽음을 수용한 김정자 님의 아름다운 사후체험 이야기. 호스피스 병동에서 일어나는 모든 상황과 그 속에 흐르는 감정을 영화처럼 생생하게 보여주고 있다.

이 책에선 모두가 주인공이다. 저자는 '생의 마지막에 느낄 절실한 가치와 삶의 목적을 지금 안다면, 내 삶이 달라지지 않을까?' 평생 자신을 괴롭혀온 '죽음'이라는 화두의 실마리를 양파를 까듯 하나씩 하나씩 직접 죽음의 현장을 체험하며, 되도록 객관적으로 냉정하게, 있는 그대로 보여주려고 노력했다고 한다. 어떤 식으로 자신의 삶에 적용할지는 언제나 읽는 독자의 몫이다.

이창재 감독님을 처음 만난 것은 각당복지재단에서 한 그의 죽음학 강의에서였다. 아마도 그분의 수업을 두세 번 정도는 들은 듯한데, 그때마다 전해지는 죽음 연구에 대한 그의 열정에 감탄하곤 했다. 단단한 체구와 또렷한 눈동자, 곱슬머리, 그의 첫인상 또한 인상적이다. 그의 수업 시작은 늘 〈목숨〉이라는 영화의 한 부분을 감상하며 시작한다. 죽음 직전 급하게 헐떡이는 숨소리, 환자 주변을 감싸고 있는 절제된 슬픔, 1분 1초를 다투는 매우 급한 상황에 나 또한 영상과 하나가 되어, 보는 내내 나도 숨을 편하게 쉴 수 없었다. 그러다가 갑자기 영상을 멈추고 불을 켜며 본격적인 그의 강의는 자신의 소개와 더불어 시작된다. 이창재 감독님은 한양대 법대를 졸업하고 신문사, 광고기획사, 다큐멘터리 방송 채널 등에서 근무하다 미국으로 건너가 시카고 예술학교에서 영화를 공부했다. 현재 다큐멘터리 영화감독이자 중앙대 영상대학원 교수로 재직하며 영화를 가르치고 있다.

신과 인간 사이에 존재하는 무당을 그린 〈사이에서〉(2006), 비구니 수행 도량을 취재한 〈길 위에서〉(2012), 호스피스 병동에서 죽음을 앞둔 환자와 그의 가족들의 마지막을 담은 〈목숨〉(2014)을 연출했다. 그리고 가장 최근에 방대한 영상 자료와 인터뷰를 수집하여 완성한 다큐멘터리 영화 〈노무현입니다〉(2020)를 내놓았다. 책으로는 《길 위에서》, 《후회 없이 살고 있나요?》가 있다.

내 죽음의 주체는 '나'여야 한다

심리학자 융은 진정한 자아실현은 모든 인간 각자가 태어난 모습 그대로 자신만의 독특함을 마음껏 표출할 때 이뤄진다고 했다. 그리고 그것이 이뤄지기에 가장 좋은 시기가 중년이라 강조했다. 융이 말하는 자아실현이란 다 틀리게, 다 독특하게, 다 개성 있게, 만들어진 인간 하나하나가 다른 누구도 아닌 그 사람의 개성 그대로 표출될 때 가능하다. 그 사람만의 독특함이 꽃피워져야 한다. 바로 그럴 때, 그 인간이 성공했다고 말할 수 있다고 강조한다.

고등학교 때 나의 꿈은 호박 만한 토마토를 키워내는 생명공학자가 되는 거였다. 그때 생물 선생님이 어쩌나 매력적이던지, 그 당시 내 눈높이에서 최고로 멋진 여자였다. 나에게 《나의 누이여 나의 신부여》의 루 살로메를 소개해 준, 그 선생님 덕에 나의 가치관이 완전히 바뀌었다 해도 과언이 아니다. 외우는 걸 싫어했던 나는, 물리는 원리 몇 개만 알면 외우지 않고 거저먹는 재미가 있어서 좋아했고, 미국에 가서는 너무도 자상하신 교수님 때문에 화학을 새롭게 좋아하게 되었다. 그러다가 고양이를 해부해야 하는 생물 과목이 조금 부담스러워졌고, 실험실에서 조금의 실수도 용납되지 않는 화학보다는 그래도 조금 단순한 물리와 수학 쪽에 마음이 더 끌렸다. 세계적인 비행기 회사에서 일하는 멋진 엔지니어를 꿈꾸며 최종적으로 전자공학을 전공하게 된다. 그러나 지금은 돌아돌아 이렇게 한국에 와서 수많은 삶의 경험을 거치며 이름도 생소한 웰 다잉 코치가 되어 있다.

그동안 메멘토 모리 독서모임에서 수많은 선배님과 책을 읽으며 카페에서 자유로운 토론을 하며 참으로 많은 것들을 배웠다. 그것이 벌써 10년. 지난 세월을 돌아보니 나에게 있어 '메멘토 모리 독서모임'은 인생의 가장 귀한 선물인 듯하다. 나를 성숙시킨 소중한 인생의 선배님들이 이곳에 모두 계신다. 평생 소중히 지켜드려야 할 나의 보석들이다. 내년이면 내 나이도 60세가 되어간다. 이제는 진짜 나만의 죽음 철학을 형성해야 할 시기다. 웰 다잉 전문작가 고광애 선생님의 말씀처럼, 내 죽음의 주체는 '나'여야 한다.

내가 내 스타일대로 나의 삶을 살았듯이 죽음도 내 스타일대로 죽어야 한다는 말이다. 내가 죽은 후, 남겨지는 나의 뒷모습이 오드리 햅번처럼, 우아의 극치는 아니어도, 적어도 비참의 극치가 되길 원하는 사람은 아무도 없을 것이다. 그러나 내 죽음의 설계도는 오직 나만이 그려낼 수 있다. 그러므로 지금, 나의 이성이 활발히 작동할 때에 죽음을 미리 예습해 두어야 한다. 눈을 크게 뜨고 내 주변의 죽음이 나에게도 곧 오리라는 사실을 직시해야 한다. 그리고 죽음을 공부해야 한다. 그것이 막연한 죽음의 공포로부터 우리를 자유롭게 하는 최고의 방법인 것이다.

"죽음을 가르치는 사람은 여느 사람들보다 죽음에 대해 더 넓게 깊이 알아야 한다. 그리고 사람들이 죽음에 대해 진지한 관심을 가지도록 그들의 학습 동기를 유발할 수 있어야 한다. 또한, 가르침을 받은 사람들이 어떻게 변화하고 성숙해 가는지도 확인해야 한다. 더 나아가 가르치는 사람들도 스스로 자신이 한 일을 평가하여 고치고 다듬어서 하지 않아야 할 것을 덜고, 더 아쉬운 것을 보태야 한다."(정진홍, 종교학자)

죽음
너머의
세계

"신과 신성하게 연결된 우리는 모두 하나이다."
– 이븐 알렉산더

사후생

죽음
이후의
삶의 이야기

윤득형(각당애도심리상담센터 소장)

엘리자베스 퀴블러 로스 지음
최준식 옮김
대화문화아카데미 펴냄
280쪽

    《사후생》의 원제목은 'On Life after Death'이다. 즉 죽음 이후의 삶에 관한 내용이다. 평생을 죽음에 천착한 엘리자베스 퀴블러 로스의 13번째 작품이다. 이 책은 그녀가 죽기 전까지 저술한 24권의 책 중 중간 정도 시기에 출판되었다. 그녀는 말기 환자들의 마지막 여정에 함께하며 종종 근사 체험에 관한 이야기를 듣게 되었다. 죽음 이후의 삶에 대한 연구는 바로 이러한 환자들의 증언을 들으면서 시작되었다. 이 책은 10년 넘게 미국을 비롯한 다른 나라의 근사 체험자들을 연구한 결과물이다. 그녀와 연구진들은 2만여 사례를 연구하며 인간이 죽음의 순간에 경험하는 실체를 밝히고자 했으며, 이 책에는 죽음 이후에는 어떤 일이 일어나는지에 대한 생생한 내용을 다루고 있다. 그렇지만 그것은 단순히 현상에 대한 기록이 아니라 삶과 죽음에 대한 성찰의 나눔이다. 삶이 무엇이고, 죽음은 무엇이며, 삶과 죽음이 오늘을 살아가는 우리에게 어떤 메시지를 주고 있는지 소상히 다루고 있다.

책 속으로

퀴블러 로스는 "죽음의 경험은 출생의 경험과 같다"고 말한다. 우리는 어머니 자궁 속 태아가 세상에 나온 것을 죽음이라 하지 않고 출생이라고 말한다. 마찬가지로 우리가 죽음이라고 부르는 변화는 단지 일정 기간 머물렀던 육체라는 집에서 벗어나는 현상일 뿐이다. 출생이 그러하듯 죽음은 새로운 세계로 들어가기 위한 문을 통과하는 것이다. 그러기에 그녀는 "우리는 죽지 않는다"고 말한다. 또한, 죽음은 애벌레가 나비가 되는 현상이라고 말한다. 인간의 몸은 고치이고, 몸은 오직 잠시 살기 위한 집에 불과하다. 고치가 회복 불능의 상태가 되면 나비로 태어나 몸에서 자유를 얻으며 새로운 세상으로 옮겨가는 것이다.

이 책은 크게 네 개의 장으로 구성되어 있다. 처음 세 개의 장은 근사체험 사례를 통해 죽음이란 무엇인지를 성찰하고 인간에게 주어진 삶의 의미와 목적이 무엇인지에 관한 깊은 깨달음을 얻게 해 준다. 퀴블러 로스는 죽음을 나비 상징으로 묘사하고 있으며, 죽음은 다른 존재로 새로운 세상에서 새롭게 태어나는 것이라고 말한다. 그녀에게 있어, 사후세계에 대한 이해는 무조건 '믿어야'하는 신념의 문제가 아니라 '앎'의 문제이다. 어차피 누구나 죽게 되어 있으니 나중에는 알게 되겠지만, 이러한 배움을 미리 한다는 것은 삶과 죽음에 대한 이해를 더 깊게 해 줄 것이다. 각 장에서 중요하게 다루는 내용을 살펴보면 다음과 같다.

첫 번째 장은 '사는 것과 죽는 것'에 관한 내용이다. 이 장에서는 인간이 죽음의 순간에 경험하는 것을 요약하여 말하고 있으며, 죽음의 순간을 세 단계로 나눠 설명한다. 첫 번째 단계는 물질적 에너지를 공급받고 뇌의 작용에 영향을 받는 육체의 단계이다. 이 단계를 벗어나 뇌와 육체의 영향을 받지 않는 단계가 되면 고치를 떠난 상태인 두 번째 단계가 된다. 이때는 죽음을 맞은 장소에서 일어나는 모든 일을 지각할 수 있다. 이 두 번째 단계는 육체 이탈의 경험을 통해서 이해할 수 있다. 퀴블러 로스는 몇몇 사례를 통해 이를 증명하고 있다.

예를 들어 고속도로에서 사고를 당한 사람이 혼수상태에서 깨어난 이후에 자신을 구하기 위해 어떤 사람들이 어떤 도구를 사용했는지, 충돌한 차의 번호판과 뺑소니 운전자의 얼굴까지도 상세히 기억하여 말할 수 있었다. 또한 시각장애인이 다시 볼 수 있게 되고, 휠체어를 타던 환자가 다시 걸을 수 있었다고 보고한다. 이 단계에는 시간이나 거리 개념이 없기에 어디든 방문할 수 있다. 어떤 사람은 수백 마일 떨어져 사는 사람이 갑자기 나타났는데 다음날이 돼서야 그가 죽었다는 사실을 알게 되기도 한다. 이 단계에서는 앞서 세상을 떠난 사랑하는 사람을 만나게 되고, 터널, 문, 다리 등을 통과하여 빛을 보게 된다.

세 번째 단계에서는 첫 번째 단계와 두 번째 단계에 있었던 의식이 없어지며, 앎을 소유하게 된다. 이승에서 삶을 되돌아보는 동안 사람들은 성숙할 많은 기회를 무시해 버린 자신을 발견한다. 집이 타버렸던 일, 아이가 죽었던 일, 병으로 고통받았던 일 등의 치명적인 사건들은 인간으로서 반드시 배워야 할 성숙을 위해 존재했던 많은 가능성 중의 몇몇이었다는 것을 알게 된다. 이렇게 죽음을 통해 배우는 삶의 의미와 목적은 다음 장으로 이어진다.

두 번째 장의 제목은 '죽음은 존재하지 않는다'이다. 퀴블러 로스는 삶에는 우연이란 없으며, "잘 산다는 것은 근본적으로 사랑하는 법을 배우는 것이다"라고 말한다. 이후 그녀가 말하는 인간 삶의 목적에 많은 공감을 하게 된다. 인간의 모든 고난은 사실상 우리에게 선물이다. 이것이 우리를 단련시켜 성장케 하는 기회이며, "지구라는 행성에 사는 유일한 목적"이라고 한다. 우리가 삶에서 경험하는 것처럼 '온실 속에 화초'로 사는 삶은 진정한 삶을 경험하고 깨닫기 힘들다. 그녀는 이렇게 말한다. "당신이 아름다운 꽃들이 있는 정원에 앉아 누군가가 은쟁반에 담아오는 호화로운 음식을 먹는 생활을 한다면, 당신의 삶은 성숙할 수 없다." 경험하고 싶지는 않지만, 인간은 삶에서 위기를 만나게 된다. 그러한 위기는 '재앙'으로서가 아니라 특별한 목적을 위해 우리에게 온 '선물'로 받아들이게 된다면 우리의 삶이 더 성숙할 수 있을 것이다.

그녀가 죽음이 존재하지 않는다고 말하는 이유는 특별히 육체 이탈을 경험했던 환자들의 증언을 통해서다. 육체를 벗어나는 체험을 했던 그들은 누구도 죽음을 두려워하지 않는다. 일반적으로 죽어가는 어린이들이 갖는 두려움은 홀로됨과 외로움이다. 하지만 사례들에 의하면 그들은 혼자가 아니다. 죽음으로 옮겨가는 변화의 순간에 보호자, 수호천사, 혹은 먼저 죽은 사랑했던 사람들이 그들과 함께한다. 죽음을 두려워할 필요가 없다. 퀴블러 로스는 자신의 사명이 바로 "죽음이 존재하지 않는다는 것을 사람들에게 말하는 것"이라고 했다. 심지어 10개월 전에 이미 죽어 무덤에 묻힌 슈왈츠 부인이 찾아와 그 사명을 포기하지 말고 지속해 주길 바란다고 하며 사라지기까지 했다.

세 번째 장은 '삶과 죽음의 의미와 목적'에 대해 다룬다. 앞장에 이어 근사 체험에 관한 자세한 소개를 하고 있다. 죽음의 순간에 나타난 사랑하는 사람, 몸에 암이 퍼져 있음에도 고통을 느끼지 못하는 환자, 절망감에 죽어가던 환자의 평안한 모습 등을 예시하고 있다. 그들이 그럴 수 있었던 것은 변화의 과정에 자신이 혼자가 아니라는 사실을 깨닫고, 더 이상 아픈 몸의 껍질에 매여 있지 않다는 사실을 발견했기 때문이다. 퀴블러 로스는 죽음의 순간에 우리는 일시적인 거주지였던 육체적인 몸으로부터 실재(real)하는 영원불멸의 자기 분리를 경험하게 된다고 말한다. 이 장에서 그녀는 자신의 육체 이탈 체험을 소개하기도 했다.

네 번째 장은 '부모의 죽음'에 집중하고 있다. 부모의 죽음이니 자녀의 슬픔이다. 아이가 부모의 죽음을 경험하게 될 때 어른들이 어떻게 행동하느냐에 따라 앞으로 살아갈 아이들의 생사관에 큰 영향을 미친다. 그러기에 퀴블러 로스는 부모의 죽음에 대해 아이들과 이야기하고 슬픔의 감정을 잘 표현할 수 있도록 도와야 한다고 말한다. 슬픔을 겪는 과정에 신뢰할 만한 누군가가 곁에 있다면 좋은 애도를 도울 수 있다. 퀴블러 로스는 짧은 지면을 통해 부모를 잃은 자녀들의 슬픔을 어떻게 다룰 것인지에 관해 소개하고 있는데, 사실 이에 관해서는 아동들을 위한 슬픔 치유 상담전문가인 린다 골드만(Linda Goldman)의 《우리는 왜 죽어야 하나요》에서 보다 자세하고 풍성한 내용을 볼 수 있다. 더불어 애도상담에 관심 있는 분이라면 《슬픔학개론》과 《굿모닝 : 알렌박사가 말하는 슬픔치유》를 참고하기 바란다.

책을 읽고 나서

이 책은 그의 오랜 임상 연구 결과를 담은 것이기에 큰 가치가 있다. 이 책을 읽으면서 한국에서 근사 체험을 한 사람들을 대상으로 연구가 이루어진다면 좋겠다는 생각을 해봤다. 문화적으로는 어떤 차이가 있는지 살펴볼 기회가 될 것 같다. 이 책의 큰 의미와 가치는 뒤로하고 몇 가지 아쉬운 점이 있다. 퀴블러 로스가 2만여 사례들을 연구했다고 했지만, 이 책 안에 충분히 담고 있지 않다는 점이다. 물론 삶과 죽음 및 사후에 대한 사실적 신념들을 잘 다루고 있어 이해와 공감을 불러일으키긴 하지만, 좀 더 다양한 경험과 사례들을 다루었다면 독자들에게 흥미와 이해를 더 해 주었을 것 같다. 또한, 이 책 이전에 나온 《어린이와 죽음》에서 나누었던 몇 사례가 포함되어있다. 《어린이와 죽음》을 읽은 분들이라면 그녀의 주장을 쉽게 이해할 수 있을 것이다.

이 책을 다른 전문 번역자가 아닌 최준식 교수가 번역한 것이 참으로 다행이다. 그는 종교학과 한국학의 권위자이며, 죽음학회를 창립하여 죽음 연구에 기초를 놓은 학자이다. 한국인의 문화와 종교관, 생사관을 비롯하여 죽음 이후의 세계에 관해 연구한 몇 안 되는 학자들 가운데 한 사람이다. 그는 죽음을 회피하고 부정하는 한국 사회에 죽음이 얼마나 중요한 문제인가에 관한 그의 책 《죽음학 개론》에서 자세히 말하고 있다. 죽음과 사후생에 관한 연구로 유명한 또 다른 학자로는 서울대학교 의과대학 명예교수인 정현채 박사가 있다. 그가 출간한 책 제목은 《우리는 왜 죽음을 두려워 할 필요 없는가》이다. 그는 퀴블러 로스가 《사후생》에서 말한 것과 동일한 관점에서 죽음을 두려워할 필요가 없다고 말하고 있다. 기회가 된다면 최준식 교수와 정현채 교수의 책도 읽어 보길 권면한다.

인간의 삶에는 누구에게나 긍정적인 목적이 있다. 그 목적은 사랑을 배우는 것이며 성숙을 이루는 것이다. 이를 위해서는 자신의 내면의 자아와 대면하고 두려워하지 않는 방법을 익혀야 한다. 그 방법은 바로 죽음이 존재하지 않는다는 것을 아는 것이고, 죽음에 대한 부정적인 시각을 떨쳐버리고, 신성을 부여받은 자신 내면의 자원과 역량을 시험하며 살아가는 것이다. 그럴 수 있다면 우리는 현재에 충실할 수 있으며 마지막 순간까지 성장하는 삶을 살아갈 것이다. 그러므로 그녀가 《생의 수레바퀴》에서 말한 것처럼, 네 가지 L을 실천해 보자. "살라(Live)! 사랑하라(Love)! 웃으라(Laugh)! 배우라(Learn)!" 그렇게 지금 이 순간을 가슴 뛰는 삶으로 살아가 보자.

{ 2008년 10월 28일 }

죽음의 기술

임사체험 분야의
대가가 쓴
죽음을 준비하는 법

이승용(전 (사)KH정보교육원 이사장)

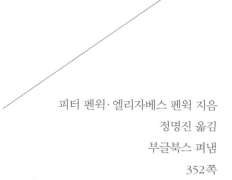

피터 펜윅·엘리자베스 펜윅 지음
정명진 옮김
부글북스 펴냄
352쪽

저자는 "21세기를 사는 우리에게는 새로운 '죽음의 기술'이 필요하다"고 주장하면서 "의학의 발전으로 이제 우리에게는 삶을 연장시킬 힘"은 주어졌지만 "죽는 방법에 대해서는 우리에게 아무것도 가르쳐주지 않는다"라는 문제 의식을 우리에게 던진다. 그는 "죽음 자체에 대한 질문은 물론이고, 죽음이 하나의 과정인지, 죽음이 우리에게 던지는 의미는 무엇인지, 우리 스스로 멋진 죽음을 맞을 준비를 하거나 사랑하는 사람이 그런 죽음을 맞도록 도울 수 있는지를"(p.42) 이 책을 통해서 소개하고 있다.

책 속으로

사람들 대부분은 죽음을 두려워하며 죽음이 생명의 종결이요, 허무한 것으로 생각하는 경향이 있다. 그러나 저자는 죽어가는 사람들, 죽음의 문턱에서 다시 살아난 사람들, 죽어가는 사람들을 돌보며 지켜보는 사람들의 경험과 관찰을 통해서 죽음이 우리가 막연히 생각하는 그런 것과 다를 수 있으며, 우리가 생각하는 것 너머의 다른 무엇이 있다는 문제를 제기한다.

많은 경우 죽어가는 사람들 중에는 환영을 보는 경우가 있다고 보고되어진다. 이 환영들은 각 나라나 민족, 개인의 경험에 따라 차이는 있지만 대부분 공통적인 내용을 담고 있는데 환영 속에는 늘 누군가가 나타난다. 저자는 이를 '방문객'이라 한다. 이 방문객의 역할은 죽음을 앞둔 사람에게 "마음을 편안하게 보듬어 주고 죽음의 과정을 도와주고 그 뒤에는 죽음의 경계선 그 너머까지 자신을 안내해 줄 존재"(p.76)로 인식하게 해준다는 것이다. 그러면서 "죽음이란 두려워해야 하는 것이라는 인간의 자연적이고 보편적인 태도를 고려하면, 너무나 많은 사람들이 자신의 죽음의 전조를 침착하게 받아들이는 것처럼 보이는 것은 놀라운 일이 아닐까."(p.89) 즉 죽음에는 두려움이란 요소가 원래부터 전혀 없는 것인지도 모른다고 이 책은 설명한다. 이러한 환영의 모습은 임사체험자들의 증언과도 거의 일치한다고 한다. 임사체험자들은 많은 경우 어두운 터널을 지나 밝은 빛 속으로 여행을 한다. 그리고는 죽은 친척이나 친구, 간혹 천사나 자신의 종교적 메신저와 만나 교류를 하며 극도로 삶이 환희로 고양되는 경험을 한다고 한다. "이때 친척이나 친구, 천사들의 역할은 우선은 그 사람들을 환영하여 안심시키는 것이고, 그다음에는 그 사람들에게 아직은 자기들과 합류할 때가 아니기 때문에 돌아가야 한다는 점을 암시하는 것이다."(p.95)

그렇다면 이 환영은 약물 등에 의한 환각과 같은 것인가 다른 것인가? 그리고 이러한 환영이 어떤 의미를 가지고 있는 것인가, 아닌가에 대한 의문이 들 수 있다. 저자의 결론은 다르다는 것인데, "약품이나 고열로 인한 환각을 보면, 대체로 동물이 병원 복도를 돌아다닌다거나 아이들이 방안을 들락거린다거나 악마 혹은 용이 빛 속에서 춤을 춘다거나 벽지나 카펫에 벌레들이 기어 다닌다는 식의 이야기"가 많으며 "약으로 인한 환각일 경우에는 '현실'이 아니라는 것을 환자 스스로" 잘 안다는 것이다. 반면에 죽음 직전의 환영이나 임사체험에 있어서의 환영은, "그 사람이 들어간 다른 세계는 절대적 현실의 특징을 갖고 있다.… 죽음의 자리에서 보는 환영의 경우에는 이 세상과 또 다른 세상이 겹쳐지고, 두 세상이 동시에 경험될 수 있을 정도로 서로 녹아든다는 점…죽음을 맞이하고 있는 사람이 두 개의 세상을 혼동하는 경우는 무척 드물며, 그들은 자신이 볼 수 있는 것을 다른 사람들도 모두 볼 수 있는 것이 아니라는 명확한 의식을 가지고 있다."(p.96) "약품으로 인한 환각의 경우에는 비록 생생하게 보일지라도 다소 귀찮게 느껴지며 환자의 마음을 편안하게 달래주거나 위안을 주지 않는다. 그런 환각은 어느 정도 통제가 가능하다. 환자들이 복용하는 약을 바꾸면 된다"(p.154)고 한다. 결국 죽음을 앞둔 환영과 약물이나 고열 등으로 인한 환각은 다르다는 것으로부터 저자는 죽음 너머의 세계가 있을 것이라는 조심스런 결론에 이르는 것 같다.

그렇다면 죽음 앞둔 사람들과 임사체험자들이 보는 환영의 세계는 죽음을 앞둔 사람과 임사체험자들 그리고 살아 있는 우리에게 어떤 의미가 있는 것인가? 대부분의 사람들은 환영을 죽음을 앞둔 사람이 정신을 잃고 단순히 헛것을 보는 의미 없는 것으로 생각한다. 하지만 오히려 환영은 죽음을 앞둔 사람의 마음을 편안하게 안심시키며, 죽음이 생명의 종결이 아니라 다른 세계로의 전환이라는 메시지를 명확히 줌으로써 "보통 대단한 에너지로, 기쁨이 가득한 마음으로 그 '방문객'을 맞이한다." 또한 그 경험들은 죽어가는 사람과 죽어가는 사람을 떠나보내고 슬픔에 잠길 가족들에게 오랫동안 위안의 원천이 되어 환영은 헛것을 보는 허망한 환각이 아니라 죽어가는 사람과 떠나보내는 모든 사람들에게 무한한 가치를 줄 수 있다는 것이다. 다음으로 저자는 "임사체험에서는 터널의 끝에 빛이 보일 때"가 있으며, "그것들은 또한 사랑과 빛, 동정심,청결과 관련이 있을 때가 종종 있다"라고 말하면서 죽음을 앞둔 사람이나 임사체험자들은 자신들이 본 환영의 세계에서 커다란 평온과 깨달음을 얻는 모습은 과학적 환원주의로만 설명할 수 없는 영혼과 의식의 세계를 암시하는 것으로 설명한다. 즉 "대부분의 종교적, 신비적 전통에서 빛은 특별한 의미"를 지니는데, "규칙적으로 명상에 잠기는 사람들은 자신들이 빛으로 이뤄진 의식의 띠 속으로 들어간다고 말한다.그 의식의 띠 속에는 축복과 동정심과 보편적 사랑이 가득하다."(p. 219) 그리고 이 의식의 세계는 "사람이 하나의 장(場)으로 연결"되어 있으며, 의식은 하나의 통일체임과 동시에 우주의 기본 요소이며 사랑으로 함께 묶여 있음을 알려주는 것이라 한다. 결국 "그 경험이 미치는 가장 중요한 영향은 그 사람들이 '지금'의 삶을 사는 방식을 바꿔놓는다는 점이다. 삶에 집착하지 않는 가운데 자신의 삶을 소중하게 여기고, 하루하루를 마치 인생의 마지막 날처럼 소중하게 보내는 것이다."(p. 335) 이 책에 실려 있는 엘리자베스 로저스라는 임사체험자의 인터뷰 내용은 그것을 보여준다.

"요즘엔 하루하루가 나에게 주어진 새로운 선물처럼 느껴져요. 물질적인 것들은 그 전만큼 중요하지 않게 되었어요. 지금은 죽는 그날까지 평화와 기쁨을 기대하고 있어요. 그 경험이 있기 전에도 나는 죽는 것이 그렇게 무섭지 않았지만 어쨌든 죽음에 대한 생각은 별로 달가운 것이 아니었지요. 그러나 지금은 죽는 것이, 죽음이 기대될 정도지요. 나에게 죽음은 전혀 두려운 것이 아닙니다. 최근에 누군가가 나에게 지금 당장 죽어야 한다면 무슨 말을 하고 싶은지 묻더군요. 그래서 나는 '지금 이 순간이 너무 사랑스럽다는 말을 할 것 같다'고 대답해주었지요."(p. 335)

이처럼 죽음을 앞둔 사람들과 임사체험자들의 환영을 통해서 저자는 죽음의 기술이란 '훌륭한 죽음'을 맞이하는 것으로 결론을 제시한다. 저자에게 "훌륭한 죽음은 단순히 본인이 원하는 대로 죽는 것을 의미"할 뿐만 아니라 "갈등과 오해를 다 푼 뒤 흐트러지지 않는 마음으로 죽는 것을 의미"하며, "모든 사람에게 그것은 아마 가능한 빨리, 고통 없이 다가오는 죽음을 의미할"(p. 306) 것이라고 한다.

따라서 "'훌륭한 죽음'에 방해가 되는 가장 큰 장애물은 채 마무리 짓지 못한 일이며, 그 일을 해결하는 가장 중요한 방법은 화해이다. 만약에 평화로운 죽음을 맞이하고 싶다면, 우리는 다른 사람을 용서하고, 그들의 용서를 구하고, 자신의 잘못이나 오해에 대해 스스로를 용서할 필요가 있다."(p. 309) "이런 화해가 중요한 것은 죽어가는 사람이 평화롭게 세상을 떠나도록 만들기 때문만은 아니다. 그것은 뒤에 남은 사람들도 죄의식을 느끼지 않은 채 평화로운 이별"(p. 310)을 하도록 만들기 때문이다.

유족들이 준비해야 할 일에 대하여 저자는 다음과 같이 이야기한다. "죽어가는 사람과 함께 할 때, 당신이 가장 철저히 지켜야 할 사항은 당신이 그냥 그 자리에 있는 것이라는 점이다. 당신이 무엇인가를 하는 것이 중요하지 않다는 말이다. 실용적 표현으로 바꾸면, 죽어가는 사람의 주변을 평화롭고 명랑하게 가꾸라. 모든 결정을 당신이 내리려고 노력하면서 그 환자의 일을 완전히 넘겨받으려고 애쓰지 마라. 환자에게서 자신의 일을 스스로 통제할 권리를 빼앗아 버리는 일은 절대로 없어야 한다."(p. 324) "우리가 사랑하는 사람이 평화롭고 훌륭한 죽음을 경험하도록 돕는 도구로 가장 효과적인 것은 가능하기만 하다면 화해의 과정을 돕는 것이다."(p.326)라는 저자의 충고는 우리 모두가 깊이 새겨야 할 것이다.

책을 읽고 나서

그럼에도 불구하고 우리에게는 여전히 다음과 같은 의문이 남는다. 왜 죽어가는 모든 사람에게 환영이 나타나지는 않는 것인가? 그리고 어떤 사람에게는 "방문객들이 환영을 받지 못하고 그들의 방문이 죽어가는 사람을 불안하게 만들고 심지어 놀라게 만드는 경우"도 있는데 이러한 사실을 우리는 어떻게 받아들여야 하는가? 왜 임사체험자들 모두에게 환영의 세계가 보이지 않는가? 환영을 보는 사람과 보지 못한 사람들은 어떤 차이가 있기 때문일까?

마지막으로 이 책은 죽음을 두렵거나 무의미하게 보지 않는다. 아니 어떤 경우에는 죽음은 삶의 완성이며 훨씬 더 고양되고 아름다운 세계로의 여행으로 소개되어지기도 한다. 그러나 피터 펜윅과 엘리자베스 펜윅의 충고 또한 우리가 잊어서는 안 될 것이다. "사람이 자기 자신을 '죽음의 두 팔'에 내맡기도록 허용하는 것은 신앙이 아니라 그 사람이 살아온 삶의 모습이다."(p.326) "죽는 그날까지 우리가 할 수 있는 최선의 일은 삶을 계속 살고, 죽음을 준비하고, 죽음의 과정에 대해 배운 것을 지침으로 받아들이는 것"이다.(p.344)

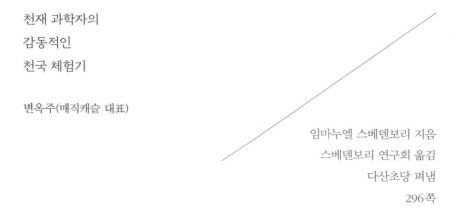

스베덴보리의 위대한 선물

천재 과학자의
감동적인
천국 체험기

변옥주(매직캐슬 대표)

임마누엘 스베덴보리 지음
스베덴보리 연구회 옮김
다산초당 펴냄
296쪽

　이 책은 천재 과학자이자 철학자, 영성 신학자인 스웨덴 출생의 스베덴보리가 영계의 체험을 토대로 심도 있게 집필한 책이다. 사람이라면 누구나 뗄 수 없는 관심의 세계인 사후세계에 관해 증언하고 있다. 천국과 지옥에서의 실체와 생생한 만남과 인간이 육신의 종말이 아닌 영체로서의 영원한 생명을 누리기를 원하시는 창조주의 뜻을 전하고자 했다.

　케네스 링이라는 심리학 교수는 이 책의 내용은 스베덴보리가 위대한 과학자로서, 면밀하게 경험하고 기록한 것으로, 사후 체험과 현상이 오늘날 본인이 가르치는 내용과 정확히 일치하는 것에 놀라움을 금치 못한다고 했다. 스베덴보리는 칸트, 헬렌 켈러, 괴테, 구스타프 융 등 저명한 사상가, 철학자, 신학, 심리학 분야의 사람들에게 지대한 영향을 주었다. 헬렌 켈러 여사는 "나는 스베덴보리의 저서를 읽고 완전히 죽음의 공포에서 해결되었습니다"라고 말했다.

책을 읽다 보면 마치, 삶과 더불어 이어지는 죽음의 한계를 넘어서, 천국의 사실상의 임재와 소망으로까지 이어지는 여행을 하고 있는 듯하다. 내용을 간단히 소개하고자 한다.

천재과학자에서 영계를 탐구하는 영능자로

스베덴보리는 1745년 그가 57세 되기 전까지만 해도, 뉴턴과 쌍벽을 이룰 정도로 당대의 촉망받던 천재 과학자였다. 그러나 그 후에는 진리의 계시자로 부름을 받아 영성 세계를 탐구하는 자로 변신했고 27년간 영계와 현실을 오가며 그의 소명을 다하였다. 그는 육체로부터 영이 분리되는 체외이탈로 영계를 드나들며, 영인들과 대화를 하였다.

스베덴보리는 이 책을 읽기 전 세 가지 원칙을 이해하고 읽을 것을 전제로 했다.

① 영계는 하나님이 창조하셨다. ② 사람의 몸은 육신과 영체로 되어 있다. ③ 사람이 죽으면 바로 체외이탈을 하게 되는데, 곧 영계로 이동해 영생하게 된다는 것이다.

스베덴보리를 유명하게 만든 신기한 사건들

스베덴보리를 영능자로서 증명한 사건들이 있었다. 스웨덴 궁전의 여왕과 여러 고관 앞에서 교령술을 실행해 보인 것이다. 영계로 들어가 유서를 남기고 이미 10년 전에 죽은 한 장군을 만나서, 그의 유서 내용을 듣고 온 것이다. 스베덴보리가 한 말과 여왕이 가지고 있던 유서의 내용은 일치했다. 또한 자신의 죽음을 일면식도 없었던 존 웨슬리 목사에게 예고하고, 실제로 그날 운명함으로써, 그의 예언을 객관적으로 증명하였다.

스베덴보리가 말하는 영생

천국에서 나이를 먹는다는 것은 곧 청춘으로 환원한다는 의미가 있다. 우주의 제1원인은 창조주이고, 천지창조의 궁극적인 목적은 창조주의 사랑의 구현이고, 천국의 생활을 할 수 있는 중요한 대표적인 과제는 지상과 천상에서 하나님에 대한 사랑과 이웃에 대한 사랑의 실천이다.

죽음이란 영계로 가는 이사

죽음이란 영계로 가는 이사이다. 죽음을 모를 때에는 공포스럽지만, 이 과정을 아는 사람은 평화로운 마음으로 맞이할 수 있다. 죽은 사람 중에서 죽은 후 그대로 소멸되는 자는 결코 없다고 한다.

지상에서도 영체는 인간의 주체이며, 모든 사고, 이성, 지식, 판단 등 전반적인 정신적 활동은 모두 영체 속에 있다. 죽음의 순간, 육신의 고통은 임종 전에 사라지고, 곧 말할 수 없는 평안이 찾아온다. 임종자는 하늘에 오르는 듯한 환희를 느낀다. 영계에서 안내영인이 파견되는데, 그들과 함께 '중간영계'로 인도된다. 때로 안내영인들이 서로 맞지 않아, 교체가 이루어질 경우 지상에 길게는 3일까지 머물게 된다. 인간은 지상에서 자신이 실천한 사랑의 행적에 따라 자신의 영위가 결정된다.

스베덴보리가 경험한 천국과 지옥으로의 여행

중간영계에서 천국과 지옥이 갈리게 된다. 천국은 세 곳으로 나뉘어, 제1천국은 지상에서 종교 없이 양심과 도덕을 지키고 산 사람들이 사는 곳이다. 제2천국은 진리가 더 중심이 되는 곳, 먼저 이성으로 진리를 받아들이고 이해하여 그 진리를 실천하는 천사들이 사는 곳이다. 제3천국은 주님이 계신 곳이며, 사랑의 화신체가 된 영인들이 사는 곳이다.

지옥은 자기 욕망으로 서로 가해하며 즐거워하는 곳. 하나님이 한 인간이 지은 죄에 대한 형벌의 결과로 이곳에 보내시는 것은 아니다. 끝까지 자유의지로 선택해, 악의 길로 결정한 것에 대한 결과라고 볼 수 있다. 천국과 지옥은 서로 지상에 영향을 미치고, 인간이 자유의지로 둘 중 하나를 선택할 수 있게 함으로써, 쌍방이 사람 빼앗기를 하고 있다고, 안내 영인이 그에게 설명했다.

지옥도 3층으로 나뉘어져, 제1지옥은 새로 입적한 지옥영인들을 교육시키는 곳이다. 제2지옥은 자기애, 정욕이 엉키어, 서로에게 고통을 준다. 제3지옥은 음란한 자들이 여전히 유혹하며, 쫓기는 영들이 서로 성적인 폭행을 하는 곳이다. 하지만 이곳에서도 과도한 상해와 고문은 천국천사들에 의해서 금해져 있다

죽어서 제일 먼저 가는 중간영계

죽어서 영계로 올라온 중간영계에서 심사를 받고, 천국천사가 되느냐, 지옥영인이 되느냐가 결정된다. 3단계가 있는데 1, 2단계를 거치며 영적 진면목이 확연히 드러난다. 이와 함께 점점 지상에서 맺었던 유대관계가 약해지고, 새로운 영적 유대관계가 형성된다.

지상에서는 뉘우침과 재생의 기회가 주어지지만, 영계에서는 죄가 지워지지 않고, 영계에 가서 운명을 바꾼 자는 한 사람도 없다. 그런 이유로 구세주께서 사람으로 오셔서 인간의 죄를 대신 지고, 용서하는 힘을 주시고, 회개하도록 가르치셨다. 천국을 준비하여 주신 것이다. 정말 위대한 길을 인간을 위하여 열어 놓으신 것을 깨닫는다. 또한 스베덴보리의 《위대한 선물》이란 이 책과 더불어 그가 소명감으로 썼던 다른 기록들 덕분에 천국의 비밀을 엿볼 수 있었던 것에 정말 감사한 마음이다.

중간영계 1단계에서는 하나님을 믿는 것 같이 위장하던 사람의 경우, 2단계의 자유로워진 영은, 자기 사랑의 욕망을 분출하기도 하는 등, 선과 악이 확실하게 드러나게 된다. 영인의 지상 생활이 기복이 있고, 여러 가지 크고 작은 잘못이 있더라도, 그 대세로서, 선하게 살던 사람은 선한 영으로 자리 잡고, 그가 지상에서 잘못이 있더라도 벌을 받지 않는다. 유전적 요소나 맹목적, 순간적, 환경적 동기에서 일어난 것이므로, 그 사람의 악은 점차적으로 소멸되어 간다. 악한 영인도 그 안의 선이 완전히 소멸될 때까지는, 지옥에 떨어지지 않는다. 하나님은 선이든 악이든 결실할 때까지 기다리고 놔두시는 것이다. 제3단계에서는 천계를 들어가는 영인이 교육받는 단계이고, 악령에게는 이 단계가 없다.

빛과 열로 이루어진 세계

성서에 보면, 태초에 모든 창조가 말씀으로 이루어졌다고 되어 있다. 영계의 태양은 바로 진리요, 진리는 곧 말씀이다.

지상에서, 자연계의 모든 생명은 태양에서 비롯되었고, 자연계의 법칙대로 운행된다. 영계에는 영계의 태양이 있으며 이는 영계에 있는 모든 생명의 원천이다. 영계의 모든 광채는 이 태양으로부터 오고, 그 태양은 창조주의 사랑 그 자체이다. 그 사랑은 열로 표현되는데, 이 빛과 열이 천계 생명을 이룬다. 또 그 태양에서 영류가 나와 영계의 질서가 유지되고, 모든 존재와 생명체가 연결된다. 영계에서는 영류의 은덕으로 생각의 대화를 통해 자유자재로 통신한다. 또한 더 신기한 것은 상념의 힘으로 움직인다는 것이다. 천국에서는 시간을 의식하지 못하고 산다. 시간의 감각 대신, 영인들은 상태의 변화로 느낀다.

영류에는 직접영류가 있어 천계를 움직이고, 간접영류는 3단계의 천국과 중간영계, 지옥까지 이른다. 우리는 이 순간에도 천계를 거쳐 지상에 내려오는 간접영류의 생명을 받고 살아간다. 사실은 지상의 모든 것은 영류와 영계의 영향을 받고 있지만, 인간들은 아무것도 느끼지 못한 상태로 살아가고 있다. 창조주께서는 인간이 육신을 입고 고생스럽게만 살게 놔두지 않고, 사후 영원한 삶을 준비할 수 있는 시간을 우리에게 주셨다.

천국은 꿈이 현실로 이루어지는 곳

"네 마음을 다하고 목숨을 다하고 뜻을 다하여 너희 주 하나님을 사랑하라. 그리고 네 이웃을 네 몸과 같이 사랑하라"(마태복음 22장 37-39절). 믿음만을 가지고 갈 수 있는 곳이 천국이 아니며, 그 믿음이 의지 속에 작용하여 선한 행동으로 변화할 때 믿음은 사랑의 열매를 맺는다. 지상에서 하나님과 이웃에 대한 사랑을 많이 실천할수록 그 사랑의 크기는 커진다. 지상에서 자기가 사랑을 준 만큼 천국에서 사랑을 받을 수 있다는 것이다. 천국의 절대 가치는 천진무구한 인격과 사랑을 행함에 있어 그 속마음의 중심이 되는 동기이다. 순진하되 사랑을 입히고 의지와 이성을 입혀서 옳고 그른 것, 선악을 구별할 수 있는 가식 없는 인격이다.

지옥은 자기사랑의 왕국

지옥은 하나님을 믿지 않는 자들을 거두어들일 수 있는 장소로 생겼는데, 이는 하나님의 계명을 어긴 인간 시조의 죄성에서 시작되었다. 하나님의 섭리 역사는 타락한 인간을 원위치로 돌아오게 하려는 것이다. 하나님은 참고 기다리시며 지옥 철폐의 날을 기다리고 계시다.

지상에 보내지는 선영과 악령은 모든 사람에게 곁에 따라다니며, 선영처럼 수호하기도 하지만, 악령도 하나씩 따라다니며, 인간의 자유의지를 촉구한다. 악령은 그 자신의 의도가 악인 줄도 모르고 스스로 선으로 여기며 정당성을 부여하고, 결국 인간 세계를 파괴한다. 가장 무서운 악령은 일단 복수의 대상을 찾게 되면, 결국 수렁으로 끌고가 범죄로 이끌고, 사회적으로 매장하기까지 하며 .결국 자살로 유인하기까지 이른다.

자살에 대한 스베덴보리의 경고

자살은 하나님 법도 중 가장 무거운 죄이며 이를 방지하기 위해서는 악령들에게 '상대기준'(악령의 궤책이나 장난에 상대하는)을 허락하지 않아야 한다. 육신은 죽을 수 있으나 영혼은 남아 지상을 떠돌며 귀신이 된다. 진정한 자신은 영체로 다시 살아, 살던 곳에 악령으로 남는다. 천계에 대한 이해가 없어 생기는 일이므로 악령의 특징, 즉 상대해 줌으로써 마음을 빼앗기지 말고, 선영의 적극적인 도움을 요청하고, 선과 이타적 삶을 행동으로 옮기며, 혹 시련이 올지라도 두려워 말고 오히려 감사함으로 물리친다.

모든 유아는 천국으로 간다

모든 유아는 천국으로 간다. 그들은 제3천국에서 천사들의 교육을 받으며 결혼도 하고 중견 천사로 육성된다. 태고인 들과 함께 최고의 천국인 제3천국에 입성해 산다.

영생, 인생의 목표를 여기에 두어라

하나님의 진정한 섭리인 모든 믿는 자마다 멸망치 않고 영생을 얻기를 원하시는 구원의 뜻을 따라 지상 생애에 천국의 원리를 알고 자유의지를 옳게 사용해야 할 것이다.

책을 읽고 나서

스베덴보리의 인류를 향한 선견적 사명감을 통해, 죽음에 대한 좀 더 구체적이며, 인간에 대한 하나님의 원대하신 사랑을 느끼게 해주는 책이었다. 지옥의 저 밑까지, 한 어린 양을 포기하지 않으시고 기다리시는 하늘의 뜻을 알게 되어 매우 기뻤다. 창조주의 한 피조물로서, 그지 없으신 뜻을 이해하고, 사망의 두려움 속에 억매이지 않고, 나의 영혼의 안식처와 영생의 희망이 있음을 알려주는 이 책은 자유의지의 향방과 삶의 행함에 분별력을 촉구하며 나에게 새로운 도전을 하게 해주었다.

스베덴보리의 학자적 양심이 느껴지는 이 책은 보이지 않는 미래에 밝은 등대 역할을 하며, 소망의 끈을 하늘까지 연결시켜 주니, 사닥다리를 연결해 그곳에 닿을 때까지, 흔들리지 않는 믿음으로, 사랑의 결실로 나아가는 빛의 길을 걸어가기를 기원해 본다.

{ 2013년 8월 26일 }

나는 천국을 보았다

7일 만에 뇌사에서 살아온
하버드 신경외과 의사,
죽음 이후 세상을 증명하다

강춘근(한국웰다잉교육문화연구원 원장)

이븐 알렉산더 지음
고미라 옮김
김영사 펴냄
252쪽

　　　　　　이븐 알렉산더(Eben Alexander)는 듀크 대학교에서 의학 박사 학위를 받고, 버지니아 대학교에서 뇌기능 매핑 연구를 했다. 이후 보스턴에 있는 브리검 앤 위민스 병원, 어린이전문병원, 하버드 메디컬 스쿨에서 교수와 의사로 근무했다. 과학 학술지에 150여 편이 넘는 논문들을 게재했고, 국제 의학 컨퍼런스에서 200회 이상의 연구 발표를 하는 등 뇌와 의식의 작용에 관해 뛰어난 업적을 쌓은 세계적인 뇌의학 권위자이자 신경외과 전문의이다.

　그는 임사체험을 계기로 세상이 모두에게 더 좋은 곳이 될 수 있도록 기여하고자 그의 동료인 존 R. 오데트와 공동으로 비영리 공공자선단체인 이터니아(Eternea)를 설립하여 지구와 지구에 사는 이들을 위한 최선의 미래를 만드는 데에 기여하고 있다. 이터니아는 영적인 체험에 대한 연구, 교육, 응용 프로그램들을 개발하는 일 외에도 의식의 작동원리, 의식과 물리적 현실(예컨대 물질과 에너지)의 상호작용을 연구하는 일을 소명으로 한다. 임사체험으로 얻은 통찰들을 구체적으로 활용하는 작업뿐만 아니라, 모든 종류의 영적인 체험들을 보관하는 기록관으로서의 역할을 하며 이 분야에 관심 있는 과학자, 학자, 연구원, 신학자, 성직자에게 의미 있는 자료를 제공해 주고 있다.

책 속으로

수많은 사람이 임사체험에 대해 보고하고 있지만, 과학자들은 그것이 불가능하다고 주장해 왔다. 저자인 이븐 알렉산더도 그중 한 명이다. 최고의 신경외과 전문의인 알렉산더 박사는 임사체험이 진짜처럼 느껴지지만 사실은 극도의 스트레스하에서 뇌가 만들어내는 환상에 불과하다고 믿었다. 그런 그가 7일간의 뇌사상태에서 죽음 너머의 세계를 체험하고 다시 살아나면서 대전환을 겪는다. 그의 체험은 인간이 뇌와 상관없이 의식을 갖고 있으며, 사실상 의식이야말로 모든 존재의 근간임을 보여주고 있다.

저자는 "천국, 신, 영혼에 관한 그 어떤 이야기도 의학적인 지식과 양립될 수 없다고 생각했다. 하지만 지금은 신과 영혼이 실재하며, 죽음이란 끝이 아니라는 것을 깨달을 때만이 진정한 삶임을 얻을 수 있다고 믿는 의사가 되었다"고 말한다. 본서는 이러한 '뇌사경험'을 한 세계적 뇌과학자인 저자가 갑작스런 발병과정과 병원 입원 과정, 입원 후에 미국 뇌신경 의학계가 그에게 처방했던 최첨단의 의학적 조처와 실험조사 영상기록, 뇌사상태에서 느끼고 체험했던 기억들, 회복 이후 기억을 되살려 새롭게 깨달은 실재와 초월계와 현실계의 상호관계성 등에 대한 증언적 서술을 총 35장에 걸쳐 말하고 있다.

저자는 20년 넘게 신경외과 학자로서 뇌를 연구하고 그것들이 작동하는 방식을 관찰하고 수술하면서 뇌의 작동에 대한 의문과 숙고할 기회를 통해 뇌가 상상할 수 없을 정도로 놀라운 장치라는 결론을 내린다. 그리고 이 주제와 관련해 세계관이 완전한 지각변동을 겪어야만 했던 그 의식에 변화를 일으킨 사건들을 다루고 있다. 그는 자신이 경험한 사건(스포츠 패러슈팅: 스카이 다이빙)을 통해 뇌가 제아무리 훌륭한 장치일지라도 그날 자신의 생명을 구한 것은 결코 뇌가 아니었다고 확신한다. 그는 과학에 헌신하는 삶을 살았으며, 현대의학의 도구를 사용해서 사람들을 돕고 치료하며, 인체와 두뇌의 작동에 대해 더 많이 배우는 일이 소명이었고, 그런 소명을 발견한 것을 엄청난 행운이라고 생각했다. 그리고 일과 결혼했다고 할 수도 있었겠지만, 더 중요하게는 자기 곁에 아름다운 아내와 사랑스러운 두 아이가 있고, 가족을 자신의 삶의 축복으로 여기며 여러 면에서 운이 좋은 남자라는 사실을 잘 알며 살아가고 있었다.

그런데 2008년 11월 10일, 54세의 나이에 저자는 자신의 행운이 끝난 듯했다고 증언한다. 그는 희귀한 질병에 걸려 7일간 혼수상태에 빠졌고 이때 대뇌 신피질, 즉 인간이게끔 해주는 뇌의 겉 표면이 기능을 멈춰 사실상의 뇌가 부재하는 상태였다. 뇌가 부재하면 인간 자신도 부재하는 것이었지만, 뇌가 꺼지는 일을 직접 당해보기 전까지는 뇌가 작동하지 않으면 그것을 의식할 수가 없다. 그는 혼수상태였을 때 자신의 뇌가 작동하지 못한 것이 아니라 전혀 작동하지 않았으며 이것이 자신이 경험한 임사체험의 깊이와 강도의 원인이었다고 보고 있다.

저자는 자신의 일주일간의 임사체험이 임사체험의 완결판이라고 강조하고 있다. 수십 년간 신경외과 의사로서 쌓아올린 연구와 수술실에서의 실제 작업 경험 덕분에, 보통보다 높은 수준의 위치에서 자신에게 일어난 임사체험의 실상뿐만 아니라 그 의미를 판단할 수 있었다고 본다. 저자는 육체와 뇌의 죽음이 의식의 종말은 아니라는 것, 인간의 체험이 무덤을 넘어서까지 계속된다는 것을 보여주고 있다. 더욱 중요한 사실은 인간을 사랑하며 우주와 모든 존재들이 궁극적으로 어디로 나아가는지에 대해 보살피고 있는 그런 신의 응시하에서 인간의 의식이 계속된다는 사실을 강조한다. 그리고 자신이 간 그곳은 인간이 살고 있는 지금 여기의 삶이 완전히 꿈처럼 느껴질 정도로 실재하였다고 증언한다.

그렇다고 지금의 삶에 아무런 가치를 두지 않는 것도 아니다. 오히려 과거 어느 때보다도 더 지금의 삶에 가치를 느끼고 있으며, 그것은 지금의 상황으로 삶의 진정한 맥락을 볼 수 있게 되었기 때문이다. 인간의 삶은 무의미하지 않다. 하지만 지금 살고 있는 이곳에서는 적어도 인간이 살아가는 대부분의 시간 동안은 이 사실을 알기 어렵다. 혼수상태에 있었을 때 일어난 일은 분명히 가장 중요한 이야기로 일반상식과 너무 다른 내용이어서 무턱대고 사람들에게 외쳐댈 만큼 쉽게 할 수 있는 이야기가 아니기 때문이다.

뇌과학 및 의식연구의 최신 개념들에 매우 익숙한 저자는 의학적으로 추론하고 분석해서 결론을 내린다. 저자는 여정의 이면에 있는 진실을 일단 깨닫는 순간, 그는 이것을 말해야 한다는 것을 자각하고 이 작업을 제대로 해내는 일을 자신의 삶의 주요 과제로 여긴다. 물론 신경외과 의사로서의 직무나 삶을 포기한 것은 아니지만 인간의 삶이 육체나 뇌의 죽음과 더불어 끝나는 것이 아님을 이해하게 된 특권을 누리게 된 지금, 몸과 지구를 넘어서 자신이 보게 된 것에 대해 사람들에게 알리는 것이 자신의 의무이자 소명이라고 생각한다.

임사체험의 역사는 매우 오래되었지만(이것을 사실이라고 보든 아니면 근거 없는 망상이라고 보든 간에) 그것은 비교적 근래에 와서야 일상적인 용어가 되었다. 1960년대에는 심장마비 환자를 다시 소생시킬 수 있게 해주는 새로운 기술들이 개발되었다. 예전 같았으면 사망했을 환자들을 살아있는 사람들의 세계로 다시 돌아올 수 있게 한 것이다. 환자들을 소생시키는 의사들은 자기도 모르는 사이에 지구 밖 차원을 여행하는 새로운 종족을 탄생시키고 있다. 베일 저편을 잠시 본 사람들이 돌아와서 자기 경험을 이야기하기 시작했고, 오늘날에는 그 수가 수백만에 이른다. 그 후로 1975년에 래이먼드 무디라는 의대생이 조지 리치라는 사람의 경험을 서술한 《삶 이후의 삶》이라는 책을 냈는데, 리치는 폐렴 합병증으로 심장마비가 와서 사망했고, 9분 동안 몸이 떠나 있었다. 어떤 터널의 통과 후에 천국과 지옥을 방문했고, 예수라고 여겨진 어떤 빛의 존재를 만나, 말로 표현하기 힘든 엄청난 평화와 평안함을 느꼈다고 했다. 이렇게 해서 현대의 임사체험 담론이 등장한 것이다.

저자는 임사체험과 관련하여 이것이 단지 사랑에 관한 것만이 아니라 우리가 누구인지에 대한 그리고 우리 모두가 서로 어떻게 연결되어 있는지에 대한, 결국 존재 자체의 의미에 관한 것으로 말한다. 그 세계에서 저자는 자신이 누구인지를 배웠고, 다시 돌아와 보니 이것에서 자신의 정체성에 관한 마지막 가닥들이 마저 채워졌음을 깨달았다고 증언한다.

오늘날 물질 중심적인 세상에서 우리는 우리가 진정 누구이며, 어디에서 와서 어디로 가는지를 알지 못하는 고아라고 (잘못) 느끼고 있다. 창조주의 조건 없는 사랑과 우리가 더 큰 차원에서 서로 연결되어 있다는 사실을 기억하지 못하는 한, 지상에서의 우리는 언제나 길 잃은 심정으로 살아갈 것이다.

책을 읽고 나서
본서는 현대 최첨단의 뇌과학 전문의사가 뇌사상태에서 일주일을 지낸 후, 자신이 경험한 '임사체험'의 내용이 결코 그동안 합리적 계몽주의 인간학의 후예들이 끈질기게 주장해 왔듯이 뇌세포에 남아있는 물리화학적 기억의 잔상들이 만들어 낸 '환상'이 아니고, '실제 체험'이었다고 주장한다. 그의 말은 의식이 뇌를 떠나서는 존재할 수 없다는 현대 과학자들의 견해와는 달리하고 있다. 저자는 처음에는 천국, 신, 영혼에 관한 그어떤 이야기도 의학적인 지식과 양립될 수 없다고 생각했지만, 임사체험후 신과 영혼이 실재하며, 죽음이란 끝이 아니라는 것을 깨달을 때만이진정한 삶을 얻을 수 있다고 믿는 의사가 되었다.

죽음은 성장의 마지막 단계라고 외쳤던 퀴블러 로스가 "근사체험(임사체험)은 가장 짧은 시간에 가장 많은 것을 배우는 기회"라고 하였다. 임사체험을 통해서 본서를 기록한 저자 이븐 알렉산더 역시 임사체험을 통해임사체험이 가져다주는 새로운 정보가 인생을 변화시킨다고 하였다. 세상에는 우리가 오감으로 이해할 수 없는 수만 가지 현상과 일들이 있다는 것을 우리는 겸손히 받아들여야 한다. 따라서 우리가 이해할 수 없는것들을 단지 오감으로 이해할 수 없다는 이유만으로 임사체험이 존재하지 않는다거나 실재하지 않는다고 말해서는 안 된다.

기독교 신앙의 배경 속에 성장하며 영적 세계에 비교적 민감한 입장에서 있는 목회자의 한 사람으로 발제자는 임사체험에 대한 직접적인 경험은 없다. 교회 공동체를 통해서 신앙적 경험인 기도와 입신을 통해 천국과 지옥에 대한 간증 이야기를 많이 들어왔지만 그렇게 긍정적 차원에서받아들이지 않았다. 그 이유는 천국과 지옥을 가서 보았다는 자신의 경험을 강조하며, 영적 세계의 원천인 성경의 가르침과 하나님 섭리와 경륜보다는 자신의 영적 경험을 지나치게 강조하고 자신이 경험한 천국과 지옥이 전부인 것으로 과장되게 표현하는 것에 대한 불편한 감정이 있어

왔기 때문이다.

　'삶이란 학교에서 배워야 하는 가장 중요한 것이 어떻게 하면 남을 사랑할 수 있는가?'에 대한 것이라면 참다운 영적 자아에 이르기 위해 사랑과 연민을 실천하며 자신의 특별한 영적 경험을 쌓아 나가기를, 그리하여 더 좋은 세상이 만들어지기를 희망해 본다. 발제자는 이 책을 읽으며 '죽음 이후의 삶'에 대한 영적 세계의 시야를 확장시켜 가는 것도 매우 필요한 일이라고 생각한다.

메멘토 모리
독서목록

2003. 6. ~ 2021. 9.

	도서명	저자/출판사	모임 날짜	발제자
1	독서모임 어떻게 운영할 것인가 논의		2003. 6. 30	*
2	죽음의 시간	엘리자베스 퀴블러 로스/우석출판사	2003. 8. 18	*
3	죽음 가장 큰 선물	헨리 나우웬/홍성사	2003. 9. 29.	*
4	만남, 죽음과의 만남	정진홍/우진	2003. 11. 17.	*
5	죽음을 어떻게 맞이할 것인가	알폰스 데켄/궁리	2003. 12. 15.	*
6	모리와 함께 한 화요일	미치 앨봄/살림	2004. 2. 23.	*
7	죽음, 삶이 존재하는 방식	오진탁/청림출판	2004. 3. 29.	*
8	춤추는 죽음	진중권/세종서적	2004. 4. 26.	*
9	메멘토 모리, 죽음을 기억하라	김열규/궁리	2004. 5. 24.	*
10	아름다운 삶, 사랑 그리고 마무리	헬렌 니어링/보리	2004. 6. 28.	*
11	영화 〈공포탈출〉 관람		2004. 7. 26.	*
12	영화 〈유혹의 선〉 관람		2004. 8. 30.	*
13	빛, 색깔, 공기	김동건/홍성사	2004. 9. 20.	*
14	죽음에 관한 시 모음		2004. 10. 11.	*
15	인생은 아름다워라(영혼의 순례, 묘지기행)	맹난자/김영사	2004. 11. 29.	*
16	장묘문화에 대한 토론		2004. 12. 27.	*
17	메모리얼 가든(2005 조선일보 신춘문예 당선작)	반수현	2005. 1. 28.	*
18	죽음, 그 마지막 성장	부위훈/청계	2005. 2. 22.	*
19	삶과 죽음에 대하여	지두 크리슈나무르티/고요아침	2005. 3. 29.	윤득형
20	영화 〈이끼루(살다)〉 관람		2005. 4. 26.	*
21	알폰스 데켄 강연집	각당복지재단 엮음	2005. 5. 31.	성길웅 이봉순 김영숙
22	사후생	엘리자베스 퀴블러 로스/대화문화아카데미	2005. 6. 28.	윤득형 유경 황보영숙
23	죽음을 어떻게 살 것인가?	히노하라 시케아키/궁리	2005. 7. 26.	고광애 안춘욱
24	영화 〈학생부군신위〉, 〈제 장례식에 놀러 오실래요?〉 관람		2005. 8. 30.	*
25	죽음의 벽	요로 다케시/재인	2005. 9. 27.	김선숙 지동만
26	나의 죽음관 나누기(설문 작성)		2005. 10. 25.	*
27	스물 둘에 별이 된 테리	레슬리 스크리브너/동아일보사	2005. 11. 29	*
28	영화 〈My life〉 관람		2005. 12. 27.	*
29	병원에서 죽는다는 것	야마자키 후미오/상상미디어	2006. 1. 31.	유경
30	가장 아름다운 이별 이야기	스즈키 히데코/생활성서사	2006. 2. 27.	*
31	인생을 이모작하라	최재천/삼성경제연구소	2006. 3. 28.	고광애 지동만
32	논문 '실존주의 상담에서의 죽음의 의미와 상담교육적 기능에 관한 연구'	김대동	2006. 4. 25.	김선숙 홍양희

	도서명	저자/출판사	모임 날짜	발제자
33	시 낭송회(죽음을 주제로 한 시)	언더우드기념관 1층 카페	2006. 5. 30.	*
34	티벳 사자의 서	파드마삼바바/정신세계사	2006. 6. 27.	장옥화 외 조순애
35	영화 〈수선화 필 무렵〉 관람		2006. 7.25.	*
36	인생 수업	엘리자베스 퀴블러 로스, 데이비드 케슬러/이레	2006. 8. 29.	안춘욱 유경
37	천국에서 만난 다섯 사람	미치 앨봄/세종서적	2006. 9. 27.	*
38	작가와의 만남(하루가 소중했던 사람들)	김혜원 작가	2006. 10. 31.	*
39	죽음 가장 큰 선물	헨리 나우웬 지음/홍성사	2006. 11. 28.	*
40	연극 〈염쟁이 유씨〉 관람		2006. 12. 9.	*
41	인생이 내게 준 선물	유진 오 켈리/꽃삽	2007. 1. 30.	*
42	믹에게 웃으면서 안녕	바바라 파크/웅진주니어	2007. 2. 27.	오철진
43	영화 〈축제〉 관람	임권택 감독	2007. 3. 27.	*
44	가브리엘을 기다리며	에이미 쿠엘벨벡/해냄	2007. 4. 24.	*
45	시 낭송회(죽음을 주제로 한 시)	성곡미술관	2007. 5. 29.	*
46	시계가 걸렸던 자리	구효서/창비	2007. 6. 26.	*
47	사람은 무엇으로 사는가	톨스토이/창비	2007. 7. 31.	*
48	영화 〈씨 인사이드〉 관람	알레한드로 아메나바르 감독	2007. 8. 28.	*
49	우아한 노년	데이비드 스노던/사이언스북스	2007. 9. 18.	*
50	노인이 말하지 않은 것들	종합케어센터 선빌리지 지음/ 시니어커뮤니케이션	2007. 10. 30.	*
51	잠수복과 나비	장 도미니크 보비/동문선	2007. 11. 27.	*
52	마지막 선물	오진탁/세종서적	2007. 12. 18.	강석웅
53	샘에게 보내는 편지	대니얼 고들립/문학동네	2008. 1. 29.	최청자
54	영화 〈잠수종과 나비〉 관람	쥴리앙 슈나벨 감독	2008. 2.19	*
55	죽음학의 이해	존 모간/인간사랑	2008. 3. 25.	*
56	죽음학의 이해	존 모간/인간사랑	2008. 4. 29.	*
57	이반 일리치의 죽음	레프 톨스토이/작가정신	2008. 5. 27.	*
58	생의 수레바퀴	엘리자베스 퀴블러 로스/ 황금부엉이	2008. 6. 24.	*
59	장례의 역사	박태호/서해문집	2008. 7. 29.	*
60	마지막 강의	랜디 포시/살림	2008. 8. 26.	김흥수
61	한 말씀만 하소서	박완서/세계사	2008. 9. 30.	*
62	죽음의 기술	피터 펜윅/부글북스	2008. 10. 28.	*
63	아이와 함께 나누는 죽음에 관한 이야기	얼 그롤만/이너북스	2008. 11. 25.	*
64	죽음과 죽어감	엘리자베스 퀴블러 로스/이레	2008. 12. 30.	전풍자
65	해피 엔딩	최철주/궁리	2009. 1. 20.	*
66	안녕이라고 말할 때까지 진정으로 살아 있으라	엘리자베스 퀴블러 로스/이레	2009. 2. 24.	안춘욱
67	이문열 세계명작산책 2: 죽음의 미학	이문열 엮음/살림	2009. 3. 31.	*
68	옛사람들의 눈물: 조선의 만시 이야기	전송열/글항아리	2009. 4. 28.	*

	도서명	저자/출판사	모임 날짜	발제자
69	스베덴보리의 위대한 선물	스베덴보리학회편/다산초당	2009. 5. 26.	장상애
70	상실수업	엘리자베스 퀴블러 로스. 데이비드 케슬러/이레	2009. 6. 30.	〃
71	죽음과 함께 춤을	베르트 케이제르/마고북스	2009. 7. 28.	〃
72	어머니를 돌보며	버지니아 스템 오엔스/부키	2009. 8. 25.	〃
73	마지막 여행	매기 캘러넌/프리뷰	2009. 9. 29.	노준식
74	왜: 인간의 삶과 죽음과 미래	최준식/생각하는책	2009. 10. 27.	〃
75	마지막 인사	이건영/휴먼북스	2009. 11. 24.	김혜원
76	근처(박민규)/ 간과 쓸개(김숨)	2009황순원문학상작품집/중앙북스	2009. 12. 29.	정대진
77	내면기행	심경호/이가서	2010. 1. 26.	〃
78	라인강변에 꽃상여 가네	조병옥/한울	2010. 2. 23.	최서윤
79	떠남 혹은 없어짐	유호종/책세상	2010. 3. 30.	〃
80	죽음을 그리다	미셸 슈나이더/해냄	2010. 4. 28.	〃
81	저녁이 아름다운 집	구효서/랜덤하우스	2010. 5. 25.	〃
82	소멸의 아름다움	필립 시먼스/나무심는사람	2010. 6. 29.	김종달
83	죽음의 중지	주제 사라마구/해냄	2010. 7. 27.	〃
84	작가와의 만남	구효서 작가 초청	2010. 8. 31.	〃
85	좋은 이별	김형경/푸른숲	2010. 9. 28.	홍양희
86	이 순간	능행 스님/휴	2010. 10. 26.	〃
87	저녁(시집)	송기원/실천문학사	2010. 11. 30.	〃
88	어머니의 죽음	데이비드 리프/이후	2010. 12. 28.	〃
89	애도하는 사람	텐도 아라타/문학동네	2011. 1. 25.	최명환
90	내 손을 잡아요	아라이 가즈코, 아라이 야스쓰네/현암사	2011. 2. 22.	〃
91	철학, 죽음을 말하다	정동호 외/산해	2011. 3. 29.	〃
92	D에게 보낸 편지	앙드레 고르스/학고재	2011. 4. 26.	전풍자
93	아흔 개의 봄	김기협/서해문집	2011. 5. 31.	장상애
94	죽음, 그리고 성장	엘리자베스 퀴블러 로스/이레	2011. 6. 28.	김혜원
95	엄마 엄마 엄마	조 피츠제랄드 카터/뜰	2011. 7. 26.	김종달
96	영화 〈Here after〉 관람	클린트 이스트우드 감독	2011. 8. 30.	〃
97	사랑의 사명	로저 콜/판미동	2011. 9. 27.	〃
98	반만 버려도 행복하다	이정옥/동아일보사	2011. 10. 25.	〃
99	사람은 어떻게 나이드는가	셔윈 눌랜드/세종서적	2011. 11. 29.	〃
100	사람은 어떻게 죽는가	셔윈 눌랜드/세종서적	2011. 12. 27.	〃
101	나도 이별이 서툴다	폴린 첸/공존	2012. 1. 30.	전희성
102	죽음의 미래	최준식/소나무	2012. 2. 28.	김종달
103	죽음 앞에 선 인간	필리프 아리에스/동문선	2012. 3. 27.	전풍자
104	길어진 인생을 사는 기술	슈테판 볼만/웅진지식하우스	2012. 4. 24.	방성희

	도서명	저자/출판사	모임 날짜	발제자
105	내 생의 마지막 저녁식사	루프레히트 슈미트, 되르테 쉬퍼/웅진지식하우스	2012. 5. 29.	김혜원
106	우리는 어떻게 죽고 싶은가	미하엘 데 리더/학고재	2012. 6. 26.	홍양순
107	시끌벅적한 철학자들 죽음을 요리하다	토머스 캐스카트, 대니얼 클라인/함께읽는책	2012. 7. 31.	임연옥
108	행복한 장의사	배리 앨빈 라이어/이가서	2012. 8. 28.	김옥자
109	죽음의 수용소에서	빅터 프랭클/청아 출판사	2012. 9. 25.	김영길
110	너의 그림자를 읽다	질 비알로스키/북폴리오	2012.10. 30.	최명환
111	우리 읍내	손턴 와일더/예니	2012.11. 27.	강순경
112	마지막 마음: 어느 죽음의 성찰	나형수/경천	2012.12. 18.	강춘근
113	생의 마지막 순간 마주하게 되는 것들	기 코르노/샘앤파커스	2013. 1. 28.	정대진
114	나의 아름다운 죽음을 위하여	고광애/서해문집	2013. 2. 25.	고광애
115	죽음	임철규/한길사	2013. 3. 25.	임연옥
116	엄마와 함께한 마지막 북클럽	윌 슈발브/21세기북스	2013. 4. 29.	장상애
117	어모털리티	캐서린 메이어/퍼플카우	2013. 5. 27.	김경남
118	죽음이란 무엇인가	셸리 케이건/엘도라도	2013. 6. 24.	최명환
119	나는 죽음을 이야기하는 의사입니다	윤영호/컬처그라퍼	2013. 7. 29.	박은식
120	나는 천국을 보았다	이븐 알렉산더/김영사	2013. 8. 26.	강춘근
121	버리고 갈 것만 남아서 참 홀가분하다/독서 문학기행	박경리/마로니에북스/원주 토지문학관	2013. 9. 30.	*
122	티베트의 즐거운 지혜	욘게이 밍규르 린포체/문학의숲	2013. 10. 28.	*
123	죽어가는 자의 고독	노베르트 엘리아스/문학동네	2013. 11. 25.	안덕희
124	사랑: 2042일 아내 간병실록	강한필/나남출판	2013. 12. 30.	김정배
125	사후생 이야기	최준식/모시는 사람들	2014. 1. 29.	김금희
126	영혼들의 여행	마이클 뉴턴/나무생각	2014. 2. 26	최명환
127	품위 있는 죽음의 조건	아이라 바이오크/물푸레	2014. 3. 26.	정상기
128	노년 예찬	콜레트 메나주/정은문고	2014. 4. 30.	한정수
129	퇴적 공간	오근재/민음사	2014. 5. 28.	김기혜
130	이젠 죽을 수 있게 해줘	스캇 펙/율리시즈	2014. 6. 25.	강춘근
131	차마 울지 못한 당신을 위하여	안 앙셀렘 슈창베르제, 에블린 비손 죄프루아/민음인	2014. 7. 30.	임연옥
132	자살론	에밀 뒤르켐/청아출판사	2014. 8. 27.	최명환
133	죽음을 배우다	랍몰/IVP출판	2014. 9. 24.	기윤덕
134	사랑은 그렇게 끝나지 않는다	줄리안 반스, 팻 캐바나/다산책방	2014. 10. 25.	고광애
135	삶의 물음에 '예'라고 대답하라	빅토르 프랑클/산해	2014. 11. 26.	전풍자
136	떠나야 하는, 보낼 수 없는	오시카와 마키코/세움과 비움	2014. 12. 31.	김혜원
137	죽음을 어떻게 말할까	윌리 오스발트/열린책들	2015. 1. 28.	장상애
138	안락사 논쟁의 새 지평	한스 큉, 발터 옌스/세창미디어	2015. 2. 25.	김금희
139	내 무덤으로 가는 이길	임준철/문학동네	2015. 3. 25.	강춘근
140	의사들, 죽음을 말하다	김건열·정현채·유은실/북성재	2015. 4. 17.	조용남

	도서명	저자/출판사	모임 날짜	발제자
141	EBS 다큐프라임 죽음	EBS 〈데스〉 제작팀/책담	2015. 5. 15.	*
142	죽음을 원할 자유	케이디 버틀러/명랑한 지성	2015. 6. 19.	박기종
143	죽음공부	박영호/교양인	2015. 7. 17.	최명환
144	죽음의 체험	칼 베커/생각하는백성	2015. 8. 21.	임연옥
145	죽음의 부정	어네스트 베커/인간사랑	2015. 9. 18.	고광애
146	노인은 늙지 않는다	마티아스 이를레/민음사	2015. 10. 16.	이은주
147	평온한 죽음	나가오 가츠히로/한문화	2015. 11. 20.	김옥분
148	모든 인간은 죽는다	시몬 드 보부아르/삼인	2015. 12. 18.	이은주
149	어떻게 죽을 것인가	아툴 가완디/부키	2016. 1. 15.	안덕희
150	슬픔학 개론	윤득형/샘솟는 기쁨	2016. 2. 19.	김금희
151	죽는 게 뭐라고	사노 요코/마음산책	2016. 3. 16.	장진영
152	불멸에 관하여	스티븐 케이브/엘도라도	2016. 4. 20.	강춘근
153	노인으로 산다는 것	조엘 드 로스네 외/계단	2016. 5. 18.	진재근
154	거의 모든 죽음의 역사	멜라니 킹/사람의무늬	2016. 6. 15.	정옥동
155	조화로운 삶	헬렌 니어링, 스콧 니어링/보리	2016. 7. 20.	장상애
156	우리는 언젠가 죽는다	데이비드 실즈/문학동네	2016. 8. 17.	고광애
157	독서 문학기행	전주 혼불문학관	2016. 9. 21.	*
158	노후파산	일본 NHK 제작진/다산북스	2016. 10. 19.	김기혜
159	나는 천국을 보았다(두 번째 이야기)	이븐 알렉산더/김영사	2016. 11. 16.	송계순
160	날마다 아름다운 죽음을 살고 싶다	김옥라/청강문화산업대학교	2016. 12. 21.	김혜원
161	삶이란 무엇인가	수전 울프/엘도라도	2017. 1. 18.	최명환
162	참 괜찮은 죽음	헨리 마시/더퀘스트	2017. 2. 15.	안덕희
163	숨결이 바람 될 때	폴 칼라니티/흐름출판	2017. 3. 15.	최용철
164	나이 듦과 죽음에 대하여	몽테뉴/책세상	2017. 4. 19.	김일경
165	우리 앞에 생이 끝나갈 때 꼭 해야 하는 이야기들	안젤로.볼란데스/청년의사	2017. 5. 17.	정상기
166	죽음은 두렵지 않다	다치바나 다카시/청어람미디어	2017. 6. 21.	장명희
167	죽음 연습	이경신/동녘	2017. 7. 19.	강춘근
168	내가 죽음을 선택하는 순간	마리 드루베/윌컴퍼니	2017. 8. 16.	임연옥
169	후회 없이 살고 있나요?	이창재/수오서재	2017. 9. 20.	조용남
170	독서 문학기행	강화역사문화 탐방	2017. 10. 18.	*
171	바이올렛 아워	케이티 로이프/갤리온	2017. 11. 15.	최명환
172	소년이 온다	한강/창작과비평사	2017. 12. 20.	나정민
173	죽을 때 후회하지 않는 사람들의 습관	오츠 슈이치/한국경제신문	2018. 1. 17.	안용자
174	그녀의 경우	조영아/한겨레	2018. 2. 21.	정옥동
175	이 삶을 사랑하지 않을 이유가 없다	니나 리그스/북라이프	2018. 3. 21.	장상애
176	너를 놓는다	문숭철/영인미디어	2018. 4. 18.	장진영
177	나이든 부모를 사랑할 수 있습니까	기시미 이치로/인플루엔셜	2018. 5. 17.	박선희
178	나를 잊지 말아요	다비트 지베킹/문학동네	2018. 6. 20.	김일경

	도서명	저자/출판사	모임 날짜	발제자
179	죽을 때 후회하는 것	코리 테일러/스토리유	2018. 7. 18.	박영혜
180	처음 늙어보는 사람들에게	마이클 킨슬리/책읽는수요일	2018. 8. 22.	정상기
181	왜 자꾸 죽고 싶다고 하세요, 할아버지	하다 게이스케/문학사상사	2018. 9. 19.	장명희
182	만약은 없다	남궁인/문학동네	2018. 10. 31.	김명신
183	나답게 살다 나답게 죽고 싶다	하시다 스가코/21세기북스	2018. 11. 21.	이선옥
184	백 살에는 되려나 균형 잡힌 마음	다카하시 사치에/바다	2018. 12. 19.	김기혜
185	모든 것의 가장자리에서	파커 파머/글항아리	2019. 1. 16.	장상애
186	우리의 죽음이 삶이 되려면	허대석/글항아리	2019. 2. 20.	배윤숙
187	지혜롭게 나이 든다는 것	마사 누스바움, 솔 레브모어/어크로스	2019. 3. 20.	고광애
188	지혜롭게 나이 든다는 것	마사 누스바움, 솔 레브모어/어크로스	2019. 4. 17.	고광애
189	내가 알던 그 사람	웬디 미첼, 아나 와튼/소소의책	2019. 5. 15.	전풍자
190	곱게 늙기	송차선/샘터	2019. 6. 19.	김기혜
191	어린이와 죽음	엘리자베스 퀴블러 로스/샘솟는기쁨	2019. 7. 17.	오혜련
192	당당한 안녕, 죽음을 배우다	이기숙/산지니	2019. 8. 21.	강춘근
193	라스트 송	사토 유미코/갈대상자	2019. 9. 18.	김일경
194	우리는 왜 죽음을 두려워할 필요가 없는가	정현채/비아북	2019. 10. 16.	정옥동
195	죽음을 주머니에 넣고	찰스 부코스키/모멘토	2019. 11. 20.	고광애
196	나는 나대로 혼자서 간다	와카타케 치사코/토마토출판사	2019. 12. 18.	장상애
197	죽음의 에티켓	롤란트 슐츠/스노우폭스북스	2020. 1. 22.	이승용
	코로나바이러스감염증–19(COVID–19) 확산으로 모임 중지 (2020. 2. ~ 10.)			
198	죽는 게 두렵지 않다면 거짓말이겠지만	하이더 와라이치/부키	2020. 11. 18.	손현준
	코로나19 확산으로 모임 중지 (2020. 12. ~ 2021. 1.)			
199	나이 들수록 인생이 점점 재밌어지네요	와카미야 마사코/가나출판사	2021. 2. 24.	김기혜
200	메멘토 모리 독서모임 200회 기념 북토킹		2021. 3. 17.	*
201	혼자 살아도 괜찮아	엘리야킴 키슬레브/비잉	2021. 4. 21.	김일경
202	엄마의 마지막 말들	박희병/창비	2021. 5. 19.	강춘근
203	에이징 브레인	티머시 제닝스/도서출판CUP	2021. 6. 16.	이승용
	코로나19 확산으로 모임 중지 (2021. 7.)			
204	영화 〈내일의 기억〉 관람	츠츠미 유키히코 감독	2021. 8. 18.	*
205	도시에서 죽는다는 것	김형숙/뜨인돌	2021. 9. 15.	

* 별표는 발제자에 대한 기록이 없거나 영화관람·독서 문학기행·시 낭송회 등 행사를 한 날이다.

작년 겨울, 오랜만에 고광애 선생님에게서 전화를 받았다. 원고가 하나 있으니 만나자고 하신다. '어떤 원고일까?' 오랜만에 쨍하게 파란 겨울 하늘 아래를 달려 나갔다. 광화문 카페에는 코로나바이러스감염증-19 방역 지침을 지키느라 몇몇 분들이 두 테이블에 나눠 앉아 계셨다.

2000년대 초쯤인가 죽음 공부를 하느라 관 속에 들어가 누워보기도 하고 책을 읽고 토론을 하는 모임이 있다는 기사를 읽은 적이 있는데, 바로 그 '메멘토 모리 독서모임'의 회원분들이 고선생님과 함께 있었다.

"책을 출간하고 싶습니다. 회원들이 쓴 글입니다. 죽음 공부를 해오면서, 책을 읽고 토론한 발제문이랄까 독후감이랄까, 오롱이조롱이 각자 나름대로 썼어요."

책으로 내기에는 넘어야 할 산이 많았지만, 오래된 기억의 호감과 20년이 다 되가는 독서모임 회원들이 쓴 글이라는 말에서, 예견되는 편집 작업의 고단함보다는 짧지 않은 시간, 함께 죽음을 연구해 온 분들에 대한 존경의 마음과 죽음에 대한 다양한 시각을 볼 수 있겠다는 호기심이 더 컸다.

노화와 죽음을 막연히 두려워만 할 것이 아니라 적극적으로 공부하고 연습하여 자유롭고 싶다는 바람을 담아, 책 제목과 부제도 일찍부터 '죽음으로부터의 자유_나이 듦과 죽음에 대해 우리가 알아야 할 것들'로 내심 정해 두었다. 시작이 반이다, 달려 보자! 하지만 서른 명의 필자가 두세 꼭지씩 써서 엮은 '죽음공부의 네비게이터 52권'을 만드는 작업은 예상보다 힘겨웠다. '오롱이조롱이' 천차만별인 원고의 내용을 확인하기도 손질하기도 필자들과 의견을 나누기도, 단번에 끝나는 일이 없었다. 게다가 여기에 나의 게으름까지 더해져 출간 일정은 계속 연기되어 봄과 여름을 보내고, 이제 가을이 되었다.

늦어져서 잃은 신뢰를 번듯한 책이라는 결과물로 되찾고자 했던 내가 미처 생각하지 못했던 것이 또 있었다. 시간은 기다려주지 않는다는 사실이다. 지난 6월에는 정대진 선생님께서, 저번주에는 이 책의 산파이자 추천사를 써주신 김옥라 선생님께서 하늘나라로 돌아가셨다. 죽음을 테마로 한 책을 편집하고 있는데 죽음을 맞이하다니. 처음 겪는 일이다. 죽음이 가까이 있다는 사실을 다시 한 번 확인했다. 메멘토 모리 회원들이 보여준 내공은 인상적이었다. 깊은 애도로 고인을 보내드리며 자연스럽게 추모하는 모습….

출간된 책을 보셨으면 두 분은 물론 20여 년을 함께 해오신 회원분들 모두 더 뜻깊은 시간을 가질 수 있으셨을 텐데 송구한 마음이다. 때늦은 후회가 무슨 소용이겠나. 그분들의 뜻이 오롯이 남아있는 이 책《죽음으로부터의 자유》가 독자의 손에 안착해서 양식이 될 수 있도록 마무리 작업을 잘하는 것이 지금 내가 해야 될 일이리라. 죽음을 기억하고 현재를 살기 위해 나는 지금 디자인 사무실로 출발한다!

2021년 9월 6일
편집자 하명란

죽음으로부터의 자유

1판 1쇄 인쇄 2021년 9월 14일
1판 1쇄 발행 2021년 9월 30일

엮은이 메멘토 모리 독서모임

펴낸이 하명란
디자인 씨오디
인쇄 제본 스크린그래픽스

펴낸곳 북에너지
등록번호 2011년 2월 17일 제406 - 2011 - 000017호
주소 경기도 파주시 노을빛로 109 - 9
이메일 totoami@naver.com

ISBN 979 - 11 - 951070 - 2 - 5   03810